Clive Cussler
& Justin Scott

# DIE GNADENLOSEN

W0302839

*Autoren*

**Seit Clive Cussler** 1973 seinen ersten Helden Dirk Pitt erfand, ist er auch auf der deutschen *Spiegel*-Bestsellerliste ein Dauergast. 1979 gründete er die reale NUMA, um das maritime Erbe durch die Entdeckung, Erforschung und Konservierung von Schiffswracks zu bewahren. Er lebt in der Wüste von Arizona und in den Bergen Colorados.

**Justin Scott** ist ein Bestseller-Autor von Thrillern, Krimis und historischen Romanen. Er wurde für seine Krimis bereits mehrmals für den renommierten Edgar-Allan-Poe-Preis nominiert. Er lebt mit seiner Frau Amber in Connecticut, USA.

**Liste der lieferbaren Bücher**

*Von Clive Cussler im Blanvalet-Taschenbuch (die Dirk-Pitt-Romane):*
Eisberg (35601), Das Alexandria-Komplott (35528), Die Ajima-Verschwörung (36089), Schockwelle (35201), Höllenflut (35297), Akte Atlantis (35896), Im Zeichen der Wikinger (36014), Die Troja-Mission (36473), Cyclop (37025), Geheimcode Makaze (37151), Der Fluch des Khan (37210), Polarsturm (37469), Wüstenfeuer (37755), Unterdruck (38418)

*Von Clive Cussler und Paul Kemprecos im Blanvalet-Taschenbuch (die Kurt-Austin-Romane):*
Tödliche Beute (36068), Brennendes Wasser (35683), Das Todeswrack (35274), Killeralgen (36362), Packeis (36617), Höllenschlund (36922), Flammendes Eis (37285), Eiskalte Brandung (37577)

*Von Clive Cussler und Graham Brown im Blanvalet-Taschenbuch (die Kurt-Austin-Romane):*
Teufelstor (38048), Höllensturm (38297), Codename Tartarus (0143)

*Von Clive Cussler und Craig Dirgo im Blanvalet-Taschenbuch (die Juan-Cabrillo-Romane):*
Der goldene Buddha (36160), Der Todesschrein (36446)

*Von Clive Cussler und Jack DuBrul im Blanvalet-Taschenbuch (die Juan-Cabrillo-Romane):*
Todesfracht (36857), Schlangenjagd (36864), Seuchenschiff (37243), Kaperfahrt (37590), Teuflischer Sog (37751), Killerwelle (37818), Tarnfahrt (38223)

*Von Clive Cussler und Grant Blackwood im Blanvalet-Taschenbuch (die Fargo-Romane):*
Das Gold von Sparta (37683), Das Erbe der Azteken (37949), Das Geheimnis von Shangri La (38069), Das fünfte Grab des Königs (38224), Das Vermächtnis der Maya (38387)

*Von Clive Cussler (die Isaac-Bell-Romane):*
Höllenjagd (37057)

*Von Clive Cussler und Justin Scott (die Isaac-Bell-Romane):*
Sabotage (37684), Blutnetz (37964), Todesrennen (38167), Meeresdonner (38364), Die Gnadenlosen (0144)

Clive Cussler
& Justin Scott

# DIE GNADENLOSEN

Ein Isaac-Bell-Roman

Aus dem Englischen
von Michael Kubiak

blanvalet

Die englische Originalausgabe erschien unter dem Titel »The Striker«
bei G.P. Putnam's Sons, New York.

MIX
Papier aus verantwortungsvollen Quellen
FSC® C014496

Verlagsgruppe Random House FSC® N001967
Das FSC®-zertifizierte Papier *Holmen Book Cream* für dieses Buch
liefert Holmen Paper, Hallstavik, Schweden.

1. Auflage
Oktober 2015 bei Blanvalet, einem Unternehmen
der Verlagsgruppe Random House GmbH, München.
Copyright © 2013 by Sandecker, RLLLP
By arrangement with
Peter Lampack Agency, Inc.
551 Fifth Avenue, Suite 1613
New York, NY 10176-0187 USA
Copyright © der deutschsprachigen Ausgabe 2015 by Blanvalet Verlag,
in der Verlagsgruppe Random House GmbH
Umschlaggestaltung und -illustration © Johannes Wiebel | punchdesign,
unter Verwendung von Motiven von Shutterstock.com
Redaktion: Jörn Rauser
HK · Herstellung: sam
Satz: Uhl + Massopust, Aalen
Druck und Einband: GGP Media GmbH, Pößneck
Printed in Germany
ISBN: 978-3-7341-0144-1

www.blanvalet.de

# PROLOG

Ein verrauchtes Zimmer

1912

Der Marmon 32 Speedster war in der Wall Street im Schatten zwischen zwei Laternenpfählen geparkt worden.

Streifenpolizist O'Riordan fiel er sofort auf. Tiefe Nacht lag über der Stadt. Die Befehle verlangten, dafür zu sorgen, dass niemand die politischen Häuptlinge und Amtsträger störte, die in einer der oberen Etagen des Congdon Building zu einer Versammlung zusammengekommen waren, um ihre geheimen Abmachungen zu treffen, ganz nach dem Prinzip »Eine Hand wäscht die andere«. Und aus diesem Automobil hatte man eine ungehinderte Sicht – wenn nicht gar ein freies Schussfeld – auf die Limousinen, die am Bordstein auf die Versammlungsmitglieder warteten.

Die Seitenscheiben waren von der feuchten Luft, die sich vom Hafen heraufwälzte, beschlagen und nahezu undurchsichtig. O'Riordan musste ganz nahe herangehen, um einen Blick ins Innere werfen zu können. Hinter dem Lenkrad saß eine angenehme Überraschung – eine bildschöne Lady mit strohblondem Haar –, und der Cop entspannte sich ein wenig. Von dem Mann neben ihr waren jedoch nur vage Konturen zu erkennen. Trotzdem konnte man kaum mit dem Knüppel auf das Dach eines Marmon 32 klopfen und die feinen Leute auffordern weiterzufahren, als wären sie gewöhnliche Straßenpenner. Daher tippte er, die rechte Hand auf dem Kolben seiner Pistole, sacht gegen die Seitenscheibe, als klopfte er mit seinem Trinkglas auf die Mahagonitheke einer mondänen Bar, um dem Barkeeper zu bedeuten, dass er ihm einen frischen Drink mixen könne, sich aber nicht allzu sehr zu beeilen brauche.

Eine große, langfingrige Hand öffnete die Scheibe. O'Riordan erhaschte einen kurzen Blick auf eine schneeweiße Hemdmanschette, einen mit Diamanten besetzten Manschettenknopf und den schwarzen Ärmel eines Fracks. Die Hand erfasste seine Linke mit festem Griff.

»Paddy O'Riordan. Das ist aber ein Ding, ausgerechnet Sie hier anzutreffen.«

Von durchdringenden blauen Augen kritisch gemustert, erkannte der Streifenpolizist die goldblonde Mähne, den buschigen flachsfarbenen Schnurrbart und die strenge Miene, die nur einer einzigen Person gehören konnte: Isaac Bell, Chefermittler der Van Dorn Detective Agency.

Er tippte mit dem Knüppel gegen seinen Helm. »Guten Abend, Mr. Bell. Im Schatten hatte ich Sie nicht sofort erkannt.«

»Was treiben Sie sich so spät noch draußen herum?«, fragte Bell.

O'Riordan setzte zu einer Antwort an, ehe Bells Grinsen ihm verriet, dass es ein Scherz war. Von Polizisten wurde gewöhnlich erwartet, dass sie auch spätabends noch draußen unterwegs waren.

Der Detektiv deutete mit einem Kopfnicken auf die Limousinen. »Offenbar ist hier etwas Großes im Gange.«

»Im Grand Central wartet ein Sonderzug auf Judge Congdon. Für ihn wird die Strecke bis Chicago frei gehalten. Und ich muss Ihnen leider mitteilen, dass ich auch die Straßen sperren soll. Befehl vom Captain persönlich.«

Das Letzte hatte Bell anscheinend nicht gehört. »Paddy, ich möchte Sie mit meiner Frau bekannt machen – Marion, darf ich dir Streifenpolizist O'Riordan vorstellen, den ehemaligen Schrecken der Staten-Island-Piraten. Das war damals, als er noch zur Harbor Squad gehörte. Es gab nicht eine Hafenratte in New York, die an dem Abend, als Paddy für immer an Land ging, keine Lokalrunde schmiss.«

Sie streifte ihren Handschuh ab und reichte eine Hand, die wie Elfenbein schimmerte, über den Schoß ihres Mannes hinweg. Behutsam ergriff sie O'Riordan mit seiner mächtigen Faust und verbeugte sich tief.

»Es ist mir eine besondere Ehre, Sie kennenzulernen, Ma'am. Ich kenne Ihren guten Mann aus den vielen Jahren, die ich Dienst getan hab. Und darf ich noch hinzufügen, Ma'am, dass Mrs. O'Riordan und mir Ihre Lichtspielproduktionen ganz besonders gut gefallen.«

Sie bedankte sich mit einer wohlklingenden Stimme, die ihm wahrscheinlich einige Tage lang nicht aus dem Sinn gehen würde.

Chefermittler Bell sagte: »Nun, wir sollten Sie nicht davon abhalten, Ihre Runde zu machen.«

O'Riordan tippte abermals mit dem Knüppel gegen seinen Helm. Wenn ein Spitzendetektiv zu nächtlicher Stunde mit seiner Ehefrau in einem dunklen Auto in der Wall Street herumschmusen will – pfeif auf Befehle.

»Ich sag den Jungs, sie sollen Sie nicht stören.«

Aber Bell winkte ihn näher heran und flüsterte: »Ich hätte nichts dagegen, wenn sie ein Auge auf meine Frau hätten, falls ich sie für einen Moment allein lassen muss.«

»Um in den Genuss dieses Privilegs zu kommen, werden sie bestimmt Strohhalme ziehen.«

Politiker, die sich gegenseitig auf die Schultern klopften, stürzten aus dem Gebäude und steuerten auf eine der kleineren Limousinen zu, eine Rambler Knickerbocker, die sieben Personen Platz bot.

Isaac Bell öffnete die Seitenscheibe einen Spalt breit, um mithören zu können, worüber sie sich unterhielten.

»Fahrer! Schnellstens zur Grand Central.«

»Bin nicht gerade glücklich, eine Laus wie Congdon zum Vizepräsidenten zu machen, aber so ist das nun mal in der Politik.«

»Geld regiert die Welt.«

Die Rambler-Knickerbocker-Limousine startete und entfernte sich. Nun erschienen ältere Männer. Sie hatten es nicht so eilig wie ihre Vorgänger und stiegen in den zweiten Wagen ein, einen riesigen Cunningham Model J, unter hohem Aufwand nach Judge James Congdons eigenen Plänen handgefertigt. In Bells Ohren klangen sie eher resigniert und überhaupt nicht so, als hätten sie sich mit der getroffenen Entscheidung bereitwillig abgefunden.

»Congdon hat die meisten Delegierten auf seiner Seite, und diejenigen, die ihn nicht unterstützen, wird er kaufen.«

»Wenn unser Kandidat nur nicht gestorben wäre.«

»Es trifft immer die Falschen.«

Isaac Bell wartete, bis der Cunningham um die Ecke bog. Eine Motorradeskorte der Polizei, die auf dem Broadway bereitgestanden hatte, knatterte hinter ihm her. »Wenn sich James Congdon den Posten des Vizepräsidenten unter den Nagel reißt«, sagte Bell, »ist das Leben des Präsidenten keinen müden Cent mehr wert.«

Er hauchte Marion einen Kuss auf die Lippen. »Danke, dass du dabei mitgemacht hast, den Cops vorzuspielen, ich sei völlig harmlos. Bist du sicher, dass du nicht lieber nach Hause fahren möchtest?«

»Heute nicht«, erwiderte sie mit Nachdruck, und Bell wusste, dass es nichts gab, das sie von ihrem Entschluss abbringen konnte. Diesmal war die Situation eine andere.

Obgleich er fürs Theater gekleidet war, ließ er seinen seidenen Zylinder auf dem Rücksitz liegen und setzte stattdessen einen breitkrempigen Hut mit flacher Krone auf.

Marion zog seine Krawatte gerade.

Bell sagte: »Ich frage mich immer wieder, weshalb du mich niemals bittest, vorsichtig zu sein.«

»Ich will dich doch nicht in deinem Elan bremsen.«

Bell zwinkerte. »Gewiss nicht.«

Während er aus dem Wagen stieg, lag auf seinem Gesicht ein Lächeln, mit dem er sich von seiner Frau verabschiedete. Doch während er die Wall Street überquerte, verhärtete sich seine Miene, und jegliche Wärme wich aus seinen Augen.

Joseph Van Dorn, der gewichtige bärtige Gründer der Agentur, wartete reglos wie ein Eisblock im tiefen Schatten. Wachsam ließ er den Blick umherschweifen, während Bell mit einem Dietrich das Schloss der äußeren Tür öffnete, und folgte ihm hinein, wo Bell sich an einem weiteren Schloss zu schaffen machte, das sich in einer Stahltür befand, die die Aufschrift *Maschinenraum* trug. In diesem Raum war die Luft heiß und feucht. Ein Gewirr von dicken Rohren, dem offenbar eine geheimnisvolle Ordnung zugrunde lag, verlief durch mehrere Reihen von Dampfumformungsventilen. Van Dorn verglich die Absperrräder mit einer technischen Zeichnung, die er aus der Innentasche seiner Jacke geholt und auseinandergefaltet hatte.

Isaac Bell kehrte auf die Straße zurück und ging zur Vorderfront des Gebäudes. Seine elegante Abendgarderobe wurde von einem respektvollen Diener des livrierten Portiers gewürdigt. Wie die Politiker kurz zuvor festgestellt hatten, regierte das Geld die Welt.

»Dachgeschoss«, sagte er zu dem müde gähnenden Fahrstuhlführer.

»Ich dachte, sie seien da oben fertig.«

»Nicht ganz.«

# BUCH EINS

## KOHLE

Gleason Mine No. 1,
Gleasonburg,
West Virginia

1902

# 1

Sein Gesicht war jugendlich frisch, und er hatte goldblondes Haar. Aber irgendetwas an ihm erschien verdächtig. Ein Firmencop, der die Bergarbeiter beobachtete, die auf den Schienen der Grubenbahn in die Einfahrt zur Gleason Mine No. 1 trotteten, machte seinen Boss, einen Pinkerton-Detektiv, auf ihn aufmerksam.

Der junge Bergmann überragte die Fremdarbeiter, die die Firma aus Italien und Slowenien ins Land geholt hatte, und war sogar größer als die einheimischen West-Virginier. Aber es war nicht seine Körpergröße, die hier fehl am Platze schien. Auch seine hagere Gestalt war nicht ungewöhnlich. Die Arbeit war hart, außerdem war es mit hohen Kosten verbunden, Lebensmittel zu den abgelegenen Steinkohlegruben zu schaffen. In den Saloons, die die morastige Main Street säumten, gab es keine Gratismahlzeiten.

Ein Bergarbeiter, der mit einem Holzbein über das Gleis humpelte, stolperte über eine Schwelle und rempelte einen anderen Bergarbeiter an, der auf Krücken angewiesen war. Der blonde junge Mann machte ein paar schnelle Schritte, um beide Männer zu stützen, und bewegte sich dabei so mühelos, als schwebte er. Das Graben nach Steinkohle hatte viele verstümmelt. Er hingegen stand auf beiden Beinen und besaß noch sämtliche Finger.

»Der sieht mir nicht wie ein armseliger Malocher aus«, meinte der Kohlencop mit einem verächtlichen Grinsen.

»Er kommt mir wie eine Katze vor, achtet auf alles, was sich bewegt«, sagte der Pinkerton, eine Melone auf dem Kopf, einen Sechsschüsser in der Jacke und einen Totschläger ums Handgelenk geschnallt.

»Meinen Sie, er ist ein Streiker?«

»Wenn ja, wird er sich bald wünschen, er wäre es nicht.«

»*Achtung!*«

Eine elektrische Winde spannte ein schlaffes Kabel zwischen den Schienen. Bergleute, Arbeiter und halbwüchsige Türschließer sprangen zur Seite. Das Kabel zog einen Zug Kohleloren aus dem Bergwerk und eine Steilstrecke zu einer Kippstelle hinauf, wo die Steinkohle sortiert und in Flussleichter gefüllt wurde, die von Schleppern den Monongahela nach Pittsburgh hinuntergeschoben wurden.

Der auffällige junge Bergarbeiter wechselte einen kurzen Gruß mit dem Mann an der Gleissperre. Falls das Kabel, das mit einer Kettenleine am ersten Wagen befestigt war, riss, sollte Jim Higgins den Hebel umlegen, damit der Zug aus den Schienen sprang, ehe die einhundert Tonnen herrenlose Masse zurück ins Bergwerk donnerten.

»Die Cops haben dich auf dem Kieker«, warnte ihn Higgins.

»Ich bin kein Streiker.«

»Alles, was wir verlangen«, erwiderte Higgins friedfertig, »ist ein menschenwürdiges Leben, ausreichend Nahrung für unsere Familien und anständige Schulen für unsere Kinder.«

»Sie werden Sie feuern.«

»Sie können uns schließlich nicht *alle* hinauswerfen.

Das Steinkohlegeschäft erlebt zurzeit einen großen Aufschwung, und Arbeitskräfte sind knapp.«

Higgins war ein mutiger Mann. Das musste er auch sein, um zu ignorieren, dass die Minenbesitzer vor nichts zurückschrecken würden, um die Gewerkschaften aus West-Virginia herauszuhalten. Männer, die gefeuert wurden, weil sie für die Gewerkschaft warben – und noch nicht einmal einen Streik ausriefen –, mussten erleben, wie ihre Frauen und Kinder aus den Baracken vertrieben wurden, die sie von der Gleason Consolidated Coal & Coke Company gemietet hatten. Und wenn Gleason Gewerkschaftsfunktionäre ausräucherte, dann kamen die Pinkertons, verprügelten sie und jagten sie mit blutigen Köpfen nach Pennsylvania zurück.

»Higgins!«, rief ein Vorarbeiter. »Ich hatte Ihnen doch befohlen, die Winde zu schmieren.«

»Ich soll an der Gleissperre stehen, wenn die Loren hochgezogen werden.«

»Tun Sie, was ich Ihnen sage. Die Winde muss stündlich geschmiert werden.«

»Und wer stoppt den Zug, wenn das Kabel reißt?«

*»Steigen Sie jetzt endlich rauf und schmieren Sie die Winde, verdammt noch mal!«*

Jim Higgins verließ seinen Posten, rannte zweihundert Meter die Steilstrecke zur Winde hinauf und überholte dabei die mit Steinkohle beladenen Loren, die langsam zur Kippstelle geschleppt wurden.

Der auffällige junge Bergarbeiter zog den Kopf ein, als er durch den Eingang zum Bergwerk trat – ein mit Holzbalken abgestütztes Portal im Berghang. Dann ging er einen abfallenden Tunnel hinunter. Er hatte sich intensiv mit Bergbautechnik beschäftigt, um sich auf seinen

Einsatz vorzubereiten. Genau genommen war dieser mit Schienen versehene Fördergang kein richtiger Tunnel, der eigentlich durch den gesamten Berg hätte hindurchführen müssen, sondern eher ein Zugangsstollen, auch *Adit* genannt – von *aditus*, wie er es im Lateinunterricht seines Internats gelernt hatte, was eben so viel wie »Zugang« hieß. Wenn man erst mal drin war, gab es keinen anderen Weg hinaus, als umzukehren und zurückzugehen.

Als er einen Korridor betrat, der die Förderstrecke kreuzte und von ihr wegführte, traf er einen kleinen Jungen, dessen Aufgabe darin bestand, bei Bedarf ein Holztor zu öffnen oder zu schließen, um die Luft von den Ventilatoren ins Bergwerk zu leiten.

»Hey, Sammy. Der Knabe im Telegrafenbüro hat mir erzählt, dass eure Pirates gestern Brooklyn geschlagen haben. Acht zu fünf.«

»Toll! Danke für die Neuigkeit, Mister.«

Sammy war noch nie in einem Baseballstadion der Major League gewesen. Genau genommen hatte er sich niemals mehr als zehn Meilen von dieser Grube entfernt, wo die Gleason Company auf einen ergiebigen Ableger des Pittsburgh Seam gestoßen war, des reichhaltigsten Steinkohleflözes Amerikas, das unter Pennsylvania, West-Virginia und Ohio verlief. Sein Vater war jedoch als Bremser bei der Ohio & Baltimore Railroad angestellt gewesen, bis er bei einem Zugunglück ums Leben gekommen war, und hatte immer, wenn er nach seinen Fahrten nach Hause kam, aufregende Geschichten von Baseballspielen in den großen Städten erzählt, die er mit Zigarettenbildern von berühmten Spielern illustrierte.

Der junge Mann steckte Sammy eine farbenprächtige Chromolithographie des First Baseman der Rochester

Pirates, Harry O'Hagan, zu. Im August hatte O'Hagan ein Wunder vollbracht, das noch immer im Munde aller Männer und Jungen von Amerika war – ein sogenanntes »unassisted Triple Play«.

»Ich wette, die New York Giants treten sich vor Wut selbst in den Hintern, weil sie Harry verkauft haben«, sagte er, und dann fragte er mit gesenkter Stimme: »Hast du Roscoe gesehen?«

Roscoe war ein als Arbeiter getarnter Spion von Gleason.

Der Junge deutete mit einem Kopfnicken in die Richtung, die der junge Mann eingeschlagen hatte.

Er folgte dem Streb, der sich einige hundert Meter weit in den Berg hinabbohrte, bis er vor der Wand des Kohleflözes endete. Dort begann er seine Arbeit als Helfer, schnappte sich eine Schaufel und sammelte die Kohlebrocken, die von den erfahrenen Bergarbeitern aus dem Flöz herausgehackt, -gebohrt und -gesprengt worden waren. Für jede Fünf-Tonnen-Lore, die er während der Zwölfstundenschichten an sechs Tagen der Woche füllte, erhielt er vierzig Cent Arbeitslohn.

Die Luft war mit Kohlenstaub gesättigt. Wirbelnde schwarze Wolken verdunkelten das Licht der elektrischen Glühbirnen. Die niedrige Decke war mit Holzstempeln und -balken verschalt, um das Gebirge aus Gestein und Erdreich zu stützen, das auf der Kohle lastete. Das Flöz knarrte und ächzte unter dem Druck, dem es seit Jahrmillionen ausgesetzt war und der es für die Menschen so wertvoll gemacht hatte.

Hier im Nebenstollen, abseits vom Hauptgleis, wurden die Loren von Maultieren gezogen, deren Köpfe man mit Lederhauben schützte. Eins der Maultiere, ein Exemplar mit den kleinen Hufen und langen Ohren, die nach Auffassung der Bergleute ein besonders starkes Tier kennzeichneten, blieb plötzlich stehen. Eustace McCoy, ein massiger West-Virginier mit geröteten Augen, der schon die ganze Zeit über einen ausgewachsenen Kater klagte, stieß einen wüsten Fluch aus und zerrte am Zaumzeug des Zugtiers. Aber das Maultier stemmte sich steifbeinig gegen den Zug und gab keinen Millimeter nach. Dabei zuckten seine Ohren bei jedem Knirschen der Steinkohleader.

Eustace riss sich den Gürtel vom Leib und holte aus, um mit der eisernen Schnalle auf das Tier einzuprügeln.

Der große Blondschopf fing die zuschlagende Hand mitten in der Bewegung auf.

»Sonny, geh mir aus dem Weg!«, warnte Eustace.

»Ich bring es wieder zum Laufen. Es hat sich vor irgendwas erschreckt.«

Eustace, der fast genauso groß, aber bedeutend breitschultriger war, ballte die Fäuste und zielte mit einem Schwinger auf das Gesicht des jungen Mannes.

Der Hieb wurde abgeblockt, ehe er sein Ziel fand. Eustace fluchte und holte erneut aus. Und musste zwei Konter hinnehmen. Sie wurden elegant ausgeführt, zu schnell, um mit den Augen verfolgt zu werden, und trafen mit konzentrierter Wucht. Eustace streckte sich auf den Gleisen aus. Jegliche Wut und Kampfbereitschaft waren schlagartig verflogen.

Die Bergarbeiter wechselten erstaunte Blicke.

»Habt ihr so was schon mal gesehen?«

»Nee.«

»Eustace McCoy auch nicht.«

Der junge Mann redete beruhigend auf das Maultier

ein, und dann setzte es sich mit der Lore im Schlepptau in Bewegung. Nun half er dem gestürzten Arbeiter auf die Füße und streckte ihm versöhnlich eine Hand entgegen, als Eustace mit schiefem Grinsen meinte: »Bin nicht mehr so hart erwischt worden, seit ich meinem alten Herrn die Whiskeyflasche gemopst hab. Wo hast du gelernt, dich mit einer solchen Dublette zu wehren?«

»In Oregon«, log der junge Mann.

Sein Name war Isaac Bell.

Bell war Privatdetektiv der Van Dorn Agency und hatte den Auftrag, Saboteure der Gewerkschaft aufzuspüren. Dies war der erste Fall, den er allein lösen musste, und er sollte verdeckt ermitteln. Um absolute Geheimhaltung zu gewährleisten, hatte der Minenbesitzer noch nicht einmal den Wachdienst seiner Firma über die Ermittlungen informiert. Aber das Erstaunen in den Gesichtern der Bergarbeiter verriet Bell, dass er soeben einen schweren Fehler gemacht hatte.

Man schrieb das Jahr 1902. Van-Dorn-Detektive waren im Begriff, sich einen hervorragenden Ruf als Agenten zu erarbeiten, die ihr Metier beherrschten, und das Motto der Agentur – Wir geben nicht auf! Niemals! – machte mittlerweile die Runde unter den Insassen der Strafanstalten der Nation. Woraus sich ergab, dass sich der junge Isaac Bell eingestehen musste, wahrscheinlich der einzige Detektiv seiner Firma zu sein, der so dumm war, seine Tarnung durch ein paar spektakuläre Nahkampftricks auffliegen zu lassen.

Roscoe, der Gleason-Spion, musterte ihn argwöhnisch. Das musste noch nichts Schlimmes bedeuten. Bell schätzte, dass er das irgendwie in Ordnung bringen könne. Aber jeder Saboteur, der davon Wind bekam, dass er einen gestandenen Maultiertreiber mit Hilfe der perfekt angewandten Selbstverteidigungstechnik eines Yale-Absolventen ausgeschaltet hatte, würde sich durch seine Tarnung als naives, gehorsames Landei nicht lange täuschen lassen.

»*ACHTUNG!*«

Die erschöpften Männer, die nach Ende ihrer Schicht aus dem Bergwerk heraussstiegen, verließen mit schlurfenden Schritten das Gleis der Kohlebahn. Die Winde spannte das Zugkabel, und zwanzig Kohleloren erschienen hinter ihnen und rollten das Steilstück zur Kippstelle hinauf. Der Lorenzug hatte den höchsten Punkt fast erreicht, als die Kettenleine, die das Zugkabel mit der vorderen Lore verband, mit einem Knall, der so laut wie ein Gewehrschuss war, riss.

Der Zug hielt abrupt an.

Einhundert Tonnen Kohle standen für die Dauer eines Herzschlags reglos auf den Schienen.

Dann begannen sie rückwärts in Richtung der Stollenöffnung zu rollen.

Jim Higgins, der sich beeilte, vom Windenmotor auf seinen Posten an der Gleissperre zurückzukehren, ließ die Ölkanne fallen und rannte, so schnell er konnte. Aber der Zug beschleunigte. Er überholte ihn, und ehe Higgins die Sperre erreichen konnte, rasten zwanzig Loren über sie hinweg und das Hauptgleis hinab.

Isaac Bell startete durch und folgte dem Zug. Am letzten Wagen entdeckte er einen Bremshebel, rannte neben ihm her und suchte nach Handgriffen, an denen er sich hätte festhalten können. Der Kohlenzug nahm stetig Tempo auf und zog allmählich an ihm vorbei. Als sich die letzte Lore auf seiner Höhe befand, sprang er mit einem verzweifelten Satz auf die Kupplung, umklammerte mit beiden Händen den Bremshebel und schaffte es, das Gleichgewicht zu bewahren. Er warf sich mit seinem gesamten Körpergewicht auf die Stahlstange und presste gekrümmte Bremsschuhe gegen die wirbelnden Stahlräder.

Metall kreischte ohrenbetäubend. Der Hebel ruckte und vibrierte in seinen Händen. Funken sprühten von den Schienensträngen hoch und stiegen auf beiden Seiten des Wagens wie eine Doppelfontäne in die Höhe. Bell drückte mit aller Kraft auf den Bremshebel. Seine schnelle und wirkungsvolle Reaktion und der entschlossene Einsatz von Muskeln und Körperbeherrschung schienen den führungslosen Zug tatsächlich zu bremsen. Mehrere mitdenkende und ebenso schnell reagierende Männer rannten neben dem Zug her in der Hoffnung, aufspringen und die Bremsen der anderen Loren betätigen zu können.

Aber das Gewicht der Kohleladung war zu groß und der Schwung des Zugs zu mächtig.

Plötzlich, mit einem Knall, fast ebenso laut wie der beim Reißen der Kettenleine, brach der Stahlstift, der die Verbindung zwischen Bremshebel und Bremsschuhen herstellte. Der Hebel gab nach. Bell, der sich mit seinem Gewicht darauf verlagert hatte, verlor die Balance. Schienen und Schwellen verschwammen unter ihm, während die Geschwindigkeit des Zuges weiter zunahm. Nur seine blitzschnellen Reflexe und ein zielsicherer Griff nach dem oberen Rand der Kohlenlore bewahrten ihn vor einem tödlichen Sturz.

Der Wagen schlingerte heftig hin und her, während er schneller und schneller wurde. Da er sich am Ende des Zugs befand und nicht durch nachfolgende Wagen fixiert wurde, schleuderten ihn die gleichen seitlich auf ihn einwirkenden Kräfte, die auch den Knall einer Peitsche erzeugten, gegen das Ventilatorgehäuse, das dicht neben dem Gleis stand. Der Zusammenprall rasierte dessen Stützpfeiler unter ihm weg, und das Bauwerk brach über dem riesigen Ventilator zusammen, der frische Luft ins Bergwerk blies. Dachbalken verkeilten sich zwischen den Flügeln des Ventilators und brachten ihn zum Stillstand.

»*Spring ab!*«, brüllten einige Bergarbeiter.

Ehe Bell sich eine Richtung aussuchen konnte, in der er genug Platz hätte, um halbwegs sicher landen zu können, raste der Zug durch die Stollenöffnung und in den engen Tunnel hinein, wo sein Körper nach dem Abspringen gegen Holzbalken, Gestein, Stahlverstrebungen und Kohle geschleudert und zu einer blutigen Masse zerschmettert worden wäre. Bell schwang die Füße auf die Kupplung und wappnete sich für einen sehr plötzlichen Stopp, sobald der Zug das Ende des Stollens erreichte.

Der Kohlenzug schwankte immer stärker, je schneller er durch den Stollen abwärtsdonnerte. Der letzte Wagen, an dem Bell hing, schlug gegen die Stützpfeiler, zerfetzte sie und zertrümmerte Kohlepfeiler, die Bergleute stehen gelassen hatten, um die Stollendecke abzustützen. Das vordere Zugende, neunzehn Wagenlängen vor Bell, raste auf ein Holztor zu, das Sammy der Türjunge kurz zuvor hinter dem Zug geschlossen hatte, als er über das ansteigende Gleis zur Kippstelle gezogen wurde.

Sammy war nach zwölf Stunden harter Arbeit in nahezu vollständiger Dunkelheit benebelt und verspürte entsetzliche Angst, als er das Getöse des stählernen Ungetüms hörte, das sich in seine Richtung wälzte. Aber er harrte auf seinem Posten aus und versuchte verzweifelt, das Tor zu öffnen, um das rasende Monster hindurchzulassen. Wie ein Wirtschaftskapitän, der einen Bettler mit lässiger Hand aus dem Weg schiebt, warf der Zug den Jungen gegen die Stollenwand, zerschmetterte das Tor und beschleunigte weiter.

# 2

Der schwankende Kohlenwagen, an dem sich Isaac Bell festklammerte, schrammte an den Stollenwänden entlang. Dabei durchtrennte der mit lautem Getöse hin und her schaukelnde Ladebehälter die Leitungsdrähte, die die Glühbirnen mit elektrischem Strom versorgten, sodass die außer Kontrolle geratene Grubenbahn ihre Fahrt in vollständiger Dunkelheit fortsetzte.

Bell presste seinen Rücken mit aller Kraft gegen den kalten Stahl seiner Lore, um den Weg, den sein Körper im Augenblick des Aufpralls zurücklegen würde, so weit wie möglich zu verkürzen. Bis zum Kohleflöz am Ende des Tunnels konnte es nicht mehr weit sein. Unvermittelt sprang der Zug aus den Schienen. Ein metallisches Kreischen erfüllte den Stollen, als der Zug gegen die Seitenwände krachte und Isaac Bell – wie ein wütend bockendes Wildpferd – abzuwerfen drohte. Stattdessen rettete diese Reaktion des Kohlenzugs dem jungen Detektiv das Leben. Der wiederholte Kontakt mit den Stollenwänden bewirkte, dass der Zug sein mörderisches Tempo verringerte. Als er schließlich mit einem donnernden Krachen das Kohleflöz rammte, wurde Bell brutal gegen die Rückwand der Lore geworfen, aber zum Glück nicht hart genug, um Knochen zu brechen.

Die Stille, die danach einsetzte, war ebenso intensiv wie die herrschende Dunkelheit.

Bell sprang herab und rannte in der Dunkelheit den

Weg zurück, den ihn der führerlose Zug mitgenommen hatte. Dabei tastete er sich mit den Füßen über die Schwellen und achtete darauf, sich stets in der Mitte zwischen den Schienensträngen zu halten, wo die Stollendecke am höchsten war und er einigermaßen sicher sein konnte, sich keine Kopfverletzung zu holen. Er lief, so schnell er konnte, und hatte – in der Hoffnung, ein mögliches Hindernis rechtzeitig ertasten und davor anhalten zu können – die Hände in Gesichtshöhe vorgestreckt.

Ihm blieben nur Sekunden zur Flucht, sonst würde er im licht- und luftlosen Chaos des zerstörten Tunnels im wahrsten Sinne des Wortes sein Leben aushauchen. Denn in der Dunkelheit lauerten noch weitaus tödlichere Gefahren als eine Kollision mit einem Hindernis. *Böse Wetter* – giftiges Kohlenstoffdioxid, von den Bergleuten Kohlensäure genannt, und leicht entflammbares Methan – sammelten sich schnell, da der beschädigte Ventilator keine frische Luft ansaugte und die tödlichen Dämpfe nicht ausblies. Erstickende *matte Wetter*, hochgradig angereichert mit Kohlenstoffdioxid, würden innerhalb von zehn Sekunden zum Tod führen. *Schlagende Wetter*, »brennbare Luft«, Sumpfgas, das von der Steinkohle abgegeben wurde, drohte jeden Moment zu explodieren und jeden, der sich im Bergwerk aufhielt, zu töten. Gott sei Dank, dachte Isaac Bell, hatte der größte Teil der Tagschicht das Bergwerk bereits verlassen, und die Arbeiter der Nachtschicht waren noch nicht eingefahren. Nur die Türschließer befanden sich nach wie vor auf ihren Posten.

Plötzlich hellte sich die Dunkelheit auf. So früh schon Tageslicht? Aber das war nicht möglich. So schnell konnte er sich keinesfalls dem Stolleneingang genähert haben. Dann erkannte er, dass sich der Lichtschein hinter ihm befand – aufflackerndes Feuer, weil sich Gas und Kohle am Ende des Stollens entzündet hatten. Der Lichtschein bewahrte ihn davor, über einen Türjungen zu stolpern, der auf dem Gleis entlangkroch.

Bell hievte ihn auf die Füße.

»Steh auf! In dem matten Wetter da unten erstickst du. Renn!«

Er schob den Jungen vor sich her, und gemeinsam flüchteten sie vor den Flammen und dem Qualm, der sie den Stollen hinauftrieb. Der Qualm enthielt böse Wetter, geruchloses Kohlenstoffmonoxid, das sie innerhalb von Minuten töten würde, wenn sie nicht vorher verbrannten.

Abrupt blieben sie stehen. Der Stollen war blockiert. Der Kohlenzug hatte die Kohlepfeiler weggerissen, die die Bergarbeiter als Abstützung der Tunneldecke stehen gelassen hatten. Dieser Sicherung beraubt, war die Decke fast bis auf das Bahngleis abgesackt. Lediglich eine knapp sechzig Zentimeter große Lücke wurde von einem einzelnen ächzenden Holzstempel offen gehalten.

»Ich kann mich hindurchschlängeln, Mister. Ich hole Hilfe.«

»Warte«, sagte Bell. Es sah aus, als würde die armselige Stütze jeden Moment nachgeben. Er zwängte sich auf allen vieren in die Lücke und stemmte sich mit dem Rücken gegen den Holzstempel, als wollte er versuchen, das Gebirge allein mit der Kraft seiner Muskeln aufzuhalten. »Okay, Sonny«, keuchte er. »Rutsch durch.«

Der Junge schob sich an ihm vorbei.

Bell verminderte behutsam den Druck gegen den Stempel und kroch auf dem Bauch weiter. Kaum hatte er die Füße durch die Öffnung gezogen, als der Holzbalken barst. Die Decke stürzte mit lautem Getöse ein, und Tonnen von Steinkohle und taubem Gestein ergossen sich in den Stollen.

»Los, weiter!«

Aber der Junge rührte sich nicht, sondern starrte sprachlos auf die Gesteinsmassen, unter denen sie beinahe verschüttet worden wären.

»Das war knapp«, meinte Bell lässig, um den Jungen aus seiner Starre zu locken, und als er damit keinen Erfolg hatte, fragte er: »Hast du sehen können, ob der kleine Sammy rausgekommen ist?«

»Tot«, erwiderte der Junge. »Der Zug hat ihn erwischt.«

»Dann komm. Lass uns von hier verschwinden.«

Sie rannten den ansteigenden Stollen hinauf, bis sie von einem weiteren Felsrutsch aufgehalten wurden. Durch diesen drang kein Lichtschimmer von der anderen Seite, auch wenn sie sich der Stollenöffnung weit genug genähert haben mussten. Allerdings konnten sie von der anderen Seite ein leises Klopfen hören. Hacken wühlten sich durch die Felstrümmer. Sie ergriffen Gesteinsbrocken und schmetterten sie gegen das Hindernis, um den Helfern auf der anderen Seite zu signalisieren, dass sie noch am Leben waren.

Das Klirren der Hacken wurde stetig lauter. Nicht lange, und Isaac Bell konnte Licht sehen und Freudenrufe hören. Zehn Männer bearbeiteten den Felsrutsch. Das erste Gesicht, das sich aus der Staubwolke schälte, gehörte Jim Higgins, der die Rettungsmannschaft anführte.

Lachende Männer zogen sie durch die Öffnung und streckten die Hände nach weiteren Überlebenden aus. Die Freudenrufe erstarben auf ihren Lippen.

»Sind das alle?«, fragte Higgins.

»Der kleine Sammy hat den Tod gefunden«, sagte Bell. »Und andere hab ich nicht gesehen. Geben Sie mir eine Hacke. Ich zeige Ihnen den Weg.«

Doch ehe er umkehren und zurückgehen konnte, erschütterte eine Explosion in der Tiefe das Bergwerk, und die Retter wussten genau, dass sie, auch wenn sie die ganze Nacht und den folgenden Tag nach weiteren Überlebenden graben würden, keine lebende Seele mehr anträfen.

Sie gingen los und wurden abermals gestoppt. Diesmal aber nicht von einer Explosion, sondern von einer Gruppe Firmencops, die von einem Pinkerton-Agenten angeführt wurden. Dieser rief: »Jim Higgins!«

»Ich bin hier. Wir wollen gerade runtergehen, um zu retten, was zu retten ist.«

»Jim Higgins, Sie stehen unter Arrest.«

»Wegen was?«

»Wegen Mordes an den armen, unschuldigen Türschließern, die im Bergwerk umgekommen sind.«

»Ich habe nicht…«

»Sie haben Ihren Posten verlassen. Sie haben die Katastrophe dadurch ausgelöst, dass Sie es unterlassen haben, den Hebel der Gleissperre umzulegen, die den Zug gestoppt hätte.«

»Der Vorarbeiter hat mir befohlen, die Winde zu ölen…«

»Erzählen Sie das dem Richter«, unterbrach ihn der Pinkerton-Agent.

Jim Higgins reckte den Kopf. »Ihr habt mir eine Falle gestellt«, sagte er. »Ihr habt rausgekriegt, dass ich Gewerkschaftsfunktionär bin. Ihr wusstet, dass es keinen Sinn hat, mich zu verprügeln, um mich zum Schweigen zu bringen. Darum habt ihr auf eine Chance gewartet, um mich aus dem Verkehr zu ziehen. Ihr habt mich an die Gleissperre gestellt, um mich von den Arbeitern fernzuhalten. Und jetzt wird mich einer von euren bestochenen Richtern zu einer Gefängnisstrafe für ein Verbrechen verdonnern, das ich, wie ihr verdammt noch mal ganz genau wisst, nicht begangen habe.«

»Nein«, meinte ein Cop grinsend. »Kein Richter wird dich ins Zuchthaus sperren. Auf dich wartet der Henker.«

Sie packten seine Arme und schickten sich an, ihn wegzuzerren.

Jim Higgins fing Isaac Bells Blick auf und starrte ihm in die Augen.

Bell hörte ihn sagen: »Dort, wo ich herkomme, gibt es noch mehr von meiner Sorte.«

# 3

»Diese Kettenleine war brandneu«, beteuerte der Windentechniker, eine imposante Erscheinung von einem Mann, mit einer Nickelbrille auf der Nase. »Ich habe sie eigenhändig montiert. Völlig unmöglich, dass sie gerissen ist.«

»Wie es so schön heißt, eine Kette ist nur so stark wie ihr schwächstes Glied«, sagte Isaac Bell.

Von der Winde oberhalb der Kippstelle konnte er über das steile Gleis bis hinunter zum Stolleneingang schauen, wo Mechaniker voller Hektik behelfsmäßige Ventilatoren zusammenbauten und aufstellten. Rund einhundert Retter warteten darauf, dass sie Kohlenstoffmonoxid, brennbare Luft und tödliche böse Wetter aus der Gleason Mine No. 1 absaugten. Erst dann würden sie in die tiefer gelegene Strebe vordringen können, wo die Arbeiter eingeschlossen waren.

Der Techniker reckte trotzig das Kinn vor. »Ich baue keine schwachen Kettenglieder ein, Sonny. Und ich überprüfe höchstpersönlich jedes Kettenglied auf das Sorgfältigste.«

»Ich frage mich«, sagte Isaac Bell, »ob es nicht das Kabel war, das gerissen ist.«

»Sie stellen auffällig viele Fragen, Mister.«

Bell reagierte mit einem freundlichen Lächeln, das seinen Augen einen leicht violetten Schimmer verlieh. »Da ich mit diesem Zug bis auf die tiefste Sohle des Bergwerks gefahren bin, bin ich tatsächlich neugierig, wodurch er sich selbstständig machen konnte.«

»Oh, Sie sind also der Bursche, der versucht hat, ihn anzuhalten? Gestatten Sie mir, dass ich Ihnen dafür die Hand schüttle, mein Sohn. Was Sie getan haben, war mutig.«

»Ich wünschte, es wäre mir gelungen, ihn zu stoppen«, sagte Bell. »Aber ich frage mich …«

»Nein, das Kabel ist in bestem Zustand. Hier, ich zeige es Ihnen.«

Der Techniker führte Bell zu der riesigen Trommel, auf der das zwei Zentimeter dicke Stahlseil säuberlich aufgewickelt war, und zeigte ihm die Schlinge am Ende des Seils. »Sehen Sie diese Kausche innerhalb der Schlinge? Sie verhindert, dass das Seil geknickt wird. Und wie Sie erkennen können, hat sie ihre Form behalten und wurde nicht verbogen. Und die Spannschrauben der Schellen befinden sich auf der Außenseite des Seils, wo sie auch hingehören. Sie haben dem Zug standgehalten.«

»Ich nehme an, dies bedeutet, dass ein Glied der Kette gebrochen ist, was nach menschlichem Ermessen niemals hätte geschehen dürfen.«

Der Techniker schüttelte den Kopf. »Falls Sie es schaffen, diese Kette aus dem Chaos da unten herauszuziehen, wette ich jede Summe mit Ihnen, dass sie so heil und stark ist wie an dem Tag, als sie geschmiedet wurde. Sie besteht aus Molybdänstahl. Wissen Sie, was das ist, mein Sohn?«

Bell wusste es, aber ein einfacher Arbeiter würde es wahrscheinlich nicht wissen, daher schüttelte er den Kopf. »Hab das Wort schon mal gehört. Kann jedoch nicht behaupten, dass ich wüsste, was damit gemeint ist.«

»Es ist eine Legierung, die von französischen Stahlkochern zusammengemixt wurde. Sie ist viel stärker als herkömmlicher Stahl. Ideal für Zug- und Hubketten. Molybdänstahl kann nicht zerbrechen.«

»Was meinen Sie, was stattdessen gebrochen ist?«, fragte Bell.

»Schwer zu glauben, dass es der Schäkel war.«

»Welcher Schäkel?«

»Der Schwenkschäkel, der das Seil mit dem Geschirr verbindet. Er dient dazu, den Zug anzuhängen, und er ist drehbar, um den Kippvorgang zu beschleunigen. Nein, dieser Schäkel ist der Schuldige. Jede Wette.«

»Kommt es öfter vor, dass Schäkel zerbrechen?«

»Niemals! Fast niemals.«

»Vielleicht war er zu schwach für die Last.«

»Nein, Sir! Ich habe ihn selbst ausgesucht und eingehängt. Hab genau drauf geachtet, dass seine Bruchlast größer war als die der Kette und des Stahlseils. Ich kann mir nicht vorstellen, dass er versagt haben könnte.«

Bell fragte sich, ob es nicht irgendeine geheimnisvolle Art und Weise gab, den Techniker ausreichend höflich zu fragen, ob er glaube, dass er den führerlosen Zug nur geträumt hatte, ohne dass er sich sofort weigerte, sich weiterhin zu diesem Thema zu äußern. In diesem Moment kam ein schmerbäuchiger Zechen-Cop hinter der Kreiselkippvorrichtung hervor und musterte Bell argwöhnisch. »Was habt ihr beiden da zu reden?«

Der Techniker ließ sich nicht einschüchtern. Er war ein erfahrener Mechaniker und kannte seinen Wert. Aber von Isaac Bell, einem einfachen Arbeiter, wurde erwartet, dass er katzbuckelte, es sei denn, er war Manns genug, dem Cop in die Augen zu blicken und – auf die Gefahr hin, seinen Job zu verlieren – zu sagen, er solle sich zum Teufel scheren.

Bell wandte ihm den Rücken zu und stieg auf dem steilen Gleis abwärts.

»Wo gehst du hin, verdammt noch mal? Ich rede grad mit dir.«

»Sie haben die Ventilatoren eingeschaltet«, rief Bell über die Schulter. »Ich begleite den Rettungstrupp. Kommen Sie mit?«

Der Cop, der kein Bedürfnis verspürte, ein Bergwerk zu betreten, das mit dichten Schwaden giftiger und explosiver Gase gefüllt war, gab keine Antwort, und Bell holte die Retter ein, die neue Stromleitungen verlegten und Hacken schwangen und mit elektrischen Bohrhämmern hantierten, um die Förderstrecke und Nebenstollen freizuräumen, um nach den vermissten Türjungen zu suchen.

Als der letzte kleine Leichnam geborgen worden war und die erschöpfte Suchmannschaft in Richtung Tageslicht schlurfte, löschte Bell seine Stirnlampe und versteckte sich in einem Nebenstollen. Er wartete, bis sich die Männer auf der Förderstrecke so weit entfernt hatten, dass von ihren Lampen nichts mehr zu sehen war. Dann zündete er seine eigene Lampe wieder an und drang tiefer ins leere Bergwerk vor, um ein Rätsel zu lösen.

Zu keinem Zeitpunkt seiner Ermittlungen war er auf irgendeinen Hinweis gestoßen, der auf Sabotageakte der Gewerkschaft hingewiesen hätte, und jetzt glaubte er auch den Grund dafür zu kennen. Nachdem er wochenlang unter Tage gearbeitet und soeben ein Grubenunglück, ausgelöst von einem Kohlenzug, der sich selbstständig gemacht hatte, überstanden hatte, musste er die Existenz von Saboteuren der Gewerkschaft in Frage stellen, die zu entlarven und zu verhaften das Bergwerksunternehmen die Van Dorn Agency engagiert hatte.

Er zweifelte dabei nicht an Sabotageakten, die im Zuge von Arbeitskämpfen verübt wurden. Gewalttätige Vorfälle gab es in einem Krieg zwischen Arbeitern und Unternehmern, der andauerte, solange man sich erinnern konnte, gewiss im Überfluss. Bergarbeiter waren bereits in Schießereien mit der Coal and Iron Police verwickelt gewesen, ehe der älteste Mann im Bergwerk als Türjunge gearbeitet hatte. Viele Eisenbahnerstreiks waren aus Vorfällen wie Schlägereien, gezielten Prügelaktionen und Schießereien bis hin zu entgleisten Lokomotiven und gesprengten Brücken entstanden. Bei zahlreichen Stahlarbeiterstreiks waren Schmelzöfen gesprengt worden, oder man hatte ihre Feuer gelöscht und sie unbrauchbar gemacht, sobald das geschmolzene Metall in ihnen erkaltet war. Schleppschiffe und Frachtkähne waren steuerlos den Wellen überlassen, Fabriken in Brand gesetzt, Telegrafenleitungen durchtrennt und die Häuser von Fabrikbesitzern niedergebrannt worden. Berittene Polizisten hatten die Arbeiter angegriffen wie Kavallerieeinheiten auf einem Schlachtfeld. Gatling-Kanonen hatten die Zeltstädte der Streikenden niedergemäht.

Aber unter Tage in einem Kohlebergwerk war Sabotage gleichbedeutend mit Selbstmord. Tief unter Tage würden die Gewerkschaftler selbst verschüttet werden, wenn Stollen einstürzten, oder sie erstickten, wenn böse Wetter die Atemluft verdrängten. Oder verbrannten bei lebendigem Leib, wenn entflammbare Gase explodierten.

Aber ehe er seinem Boss – Mr. Joseph Van Dorn, Gründer der Privatdetektei, die seinen Namen trug – meldete, dass es keine Saboteure der Gewerkschaft gab, sollte sich ein junger Detektiv, der seinen ersten Fall allein bearbeitete, lieber absolut zweifelsfrei versichern, dass die Höllenfahrt des führerlosen Kohlenzugs ein gewöhnlicher Unfall gewesen war. Dazu musste er handfeste Beweise beschaffen.

*Trau nur dem, was du siehst, und nicht dem, was du sehen sollst* – diese erste Lektion seiner langen Lehrzeit war ihm von altgedienten Van-Dorn-Agenten wie Wish Clarke, Mack Fulton und Walter Kisley eingebläut worden. Und oft, sehr oft, war sie von Joseph Van Dorn selbst wiederholt worden.

Bell wanderte die Hauptstrecke bis zu ihrem tiefsten Punkt hinab und richtete die Lampe auf die verbogenen Trümmer des Kohlenzugs, der gegen das Kohleflöz gekracht war, vor dem der Stollen mündete. Der Wagen am Ende des Zuges – es war die hin und her schwankende Lore, an der er während der rasenden Fahrt ins Innere des Berges gehangen hatte – war auf der Fahrt zur Kippstelle der erste Zugwagen gewesen, an dem das Zugseil mit Hilfe der Kettenleine befestigt worden war. Er stellte fest, dass die Kettenglieder an beiden Enden der Kettenleine mit schweren stabilen Stahlringen an der rechten und linken Seite der Lore eingehängt waren. Aber die Leine, eine Kette, deren Länge der doppelten Breite der Lore entsprach, war genau in der Mitte geborsten. Er fand keinen Schäkel. Und nur die Hälfte des Kettenglieds, das sich genau in der Mitte der Kette befand, war vorhanden und hatte sich in dem benachbarten Kettenglied verhakt. Als Isaac Bell versuchte, es herauszuziehen, schnitt es in seinen Finger.

Während er den Finger in den Mund steckte und daran lutschte, um die Blutung zu stillen, inspizierte er die scharfe Kante, an der er sich verletzt hatte. Zerbrochen war einer der langen Abschnitte des Kettenglieds. Er untersuchte die schartige Kante. Was sich seinen Augen hier darbot, überraschte ihn und war ihm zugleich ein Rätsel. Dort, wo das stählerne Glied geborsten war, war es glatt und abgeflacht und scharf wie eine Rasierklinge.

Es sah aus, als sei es mit einem Meißel durchtrennt worden. Er verwendete andere Glieder als Werkzeuge, um es mit einigen Schlägen aus dem benachbarten Glied zu lösen, in dem es sich verkeilt hatte, und ließ es in seiner Hosentasche verschwinden. Dann suchte er nach dem fehlenden Schäkel. Er musste in eine von Schwellen gesäumte Vertiefung zwischen den Schienen des Zuggleises gefallen sein.

Er hielt so lange danach Ausschau, bis das Öl seiner Lampe nahezu aufgebraucht war, aber von dem Schäkel war noch immer nichts zu sehen. Ein weiteres Rätsel. Offensichtlich war der Schäkel aus dem geborstenen Kettenglied gerutscht. Aber wie hatte sich der Schäkel aus der Kausche gelöst, die die Seilschlinge bildete, die er an der Windentrommel hatte inspizieren können?

Während er dem Gleis aus dem Bergwerk hinaus folgte, fielen ihm die Polizisten ein, die ihn beobachtet hatten. Um nicht mit dem defekten Kettenglied von ihnen erwischt zu werden – falls sie von ihm verlangten, seine Taschen auszuleeren – , versteckte er es in einem Spalt zwischen einem Stützstempel und der Kohleader und prägte sich die Stelle ein – vier Stempel oberhalb des untersten Nebenstollens.

Er marschierte los. Oder war es der dritte Stempel? Er

ging zurück, zählte abermals ab und berührte dabei jede Stütze. Vier. Die Haare in seinem Nacken stellten sich auf. Er hatte ein fotografisches Gedächtnis. Wie konnte er da eine derart simple Anordnung wie diese vier Holzstempel, die in einer Reihe standen, vergessen? In diesem Moment fiel ihm die seltsame Stille auf. Irgendetwas hatte sich in den engen Korridoren verändert. Die Ventilatoren bliesen keine frische Luft mehr ins Bergwerk.

Die Konzentration der Dämpfe nahm wieder zu. Kein Wunder, dass ihm schwindelig war. Bell machte kehrte und stolperte bergauf in Richtung des fernen Stolleneingangs. Falls es matte Wetter waren, blieb ihm kaum noch Zeit für ein Gebet. Die Kohlensäure würde ihn innerhalb von Sekunden lähmen. Böse Wetter von dem gelöschten Feuer? Dann waren es Minuten. Weniger als zehn.

Er verfiel in einen schwankenden Laufschritt. In seinem Kopf entstand ein dumpfes Dröhnen, während das Herz in seiner Brust hämmerte. Er stellte sich vor, dass die giftigen Gase hinter ihm herjagten wie eine Brandung, sich aufbuckelten, schäumend brachen, seine Stiefel umspülten, bis zu seinen Knien hochstiegen, an seinen Beinen zerrten – und er wurde von dem heftigen Sog zu Boden geworfen. Er rannte schneller, während die Schatten der Schwellen im abnehmenden Licht seiner Lampe einen heftigen Tanz aufführten. Zwei Schwellen bei jedem Schritt. Er streckte sich und versuchte, längere Schritte zu machen, und flog schneller durch die Förderstrecke als die Welle giftiger Gase, die hinter ihm herwogte.

Sein Vorsprung wuchs, als er im Licht seiner Lampe etwas blinken sah. Es lag im Schatten der rechten Schiene, teilweise von einer Holzschwelle verborgen. Er wurde langsamer, starrte seinen Fund an und versuchte verzweifelt, in seinem schweren Kopf klare Gedanken zu formen. Der Schäkel? Bildete er sich das nur ein? Oder sah er das fehlende Teil direkt vor seinen Füßen? Sollte er versuchen, es aufzuheben? Er hatte das Gefühl, nicht mehr aufstehen zu können, wenn er sich niederkniete, um danach zu greifen. In seinem Kopf drehte sich alles. Aber es war wichtig. Der Saboteur … Er sammelte seine gesamte Kraft und sank auf ein Knie. Ehe er nach seinem Fund greifen konnte, verschwand er in einem Schatten, der sich darauflegte.

Isaac Bell drehte den Kopf, um zu sehen, was den Schatten erzeugte.

Er spürte eine Bewegung und starrte in ein Paar goldener Augen, die gleichzeitig so unnahbar und drohend waren wie die Augen eines Wolfs, der sich seiner Beute sicher war. Die Schnauze zwischen den Augen nahm das Aussehen einer Faust an. Die matten Wetter hatten seinen Geist verwirrt. Er musste unbedingt aufstehen. Und rennen. Die Faust raste mit dem Tempo und der Wucht einer Lokomotive auf sein Gesicht zu. Bells eigene Faust sprang reflexartig hoch, um abzublocken und zu kontern. Dann hörte er eine Explosion, tief in seinem Kopf, und sah nichts mehr.

Isaac Bell erwachte von einem Strom kalter Luft, die über sein Gesicht fächelte.

Er lag auf den Schwellen zwischen zwei Schienen auf dem Rücken. Eine elektrische Glühbirne leuchtete von einer roh behauenen Steinkohledecke auf ihn herab. Sein Kopf schmerzte, das Kinn pochte, und als er sich aufrichtete und sich umsah, erinnerte er sich daran, dass die

Ventilatoren gestoppt hatten und er vor den Grubengasen geflüchtet war. Die Ventilatoren liefen wieder, und die frische Luft von oben hatte ausgereicht, um ihn wiederzubeleben. Er kämpfte sich auf die Füße und setzte den Aufstieg die steile Förderstrecke hinauf fort. Gleichzeitig hangelte sich sein Bewusstsein an traumgleichen Erinnerungen entlang.

Er hatte das zerbrochene Glied der Kettenleine gefunden. Er hatte es in einem Spalt zwischen der Tunnelwand und einer Deckenstütze versteckt. Die vierte Stütze oberhalb des letzten Nebenstollens. Er hatte den fehlenden Schäkel gesucht. Und nicht gefunden. Oder doch? Gedanken überschlugen sich. Er hatte ihn gesehen. Er hatte ihn *nicht* gesehen. Er konnte sich an bernsteinfarbene Augen erinnern. An einen Schatten. Er sah eine geisterhafte Faust. Sein Kopf schmerzte. Desgleichen sein Kinn. Er war schwer gestürzt. Und das Einzige, was er mit Sicherheit wusste, war, dass er großes Glück gehabt hatte, dass die Ventilatoren wieder in Gang gesetzt worden waren, ehe die Dämpfe seinen Erstickungstod herbeigeführt hatten.

Vor sich erkannte er den Lichtschein des Stolleneingangs. Er beschleunigte seine Schritte.

»Woher zum Teufel kommst du denn?«

Einige Bergarbeiter, die neue Stromleitungen verlegten, starrten ihn verwundert an.

Bell deutete mit dem Daumen hinter sich, wo sich der Stollen in der Dunkelheit verlor. »Bestellt den Mechanikern, die diese Ventilatoren aufgestellt haben, dass ich ihnen einen ausgebe.«

Hunderte Männer warteten darauf, ins Bergwerk einzufahren und ihre Arbeit wieder aufzunehmen. Bell mischte sich unauffällig unter sie, ging den Wachleuten der Bergwerksfirma aus dem Weg, schlüpfte durch das Tor zum Bergwerksgelände hinaus und eilte zum Telegrafenbüro. Während er auf seinem Weg den Ziegen auswich, die auf der Main Street von Gleasonburg umherstreunten, einer von Baracken gesäumten Lehmstraße, die von Wagenrädern zerfurcht war und nach Kloake stank, dachte er über das Telegramm nach, das er an Joseph Van Dorn schicken wollte.

Wer würde ein Bergwerk sabotieren? Kein Gewerkschaftsmitglied, das halbwegs bei Verstand war, wäre imstande, seine eigenen Leute zu töten. Ganz gewiss nicht der im Grunde friedliche Jim Higgins, der seinen Gesinnungsgenossen Mäßigung predigte. Aber wenn es nicht die Saboteure der Gewerkschaft, die er hatte entlarven sollen, gewesen waren – Verbrecher, die, wie er mittlerweile fest überzeugt war, gar nicht existierten –, wer war es dann? Vielleicht die Eigentümer des Bergwerks? Aber sie hatten alles zu verlieren, wenn sie keine Kohle fördern konnten. Dieses Unglück hätte einen wesentlich schlimmeren Ausgang haben können. Hunderte hätten den Tod finden können. Das Bergwerk wäre monatelang lahmgelegt worden, anstatt nur für wenige Tage.

Aber wenn weder die Gewerkschaft noch die Eigentümer für den Zwischenfall verantwortlich waren, wer dann?

Da er auf diese Frage keine Antwort fand, dachte Bell über ein noch seltsameres Rätsel nach. Offensichtlich war, dass ein Saboteur die Kette irgendwie durchgeschnitten hatte. Aber in dem Moment, als die Kette gebrochen war, hatte sich der Kohlenzug auf der Steilstrecke befunden, die zum Kreiselkipper führte, und war von einigen Hundert Bergarbeitern zu sehen gewesen. Nicht einer von ihnen, Isaac Bell selbst eingeschlossen, hatte auf der ersten Lore einen Schmied beobachtet, der die Kettenleine mit Hammer und Meißel bearbeitete.

# 4

Als Isaac Bell in Pittsburgh, Pennsylvania, eintraf, badete er zwei Mal. Das erste Mal in der billigen Pension, wo er sein Gepäck deponiert hatte und sich ausreichend Kohlenstaub abwusch, um in den exklusiven Duquesne Club in der City eingelassen zu werden. Dieser residierte in einem reich verzierten, in neuromanischem Stil gehaltenen Gebäude, welches das Golden Triangle, wo der Monongahela und der Allegheny zum Ohio River zusammenflossen, beherrschte. Das zweite Bad nahm er im Duquesne Club, ehe er in einen makellos weißen Anzug schlüpfte.

Er bat den Portier in der Vorhalle, seinen Mittagsgast, Mr. Van Dorn, in die Bar zu geleiten, sobald er eintraf. Dann betrat der junge Detektiv die bevorzugte Feierabendtränke der Industriebarone und Eisenbahntycoons, die die Metropole der Steinkohle- und Stahlindustrie Amerikas beherrschten. Da er sich ausführlich mit der Steinkohleindustrie beschäftigt und in dieser Richtung ausgiebige Recherchen durchgeführt hatte, erkannte er zahlreiche der Anwesenden in dem saalartigen Raum. Aber der Mann, der sofort seine Aufmerksamkeit erregte, hielt unter einem mit Acanthusblatt-Schnitzereien und lebensgroßen Satyrfiguren verzierten Kaminsims Hof – John »Black Jack« Gleason, der skrupellose Eigentümer der Gleason Consolidated Coal & Coke Company.

Falls das Zugunglück, die Explosion und der Tod von sechs Türjungen in Mine No. 1 zwei Tage zuvor Gleason in irgendeiner Weise berührte, so war davon jedenfalls nichts zu sehen. Stattdessen grinste er wie ein Faun und verspottete die anderen Wirtschaftskapitäne: »Wenn ich erst einmal die Gewerkschaften aus West-Virginia rausgejagt habe, werde ich Steinkohle weitaus billiger verkaufen als jeder andere hier im Raum. Dann übernehme ich Ihre sämtlichen Kunden.«

Ein patrizierhafter Gast lief im Gesicht rot an. »Mein Großvater war eines der Gründungsmitglieder dieses Clubs, Sir, und ich habe keine Hemmungen, offen auszusprechen, dass Sie ein Aasgeier sind.«

»Darauf bin ich sogar stolz«, schoss Gleason zurück. »Wenn Sie mich im Kampf gegen die Gewerkschaften nicht unterstützen wollen, werde ich Sie alle bei der Konkursversteigerung aufkaufen.«

Der Enkelsohn des Gründers stürmte wütend hinaus. Aber Bell entging nicht, dass die anderen betreten miteinander murmelten und erleichtert aufatmeten, als einer von ihnen das Thema wechselte und die Unterhaltung auf die gegenwärtige Siegesserie der Pirates lenkte.

»Da sind Sie ja, Isaac.«

Joseph Van Dorn ergriff mit einer massigen, sorgfältig manikürten Tatze Bells Hand und drückte sie kräftig. Er war eine große, eindrucksvolle Erscheinung mit breiter Brust und deutlich breiterer Bauchregion, dabei jedoch geradezu leichtfüßig – ein Mann um die vierzig mit beginnender Glatze, den man für einen Schiffskapitän, der im China-Geschäft Erfolg gehabt hatte, oder für einen Schmied hätte halten können, der ein besonderes Werkzeug erfunden hatte, dem er seinen Reichtum verdanken durfte. Er erschien gesellig und jederzeit zu einem Lächeln bereit, das ein Leuchten in seine verschleierten Augen zaubern konnte. Rote Koteletten, die in einen noch kräftiger geröteten Bart mündeten, vermittelten eher den Eindruck eines umgänglichen, stets gutgelaunten Zeitgenossen als den des Schreckens der Unterwelt, und viele eingesperrte Kriminelle fragten sich noch immer, wie sie sich derart hatten täuschen lassen können.

Es gab nicht viel, was den Gründer und Chefermittler der Van Dorn Detective Agency beeindruckte, und er war auch nicht gerade leicht zu verwirren. Aber nun, während er den Blick durch den eleganten Saal und über die reichen Clubmitglieder schweifen ließ, fragte er so leise, dass nur Isaac Bell seine Stimme hören konnte: »Wie haben Sie es geschafft, sich in diesen Laden reinzumogeln?«

»Der Vater meines Schulfreunds Kenny Bloom hat ein Wort für mich eingelegt.«

»Weiß man hier, dass Sie Detektiv sind?«

»Nein, Sir. Ich habe die Dagget-Fassade benutzt.«

»Gut gemacht. An einem Ort wie diesem können Sie eine Menge lernen. Und nun, worum geht es in dieser ›äußerst dringenden Angelegenheit?‹«

Bell hatte mit dem Chefkellner gesprochen und einen Tisch in einem stillen Winkel reservieren lassen. Eilig geleitete er Van Dorn dorthin. Aber ehe er ein Wort über die Unwahrscheinlichkeit von Sabotageakten verlauten lassen konnte, die von der Gewerkschaft organisiert worden waren, sagte Van Dorn: »Sie werden es nicht glauben, Isaac, aber ich bin gerade eben mit dem Präsidenten zusammengetroffen.«

»Mit Black Jack?«

»Nicht mit Gleason. Mit dem *Präsidenten*!«

»Wen meinen Sie, Sir?«

»Den Präsidenten der Vereinigten Staaten! TR persönlich. In Lebensgröße. Er hat mir die Hand geschüttelt… Er ist viel kleiner, als man annimmt. Aber voller Feuer. Hat mir die Hand geschüttelt, höchstpersönlich.«

»Nun, das ist wunderbar, Sir. Also, was ich in der Mine herausbekommen habe…«

»Die Van Dorn Agency hat einen traumhaften Auftrag an Land gezogen. Prinz Heinrich kommt. Der deutsche Prinz Heinrich von Preußen besucht Amerika. Und wir sind eine der Agenturen, die der Secret Service engagiert hat, um ihn zu begleiten. Deshalb hat mich Teddy ins Weiße Haus gebeten. Eins kann ich Ihnen versichern, Isaac, wenn die Van Dorns es schaffen, Prinz Heinrich vor anarchistischen Attentätern zu beschützen, werden wir eine rosige Zukunft haben.«

»Herzlichen Glückwunsch, Sir«, sagte Bell. »Das ist eine großartige Neuigkeit.«

Er kannte Van Dorns Traum, die Van Dorn Detective Agency über die Grenzen von Chicago hinaus zu vergrößern und Außenbüros in jeder größeren Stadt und, eines Tages vielleicht, auch in den Hauptstädten Europas zu eröffnen. Der Prinz-Heinrich-Auftrag war der ständigen Arbeit an der Verwirklichung dieses Traums, »acht Tage die Woche und dreizehn Monate im Jahr«, zu verdanken, und es war durchaus verständlich, dass sich der Boss darüber freute.

»Fassen Sie sich kurz, Isaac. Ich bin in einer Stunde mit dem Polizeichef von Pittsburgh verabredet. Zu Ehren von Prinz Heinrich wird in diesem Club ein Galadinner veranstaltet.«

Bell musste Van Dorns Aufmerksamkeit umlenken, um sich die Erlaubnis zu holen, den Unfall um der Gerechtigkeit willen eingehender zu untersuchen, obgleich die

Agentur ursprünglich von dem Bergwerksunternehmen engagiert worden war. Er sagte: »Das stolze Van-Dorn-Motto – Wir geben nicht auf! Niemals! – basiert doch auf festen Prinzipien, nicht wahr?«

»Natürlich tut es das. Wir ignorieren kein Verbrechen, und wir lassen keinen Unschuldigen im Stich.«

»Das war das Erste, was Sie mich lehrten, Sir. Wir saßen damals in Jimmy Armstrongs Saloon in Chicago, und Sie sagten: ›Die Unschuldigen sind heilig und …‹«

Der jüngere Mann hielt erwartungsvoll inne.

Joseph Van Dorn sah sich genötigt, das Credo, das er seinen Detektiven eingebläut hatte, zu vervollständigen. »… und die Starken haben die Pflicht, sie zu beschützen.«

»Die Jungen, die bei dem Grubenunglück ums Leben kamen, waren unschuldig, Sir. Der Gewerkschaftsmann Jim Higgins ist kein Mörder. Und der führungslose Kohlenzug, das war kein Unfall.«

Van Dorns Augen funkelten, und Bell wusste, dass er sein Interesse geweckt hatte. »Können Sie die Saboteure identifizieren, die ihn verursacht haben?«

»Es gab keinen Saboteur.«

»Wie bitte?«

»Nicht in dem Sinn, wie Sie es meinen. Es war keine von der Gewerkschaft ausgeführte Tat.«

»Wer war es dann?«

»Kein Saboteur. Sondern ein Provokateur.«

»Zum Teufel, wovon reden Sie? Was soll diese Wortklauberei? Sabotage ist Sabotage.«

»Das ist sie eben nicht, Sir. Nicht so, wie Sie es meinen.«

»Hören Sie auf, mir zu erklären, was ich meine, und sagen Sie mir endlich, was Sie meinen.«

»Die gerissene Kette, die den Unfall verursacht hat, wurde absichtlich zerbrochen, und aller Wahrscheinlichkeit nach durch einen Provokateur.«

»Zu welchem Zweck?«, fragte Van Dorn.

»Um ein schwereres Verbrechen zu begehen.«

»Was für ein schwereres Verbrechen?«

»Das weiß ich nicht«, gab Bell zu. »Obwohl es im Zuge von Arbeitskämpfen vorgekommen ist, dass Provokateure von Fabrikbesitzern engagiert wurden, um Vorwände zu schaffen, Gewerkschaftsangehörige zu verhaften. Aber ich glaube nicht, dass es in diesem Fall darum geht.«

Van Dorn lehnte sich zurück und verschränkte die Arme vor seinem beachtlichen Brustkorb. »Ich bin ehrlich froh, dass Sie es so sehen. Sein eigenes Bergwerk zu zerstören, um Gewerkschaftler dingfest zu machen, wäre für Black Jack Gleason eine verdammt teure Angelegenheit.«

»Ich weiß. Deshalb frage ich mich …«

»Wo waren Sie eigentlich, als der Kohlenzug manipuliert wurde? Hatte ich Sie nicht dorthin geschickt, um solche Angriffe zu vereiteln?«

Isaac Bell ließ den Kopf hängen. »Tut mir leid, dass ich Sie enttäuscht habe, Sir.«

Van Dorn musterte ihn fast geschlagene zwanzig Sekunden lang strafend. Schließlich sagte er: »Dazu kommen wir später. Was haben Sie gesehen?«

Bell berichtete, was seinen Verdacht geschürt hatte: die selbstmörderischen Auswirkungen der Sabotage unter Tage; die rätselhafte Meißelkerbe, die er an dem geborstenen Kettenglied entdeckt hatte; und die Tatsache, dass die Bergwerksfirma mit Higgins' Verhaftung die Gewerkschaft entscheidend geschwächt hatte.

Joseph Van Dorn schaute Isaac Bell nachdenklich an.

Bell erwiderte seinen Blick herausfordernd. Der Boss war ein sehr ehrgeiziger Mann, aber er war grundehrlich und sich seiner Verantwortung gegenüber dem Motto seiner Agentur stets bewusst.

»Entgegen meiner besseren Einsicht«, sagte Van Dorn schließlich, »gebe ich Ihnen die Erlaubnis, diese vage Vermutung eine Woche lang weiterzuverfolgen. Aber wirklich nur eine einzige Woche.«

»Danke, Sir. Darf ich mir Männer zu Hilfe holen?«

»Ich kann zurzeit niemanden entbehren, der Sie unterstützen könnte. Dieser Prinz-Heinrich-Besuch erfordert jeden Mann. Sie sind auf sich allein gestellt.«

Am anderen Ende des eleganten Speisesaals entstand plötzlich eine heftige Unruhe. Black Jack Gleasons Gesellschaft inszenierte lärmend ihren Auftritt und nahm zum Mittagessen Platz. Gleason schlug mit der Faust auf den Tisch und verkündete mit lauter Stimme: »Ich werde die Bergarbeitergewerkschaften ein für alle Mal zerschlagen!«

Die älteren Bergwerkseigner rieten zur Zurückhaltung und wiesen daraufhin, dass die Gewerkschaft in Pennsylvania eine starke Basis habe: Der Winter steht vor der Tür, einen Streik können wir uns nicht leisten.

»Die Nation wird für Millionen frierender Mitbürger kein Verständnis haben.«

»Es hat die Anthrazitindustrie bereits zwei Millionen gekostet, fünftausend Angehörige der Coal and Iron Police zu entlohnen, zu verpflegen, unterzubringen und mit Revolvern und Hinterladergewehren auszustatten. Verdammt, wenn wir den Lohn der Bergarbeiter um zehn Cent pro Tag erhöhen, würde uns das viel weniger kosten als fünftausend bewaffnete Polizisten.«

Gleason schlug abermals auf die Tischdecke. Besteck hüpfte klirrend. Kellner eilten herbei, um die Trinkgläser zu retten. »Gentlemen, ich wiederhole es in aller Deutlichkeit: Ich werde die Bergarbeitergewerkschaften ein für alle Mal zerschlagen.«

»Aber wären wir nicht besser beraten, wenn wir den Lohn der Grubenarbeiter ein wenig erhöhten, um einen Arbeitskampf im Keim zu ersticken?«

»Und zwar bevor sich dieser verdammte Diktator einmischt, Präsident Roosevelt«, warnte ein anderer. »Er wird verlangen, dass wir die Gewerkschaft anerkennen.«

Van Dorn senkte die Stimme und meinte zu Isaac Bell: »Die Leute, die TR beraten, haben mir gegenüber gerade durchblicken lassen, dass ihm nichts lieber wäre, als einen Streik zu verhindern.«

Black Jack Gleason wischte jeglichen Kompromiss mit einem spöttischen Lachen beiseite. »Wenn sie streiken, werde ich ihren Streik brechen, wie ich jeden anderen Streik vorher gebrochen habe«, prahlte er.

Bell sagte zu Van Dorn: »Ich habe ihn in der Bar gehört. Er wünscht sich geradezu einen Streik, weil der seinen Konkurrenten schaden würde.«

»Ein harter Busche«, sagte Van Dorn. »Aber verdammt kompetent.« Seine strenge Haltung gegenüber Bell milderte sich ein wenig. Er selbst war auch ein harter Bursche, aber nicht hart genug, um seine freundschaftlichen Gefühle für einen jungen Angestellten, den er schätzte, vollständig zu verbergen. Isaac Bell war nach Abschluss seines Studiums an der Yale University sein persönlicher Lehrling gewesen und nun der bevorzugte Schützling des alten Iren.

»Seien Sie vorsichtig, Isaac. Sie haben Gleason gehört.

Arbeiter und Unternehmer kämpfen in einem Krieg, in dem es um hohe Einsätze geht, mit allen Tricks um jeden Vorteil. Sie sind bereit zu einem Kampf auf Leben und Tod. Nehmen Sie sich in Acht, dass Sie nicht zwischen die Fronten geraten.«

»Das werde ich nicht, Sir.«

»Und ganz gleich, was Sie tun, bleiben Sie neutral und ergreifen Sie nicht Partei für eine Seite.«

»Ich werde vorsichtig sein, Sir. Versprochen.«

»Das glaube ich Ihnen nicht.«

Der junge Mann spannte sich. »Sir, ich habe Ihnen mein Wort gegeben!«

»Nein«, sagte Van Dorn. »Sie werden dieses Versprechen vergessen und irgendetwas Unbesonnenes tun, sobald Sie sich von Ihrem Instinkt leiten lassen.«

»Ich verstehe nicht.«

»Ich habe Sie bei Ihrer Arbeit beobachtet. Sie haben ein Herz für die Unterdrückten. Im Gegensatz zu den meisten Vertretern Ihrer privilegierten Klasse ist Ihnen bewusst, dass es sie gibt. Das unterscheidet Sie von ihnen, was vermutlich lobenswert ist. Aber riskieren Sie nicht Ihr Leben bei dem Versuch, die natürliche Ordnung der Dinge auf den Kopf zu stellen.«

# 5

Isaac Bell zog in seiner Pension wieder Bergmannskleidung an, zahlte der Wirtin einen Obolus, um sein Gepäck unterstellen zu können, und machte sich eilig auf den Rückweg ins Kohlerevier. In einem Sitzwagen der B & O Line fuhr er nach Morgantown, West-Virginia und benutzte für die letzten acht Meilen ein sich verengendes Tal hinauf die neu angelegte Gleasonburg-Bahn, die die Städte miteinander verband. Deren Endhaltestelle befand sich unweit des Gerichtsgebäudes. Dieses war ein eilig zusammengezimmerter Holzbau, eingezwängt zwischen einem steilen Berghang und dem Monongahela River. Es stand neben dem größeren, eindrucksvoll gelben Klinkerbau des Kaufhauses der Gleason Company und beherbergte einen Friedensrichter, das höchstrangige Justizorgan in der Bergarbeiterstadt, seinen Gerichtssaal und, in einem Keller unter dem Gebäude, das Gefängnis von Gleasonburg.

Dieses Gefängnis war Isaac Bells Ziel.

Da er nur eine Woche Zeit hatte, seine Theorie zu untermauern oder zumindest so viele Hinweise zusammenzutragen, um das Interesse seines Chefs wachzuhalten, hatte er während der Eisenbahnfahrt entschieden, dass sein produktivster erster Schritt der sein müsse, die Gefängniswärter zu überreden, Jim Higgins besuchen zu dürfen. Der Gewerkschaftsmann beherrschte sein Metier. Er hatte die Grundlagen für einen Streik geschaffen und zu diesem Zweck in Erfahrung gebracht, welchen Bergarbeitern man trauen konnte, vor welchen Polizisten man sich in Acht nehmen musste und mit welchen Bossen man sich anfreunden sollte. Bell konnte kaum erwarten, dem Arbeiterführer seine Theorie darzulegen und ihn darüber zu befragen, wer der Provokateur sein könnte und welche Ziele er verfolgen mochte.

Eine Schar von Bergarbeitern und deren Ehefrauen und Kinder hatten sich vor dem Eingang zum Gefängnis – einer separaten Pforte unterhalb der Eingangstreppe zum Gerichtsgebäude – versammelt. Bell schlängelte sich zwischen ihnen hindurch, grüßte die Damen mit einem höflichen Tippen gegen den Mützenrand und wich den zahlreichen Kindern aus. Die Stimmung unter den Wartenden war gedrückt. Bell erkannte, dass sie die Mütter der halbwüchsigen Türschließer waren. Er fragte sich, wie viele von ihnen verwitwet waren, so wie Sammys Mutter. Wie viele von den Jungen waren die einzigen Ernährer ihrer Familien gewesen?

Sie unterhielten sich halblaut wie eine Kirchengemeinde, die auf den Beginn des Gottesdienstes wartet, und während sich Bell seinen Weg durch das Gedränge suchte, hörte er geflüsterte Bemerkungen, aus denen er schließen konnte, dass sie eher Jim Higgins anstatt die Gleason Company für den Tod der Türschließer verantwortlich machten.

Das Gefängnis wurde von der Firmenpolizei bewacht. Sie bestand zum größten Teil aus fetten älteren Männern, und Bell befürchtete, dass sie, falls die Stimmung umschlug und die Schar der Wartenden sich in einen wütenden Mob verwandelte, wie es bei Ansammlungen von Trauernden, die den Verlust enger Angehöriger verschmerzen mussten, häufig geschah, kaum in der Lage wären, den beschuldigten Gewerkschaftler zu beschützen. Üblicherweise kommandierte ein Pinkerton-Agent die Firmenpolizei, aber hier konnte er nirgendwo einen Detektiv entdecken. Im Augenblick war die Menge jedoch friedlich, und die Firmenpolizei hatte die Lage sicher im Griff. Die Männer sahen ihn kommen, und einer von ihnen versperrte die Tür.

»Ich möchte zu Jim Higgins«, brachte Bell sein Anliegen vor.

»Keine Besucher.«

»Sein Priester in Chicago hat mir ein Telegramm geschickt und mich gebeten, nach ihm zu schauen.«

»Es ist mir völlig egal, ob der verdammte Papst persönlich telegrafiert hat. Keine Besucher.«

»Jims Priester hat Geld geschickt, weil er dachte, es könnte vielleicht helfen, ihm die Wartezeit, bis seine Anwälte eintreffen, ein wenig angenehmer zu machen.«

Der Firmencop leckte sich die Lippen. Das Schmiergeld hätte er gern eingesteckt. Bell griff in die Tasche. Aber der alte Mann schüttelte den Kopf. »Ich habe meine Befehle. Kein Anwalt, kein Priester, keine Besucher.«

»Ich habe es auch schon versucht«, sagte eine Frau, die näher gekommen und hinter Bell stehen geblieben war. »Wenn sie noch nicht einmal seine Schwester zu ihm lassen wollen, dann ganz gewiss auch keinen Priester.«

Beim Klang ihrer lieblichen Stimme drehte sich Isaac Bell um. Als er sie erblickte, schoss eine Erkenntnis durch seinen Geist – wie eine führerlose Lokomotive: *Wenn die Cops dieser grauäugigen schwarzhaarigen Schönheit den Zugang verweigert haben, würde sich sogar der allmächtige Gott hier dir Beine in den Bauch stehen.* Er riss sich die

Mütze vom Kopf und streckte die Hand aus. »Isaac Bell«, stellte er sich vor. »Ich hatte keine Ahnung, dass Jim eine Schwester hat.«

»Mary Higgins«, revanchierte sie sich und betrachtete skeptisch seine Hand. »Und ich hatte keine Ahnung, dass er einen Priester hat.«

»Aus seiner Pfarrei in Chicago«, sagte Bell. Es war für die Ohren des Cops bestimmt, der mit misstrauischer Miene zuhörte.

»Jim ist Atheist«, sagte die Frau und entfernte sich.

Bell folgte ihr durch die Menschenmenge und holte sie an der Straßenbahnhaltestelle ein.

»Sind Sie ebenfalls Atheistin?«

»Noch nicht«, antwortete sie. »Und wer zum Teufel sind Sie?«

»Ich habe Jim im Bergwerk kennengelernt. Er wollte mich überreden, der Gewerkschaft beizutreten.«

»Und warum haben Sie es nicht getan?«

Bell zuckte die Achseln. »Ehrlich gesagt hatte ich Angst, gefeuert zu werden.«

»Weshalb besuchen Sie ihn dann im Gefängnis?«

»Ich finde, dass ihm übel mitgespielt wurde.«

»Wenn Sie ihn besuchen, werden Sie wahrscheinlich genauso schnell gefeuert, als wären Sie der Gewerkschaft beigetreten. Was läuft bei Ihnen, Mr. Bell?«

Bell hatte ein waches Ohr für sprachliche Feinheiten und hörte aus »Was läuft bei Ihnen?« eine typische englische oder australische Redewendung heraus. Vielleicht hatte sie lange in Übersee gelebt. Oder sie las Romane, aus denen sie den Ausdruck übernommen hatte. »Wenn ich Ihnen erkläre, ›was läuft‹«, erwiderte er lächelnd, »würden Sie mir dann die Ehre erweisen, mir bei einer

Tasse Tee Gesellschaft zu leisten? Ich glaube, so etwas wird im Kaufhaus der Firma angeboten.«

»Im Gleason-Kaufhaus würde ich keinen Penny ausgeben. Und auch in keinem anderen Firmen-Kaufhaus.«

»Ich kenne kein anderes Etablissement, wo ich Sie zum Tee einladen könnte.«

»Das ist der Punkt, Mr. Bell, nicht wahr? Der Firmenladen hat ein Monopol. Die Arbeiter haben keine andere Wahl, als den Eigentümern exorbitante Preise zu zahlen oder ohne auszukommen. Sie werden in Form von Guthaben entlohnt und nicht mit solidem Bargeld, und diese Guthaben können sie nur in diesem Firmenladen einlösen. Damit sind sie nicht besser als Leibeigene.«

»Oder Farmpächter«, sagte Bell.

»Sklaven.«

»Das klingt, als sei Ihr Bruder nicht der einzige Gewerkschaftler in Ihrer Familie.«

»Da haben Sie völlig recht.« Der Anflug eines Lächelns zauberte Wärme in ihre Augen, als sie den gut aussehenden jungen Mann vor ihr musterte. »Nur dass Jims Ansichten für meinen Geschmack viel zu gemäßigt sind.«

»Sind Sie sicher, dass Sie für eine Tasse Tee keine Ausnahme machen und mit dem Firmenkaufhaus vorliebnehmen wollen?«

»Absolut sicher«, bekräftigte Mary Higgins mit Nachdruck. Sie ließ den Blick an den Reihen schäbiger Baracken, armseliger Pensionen und schmuddeliger Buden, die die Lehmstraße säumten, entlangwandern und fasste einen Saloon mit einer Laterne in seinem einzigen kleinen Fenster ins Auge. »Es gibt auch andere Möglichkeiten. Kommen Sie mit.«

Bell warf einen prüfenden Blick auf die ständig wachsende Schar der Wartenden vor dem Gefängnis, dann folgte er der Frau über die Straße. Sie war ungewöhnlich groß und ging mit schnellen Schritten. Er bemerkte, wie ihre Röcke lebhaft hin und her schwangen, als hätte sie lange Beine. Als sie auf den aus Holz gezimmerten Gehweg hinaufstieg, teilte sich ihr Rock und gab den Blick auf niedrige Schnürstiefel frei, die sich um schlanke, anmutige Fesseln schmiegten. Der Figur nach eine Revuetänzerin, dachte er, aber streng wie eine Schulmeisterin.

Während sie Bell durch die Tür winkte, eilte der Inhaber herbei und schimpfte: »Hier ist der Zutritt für Ladys verboten!«

Mary Higgins brachte ein weiteres Lächeln hervor, blickte dem Barkeeper herausfordernd in die Augen und sagte: »Irgendwo hinter der Bar haben Sie Ihr Büro, und darin steht sicher eine Kanne Kaffee. Ich wüsste gern, ob dieser Gentleman und ich vielleicht jeweils eine Tasse davon kaufen und an Ihrem Schreibtisch trinken können.«

Das Kinn des Barkeepers sackte nach unten. »Woher wissen Sie das?«

»Mein Vater hat früher ein ähnliches Etablissement besessen. Er sagte immer, wenn man selber trinkt, was man verkauft, landet man am Ende im Armenhaus.«

»Dann kannte er sich in diesem Geschäft offenbar aus«, sagte der Inhaber. »Kommen Sie hier entlang.«

Mary Higgins folgte ihm, wobei ihre schwingenden Röcke das Sägemehl aufwirbelten, das auf dem Fußboden verstreut war. In seinem Büro entschuldigte sich der Wirt: »Mit Milch kann ich aber nicht dienen.«

»Auch nicht nötig«, sagte Mary Higgins mit einem Blick zu Isaac Bell, der mit einem stummen Kopfnicken anzeigte, dass ihm schwarzer Kaffee durchaus recht war.

»Ich lasse Sie beide … allein. Wobei ich davon ausgehe«, fügte der Saloonwirt mit barscher Stimme hinzu, »dass uns allen klar ist, dass mein Büro keine Liebeslaube ist.«

Er entdeckte ein unvermittelt aufblitzendes gefährliches Funkeln in den Augen des Bergarbeiters und entschuldigte sich hastig. »Ich hatte nicht die Absicht anzudeuten, dass Sie …«

»Vielen Dank«, sagte Mary Higgins knapp, und der Mann zog sich eilig zurück.

Sie ließ sich hinter dem Schreitisch, der aus rohen Brettern bestand, nieder und gab Bell mit einer Handbewegung zu verstehen, dass er sich das Fass heranziehen solle, das als Beistelltisch diente. »Mr. Bell, Sie sind ein wandelndes Rätsel.«

»Wie meinen Sie das, Miss Higgins?«

»Gekleidet sind Sie wie ein Grubenarbeiter. Sie reden aber wie ein Fifth-Avenue-Stenz, der wie ein Bergmann klingen will. Und bei dem Versuch, die Manieren der Privilegierten vollständig zu kaschieren, versagen Sie kläglich. Wer sind Sie wirklich, und was wollen Sie?«

Bell ließ den Kopf hängen und bot ein Bild der Verlegenheit, wenn nicht gar der Schuld. Sie hatte scharfe Augen und Ohren, daher war er nicht besonders verwundert, dass sie die Schwachstellen seiner Tarnung sofort aufgespürt hatte. Sicherlich wäre sie eine fähige Detektivin. Da ihm ihr prüfender Blick längst aufgefallen war, hatte er sich bereits eine Verteidigungslinie zurechtgelegt und war entschlossen, seine Tarnung so lange wie möglich aufrechtzuerhalten. Bleibe bei deiner Legende, hatte ihm Wish Clarke beigebracht und mit einem Schluck aus seiner Taschenflasche veranschaulicht, wie diese Lektion zu verstehen war. Zeig den Leuten, dass du ein harmloser Säufer bist. Mach's nicht zu kompliziert, aber bleib bei deinem Grundmuster. Je enger du dich an die Wahrheit hältst, desto weniger musst du verbergen.

Bell sagte: »Ich möchte damit anfangen, wer ich bin. Ja, ich stamme aus gehobenen Verhältnissen. Sie haben vollkommen recht. Aber mein Vater hat in der Silber-Panik von 1893 alles verloren. Meine Mutter starb. Mein Vater erschoss sich – ob aus Scham oder aus Trauer, das weiß ich nicht. Alles, was ich danach erlebt habe, waren Not und Entbehrung. Doch ich bin stolz darauf, sagen zu können, dass ich meinen Weg gemacht habe, ganz allein und dank meiner eigenen Hände Arbeit.«

Mary Higgins warf einen schnellen Blick auf seine Hände, und der junge Detektiv war froh über die Blasen, die von der Arbeit mit der Schaufel stammten und sich mittlerweile zu ansehnlichen Schwielen verhärtet hatten.

*»Erlosch ein Haus im letzten seiner Glieder?«*, zitierte sie aus einem Gedicht von Oliver Goldsmith und hob fragend eine Augenbraue.

»*Ein Hauch erschuf es einst, ein Hauch erschafft es wieder*«, antwortete Bell mit einem anderen Zitat.

»Wollen Sie mir weismachen, dass Sie meinen Bruder aus reinem Mitgefühl besuchen wollten?«

»Das ist in etwa alles, was ich ihm anbieten kann.«

»Irgendetwas stimmt nicht mit Ihrer Geschichte, Mr. Bell. Versuchen Sie lieber nicht, eine Arbeitertochter zu täuschen.«

»Ich dachte, Ihr Vater sei Inhaber eines Saloons gewesen.«

»Das habe ich nur erzählt, um eine anständige Tasse Kaffee zu bekommen«, sagte sie und offenbarte, dass sie ebenso wie Bell für einen guten Zweck die Wahrheit geschickt zurechtzubiegen verstand. »Mag sein, dass Sie Ihre prächtigen Villen verloren haben, aber Ihre Umgebung und Ihr ganzes Leben hindern Sie daran, den Konflikt zwischen der Kapitalistenklasse und der Arbeiterklasse zu erkennen, geschweige denn zu verstehen.«

»Nicht mein ganzes Leben.«

»Der Kampf um Gerechtigkeit lässt sich sehr einfach erklären: Ohne Gerechtigkeit gibt es keinen Frieden – und ohne Gleichheit keine Gerechtigkeit.«

»Das ist überaus eloquent ausgedrückt«, sagte Bell. »So habe ich es noch nie betrachtet.«

»Ich wollte nicht ›eloquent‹ sein, Mr. Bell. Eloquenz ist überflüssiger Schnickschnack. Genauso wie der Kitsch, der Ihre Villa geschmückt hat.«

»Die Hoffnungen Ihres Bruders sind bescheidener. Er hat gemeint: ›Alles, was wir fordern, ist, ein menschenwürdiges Leben führen, unsere Familien ernähren und unsere Kinder in die Schule schicken zu können.‹«

»Mein Bruder ist ein sanftmütiger Träumer. Er muss begreifen, dass wir den Krieg um Gerechtigkeit nicht gewinnen werden, bevor die Arbeiterklasse und die Klasse der Kapitalisten nicht miteinander verschmolzen sind und der Arbeiter in den Genuss des Kapitals gelangt ist, das er produziert.«

»Zuerst einmal braucht er einen Anwalt. Und zwar einen guten, der den Richter davon überzeugt, dass man Jim keinen Strick daraus drehen kann, dass er die Gleissperre nicht betätigt hat. Die Firma hatte ihm eine zweite Aufgabe übertragen, nämlich den Windenmotor zu schmieren. So war er gezwungen, seinen Posten zu verlassen, und damit nicht mehr in der Lage, den Kohlenzug zum Entgleisen zu bringen. Als man ihn verhaftete, sagte er, dies geschehe nur, weil man erfahren habe, dass er führender Gewerkschaftler sei und die Anschuldigung gegen ihn nur konstruiert habe, um ihn aus dem Verkehr zu ziehen.«

»Das überrascht mich nicht. Und ebenso wenig überrascht es mich, dass mein Bruder deren Plan nicht von Anfang an durchschaut hat. Wie ich schon sagte, er ist ein Träumer.«

Der Inhaber der Bar stürzte voller Panik ins Büro. »Sie müssen jetzt gehen. Ich schließe früher. Hier bricht bald die Hölle los.«

Draußen war die Sonne hinter dem Berg verschwunden, und die Nacht kroch in den Talkessel. Ein kalter Wind fegte aus der Höhe herab. Feuchte Luft und Nebelschwaden stiegen vom Fluss hoch. Das Gerichtsgebäude lag in tiefem Schatten.

Die Menschenmenge, die sich darum versammelt hatte, war um das Dreifache gewachsen. Hatten die Wartenden anfangs noch im Flüsterton miteinander diskutiert, unterhielten sie sich jetzt in normaler Lautstärke. Einige stießen sogar laute Rufe aus. Bell beobachtete Mütter, die sich mit ihren Kindern entfernten, als spürten sie die Gefahr, dass die Stimmung im Begriff war umzuschlagen. Männer näherten sich auf der Main Street, bewaffnet mit Baseballschlägern und Hackestielen.

»Was brüllen sie?«, fragte Mary, auch wenn sie es sicherlich deutlich hören konnte. Aber offensichtlich wollte sie es nicht glauben.

»*Mörder*«, sagte Bell. »Bleiben Sie hier. Ich will mal sehen, was ich tun kann.«

Henry Clay ließ sich scheinbar ziellos durch die Menschenmenge treiben. Er war breitschultrig, fünfunddreißig Jahre alt, und in seinen Bewegungen lag eine lässige Eleganz. Obwohl nicht ausgesprochen groß, hatte er eine athletische Figur. Diese kaschierte er mit maßgeschneiderten Anzügen, wenn er sich in seinem Wall-Street-Büro in New York City aufhielt, und mit einem weit geschnittenen Mantel oder einem Overall, wenn er als einfacher Bergmann auftrat. Sein rotes Halstuch sollte nicht unbedingt als Zeichen dafür verstanden werden, dass er Gewerkschaftler war. Aber es diente durchaus als Hinweis, auf welcher Seite er im Konflikt zwischen Arbeiterklasse und Kapitalisten stand. Der Schlapphut, dessen Krempe sein Gesicht überschattete, verhinderte, dass das sinkende Tageslicht den goldenen Schimmer seiner bernsteinfarbenen Augen allzu deutlich hervorhob.

Als er einem zornigen Grubenarbeiter zufällig Auge in Auge gegenüberstand, murmelte Henry Clay: »Dieser Hurensohn hätte genauso gut eine Pistole ziehen und diese Jungs erschießen können.« Während er seinen Weg fortsetzte und den Grubenarbeiter hinter sich stehen ließ, brüllte dieser »*Mörder!*« in Richtung des Gerichtsgebäudes, wo die Gleason-Cops, die das Gefängnis bewachten, sichtlich nervös wurden.

Während er sich an einem anderen Mann vorbeischob, flüsterte Clay: »Diese armen, unschuldigen Jungen wollen mir nicht aus dem Kopf gehen.«

»*Mörder!*«, gellte hinter ihm der drohende Ruf auf. Es war, als drückte man auf den Knopf einer Türglocke. »Arme Jungen« – »*Mörder!*«

Clay blieb vor zwei Männern stehen, in deren Mienen Zweifel zu erkennen war. Offenbar besonnene Zeitgenossen, die ein Flugblatt der Gewerkschaft sicherlich nicht ungelesen wegwerfen würden. »Wie ich hörte, soll Higgins ein Spion der Geschäftsleitung sein.«

»Was reden Sie da. Wer sind Sie? Wie heißen Sie überhaupt?«

»Claggart«, antwortete Clay, streckte die Hand aus und lächelte sie entwaffnend an. »John Claggart.«

»Was soll der Unfug, Higgins sei ein Spion, Claggart? Soweit ich gehört habe, ist er Gewerkschaftler.«

»Das hab ich auch gehört«, sagte der andere Mann.

»Die Firma will, dass Sie das glauben. Die Leute, die es mir erzählt haben, haben das in dem Moment berichtet, als ihr Freund sich von der Schlange anwerben ließ, die Pinkertons auftauchten und sich auf ihn stürzten. Sie haben ihm eine Abreibung verpasst, sein Gesicht so lange mit Totschlägern bearbeitet, bis ihm das Blut aus der Nase lief. Und dann haben sie ihm die Hand gebrochen.«

»*Spion!*«

»*Mörder!*«

»*Spion!*«

Clay schlängelte sich bis zum hinteren Rand der Menschenmenge, stachelte ihre Wut durch weitere gemurmelte Verleumdungen weiter an und kletterte auf eine Pferdetränke, um einen besseren Überblick zu haben. Und siehe da, soeben eilte Joseph Van Dorns Liebling – der junge Isaac Bell – die Treppe zum Gerichtsgebäude hinauf, um zu versuchen, den Mob zu besänftigen.

# 6

»*Hängt ihn auf!*«

Isaac Bell war die Treppe in dem Moment hinaufgerannt, als sich die Trauergemeinde aus Freunden und Familien der Unglücksopfer in einen lynchwütigen Mob verwandelte, der mit hasserfüllten Rufen nach Jim Higgins' Blut verlangte.

»*Hängt ihn auf!*«

»*Mörder!*«

»*Spion!*«

»Wartet! Ruhe!«

Bell hatte eine mächtige Stimme, und wenn er seine Brust aufpumpte und sie donnernd ertönen ließ, erreichte sie auch den letzten Mann in der wütenden Schar und hallte von den Bergen wider. Er reckte beide Hände hoch über den Kopf, wodurch er noch einmal so groß erschien. Er sprach langsam, deutlich und mit ausreichender Lautstärke.

»Jim Higgins ist kein Spion. Jim Higgins ist ein ehrlicher Arbeiter wie jeder von uns.«

»*Spion!*«

Bell deutete auf den Bergarbeiter, der diesen Ruf ausgestoßen hatte.

»Wer hat Ihnen erzählt, dass Jim ein Spion ist? Kommen Sie schon, Mann, verraten Sie uns das! War es jemand, den Sie kennen? Jemand, dem Sie trauen? Wer?«

Die Männer in der vorderen Reihe sahen einander

verwirrt an. Aber weiter hinten erklang erneut der Ruf: »*Mörder! Mörder!*«

Bell konnte den Schreihals im sinkenden Licht nicht erkennen. Eine schattenhafte Gestalt mit einem Schlapphut auf dem Kopf huschte hinter dem Mob hin und her. Ein Dutzend Stimmen wiederholte die Anklage – »*Mörder! Mörder!*« Und Bell konnte von seinem Standort auf der Treppe eine wellenartige Bewegung unter den Versammelten ausmachen. Hunderte von ihnen drängten näher heran.

Die Firmencops, die vor dem Gefängniseingang Posten bezogen hatte, machten Anstalten, sich zurückzuziehen.

»Haltet die Stellung, Männer!«, rief Bell von der Treppe herab.

»*Mörder!*«

Die Polizisten kapitulierten und ergriffen die Flucht. Einige stürzten sich geradewegs in die Menge, andere suchten sich einen Weg um die Schar der Protestierenden herum, und als sie sich in Sicherheit gebracht hatten, befand sich zwischen dem Lynchmob und dem Gewerkschaftsfunktionär niemand mehr – außer einem jungen Van-Dorn-Detektiv, der seinen ersten eigenen Fall bearbeitete.

Isaac Bell zog einen Colt Army aus der Jacke und richtete ihn auf die Menge. Dann machte er ein unmissverständliches Versprechen.

»Den ersten Mann, der es wagt, auch nur einen Schritt näher zu kommen, werde ich erschießen.«

Die Männer in der ersten Reihe, die nahe genug standen, um den Ausdruck seiner Augen zu erkennen, glaubten ihm.

Sie zögerten und wichen schon zurück.

*JOE, du verdammter selbstgerechter Hurensohn!*, schimpfte Henry Clay im Geiste und verhöhnte Joseph Van Dorn, als stünde der erfolgreiche Detektiv vor seinem Schreibtisch. Oder als hielte er ihn mit einem Revolver in Schach. *Gute Gedanken, gute Werke. Ein Narr kommt selten allein.*

Er griff in seinen weiten Mantel. Ob Narr oder nicht, der junge Bell gab eine eindrucksvolle Figur ab. Der Mob, wenige Sekunden zuvor noch zu einer Explosion der Gewalt bereit, war von seiner gebieterischen Stimme gebremst worden. Clay hatte die hinteren Reihen abermals aufgestachelt. Aber jetzt hatte der junge Detektiv eine Waffe in der Hand, und es wurde Zeit, Bell zu stoppen, ehe er alles verdarb.

Die Scharfschützenwaffe in Clays Schulterhalfter war ein erstklassiger Colt Bisley .45 single-action, ein präzisionsgeschmiedeter Revolver, wie es besser nicht möglich war. In den richtigen Händen und auf diese Entfernung war er genauso tödlich wie ein Gewehr. Und Henry Clay, der von einem Meisterschützen ausgebildet worden war und mit dem Bisley genauso intensiv geübt hatte wie mit Schrotflinte, Gewehr, Messer und Fäusten, hatte nicht den geringsten Zweifel, dass seine Hände die richtigen waren.

Isaac Bell sah, wie jemand durch die Menschenmenge nach vorn strebte, während die vorderen Reihen noch zögerten.

Es war Mary Higgins, die jeden, der ihr im Weg stand, zur Seite schob, die Stufen heraufkam und sich schließlich neben ihm aufbaute.

»Wenn Sie eine Pistole mitgebracht haben«, sagte Bell, »dann geben Sie sie her und verschwinden Sie, solange die Gelegenheit noch günstig ist.«

»Ich brauche keine Pistole.«

»Wenn Sie das glauben, dann sind Sie eine noch größere Träumerin als Ihr Bruder – *runter!*« Er sah das Blinken eines Revolverlaufs, der zu ihnen herumschwang. Er trat Marys Röcke unter ihr weg und holte sie von den Füßen. Ein Schuss wurde hinter dem Mob abgefeuert. Das Projektil raste so dicht an Bells Kopf vorbei, dass es ihm die Mütze herunterriss. Er konnte nicht erkennen, wer geschossen hatte oder ob der Schütze einen zweiten Versuch unternahm. Er tat es. Der Schuss folgte ohne Warnung und schleuderte Bell zur Seite. Die Kugel fetzte durch seine Jacke und brannte eine blutige Kerbe über seine Rippen.

Bell fing sich und brachte seinen Armeerevolver in Anschlag. Er suchte die Menschenmenge ab, um den Mann zu finden, der ihn erwischt hatte. Doch er konnte ihn noch immer nicht sehen. Offenbar versteckte er sich irgendwo hinter den letzten Reihen. Dann sah er, dass der zweite Schuss den wütenden Grubenarbeitern Mut gemacht hatte. Von hinten angeschoben, rückten die Männer in den vorderen Reihen direkt auf ihn zu.

Isaac Bell drückte ab, hielt seine Waffe in Hüfthöhe und schlug mit der linken Hand vier Mal hintereinander auf den Hahn des Revolvers. Vier Schüsse lösten sich daraufhin so schnell hintereinander aus dem Lauf, dass die einzelnen Detonationen wie eine einzige lang gezogene laute Explosion klangen.

Das Schnellfeuer jagte einen Kugelregen nur wenige Zentimeter über den Mob hinweg. Köpfe duckten sich, Männer liefen auseinander und suchten Deckung. Veteranen des Spanisch-Amerikanischen Krieges, die sich mit Feldgeschützen auskannten, warfen sich bäuchlings in den Morast. Ihre hektische Reaktion dauerte so lange, dass Bell und Mary unbehelligt die Treppe hinunter und ins Gefängnis rennen konnten. Letzteres bestand aus nicht mehr als einem niedrigen Keller, in dem es nach Moder und den Petroleumlampen roch, die ihn erhellten. Er war mit einem klobigen Holzschreibtisch und einem Gewehrständer möbliert und in zwei Zellen und einen dunklen Korridor aufgeteilt, von dem Bell hoffte, dass er zu einem Hinterausgang führte. Sofort verriegelte er die Eingangstür.

Jim Higgins stand in seiner Zelle, umklammerte die Gitterstäbe und verfolgte das Geschehen. Bell entdeckte einen Schlüsselbund auf dem Tisch und im Gewehrständer eine doppelläufige Schrotflinte. Er schloss die Zellentür auf und drückte Higgins die Schrotflinte in die Hände. Higgins starrte die Waffe an, als hätte ihm Bell eine Giftschlage anvertraut.

»Machen Sie sich keine Sorgen, dass Sie damit irgendwen treffen könnten. Allein der Lärm wird sie schon verscheuchen.«

»Sind Sie okay, Isaac? Ihre Jacke ist voller Blut.«

»Ich bin tipptopp«, erwiderte Bell. Sein Brustkorb fühlte sich allerdings an, als hätte er soeben zehn Runden im Boxring absolviert, und zwar gegen einen starken Mann, der auf Körpertreffer spezialisiert war. Aber er konnte atmen, ein Zeichen dafür, dass keine Rippe gebrochen war.

»Da kommen sie!«, rief Mary, nahm die Laterne vom Tisch und schaute in den Korridor. Der Mob attackierte die Tür. Bell nahm die Schrotflinte wieder an sich. Mary kehrte zurück. »Es gibt eine Tür und eine Leiter zum Fluss hinunter.«

»Wie viele Leute sind da draußen?«

»Kein einziger. Es ist zu steil. Das Haus steht direkt am Ufer.«

»Nehmen Sie Ihren Bruder mit.«

Mary ergriff Jims Arm und leuchtete den Weg. Bell bildete die Nachhut. Der Mob bearbeitete die Tür. Die Schrotflinte belferte. Das Hämmern an der Tür brach ab, aber nur für einen kurzen Moment. Jim Higgins ließ die Leiter hinab. »Gehen Sie«, sagte Bell. »Ich decke Sie.« Er hatte noch eine Patrone in der Schrotflinte und eine in seinem Revolver. Jim Higgins schwang sich auf die Leiter und begann mit dem Abstieg. Die Eingangstür zersplitterte, als sich der Zaunpfahl, den die Lynchwütigen als Rammbock benutzten, durch ein Brett bohrte.

Bell feuerte den zweiten Lauf der Schrotflinte ab, und der Zaunpfahl fiel in den Raum, als hätten ihn die Männer, die mit ihm hantierten, fallen gelassen und rannten nun um ihr Leben. »Gehen Sie«, forderte er Mary auf. »Das hat sie offenbar zu gläubigen Christen gemacht.«

Aber anstatt die Leiter hinabzusteigen, eilte Mary in den vorderen Raum und schleuderte die Lampe hinein. Sie landete auf dem Schreibtisch des Gefängniswärters. Glas zersplitterte, das Petroleum fing Feuer. Die Flamme breitete sich auf dem Schreibtisch aus und entzündete die zweite Lampe. Mary blieb kurz im Korridor stehen, Bell konnte sie im Profil vor dem orangefarbenen Feuerschein betrachten. Sie sah aufregend schön aus, und ein zufriedenes Lächeln brachte ihr Gesicht zum Leuchten.

Das brennende Gefängnis, das den Mob eigentlich hätte ablenken sollen, besiegelte Bells, Jims und Marys weiteres Schicksal. Kaum hatten sie die Leiter überwunden und begonnen, sich einen Weg am steilen Flussufer entlang zu suchen, als das Feuer auch das Gerichtsgebäude erfasste. Das Holz brannte lichterloh. Flammen schlugen in den Himmel und ließen die Nacht taghell werden.

»Da sind sie!«

»Schnappt sie!«

Die Verfolger kamen zwischen den Baracken hervor und verteilten sich auf der Uferböschung. Bell, Mary und Jim Higgins rutschten das letzte Stück zum Fluss hinunter und rannten am Wasser entlang. Voraus konnte Bell das Hafenbecken mit dem Kai erkennen, an dem die Kohleleichter für die Nacht vertäut waren und darauf warteten, von den Dampfschleppern unter die Kippstelle bugsiert zu werden. Die Straße oberhalb des Flusses mündete in die Dock Street, die zum Hafen hinunterführte. Bell sah voraus, dass der Mob die Dock Street herunterkommen und sie vor dem Leichter-Kai abfangen würde.

»Wir sind geliefert«, sagte Jim Higgins. »Ich bin es eigentlich, den sie haben wollen. Also bleibe ich hier. Ihr beide solltet ins Wasser gehen. Bringt euch schwimmend in Sicherheit.«

Die Strömung war beträchtlich und der Fluss über einhundertfünfzig Meter breit. Außerdem herrschte außerhalb des Feuerscheins absolute Dunkelheit. Bell war ein guter Schwimmer, er würde es mit ein wenig Glück bis zum anderen Ufer schaffen. Marys Miene drückte mutige Entschlossenheit aus, aber auch einen Anflug von Zweifel, ob sie so weit würde schwimmen können.

»Sie beide bleiben hier«, befahl Bell in einem Tonfall, der keinen Widerspruch duldete. Er fand für sie ein Versteck hinter einer aus großen Felsbrocken aufgeschütteten Buhne. »Ich komme gleich wieder zurück.«

Er rannte los, wich Hindernissen aus, die er dank des Feuerscheins rechtzeitig erkannte, und kletterte auf den Hafenkai. Am Ende des Leichter-Verbands lag ein kleiner Hafenschlepper. Bell sprang auf den ersten Leichter und rannte übers Seitendeck. Dabei war er ständig darauf bedacht, nicht das Gleichgewicht zu verlieren. Ein Schritt zu weit nach rechts, und er würde ins Wasser fallen; ein Schritt zu weit nach links, und er würde sich bei einem Sturz in den leeren Frachtraum den Hals brechen.

»Dort ist er!«

Mit einem beherzten Sprung überwand Bell die Lücke zwischen dem ersten und dem zweiten Leichter und rannte nun schneller. Er hörte kaum die lauten Rufe hinter sich und hielt den Blick auf den nächsten Leichter und den dritten und auf das einsame Licht gerichtet, das auf dem Dampfschlepper brannte. Von dem letzten Leichter sprang er auf das Schleppboot und löste die Leinen. Die Strömung erfasste es sofort und nahm es flussabwärts in die Dunkelheit mit, weg von seinen Verfolgern, aber auch weg von der Buhne, hinter der sich Jim und Mary versteckten.

# 7

»Mister, was zum Teufel haben Sie vor?«

Der kleine Schlepper war ein einfaches Flachboot, dessen Dampfkessel und Schornstein auf dem Deck zwischen dem Ruderstand und einem Kohleverschlag standen. Bell hatte soeben eine Heizerschaufel ergriffen und wollte die Klappe der Feuerung öffnen, als sich ein älterer Nachtwächter mit langem weißem Bürgerkriegsbart gähnend von einem Bett aus zusammengerollten Tauen und Segeltuch erhob.

Er sah die dunkle Silhouette des großen Detektivs vor dem brennenden Gerichtsgebäude und zog einen Sechsschüsser aus seinem Hosenbund.

Bell nahm ihm die Waffe ab.

»Sir, ich will mir das Boot nur für eine kurze Fahrt ausleihen. Darf ich das?«

»Nein, Sir. Das ist nicht mein Boot. Es gehört der Gleason Coal Company. Ich kann doch nicht zulassen, dass Sie es stehlen.«

»Zwingen Sie mich nicht, Sie über Bord zu werfen«, schnappte Bell und betete im Stillen, der alte Knabe möge glauben, er meine es ernst. Denn wenn er ihm nicht glaubte, hatte Isaac Bell keine Ahnung, was er als Nächstes tun sollte.

Der alte Mann blinzelte, blickte auf das dunkle Wasser und erwiderte: »Eigentlich habe ich im Augenblick wenig Lust zu schwimmen.«

»Steht die Maschine unter Dampf?«

»Ein wenig. Vor einer Weile habe ich Kohle nachgelegt.«

»Dann schaufeln Sie gleich weiter.«

»Nun ja, gern. Es ist ja nicht so, dass ich Ihnen damit helfe, das Boot zu stehlen, oder? Ich meine, ich kann nicht zulassen, dass es auf die Felsen getrieben wird. Was bald geschehen wird.«

Bell öffnete das Ventil, ließ Dampf in den Kolben strömen, spürte, wie sich der Propeller zu drehen begann, und kurbelte am Speichenrad. Das kleine Schleppboot drehte sich mit dem Bug stromaufwärts und stemmte sich gegen die Strömung. Bell lenkte es in Richtung der Buhne und holte aus der Maschine alles an Kraft heraus, was sie hervorbringen konnte. Das Manometer zeigte an, dass die Maschine – weil die Feuerung für die Nacht auf Sparflamme gehalten wurde – kaum ausreichenden Druck erzeugte, um das Boot auch nur auf langsame Fahrt zu beschleunigen.

Der alte Mann warf ein paar weitere Schaufeln Kohle in die Feuerung und schloss die Klappe mit einem lauten Knall. »Junger Mann, sind Sie Flussschiffer?«

»Nein, Sir.«

»Es sieht nämlich so aus, als hätten Sie schon mal einen Dampfer gesteuert.«

»Nur Jachten.«

»Jachten? Mr. Gleason besitzt eine Jacht. Die *Monongahela*, so benannt nach dem Fluss … Sehen Sie das brennende Gerichtsgebäude? Ich vermute, das Feuer wird gleich auf das Firmenkaufhaus überspringen.«

Mary Higgins, dachte Bell, würde in ihrem Versteck am Flussufer sicher vor Begeisterung jubeln.

Er lenkte das Boot an den Leichtern und am Kai vorbei zur Buhne, wo er Mary und Jim Higgins zurückgelassen hatte. Sie waren verschwunden. Er suchte das Ufer ab, und dann entdeckte er sie. Sie rannten gerade zum Gerichtsgebäude zurück. Drei Männer waren ihnen dicht auf den Fersen. Bell nahm mit dem Schleppboot Kurs auf die beiden.

Einer der Verfolger gewann einen kleinen Vorsprung vor seinen Gefährten und schwang einen Baseballschläger. Zwei Meter hinter Mary holte er mit dem Schläger aus. Bell ließ das Ruder los, zog seinen Colt, zielte sorgfältig und feuerte die letzte Kugel ab. Der Mann ließ den Baseballschläger fallen und ging zu Boden. Seine Freunde stolperten über ihn und stürzten ebenfalls hin.

»Guter Schuss«, sagte der alte Mann. »Das wird ihnen eine Lehre sein.«

Bell rammte den Bug des Schleppboots in den weichen Uferschlamm.

»*Springen Sie!*«

Mary kletterte an Bord und streckte die Hand nach ihrem Bruder aus. Jim schwang sich ebenfalls an Bord. Bell schaltete in den Rückwärtsgang, manövrierte das Boot in die Strömung, ließ das Ruder herumwirbeln und dampfte zum gegenüberliegenden Ufer.

Isaac Bell lenkte das Boot über den Monongahela River und leicht flussabwärts und hielt Ausschau nach einem geeigneten Anlegeplatz. Der alte Mann erkannte Jim Higgins. »Sie sind doch dieser Gewerkschaftstyp, oder?«

»Ja, der bin ich. Sind Sie für die Gewerkschaft?«

»Kann ich nicht behaupten. Kann aber auch nicht behaupten, dass ich für die Firma bin. Sie behandelt die Leute verdammt schlecht.«

»Würden Sie einen Streik unterstützen?«

»Vielleicht. Vielleicht auch nicht.«

»Ich denke genauso«, sagte Higgins und begann eine Unterhaltung. Bell hätte niemals erwartet, einem solchen Gespräch mitten in der Nacht – noch dazu auf einem gestohlenen Schleppboot – zuhören zu können. »Wir brauchen nicht unbedingt zu streiken. Eine faire Einigung über die Forderungen der Bergarbeiter und der Firmenbesitzer könnte eine Generation ohne Streiks und mit sicheren Arbeitsplätzen garantieren. Kühle Köpfe in beiden Lagern wissen, dass die Nation Steinkohle braucht. Es wäre zu unser aller Nutzen, von ihrer Förderung ein anständiges Leben führen zu können. Würden die Hitzköpfe nicht ständig die Bergarbeiter aufstacheln, könnten wir, Arbeiter und Minenbesitzer, ein für alle Mal zu einer Einigung kommen.«

Mary Higgins lachte ungläubig. »Kühle Köpfe haben dich ins Gefängnis gebracht und einen Lynchmob aufmarschieren lassen, der dich aufhängen wollte.«

»Frieden für zwanzig Jahre«, erwiderte Higgins geduldig, »wenn kühle Köpfe miteinander verhandeln. Dagegen blutige Massaker, wenn nichts geschieht.«

»Bruder, wenn Mr. Bell nicht gewesen wäre, würdest du an einem Strick baumeln.«

Isaac Bell hörte bewundernd zu, wie Jim Higgins unerschütterlich an seiner Überzeugung festhielt und mit seiner Schwester und dem alten Mann redete, als versuchte er, sie in eine Gewerkschaftsversammlung zu locken. »Wenn die Hitzköpfe keinen Deut nachgeben, wird es zwischen Arbeitern und Unternehmern zum Krieg kommen. Und in Arbeitskämpfen sterben immer Unschuldige. Sie fanden den Tod in Haymarket, in Homestead und in Pullman. Und es wird sicher wieder so weit kommen, dass Unschuldige niedergemetzelt werden.«

Während er das Boot durch die Dunkelheit lenkte und nach einem geeigneten Anlegeplatz suchte, entschied Bell, dass Jim Higgins kein Träumer war – und ganz sicher kein Narr –, sondern ein Denker mit einer wohlüberlegten Strategie, um die Arbeitskämpfe zu beenden. Außerdem besaß er eine gesunde Furcht vor der Bereitschaft zur Gewalt, die durch diese Kämpfe geschürt würde.

In einiger Entfernung entdeckte Bell einen gelben Lichtschein.

Der alte Nachtwächter stupste ihn an. »Sonny, wenn Sie die Absicht haben, Ihre Flucht fortzusetzen – und wenn ich die Ereignisse, die ich heute Nacht beobachtet habe, richtig deute, glaube ich, dass Sie das tun sollten –, wird es Sie vielleicht interessieren, dass hinter der nächsten Flussbiegung das Depot der Baltimore & Ohio-Linie liegt. Dort ergibt sich möglicherweise die Chance für Sie, auf einen Güterzug aufzuspringen und schnellstens aus West-Virginia zu verschwinden.«

»Isaac, ich würde jetzt tatsächlich an einem Strick baumeln, wie Mary gesagt hat. Aber darf ich Sie um einen weiteren Gefallen bitten?«

»Nur zu.«

»Würden Sie meine Schwester in Sicherheit bringen?«

»Natürlich.«

»Ich brauche keinen Begleiter«, sagte Mary. »Und ich will auch keinen.«

Jim Higgins ließ nicht locker. »Schwester, hör mir wenigstens einmal in deinem Leben zu«, sagte er. »Ich bin der Einzige, der vor dem Gesetz fliehen muss. Sie werden mich wegen Ausbruchs aus dem Gefängnis anklagen. Du und Isaac, ihr seid lediglich vor dem Lynchmob geflüchtet, und noch nicht einmal die Unternehmen können dies als Verbrechen betrachten. Wenn ihr es schafft, unbehelligt an den Gleason-Cops vorbeizukommen, seid ihr beide in Sicherheit.«

»Was ist mit Ihnen?«, fragte Bell, und Mary sagte: »Wohin willst du gehen?«

»Ich hoffe, dass mich meine Freunde von der Bruderschaft – der Brotherhood of Locomotive Firemen – in einem Kohletender hinausschmuggeln werden.«

»Wohin?«

»Nach Denver, Colorado«, sagte Jim Higgins. »Die Western Miners unterstützen die Bruderschaft beim Bestreiken der Hüttenwerke. Es ist eine Gelegenheit, alle zusammenzutrommeln. Wenn wir mit einem Generalstreik drohen, der sich auf den gesamten Kontinent ausbreitet, können wir die Unternehmer zwingen, sich unsere Forderungen anzuhören.«

Neben dem Eisenbahndepot befanden sich die Straßenbahnhalle sowie die Endhaltestelle einer Teilstrecke der Fairmont & Clarksburg Traction Railroad. Als sie sich dem Komplex näherten, sahen sie Gleason-Cops, die den Bahnsteig bewachten. Sie zogen sich in Richtung Depot zurück. Bell und Mary versteckten sich in dem angrenzenden Wald. Jim stieß eine Stunde später zu ihnen und deutete auf eine Kette Güterwagen, die auf einem Abstellgleis standen. Eine Güterzuglokomotive näherte sich in langsamer Rückwärtsfahrt dem Zug.

»Die Jungs meinten, der leere Zug kehre nach Pittsburgh zurück. Sie haben dem Bremser Bescheid gesagt. Aber nehmt euch vor der Depotaufsicht in Acht. Steigt in den Waggon in der Mitte mit der offenen Tür. Wartet, bis der Zug rollt, dann erst springt auf. Viel Glück.«

»Hast du auch eine Mitfahrgelegenheit gefunden?«, wollte Mary wissen.

»Die Jungs schaffen mich schon irgendwie von hier weg. Mach dir keine Sorgen. Passen Sie auf sich auf, Isaac. Danke, dass Sie ein Auge auf sie haben.«

Sie wechselten einen Händedruck. Mary umarmte ihren Bruder, und als sie dann zurücktrat, sah Bell Tränen in ihren Augen glitzern. Sich im Schatten haltend, verließen sie den Güterbahnhof, gingen ein Stück am Hauptgleis entlang und warteten fröstelnd im kalten Wind, der vom Fluss heraufwehte. Eine Stunde später hörten sie, wie die Dampfpfeife einer Lokomotive das doppelte Signal für Vorwärtsfahrt ausstieß, und konnten kurz darauf dichte Dampfwolken beobachten, als sich die Güterwagen ruckend in Bewegung setzten und von der Lok auf die Hauptstrecke geschleppt wurden.

Bell und Mary duckten sich vor dem grellen Lichtschein der Stirnlampe, und dann, als die Lokomotive sie passiert hatte, rannten sie auf den Bahndamm.

»Schon mal auf einen Güterzug aufgesprungen?«, fragte Isaac Bell.

»Ich stell mir immer vor, es sei ein Karussell.«

»Sie dürfen nur nicht über Ihre Röcke stolpern.«

»Ich stolpere schon darum niemals über meine Röcke, weil ich sie immer zehn Zentimeter kürzer trage.«

»Sie zuerst. Ich bleibe dicht hinter Ihnen.«

Sie kletterten die Böschung zum Gleisbett hinauf, liefen noch ein Stück neben dem fahrenden Zug her und schwangen sich schließlich in den Güterwagen.

Bell blickte aus der Tür und am Zug entlang, bis er sicher sein konnte, dass sie nicht von den Bahnpolizisten entdeckt worden waren. Dann schob er die Tür zum Schutz vor der Kälte zu, was kaum eine spürbare Wirkung hatte, weil der Güterzug Tempo aufnahm und ein eisiger Wind durch die Ritzen in den Holzwänden pfiff. Seine Rippen pochten schmerzhaft, und plötzlich war er zu schwach, um sich auf den Beinen zu halten. Der Zug ruckte und schwankte, und das Nächste, was er wusste, war, dass er flach auf dem Rücken lag und Mary etwas zu ihm sagte.

»Ich habe Ihr Gesicht im Scheinwerferlicht gesehen. Es war schneeweiß. Steckt die Kugel noch drin?«

»Nein, nein, nein. Sie hat mich nur gestreift.«

Er schloss die Augen und hörte ein Rascheln. Sie riss einen Petticoat in Streifen. »Ziehen Sie mal die Jacke aus«, sagte sie und löste dann behutsam sein Hemd von der Wunde.

Bell hörte das Klirren einer Flasche und roch Whiskey. »Was tun Sie?«

»Ich verbinde Ihre Wunde«, sagte sie. »Gleich brennt es ein wenig, es sei denn, eine Sepsis ist Ihnen lieber.«

»Verbinden Sie nur – *ahh*!« Bell atmete zischend ein. »Sie haben recht, es brennt sogar ganz heftig. Wo haben Sie gelernt, solche Wunden zu behandeln?«

»Wenn sich die Streikbrecher zurückziehen und die Schläger mit ihren Hackestielen fertig sind, sind gute Krankenschwestern gefragt.«

Isaac Bell kam es so vor, als habe Mary Higgins auf alles, was er sagte, eine Gewerkschaftsparole auf Lager.

Aber er mochte den Klang ihrer Stimme. Hier, in der Dunkelheit, war das Rattern der Eisenbahnräder auf den stählernen Schienensträngen wie Musik. Er war todmüde und hatte am ganzen Körper Schmerzen, aber er konnte sich keinen anderen Ort auf der ganzen Welt vorstellen, an dem er lieber gewesen wäre, als mit Mary Higgins in einem Güterwagen zu sitzen.

»Sie zittern«, stellte sie fest. »Stehen Sie unter Schock?«

»Nur ein wenig. Aber mir ist kalt. Ihnen nicht?«

»Eisig kalt. Ich mache mir Sorgen, dass Ihre Verletzung schlimmer ist, als Sie annehmen.«

Bell war schon früher angeschossen worden – einmal in Wyoming und dann noch um einiges schlimmer in Chicago –, und er kannte den Unterschied zwischen einem Steck- und einem Streifschuss sehr genau. »Nein«, beruhigte er sie, »es ist nur der Schock des Aufpralls. Ich habe mal gehört, dass einen ein Projektil von diesem Kaliber schon auf die Bretter schicken kann, wenn es zu dicht vorbeifliegt. Scheint zu stimmen. Aber hier drin ist es verdammt kalt. Vielleicht haben Sie recht, und es ist der Schock, der mich so heftig frieren lässt. Ich wünschte, wir hätten etwas zum Zudecken.«

»Legen Sie sich dicht neben mich«, entschied Mary. »So können wir uns warm halten.«

»Gute Idee«, sagte Isaac Bell.

# 8

Beim Licht eines blutroten Morgengrauens, das durch die Ritzen der Wände des Güterwagens drang, erwachte Bell. Er dachte, es seien die Schmerzen in seinem Brustkorb, die ihn aus dem Schlaf gerissen hatten, aber in Wirklichkeit war es Mary, die im Schlaf wimmerte. Plötzlich schrie sie auf. Bell schlang den Arm fester um sie und schüttelte sie sanft, um sie zu wecken.

»Alles ist okay. Sie sind in Sicherheit. Ich bin bei Ihnen.«

Sie schaute sich im Güterwagen um, rieb sich die Augen und ließ den Kopf wieder auf seine Brust sinken. »Ich hatte einen Albtraum. Entschuldigen Sie. Tut mir leid, dass ich Sie geweckt habe.«

»Nein, ich war schon wach.« Er spürte, dass sie zitterte. »Alles in Ordnung?«

»Ja.«

»Was haben Sie geträumt?«

»Vor fünf Jahren, als ich achtzehn Jahre alt war, marschierte ich gemeinsam mit Tausenden von Frauen. Wir brauchten Brot für unsere Kinder und wollten nach Pittsburgh. Die ganze Nacht sind wir marschiert. Ehe wir die Stadt betreten konnten, wurden wir von Kohlen- und Eisen-Cops mit aufgepflanzten Bajonetten aufgehalten. Vom Gouverneur hatten sie den Befehl, gezielt auf uns zu schießen.«

Sie verstummte.

»Was ist geschehen?«, fragte Bell.

»Wir hatten keine Wahl, als zurückzuweichen. Ich konnte in ihren Augen erkennen, dass es ihnen ernst war. Sie hätten den Befehl ausgeführt, Mr. Bell. Sie hätten abgedrückt. Sie hätten auf uns geschossen, wie sie in Haymarket auf uns geschossen haben, und während des Pullman-Streiks und auch in Homestead und genauso in Lattimer.«

Von Lattimer hatte Bell noch nicht gehört. »Träumen Sie das oft?«

»Anfangs häufiger, mittlerweile seltener.«

»Ist es Ihnen das nächste Mal schwerer gefallen, wieder auf die Straße zu gehen – ich nehme an, Sie sind wieder mitmarschiert.«

»Natürlich.«

»Und fiel es Ihnen schwerer?«

Mary gab keine Antwort. Bell lauschte den Rädern. Er spürte, wie ihr Herz an seiner Brust klopfte und schneller wurde, als sie ihre Angst noch einmal durchlebte. »Ich dachte immer, Pennsylvania sei am schlimmsten gewesen«, flüsterte sie. »Die reichsten Eisenbahnlinien, die ergiebigsten Steinkohlebergwerke, Kokereien und Stahlwerke in ganz Pennsylvania. Die Staatsregierung hat Gesetze zur Gründung der Coal and Iron Police erlassen, um die Industrie vor den Arbeitern zu schützen. Sie können tun, was sie wollen, das Gesetz ist immer auf ihrer Seite.«

»Sie *dachten*, dass Pennsylvania am schlimmsten war?«

»West-Virginia war noch schlimmer. Gleason und seine Bande tun noch nicht mal so, als gehörte Mord nicht zu ihren Waffen. Sie kümmern sich nicht um gesetzliche Rechtmäßigkeit. Die Gewerkschaft hat im Staat keine Freunde ... Wo stand die Villa Ihres Vaters?«

»In Boston.« Bleib bei deiner Geschichte. Variiere Kleinigkeiten, aber erhalte das Grundmuster.

»Wo in Boston?«

»In Back Bay«, log er.

Falls sie sich in Boston auskannte, wüsste sie, dass die Bells vom Louisburg Square die American States Bank gegründet hatten, die auch während der zahlreichen Finanzkrisen wie der von 1893 ihre Geschäfte erfolgreich hatte führen können. Das Back-Bay-Viertel, das er stattdessen genannt hatte, ein Stadtteil mit stattlichen Villen, das auf aufgefülltem Land von Neureichen bewohnt wurde, die ihr Geld oftmals genauso schnell verloren, wie sie es verdient hatten –, würde seiner Tarnung, aus einer einstmals reichen und mittlerweile verarmten Familie zu stammen, zusätzliche Glaubwürdigkeit verleihen.

»Wo haben Sie diesen Trick mit dem Revolver gelernt?«

»Diese Fächersalve?«, fragte er, um Zeit zu gewinnen und sich eine plausible Erklärung auszudenken.

»Sie haben vier Schüsse so schnell abgefeuert, dass sie fast wie ein einziger klangen. Haben Sie im Spanisch-Amerikanischen Krieg gedient?«

Je enger er sich an die Wahrheit hielt, desto weniger musste er notfalls richtigstellen.

»Ich bin als Junge zu einem Zirkus gegangen.«

Mary richtete sich halb auf, stützte sich auf einen Ellbogen und sah ihm in die Augen, und Isaac Bell war wieder einmal überzeugt, dass sie die schönste Frau war, der er je begegnet war. »Waren Sie ein ungehorsamer oder ein besonders mutiger kleiner Junge?«

»Ich war ein abenteuerlustiger kleiner Junge, und Zirkusleute sind sehr, sehr freundlich und entgegenkommend. Die Akrobaten und die Kunstschützin wurden meine besten Freunde. Sie haben mir alle möglichen wunderbaren Dinge beigebracht.«

Die Lokomotive ließ ihre Dampfpfeife immer häufiger ertönen, wenn sie Bahnübergänge passierte, und zeigte an, dass sie sich einer Stadt näherten. Bell warf einen Blick durch die Tür. Der Qualm von Pittsburgh verdunkelte den Horizont, und schon bald erhoben sich rechts und links des Bahngleises die ersten Stahlwerke und Fabriken. Endlose Reihen von Schornsteinen, hoch und kerzengerade wie die Bäume verkohlter Wälder, säumten beide Ufer des Monongahela River, der an dieser Stelle doppelt so breit war wie in Gleasonburg. Auf dem Fluss kreuzten imposante Heckraddampfer, die lange Verbände von Kohleleichtern vor sich herschoben. Wohin Bell auch blickte, waren Kohlehalden zu sehen, Brennstoff für Glaswerke, Stahlöfen, Eisenhütten, Kokereien und Gasraffinerien und für Hunderte von Lokomotiven, die Tausende von Güterwagen über Schienensysteme zogen, die acht, zehn, zwölf Gleise breit waren.

»Wie vielen Männern gehört das alles?« Mary war ebenfalls zur Tür gekommen und stand jetzt neben ihm. »Zwei? Drei? Wie vielen Arbeitern? Hunderttausend? Fünfhunderttausend? Millionen?«

Sie passierten lange Reihen riesiger Hochöfen, das Herz der Homestead Steel Works, die sich auf Hunderten Hektar Landfläche auf beiden Seiten einer Biegung des Flusses verteilten.

»Fort Frick«, sagte Mary voller Bitterkeit. »So haben es die Arbeiter genannt. Frick hat einen Zaun darum errichtet, um seine Pinkerton-Agenten zu schützen. Wir haben uns mit den Detektiven eine Schießerei geliefert.

Dutzende sind getötet worden. Die Regierung schickte Milizverbände mit Gatling-Kanonen. Das gesamte Streikkomitee wurde verhaftet. Gott sei Dank haben sich die Geschworenen geweigert, sie zu verurteilen. Aber sie haben die Gewerkschaft in die Knie gezwungen.«

Isaac Bell wusste über die Homestead Battle Bescheid. Die gesamte Nation kannte ihre Geschichte. Henry Clay Frick, der Manager der Homestead Steel Works von Andrew Carnegie, hatte vor langer Zeit, als Bell noch in die Schule ging, einen regelrechten Krieg gegen die Streikenden geführt. Mary musste zu jener Zeit ebenfalls die Schulbank gedrückt haben. Aber sie erzählte davon, als habe sie es erst am Vortag selbst erlebt.

»Seitdem haben sie die Gewerkschaft aus jedem Stahlwerk in Pennsylvania gejagt.«

Gerade rollten sie an den Homestead Works vorbei. Bald würden sie den Güterbahnhof erreichen. Bell sagte: »Wir müssen vor dem Depot abspringen, um den Bahnpolizisten nicht in die Arme zu laufen. Und zwar, sobald der Lokführer den Zug bremst. Bleiben Sie dicht bei mir. Man wird Sie nicht schonen, nur weil Sie eine Frau sind.«

Mary hörte ihm nicht zu. »Sehen Sie sich das an«, sagte sie und deutete auf eine große weiße Tafel, die so neu war, dass sie noch keine Rußflecken aufwies.

*AMALGAMATED COAL TERMINAL*

Dank seiner Recherchen erkannte Bell die riesige Füllstation, die über dem kombinierten Eisenbahndepot und dem Frachtpier auf einer Landzunge aufragte, die in den Fluss hineinreichte. Es war die neueste transporttechnische Errungenschaft, um Steinkohle schnellstens zum Verbraucher zu schaffen. Mechanische Förderanlagen brachten die Kohle aus den hölzernen Monongahela-Kähnen zur Füllstelle hinauf. Von dort regnete die Kohle über zwei mächtige Schütten in Güterzüge von bis zu einhundert Waggons Länge, die ihre Last zu den Hafenstädten an der Ostküste brachten, und in große moderne Leichter mit Stahlrümpfen, die den Ohio und den Mississippi befuhren.

Mary war über den Namen entrüstet. »Amalgamated? Warum können sie ein Kartell nicht auch so nennen?«

Bell grinste. »Wären Sie mit ›united‹ zufrieden?«

Sie erwiderte sein Grinsen zwar nicht, aber er entdeckte den Anflug eines Lächelns in ihren Augen, als sie zurückschoss: »Nur wenn Sie mit ›Monopol‹ einverstanden sind.«

»Abgemacht?« Sie legten die Fingerspitzen gegeneinander und sahen sich an, während sie das Schwanken des Waggons geschickt mit ihren Körpern abfingen, bis Bell Mary Higgins in die Arme schloss und auf den Mund küsste.

Nach einiger Zeit fragte Mary: »Wollten wir nicht abspringen?«

Für diese Art des Aussteigens rollten sie noch immer zu schnell, und Bell erkannte schließlich, dass der Zug, da die Waggons leer waren, erst kurz vor dem endgültigen Stopp bremsen musste.

Als die Luftdruckbremsen endlich zischten, befanden sie sich bereits innerhalb des Depots, in einem gigantischen Gleisgewirr, das sich in jede Richtung erstreckte, so weit das Auge reichte. Es war auf allen Seiten eingezäunt. Bell entdeckte eine Lücke zwischen den Pfählen, zwanzig Gleise entfernt unten am Fluss.

»Bereit?«

»Bereit.«

Bell sprang als Erster und landete so hart, dass ein stechender Schmerz durch seinen Brustkorb zuckte. Er schaffte es, auf den Füßen zu bleiben, streckte die Hand nach Mary aus und fing sie auf, als sie stolperte.

»Nichts wie weg. Wir müssen schnellstens von hier verschwinden.«

Sie schafften es beinahe. Zwanzig Schienenpaare hatten sie schon überquert und mussten nur noch die letzten paar Meter bis zur Zaunlücke überwinden, als hinter einem nahezu schrottreifen Bremswagen ein Eisenbahnpolizist in zerknautschtem Anzug und mit einer zerbeulten Melone auf dem Kopf hervortrat. In der Hand hielt er einen Schlagstock.

»Stehen bleiben, ihr beide!«

»Immer sachte, Meister«, sagte Bell. »Wir sind schon unterwegs nach draußen.«

»Du willst abhauen, okay – aber direkt in den Knast. Und dein Flittchen ebenso.«

Der Bahnpolizist streckte die Hand nach Marys Arm aus.

Bell trat zwischen sie, und als der Bahn-Cop mit dem Schlagstock ausholte, erwischte ihn Bell mit einer Rechts-links-Kombination ähnlich der, mit welcher er im Bergwerk Eustace McCoy niedergestreckt hatte. Der Polizist ging zu Boden und hielt sich den Unterkiefer. Aber der Angriff war beobachtet worden. Drei weitere Bahnpolizisten näherten sich im Laufschritt, während sie gleichzeitig Totschläger aus ihren Jacken angelten. Bell wusste, wenn sie an ihm vorbeikämen, wäre Mary als Nächste an der Reihe. Er ging neben dem Mann, den er niedergeschlagen hatte, auf ein Knie hinunter und murmelte beschwörend auf ihn ein.

Eisenbahnpolizisten rangierten am untersten Ende der Gesetzeshüter-Skala, wurden als Abschaum verachtet und standen kaum eine Stufe über brutalen Kriminellen. Nur wenige von ihnen würden einem Van-Dorn-Agenten einen Gefallen verweigern in der Hoffnung, dass es sich eines Tages mit einer Einladung, der berühmten Truppe beizutreten, auszahlen könnte.

»Van Dorn. Filiale Pittsburgh. Rufen Sie Ihre Kollegen zurück, ehe ich jemandem wehtun muss.«

»Verdammt, Mister. Warum haben Sie nicht gesagt, dass Sie ein Van Dorn sind!«, platzte der Eisenbahnpolizist heraus. »Sie haben mir beinahe den Unterkiefer gebrochen.«

»Seien Sie still!«

»Lasst es gut sein, Jungs«, rief der Eisenbahn-Cop. »Er ist okay. Er ist Van-Dorn-Detektiv.«

Mary Higgins wirbelte zu Bell herum. »Wie bitte?«

Ihre Augen sprühten Funken. Ihre Wangen liefen glühend rot an.

»Ein Pinkerton!«, rief sie, die Stimme alles andere als melodiös und lieblich, und schlug Bell derart heftig ins Gesicht, dass er beinahe umgekippt wäre. »Du bist ein Pinkerton?«

Da seine Tarnung aufgeflogen war, versuchte Isaac Bell, alles zu erklären. »Nein, Mary. Ich bin kein Pinkerton. Ich bin ein Van Dorn.«

»Was zum Teufel ist der Unterschied? Ihr seid für mich alle die gleichen Streikbrecher!«

Sie schlug ihn abermals und ging weiter in Richtung Zaunlücke.

»Wollen Sie, dass wir sie aufhalten?«

»Dazu seid ihr nicht genug«, sagte Bell. »Lasst sie gehen.«

»Was verkaufen Sie denn, junger Mann«

»Versicherungen. Dagget, Staples & Hitchcock.«

Bell hatte in seiner Pension das Feld geräumt und war mit seinem Gepäck zum Bahnhof geeilt, der noch im Bau war und von einer Hindernisbahn aus wütenden Kutschern und bockenden Pferden eingeschlossen wurde. Er hatte sich eine Sonderfahrkarte für den Pennsylvania Special gekauft, während der Expresszug von Chicago kommend einfuhr. Nun, während die Lokomotive des Special zügig Fahrt aufnahm und Pittsburgh hinter sich zurückließ, trank er im Speisewagen eine vorzügliche Tasse Kaffee, teilte sich einen Tisch mit drei elegant gekleideten Provisionsverkäufern und fragte sich im Stillen, was Mary Higgins wohl zum Frühstück verzehren mochte.

»Wohin geht die Reise?«

»Nach New York.«

Dort wartete Mr. Van Dorn, und Bell war entschlossen, den Boss davon zu überzeugen, dass der Schütze, den er dabei beobachtet hatte, wie er erst den Lynchmob aufgehetzt und ihm dann den Hut vom Kopf geschossen und seine Jacke durchlöchert hatte, ein Provokateur gewesen war, der die Absicht hatte, im Kohlenrevier einen Krieg anzuzetteln. Irgendwie musste er Mr. Van Dorn überreden, ihm mehr Zeit zuzugestehen, um den Fall intensiver zu verfolgen. Noch wichtiger war, dass er wusste, dass er den Fall nicht allein bearbeiten konnte. Er brauchte Hilfe, und zwar sehr viel Hilfe. Und die erhielt er nur, wenn er mit Engelszungen auf den Boss einredete und ihn dazu brachte, ihm zum ersten Mal seinen eigenen Trupp Detektive zuzuweisen.

# 9

»Willkommen daheim, Mr. Clay.«

Der Provokateur, der aus den hinteren Reihen des Lynchmobs auf Isaac Bell geschossen hatte, betrat sein elegantes Wall-Street-Büro, wo er mit großer Unterwürfigkeit und nicht geringer Furcht als Inhaber und Chefermittler der Henry Clay Investigations Agency of New York City begrüßt wurde. Clays Geschäftsführer, sein Sekretär, sein Rechercheur und sein Telegrafist erhoben sich respektvoll hinter ihren Schreibtischen, während sich die Schläger, die sich bereithielten, um seine Muskeljobs zu erledigen, im Hinterzimmer aufstellten. Clay war ein kultivierter Mensch – seine Kleidung erstklassig, sein Geschmack erlesen. Der berühmte Dichter Henry James hatte einen freundschaftlichen Umgang mit ihm gepflegt und – in diesem Fall von seiner gewöhnlich unbeirrbaren Menschenkenntnis seltsamerweise völlig verlassen – nicht auch nur im Entferntesten geahnt, dass Clay außerdem so gefährlich und verschlagen war wie eine ausgehungerte Anakonda.

Seine Mutter, eine am Hungertuch nagende Porträtmalerin, hatte ihn in zigeunerhafter Armut großgezogen und nach dem Mann benannt, der angeblich sein Vater war – der rücksichtslose Steinkohle-, Stahl- und Eisenbahnbaron Henry Clay Frick, Andrew Carnegies rechte Hand und ein Mann fürs Grobe.

Henry Clay war fünfunddreißig Jahre alt. Dank der

hochherrschaftlichen Freunde und Kunden seiner Mutter, die ihn in seiner Jugend auf hervorragende Internate geschickt hatten, war er gut erzogen und gebildet. Aber die Aufenthalte an den Schulen waren ebenso kurz gewesen wie die Freundschaften seiner Mutter, und er war stets der Außenseiter gewesen – ein Tagesschüler in Choate, Phillips Andover, Exeter, an der Deerfield Academy und in St. Paul's – und hatte, nur flüchtig, die Schulbank mit den Erben der großen amerikanischen Wirtschaftsvermögen gedrückt, von denen einen angemessenen Teil für sich abzuzweigen sein unermüdliches Bestreben war.

Mit fünfzehn Jahren lief Clay von zu Hause weg und wurde Pinkerton-Spion bei den Arbeitergewerkschaften. Mit achtzehn Jahren verschwieg er sein Pinkerton-Engagement und heuerte in Chicago als erster Angestellter des seinerzeit berühmtesten Detektivs, Joseph Van Dorn, an. Van Dorn hatte Clays außerordentliche naturgegebenen Fähigkeiten – seinen scharfen Verstand und seine erstaunliche physische Kraft – auf Anhieb erkannt und große Hoffnungen gehegt, dass ihm sein erster Lehrling tatkräftig dabei helfen würde, seine Privatdetektei aufzubauen.

Van Dorn, der die irischen Revolutionen miterlebt und seine Heimat verlassen hatte, als er feststellen musste, dass zunehmend kriminelle Elemente ihren Nutzen aus ihnen zogen, hatte höchstpersönlich die boxerischen Fähigkeiten, die Henry Clay bereits während seiner Schulzeit erworben hatte, verfeinert und ihn im Umgang mit Schusswaffen und Messern ausgebildet. Und während er ihn zu einem versierten Kämpfer machte, lehrte er ihn die anspruchsvolle Kunst der kriminalistischen Ermittlung.

Clay bedauerte noch immer, dass sich ihre Wege getrennt hatten.

Van Dorn hatte sich geweigert, ihn zum Partner zu machen, da Clay mehr daran interessiert war, sich bei Industriellen anzubiedern, als Verbrecher hinter Schloss und Riegel zu bringen. Van Dorn, über seine Auswahl eines Protegés zutiefst enttäuscht, hatte außerdem den Verdacht – den er jedoch nie hatte beweisen können –, dass der brillante Henry Clay die Bombe gezündet hatte, die den tödlichen Haymarket Riot auslöste.

Clay hatte Van Dorn schon seit vielen Jahren nicht mehr gesehen. Aber er war sich darüber im Klaren – und wusste, dies traf auch auf Van Dorn zu – , dass jeder über die Tätigkeit des anderen im Detektei-Geschäft informiert war: Van Dorn als Chef eines Unternehmens, das seinen Arbeitsbereich auf die gesamte Nation ausweitete, während der jüngere Clay bislang lediglich einen wirtschaftlich durchaus erfolgreichen Betrieb mit ihm selbst als einzigem Ermittler führte, der seine Dienste vorwiegend einer Klientel aus reichen und mächtigen Finanziers anbot.

Nach seiner Rückkehr aus dem Kohlerevier verriegelte Henry Clay die Tür seines Privatbüros. Am Fenster hatte er ein Messingfernglas aufgebaut. Es war ein besonders starkes Instrument, mit dem er die Fassaden der Bürogebäude absuchte, in denen die Wall-Street-Tycoons mit ihren Firmenzentralen residierten. Als erfahrener Lippenleser konnte er ihre jeweiligen Gespräche mit Informationen vervollständigen, die er sich durch Bestechung der Techniker und Mechaniker verschafft hatte, die ihre Sprachrohre, Telefone und privaten Telegrafenleitungen dergestalt installiert hatten, dass sie nach Belieben von ihm abgehört werden konnten.

An diesem Morgen richtete er das Fernglas auf eine einhunderttausend Dollar teure lebensgroße Skulptur aus weißem Marmor – Auguste Rodins Plastik *Der Kuss* –, die das private Büro eines Stahlmagnaten schmückte, den man an der Wall Street als erheblich kaltblütiger einstufte als den räuberischen Henry Clay Frick in seinen schlimmsten Tagen. Er war der Finanztitan, der die alten Wirtschaftsimperien von Carnegie und Frick zur United States Steel Corporation verschmolzen hatte – der berühmt-berüchtigte Judge James Congdon.

Judge Congdon war in seiner Ablehnung der Gewerkschaften äußerst unbeugsam. Während sich Clay auf die Lippen des alten Mannes konzentrierte, hielt dieser einem Besucher, in diesem Fall war es ein reicher Steinkohlebergwerksbesitzer, der ihm aufmerksam lauschte, einen Vortrag.

»Der Sieg der Arbeiterschaft wird darin bestehen, nicht mehr zu arbeiten, wenn ihre Arbeit von modernen Maschinen übernommen wird. Bis dahin werden sie gefälligst ihren von Gott zugewiesenen Platz akzeptieren, wenn es nach mir geht. Und so wird es geschehen. Nachdem sie durch Maschinen ersetzt wurden, können sie ihre Zeit wer weiß wie totschlagen.« Er machte abrupt kehrt, ging für einen Mann seines Alters erstaunlich schnell zu seinem Schreibtisch und schrieb eine Notiz:

*Sie mit Spielen für ihre Freizeit zu versorgen bringt hohen Profit.*

Congdons Besucher nickte unterwürfig.

Clay stellte das Gesicht des Minenbesitzers in seinem Fernglas scharf und ergötzte sich daran, wie er buckelte und von einem Fuß auf den anderen trat. »Black Jack Gleason«, murmelte er. »Hier in der Wall Street bist du keine große Nummer mehr, oder?«

Gleason stand in Congdons Büro, im wahrsten Sinne des Wortes mit dem Hut in der Hand, und knetete die Krempe seines Homburgs mit zitternden Fingern, während James Congdon ihn herunterputzte. Auch wenn er nur Teile der Unterhaltung von ihren Lippen ablesen konnte, da Congdon gelegentlich das Gesicht vom Fenster abwandte, war für Clay deutlich zu erkennen, dass der Finanzier den Ton angab. Der bedeutendste Steinkohlebaron in West-Virginia stellte für einen Wall-Street-Titan, der wild entschlossen war, die Industrieunternehmen zu vereinigen, keinen Gegner dar. Congdons Geld kontrollierte die Stahlwerke und die Kokereien, die Steinkohle kauften, und ebenso die Eisenbahnen, die Steinkohle nicht nur für den Betrieb ihrer Lokomotiven brauchten, sondern auch die Preise bestimmten, um sie zu transportieren.

»Haben Sie schon mal Darwin gelesen?«, fragte Congdon verächtlich.

»Ich glaube nicht, Mr. Congdon.«

»Die Schwachen gehen unter, die Stärksten überleben.«

»O ja, Sir. Ich weiß, was Sie meinen.«

»Mr. Darwin kennt sich aus. Finden Sie das nicht auch?«

»Ja. Die Schwachen sterben – gehen unter. Die Armen werden immer da sein. Das ist der Lauf der Welt.«

»Der Lauf der Welt«, sagte Congdon, »sorgt dafür,

dass wir Kohle billiger fördern als jeder andere. Oder was meinen Sie?«

Henry Clay, ein Maler wie seine Mutter, wenn auch nicht genauso begabt, kam Congdons zerklüftetes Gesicht wie ein sonnenloser, eisiger nördlicher Berghang vor, der von reißendem Schmelzwasser zerfurcht war. Betrachtete man dieses Gesicht, überraschte es nicht, dass Judge Congdon der mächtigste Mann an der Wall Street war, und Henry Clays Brust füllte sich mit Hoffnung, als er sich klarmachte, dass er im Begriff war, sich die Unterstützung eines Elements zu sichern, das so mächtig wie Feuer war.

Judge James Congdon hörte kalt lächelnd zu, wie sich der nunmehr vollkommen eingeschüchterte Black Jack Gleason auf Schmeicheleien verlegte, um die Unterhaltung von dem Thema des Kohlepreises abzulenken.

»Ein paar Mitglieder des Duquesne Club haben sich neulich während des Mittagessens darüber unterhalten, ob Sie wohl in Erwägung ziehen, sich um ein öffentliches Amt zu bewerben.«

»Das ›Volk‹ wird niemals einen Bankier zum Präsidenten wählen«, erwiderte Congdon.

»Ich wette, Sie können die Meinung der Leute ändern.«

»Nein, sie stimmen nicht für einen Wall-Street-Mann. Ich weiß es. Ich wollte mich zum Gouverneur wählen lassen und habe verloren. Sie haben mir die Hosen ausgezogen.«

»Es gibt immer ein nächstes Mal.«

Congdon hob seine breiten knochigen Schultern. »Wer weiß, was die Zukunft bereithält?«, fragte er betont bescheiden, während er insgeheim dachte: *Ich weiß es. Das nächste Mal weiß ich, wie ich gewinnen kann.*

»Das Erste, was Sie tun sollten«, sagte Gleason, »ist, die verdammten Zeitungen dazu zu bringen, sich nicht weiter über ihre Senatoren zu beklagen.«

»Wenn es so einfach wäre, Gleason. Die Zeitungen können sich über die Bestechung von Kongressabgeordneten und das Kaufen von Senatoren das Maul zerreißen. Den Leuten ist es egal. Stimmt nicht. Die Leute erwarten es. Sie bewundern einen Präsidenten, der den Kongress unter Kontrolle hat.«

»Würden Sie unter diesem Aspekt darüber nachdenken, sich um das Amt des Präsidenten zu bewerben?«

»Wer weiß schon, was die Zukunft bringt?«, wiederholte Congdon. »Was allerdings die unmittelbare Zukunft betrifft, werden meine Stahlwerke ab heute Nachmittag pro Tonne Steinkohle zwanzig Cent weniger bezahlen, als Sie es bisher gewohnt sind, und meine Eisenbahnlinien und Frachtschiffe werden die Speditionskosten um fünf Prozent erhöhen.«

Gleason wurde blass.

»Wie soll ich da noch Profit machen?«

»Reißen Sie ein Loch, damit Sie ein anderes stopfen können.«

»Wie meinen Sie das?«

»Ich bin das eine Loch, die Arbeiter sind das andere. Nachdem Sie meine Bedingungen erfüllt und Ihre Kohle verkauft haben, sparen Sie dort, wo Sie es am besten können. Mit anderen Worten, zahlen Sie Ihren Arbeitern weniger.«

»Ich tue, was ich kann, aber ich warne Sie, die Arbeiter werden sich wehren.«

Richter James Congdon richtete sich zu seiner vollen Größe auf. »Und ich warne *Sie*. Ich werde keinen Bergwerksunternehmer unterstützen, der es nicht schafft, seine Belegschaft auf Vordermann zu bringen.«

# 10

Mit der Absicht, Isaac Bell zu treffen, verließ Joseph Van Dorn gemessenen Schrittes und in stolzer Haltung das luxuriöse Cadillac Hotel, wo er soeben den Mietvertrag für eine Suite für seine neue New Yorker Außenstelle unterschrieben hatte. Mit Geld um sich zu werfen lag ihm zwar ganz und gar nicht, aber ein Klient, der die elegante Kalksteinfassade des Hotels erblickte, würde gewiss nicht auf die Idee kommen, um ein niedrigeres Honorar zu feilschen. Und wenn er das marmorne Hotelfoyer durchquert hatte – natürlich unter den wachsamen Blicken erstklassiger Hausdetektive, die von Van Dorn als Gegenleistung für einen Mietrabatt bereitgestellt wurden – und von einem vergoldeten Fahrstuhl nach oben gebracht worden war, würde sich der Klient glücklich schätzen, dass sich die Van Dorn Detective Agency bereit erklärte, seinen Fall zu übernehmen.

In der Forty-fourth Street blieb ein rothaariger Gentleman abrupt stehen und starrte ihn an. Van Dorn starrte zurück. Winzige Narben auf der Stirn deuteten auf einige Faustkampferfahrung hin, allerdings wohl kaum als Preisboxer, denn der Mann sah in einem geschmackvollen Tweedanzug, einer Melone und mit einer schweren goldenen Uhrkette eher wohlhabend aus. Van Dorn sah tiefen Kummer in seiner Miene und eine Träne in einem Augenwinkel.

»Ist alles in Ordnung, Sir?«

Die Antwort wurde mit einem trällernden irischen

Akzent gegeben. »Ach, oh, verzeihen Sie, Sir. Es ist mir sofort aufgefallen …« Er schluckte krampfhaft.

»Was ist los, junger Mann?« Der Akzent aus Van Dorns Dubliner Kindheit war fast schon zu schwach, um unter dem härteren Klang seiner Jahre in Chicago noch wahrgenommen zu werden.

»Gott soll mich strafen, Sir, wenn Sie nicht das genaue Ebenbild meines guten alten Vaters sind.«

»Ihres Vaters?«

»Kann es einem nicht vorkommen, als wäre er aus dem Grab gestiegen, um in voller Lebensgröße über den Broadway zu flanieren?« Er hielt inne. »Oh, ich wollte nicht unhöflich sein.«

»Nein, nein, nein. Keine Sorge, junger Freund.«

»Der elegante Backenbart – so rot wie das Morgengrauen eines jungen Tages –, die klaren Augen, die hohe Stirn.« Er schüttelte den Kopf mit einer Mischung aus Erstaunen und Trauer.

»Wann ist er … denn von uns gegangen?«, fragte Van Dorn behutsam.

»Ostern erst. Ich dachte, ich hätte es überwunden, und dann sehe ich Sie. Sehr nett, dass Sie stehen geblieben sind, Sir. Lassen Sie sich nicht länger aufhalten.« Der junge Mann verbeugte sich, das Gesicht immer noch kummervoll, und wandte sich ab.

Joseph Van Dorn war ein abgebrühter Detektiv und mit allen Wassern gewaschener Geschäftsmann, aber er war auch eine mitfühlende Seele, und so sagte er zu dem jungen Mann: »Ich habe Ähnliches durchgemacht, als mein Vater starb. Ich kann Ihnen nicht versprechen, dass es einfacher wird, aber wenn genug Zeit vergangen ist, werden Sie nicht mehr jeden Tag daran denken.«

»Das will ich mir gerne merken … Sie sind sehr freundlich – Sir, es wäre mir ein großes Vergnügen, Sie zu einem kleinen Schlückchen einladen zu dürfen.«

Van Dorn zögerte. Er käme zu seiner Verabredung mit Isaac Bell ohnehin schon zu spät, aber der junge Mann schien in einer verzweifelten Stimmung zu sein, und einen irischen Bruder in Not durfte man nicht so einfach im Stich lassen. »Natürlich gern.«

»Gleich um die Ecke kenne ich ein gemütliches Plätzchen«, sagte der Rotschopf und streckte die Hand aus. »Finnerty. Jack Finnerty.«

Sie tauschten einen Händedruck und trafen in der Bar ein. Der Barkeeper begrüßte Finnerty mit einem freundlichen »Schön, Sie wiederzusehen« und füllte zwei Gläser mit Bushmills.

Van Dorn schwieg angemessen lang, um Finnerty Gelegenheit zu geben, von seinem Vater zu erzählen, ehe er in der Hoffnung, zu einem weniger traurigen Thema wechseln zu können, fragte: »Womit bestreiten Sie Ihren Lebensunterhalt, Mr. Finnerty?«

»Mit Kohle«, antwortete Finnerty. »Oder ich sollte eher sagen, mit *Superkohle.*«

»Was ist Superkohle?«

»So etwas wie ein modernes Wunder. Wissenschaftler haben eine Methode entwickelt, die in der Kohle enthaltene überschüssige Energie freizusetzen. Einen Eimer Superkohle zu verbrennen erzeugt ebenso viel Wärme wie eine ganze Wagenladung normaler Kohle. Stellen Sie sich eine Lokomotive vor, die mit einer einzigen Tenderfüllung den Kontinent überqueren kann, oder einen Stadtbewohner, der den gesamten Wintervorrat an Heizmaterial in einem einzigen Schrank aufbewahrt.«

»Davon habe ich noch nie gehört.«

»Bald werden Sie davon hören …«

Ganz plötzlich zog Finnerty seine Uhrkette heraus und sah auf die Uhr. »Mein Gott, ich muss mich beeilen. Ich hatte den Investoren versprochen, an ihrer Versammlung teilzunehmen. Mir bleiben keine zehn Minuten mehr, um zur Wall Street zu kommen. Gott sei Dank gibt es die Hochbahn – wenn sie die Rapid Transit Subway fertig gestellt haben, wird es für mich allerdings zu spät sein. Was für ein Glück, dass wir uns begegnet sind, Mr. Van Dorn! Sie waren sehr nett zu mir, als ich es dringend brauchte.«

Van Dorn ergriff die Hand seines neuen Bekannten und hielt sie für einen Moment fest, um zu fragen: »In welchem Entwicklungsstadium befindet sich diese Erfindung?«

Finnerty schaute sich nach allen Seiten absichernd um und senkte die Stimme. »Es würde mich nicht wundern, wenn die Kunden schon im nächsten Winter nach Superkohle Schlange stünden. Vor allem dann, wenn die Bergarbeiter streiken.«

»Wie sieht es mit Ihren Investoren aus?«

»Die Finanzierung ist nahezu vollständig gesichert – ich muss mich beeilen, aber hier ist meine Visitenkarte. Vielleicht begegnen wir uns einmal wieder.«

Finnerty reichte Van Dorn seine Karte und eilte auf die Straße hinaus.

Isaac Bell ging in der Vorhalle auf und ab, als Van Dorn den Yale Club in der Forty-fourth Street betrat. Selbst wenn er nur ungeduldig herumläuft, dachte Van Dorn, der junge Detektiv bewegt sich wie ein Panther – jederzeit bereit zu einem tödlichen Sprung.

»Tut mir leid, Isaac. Ich wurde bei einem geschäftlichen Termin aufgehalten.«

Bell ging voraus zu einem Paar Ohrensessel in einer stillen Nische des Salons. Er schilderte ausführlich, was sich im Gleason-Gefängnis abgespielt hatte und präzisierte seinen Verdacht. Van Dorn hörte aufmerksam zu, abermals überrascht und fasziniert von Bells Spekulationen über einen möglichen Provokateur, jedoch immer noch voller Zweifel hinsichtlich der Indizien und ihrer Beweiskraft.

»Ich hoffe, Sie können mir ein paar Männer zur Verfügung stellen, um dieser Angelegenheit auf den Grund zu gehen, Sir.«

»Sie wollen ein eigenes Team?«

»Diese Sache ist für einen einzelnen Detektiv eine Nummer zu groß.«

»Unmöglich«, sagte Van Dorn. »Unsere Personaldecke ist zum Zerreißen gespannt. Prinz Heinrich schleift uns durchs Land wie den Schwanz eines Drachen, und jetzt droht er sogar damit, seinen Besuch zu verlängern. Überall, wo er sich zeigt, lieben ihn die Leute, und das genießt er aus vollen Zügen.«

Bells Stimme bekam einen dringlichen Unterton. »Bevor ich ins Bergwerk eingefahren war, hatte ich Ihren Rat befolgt und mich umfassend über die Steinkohleindustrie informiert. In den Minen ist eine halbe Million Arbeiter beschäftigt. Einige weitere Hunderttausend arbeiten bei den Eisenbahnlinien und in der Flussschifffahrt und sorgen für den Weitertransport der Kohle. Kurz gesagt, die Steinkohleförderung ist der wichtigste Industriezweig Amerikas.«

»Das ändert nichts an der Tatsache, dass die Van Dorn

Detective Agency auch noch andere wichtige Eisen im Feuer hat«, knurrte Van Dorn ungehalten.

Isaac Bell hatte ihm anscheinend nicht zugehört. »Kohle ist unersetzlich beim Heizen, bei der Herstellung von Koks für die Stahlproduktion, für den Betrieb von Erzhüttenwerken, zur Erzeugung von elektrischem Strom zum Betreiben von Lampen, Pumpen, Fahrstühlen und Bewässerungsanlagen in der Landwirtschaft. Außerdem dort, wo Holz als Brennstoff nur in geringer Menge vorhanden ist. Kohle treibt Ozeandampfer, Kriegsschiffe und Eisenbahnzüge an.«

Van Dorn nickte ungeduldig und dachte: *Einige Gründe mehr, einen Teil meiner Ersparnisse in Jack Finnertys Superkohle zu investieren.* Er sagte laut: »Mir ist bewusst, dass sich mit Kohle ein unglaublicher Profit erzielen lässt und sie für die Nation von unschätzbarem Nutzen ist. Genauso wichtig ist es, für einen ständigen Nachschub zu sorgen.«

»Aber dieser Profit lockt naturgemäß auch die schlimmsten Elemente aus allen Bereichen an«, gab Bell zu bedenken, »seien sie Arbeiter, Unternehmer oder Investoren.« Er holte tief Luft. »Ich könnte meine Ermittlungen um einiges gründlicher betreiben, wenn mir Wally Kisley, Mack Fulton und Wish Clarke zur Seite stünden.«

Van Dorn konnte seine Überraschung nicht verbergen. »Nur die?«

»Kisley ist Sprengstoffexperte. Fulton bearbeitet seit dem Haymarket Riot vorwiegend Fälle, bei denen Verbindungen zur Gewerkschaft bestehen. Und unsere Leute sind einhellig der Meinung, dass Wish Clarke der zäheste Kämpfer der Agentur ist, was ich mit eigenen Augen erleben durfte, als Sie mich mit ihm in Wyoming und später auch in New Orleans zusammenarbeiten ließen.«

»Dann wären Sie der jüngste Teamboss seit Bestehen der Agentur.«

»Nein, Sir. Als Sie Ihr erstes Team zusammenstellten, waren Sie noch jünger.«

»Die Zeiten sind damals nicht so schlimm gewesen wie heute ...«

»Zufälligerweise«, sagte Isaac Bell, »bestand Ihr erstes Team aus Kisley und Fulton und einem Lehrling namens Wish – was für ›Aloysius‹ steht – Clarke.«

Diesmal war Van Dorn an der Reihe, tief einzuatmen.

»Okay, Sie können Weber und Fields haben«, sagte er und verwendete die in der Agentur gängigen Spitznamen für Kisley und Fulton, deren Witze an die gleichnamigen Varieté-Komiker erinnerten. »Sie sind in Chicago. Gott weiß, wo sich Wish Clarke rumtreibt.«

»Ich weiß, wo ich ihn suchen muss.«

»Wenn Sie ihn finden, können Sie ihn haben.«

»Bekomme ich auch noch Mr. Bronson?«

Joseph Van Dorns buschige Augenbrauen hätten nicht höher rutschen können, wenn Isaac Bell als Helfer den Schwergewichtsboxweltmeister Jim Jeffries, Präsident Roosevelt und die Hälfte seiner Rough Riders angefordert hätte.

»Horace Bronson«, erwiderte der Boss kühl, »hat zurzeit in San Francisco zu tun.«

Das überraschte Bell nicht im Mindesten, aber es war einen Versuch wert gewesen. Er fragte: »Gibt es zurzeit jemand anderen, den Sie entbehren können, Sir?«

»Sie müssen mit den Leuten auskommen, die ich Ihnen zugeteilt habe«, sagte Van Dorn streng. »Sie bewegen sich auf dünnem Eis, daher sollten Sie nicht übermütig werden. Weber und Fields sind alte Hasen, aber nicht mehr die Schnellsten und auch nicht die Stärksten, um es vorsichtig auszudrücken. Man merkt ihnen an, dass sie in die Jahre gekommen sind. Und Wish … na gut, ich glaube, ich habe genug gesagt.«

»Sie meinten doch immer, er sei ein erstklassiger Detektiv.«

»Wenn er nüchtern ist«, sagte Van Dorn knapp.

»Sie haben recht, Sir«, sagte Bell. »Ich werde mich auf dünnem Eis bewegen. Wäre es unter Umständen möglich, dass Sie einen Freund von mir als Lehrling anstellen? Er kann ganz gut mit den Fäusten umgehen – als ich ihn kennenlernte, war er Kapitän des Boxteams in Princeton.«

»Damit hat er gute Chancen, mit Collegeabsolventen fertigzuwerden, die kriminell geworden sind.«

»Er ist ein wahrer Meister der Tarnung – wollte Schauspieler werden.«

»Wenn er das wollte, weshalb ist er es nicht geworden?«

»Seine Mutter hat es ihm verboten.«

»Gehorsam auf seine Mutter zu hören«, erwiderte Van Dorn trocken, »ist eine lobenswerte Eigenschaft, allerdings nicht von der Art, die Detektiven zu dem Quantum Mumm verhilft, das für ihre Tätigkeit notwendig ist.«

»Er hat jede Menge Mumm, und Kisley und Fulton werden ihm schon beibringen, wie er ihn am besten einsetzt. Sir, ich könnte einen weiteren Helfer wirklich gut brauchen.«

Van Dorn hatte da seine Zweifel. »Ich muss erst einmal mit ihm reden, um ihn einschätzen zu können.«

»Aber Sie haben doch schon mit ihm gesprochen.«

»Was? Wann?«

»Ich glaube, Sie haben seine Visitenkarte in der Tasche.«

Van Dorn griff in seine Westentasche. »Jack Finnerty?«

Isaac Bell verzog keine Miene. »Nach dem zu urteilen, was ich mir für diesen Fall an Wissen über Kohle angeeignet habe, Mr. Van Dorn, würde ich für Superkohle keinen einzigen Cent lockermachen.«

Van Dorn lief so rot an wie sein Backenbart. Seine Augen verengten sich zu schmalen Schlitzen, aus denen blaue Funken schlugen, und sein mächtiger Brustkorb blähte sich auf wie der eines angreifenden Bullen. Isaac Bell wappnete sich für die Explosion. Aber am Ende grinste sein Boss.

»*Ausgetrickst.* Sie haben mich ausgetrickst.«

»Ich musste Ihnen doch beweisen, wie gut er ist.«

»Das haben Sie getan, wirklich. Er hat mich tatsächlich überzeugt … Na, wenigstens wurde ich von einem irischen Bruder ausgetrickst.«

Bell konnte nicht mehr an sich halten und lachte schallend.

»Was finden Sie so lustig?«

»Tut mir leid, Sie enttäuschen zu müssen, Sir, aber Ihr ›irischer Bruder‹ ist ein direkter Nachkomme der englischen und holländischen Gründer von New York – Archibald Angel Abbott IV. Er steht unter anderem auch auf Mrs. Astors berühmter Liste der Four Hundred.«

Das Congdon Building war sicherer als die meisten anderen Gebäude in der Wall Street und galt als ebenso uneinnehmbar wie eine Bank.

Henry Clay betrat es durch den im Souterrain gelegenen Lieferanteneingang, bekleidet mit dem Overall eines Heizungsmonteurs und ausgestattet mit einem Kugelhammer, einer Rohrzange, einem Maßband und einer Ventillehre, deren dünne Metallzungen entsprechend zurechtgefeilt waren, um damit Schlösser zu knacken. Er kannte die Inspektionszeiten der Hauswächter und konnte eine Begegnung ohne Probleme vermeiden. Er öffnete ein Schloss, rannte zwölf Treppenfluchten hinauf, ohne ins Schwitzen zu geraten oder heftiger zu atmen, streifte den Overall ab, öffnete lautlos zwei weitere Schlösser und trat durch die Hintertür von Judge James Congdons privatem Büro.

Clay erhielt die augenblickliche Bestätigung, dass sein Plan aufzugehen versprach. Der zähe alte Vogel blickte zwar verwundert, jedoch kein bisschen erschrocken von seinem Schreibtisch hoch. Clay hatte die richtige Wahl getroffen.

# 11

Der Eindringling machte James Congdon neugierig.

Er konnte mit einem Ruf ins Sprechrohr oder in eins von mehreren Candlestick-Telefonen auf seinem Schreibtisch sofort Hilfe herbeiholen. Noch besser, er konnte ihn mit dem Revolver in seiner Schreibtischschublade erschießen. Oder, was am besten wäre, er konnte seinen »Besucherschreck« aktivieren. Aber einstweilen war Congdon fasziniert. Weshalb sollte ein eleganter, gediegen gekleideter Gentleman wie dieser die Absicht haben, durch die Hintertür in sein Büro einzudringen?

Als wollte er beweisen, dass er genauso kultiviert war, wie er aussah, würdigte der Eindringling die Marmorskulptur, die der Blickfang von Congdons Büro war, mit der Attitüde eines Kunstkenners. »Wie ich feststellen darf, haben Sie ein feines Gespür für Antiquitäten.«

Judge Congdon nahm die Verschlusskappe vom Sprechrohr. »Antiquitäten? Das beweist, dass Sie keine Ahnung haben. Auguste Rodin hat diese Skulptur erst vor zwei Jahren geschaffen.«

»Aber im Gegensatz zu dem prüden Original zeigt diese hervorragende Kopie von *Le Baiser*, die Sie für sich haben anfertigen lassen, die männliche Gestalt in aller Vollständigkeit – im klassischen griechischen Stil – anstatt gewissermaßen versteckt unter einem züchtigen Gliedmaß.«

Congdon schnaubte. »Das ist aber eine verdammt

geschwollene Art auszudrücken, dass er seinen Pimmel zeigt.«

Der Eindringling errötete und verlor für einen kurzen Moment die Contenance. »Angesichts solcher Schönheit«, sagte er steif, »würde ich eine weniger krude Bezeichnung für angemessener halten.«

Congdon holte eine Pistole aus dem Schreibtisch. »Während ich überlege, ob ich Sie zu Klump prügeln lasse oder eigenhändig erschieße.«

»Das ist ein Privileg der Reichen«, sagte Henry Clay. »Aber Ihnen würde damit die beste Gelegenheit Ihres Lebens entgehen. Ich kann Ihnen ein Angebot machen, das Sie unwiderstehlich finden werden.«

»Ich werde nur selten in Versuchung geführt.«

»Aber wenn es geschieht, Sir, lassen Sie sich die Gelegenheit nicht entgehen.«

Clay warf einen vielsagenden Blick auf Rodins leidenschaftliches Liebespaar. Dann deutete er mit einem bewundernden Kopfnicken in Richtung der kleinen Bronzestatue auf Congdons Schreibtisch, die die jüngste der gewöhnlich wohlgeformten jungen Ehefrauen des Finanzmagnaten *au naturel* darstellte.

»Mein Name ist Henry Clay. Von Geburt bin ich der Sohn einer Kunstmalerin und von Beruf Privatdetektiv. Ich komme nicht mit einer Drohung zu Ihnen, sondern mit einem Versprechen. Und dabei gehe ich ein hohes Risiko ein, schließlich können Sie mich jederzeit verprügeln und töten lassen.«

»Sind Sie etwa auch noch ein Spieler?«

»Ja, Sir. Ich wette um mein Leben, dass Sie diese Gelegenheit als das erkennen, was sie ist.«

»Welche Gelegenheit?«

»Die Gelegenheit, die Gewerkschaften der Bergarbeiter zu zerschlagen: die United Mine Workers im Osten und die Western Federation of Miners im Westen. Sie auszuradieren, ein für alle Mal. Danach wird es zwanzig Jahre dauern, ehe irgendein Bergarbeiter es wagt, irgendwo auf dem Kontinent eine Gewerkschaft zu gründen, geschweige denn einen Streik auszurufen. Und hier ist der verlockende Bonus für Sie: Sie werden einen enormen Profit herausschlagen, weil Sie lange vor der Zeit wissen, in welche Unternehmen und Geschäftszweige Sie investieren können – die aufblühen werden, sobald Sie die Gewerkschaften vernichtet haben.«

»Auf welche Weise?«

»Auf jede erdenkliche. Alle Mittel sind erlaubt.«

Congdon schüttelte den Kopf. »Nein, ich setze alles aufs Spiel, wenn Sie erwischt werden und zu quatschen anfangen.«

»Welches Gewicht könnte denn das Wort eines kleinen Detektivs gegen die Aussage des mächtigen Judge Congdon haben?«

Congdon fixierte ihn mit stechendem Blick. »Der mächtige Judge Congdon hat die Absicht, Präsident der Vereinigten Staaten zu werden. Unglücklicherweise muss er dazu erst die dummen Menschen davon überzeugen, dass er über jeden Verdacht erhaben ist.«

»Was könnte ich ausplaudern? Sie werden unsere Abmachung einfach mit einem Kopfnicken besiegeln. Keine Unterschrift, kein Vertrag. Und ein Kopfnicken lässt sich nirgendwo aufzeichnen.«

»Ohne Vertrag haben Sie als einzige Sicherheit Ihre Hoffnung, dass ich Sie entlohne. Was ist, wenn ich es nicht tue?«

»Sie brauchen mich nicht zu entlohnen.«

»Warum …«

»Ich brauche von Ihnen Folgendes«, sagte Clay und begann, die einzelnen Punkte an seinen sorgfältig manikürten Fingern abzuzählen. »Unbegrenzte Geldmittel, um alles Nötige zum Erreichen des versprochenen Ziels zu arrangieren. Gewisse Informationen, über die nur Sie verfügen. Spezialausweise für jede Eisenbahnlinie sowie die Möglichkeit, private Züge zu benutzen, um mich auf dem Kontinent schnell bewegen zu können. Außerdem die Erlaubnis, Nachrichten über die von Ihren Börsenmaklern gemieteten privaten Telegrafenleitungen zu senden und zu empfangen.«

Congdon unterbrach seinen Besucher mit dem sarkastischen Hinweis, dass die Interstate Commerce Commission es Außenseitern verbot, Nachrichten über gemietete Leitungen zu versenden.

Clay lachte. Börsenmakler, die mit Aktien, Anleihen und Rohstoffen handelten, beugten gerne das Recht und verletzten diese Vorschriften Tag und Nacht. »Geschwindigkeit und Verschwiegenheit sind die Grundlage des Geschäfts.« Er wusste, dass er Congdon nicht daran erinnern musste, dass Eigentümer und Mieter privater Telegrafenleitungen einen entscheidenden Vorsprung vor Konkurrenten hatten, die mit den von der Western Union bereitgestellten weitaus langsameren öffentlichen Verbindungen vorliebnehmen mussten.

»In jeder Stadt, in der ich zu tun habe, werden wir über Ihre Filialbüros schnell und sicher in Verbindung bleiben.«

»Über Kontore, die keinerlei nachweisbare Verbindung zu mir haben«, korrigierte Congdon in scharfem Ton.

»Unterhält ein Finanzier von Ihrem Kaliber nicht auch geheime kontrollierende Anteile an Firmen, die private Telegrafenleitungen gemietet haben?«

Congdon ging auf diese Schmeichelei nicht ein und fragte stattdessen: »Welchen Nutzen ziehen Sie aus diesem Plan?«

»Reputation. Gewiss werden Sie mich großzügig entlohnen, wenn ich Erfolg habe. Aber wenn Sie es nicht tun – wenn Sie mich betrügen – , das wird nicht von Bedeutung sein. Ich bin auf jeden Fall ein gemachter Mann.«

»Wie das?«

»Henry Clay Investigations werden die Detektei der Präsidenten und Könige sein, wenn die Männer, die dieses Land führen, erfahren, wer die Gewerkschaften zerschlagen hat. Und wenn Sie Präsident sind, werde auch ich in Washington eine große Nummer sein.«

Congdon ließ sich Clays Vorschlag durch den Kopf gehen. Für seine Menschenkenntnis war er berühmt. Der Detektiv, eine kräftige Erscheinung, besaß jenen herausfordernden Blick eines Mannes, der fähig war, zu Ende zu bringen, was er einmal angefangen hatte. »Was macht Sie so sicher, dass mich dieses Angebot reizen könnte?«

»Ich habe Sie studiert, Judge Congdon. Ich kenne Sie. Ich bin ein sehr guter Detektiv. Sogar der beste.«

»Sie glauben also, mich zu kennen, nicht wahr? Dann werfen Sie mal einen zweiten Blick auf die Statue dort. Sehen Sie sich den *Kuss* genauer an. Fällt Ihnen irgendetwas Ungewöhnliches auf?«

Henry Clay gehorchte. Er beugte sich über die Marmorskulptur und ließ den Blick langsam über das Liebespaar wandern, das sich leidenschaftlich umarmte. »Ich sehe ein wundervolles Kunstwerk.«

»Es zieht Sie magisch an, nicht wahr?«

»Das stimmt. Ich stehe tatsächlich dichter davor als vorhin. Aber worauf soll ich achten?«

»Schauen Sie nach oben.«

Das Oberlicht, das dem Marmor seinen seidigen Schimmer entlockte, wurde von einem kunstvollen Fries aus Gips umrahmt, in dem sich Löcher befanden, so groß wie ein Zehntel des Durchmessers einer Zehn-Cent-Münze.

»Ich sehe winzige Löcher in dem Fries. Sie sind kaum zu erkennen.«

»Und jetzt schauen Sie nach unten.«

»Ich verstehe nicht.«

»Schauen Sie runter.«

Im Muster des Marmorfußbodens, auf dem er stand, befanden sich Dutzende ähnlicher Löcher. »Ich verstehe noch immer nicht.«

»Ich werde Ihnen zwei Dinge über Reichtum erklären, Mr. Bester Detektiv. Reichtum lockt Verrückte an. Mein Erzfeind Frick wurde vor zehn Jahren in seinem eigenen Büro von einem Irren angeschossen und beinahe getötet, was mich zum Nachdenken über meine eigene Sicherheit gebracht hat. Verstehen Sie, was ich Ihnen sagen möchte?«

»Sie sprachen von *zwei* Dingen über Reichtum.«

»Laut allgemein gängiger Vorstellung ist Kohle der Quell allen Reichtums. Wie die meisten allgemein gängigen Vorstellungen ist das jedoch grundfalsch. Kohle ist ein Brennstoff, ein Antriebsmittel. Zufälligerweise ist sie zurzeit der beste Brennstoff, der jedoch irgendwann durch einen noch besseren Brennstoff ersetzt werden wird. Erdöl ist als neuer Brennstoff im Kommen, bis die

Wissenschaft etwas Neues, noch viel Besseres entwickelt, was mit Sicherheit geschehen wird. Die wahre Quelle des Reichtums während der letzten einhundert Jahre und Hunderter weiterer Jahre in der Zukunft ist Dampf – heißer Dampf, erzeugt von siedendem Wasser mit Hilfe des billigsten und wirkungsvollsten verfügbaren Brennstoffs – Holz, Kohle, Erdöl und was immer der Wissenschaft darüber hinaus einfallen mag. Dampf bewegt die Kolben, die Lokomotiven antreiben. Dampf bewirkt, dass Turbinen elektrischen Strom erzeugen. Dampf strömt durch die Rohrleitungen unter den städtischen Straßen, um moderne Gebäude wie dieses hier zu heizen.«

Congdon streckte die Hand nach der Bronzestatue seiner gegenwärtigen Ehefrau aus. Er streichelte sie mit knotigen Fingern, die klauenartig gekrümmt waren.

»Dampf verbrüht Fleisch. Dampf aus einem ordinären Teekessel fügt Ihrer Hand eine äußerst schmerzhafte Verbrennung zu. Kurz nach dem Angriff auf Frick ist ein fünfzehn Zentimeter dickes Dampfsteigrohr in einem Gebäude wie diesem geplatzt. Der daraus entweichende Dampf fegte die Wände weg, als hätten sie aus Papier bestanden. Jeder Mann und jede Frau im Büro fand auf der Stelle den Tod. Als man sie fand, saßen sie immer noch an ihren Schreibtischen, von Kopf bis Fuß verbrüht, grässlich entstellt, durch und durch regelrecht *gar* gekocht. Das brachte mich zum Nachdenken über den Angriff dieses Geisteskranken auf Mr. Frick. Was er in seinem Büro hätte installieren sollen – und was ich in meinem installiert habe –, ist ein mit Dampf betriebener Besucherschreck.«

Congdon legte die Hand mit festem Griff um die Bronzefigur.

»Kommt Ihnen an dieser Skulptur von meiner neuen Ehefrau irgendetwas seltsam vor?«

Clay betrachtete die kleine Statue ein wenig genauer und entdeckte, was ihm vorher entgangen war. Die Bronzefigur hatte man auf der Schreibtischplatte befestigt. »Ich sehe so etwas wie ein Scharnier.«

»Das Scharnier macht aus der Figur einen Hebel. Wenn ich diesen Hebel bewege, öffnet er ein Ventil, das einen kochend heißen Dampfstoß aus der Heizzentrale in der Cortland Street direkt auf Ihre Haut lenkt, Bester Detektiv Clay.«

Henry Clay betrachtete die Löcher im Fußboden und in der Zimmerdecke.

»Sie werden innerhalb von Sekunden von einhundertachtzig Grad heißen Dampfstrahlen gekocht. Das werden die schlimmsten, schmerzhaftesten Sekunden Ihres Lebens sein.«

»Der Dampf wird auch Sie töten.«

»Mir geschieht nichts. Die Dampfmenge ist entsprechend berechnet, dass nur Sie davon getroffen werden.«

»Okay«, sagte Clay, »Sie haben mich in der Hand. Wenn Sie diesen Hebel umlegen, sterbe ich.«

»Qualvoll.«

»Qualvoll.«

Die Hand auf dem Hebel, erkannte James Congdon bei Henry Clay eine bestimmte einzigartige Eigenschaft: Wenn sein Besucher so etwas wie Furcht empfand, so konnte Congdon jedenfalls nichts davon erkennen. Vielmehr schien es ganz so, als besäße Clay eine Fähigkeit, die ihn vor allen anderen auszeichnete; es war die Fähigkeit, das Unausweichliche zu erkennen und hinzunehmen, ohne sich darüber zu beklagen oder dagegen zu wehren.

Einen solchen Mann zu engagieren und für sich tätig sein zu lassen könnte sich als eine lohnende Investition erweisen.

»Wenn ich Ihnen unbegrenzte finanzielle Mittel, private Informationen, Sonderausweise für die Eisenbahn und Privatzüge zur Verfügung stelle, wie würden Sie all das einsetzen?«

»Die Details kenne nur ich allein.«

Congdon runzelte die Stirn. »Entweder sind Sie besonders mutig, dass Sie in einer solch aussichtslosen Situation unbeirrt Ihren Weg verfolgen. Oder Sie sind ein Narr.«

»Ich weiß, was ich will, und bin entschlossen, es auch zu erreichen«, erwiderte Clay. »Das Einzige, worauf man sich in dieser Welt verlassen kann, ist Willensstärke. Das ist es, was ich Ihnen anbieten kann. Ich wiederhole: Die Einzelheiten kenne nur ich.«

»Nehmen wir vorläufig an, dass Sie die Taktik bestimmen«, sagte Congdon. »Wie sieht Ihre Strategie aus?«

»Sie brauchen einen Vorwand, eine Geschichte, um die Gewerkschaften anzugreifen. Die Zeitungen stehen bereits auf Ihrer Seite. Sie werden Ihre Geschichte erzählen. Und ich liefere Ihnen diese Geschichte.«

»Was für eine Geschichte?«

»Die Eigentümer, die mit Besitz auszustatten Gott für angebracht gehalten hat, werden diesen Besitz und ihre Freiheit vor Agitatoren beschützen, die auch vor Mord nicht zurückschrecken.«

»Wie wollen Sie diese Geschichte der Öffentlichkeit nahebringen?«

»Indem ich im Kohlerevier einen Krieg entfache.«

»Und wie das?«

»Haben Sie von dem Unglück in Gleason Mine No. 1 gehört?«

»Ein Kohlenzug hat sich selbstständig gemacht, einige Helfer fanden den Tod, und die Produktion musste vier Tage lang unterbrochen werden. Wollen Sie mir etwa erzählen, dass Sie es gewesen sind, der dafür das Startzeichen gegeben hat?«

»Und ich habe auch für das Ende gesorgt. Ehe die Bergleute wieder an ihre Arbeitsplätze zurückkehrten, haben sie das firmeneigene Gefängnis und das Gerichtsgebäude niedergebrannt. Das würde ich einen Krieg nennen.«

»Zugegeben, ein guter Anfang«, sagte Congdon. »Ein veritables Harry O'Hagan-Triple Play.«

»Sogar ein vierfaches, wenn man das Feuer mitzählt.«

»Ja, in der Tat, Sie haben O'Hagan noch übertroffen. Aber ich bin dennoch enttäuscht.«

»Wehalb, Sir?«

James Congdon seufzte wehmütig. »Weil mein Besucherschreck nicht zum Einsatz gekommen ist und auf eine neue Gelegenheit warten muss.«

Er ließ den Dampfhebel los und forderte Henry Clay mit einer Handbewegung auf, in einem Sessel Platz zu nehmen.

# 12

»Da hat dir Mr. Van Dorn aber ein wahres Spitzenteam zugeteilt, Kleiner: zwei abgewrackte alte Knacker und ein harmloser Säufer.«

Isaac Bell sah sich genötigt, seinen Freund zu verteidigen. »Wish hat lange Phasen, in denen er keinen Tropfen anrührt.«

Wally Kisley, der weniger wie ein Privatdetektiv aussah als wie ein alternder Zaumzeugvertreter in einem sackartigen Anzug mit grellem Schachbrettmuster, grinste seinen alten Partner Mack Fulton an. Fulton, düster in Grau und Schwarz gekleidet, die Augen so eisig wie eh und je, gehörte dem Anschein nach zu der Sorte Zeitgenossen, die jeder halbwegs vernünftige Mensch niemals aus freien Stücken ansprechen würde.

»Kennst du den, Mack? Was ist der Unterschied zwischen einem Trinker und einem Ertrinkenden?«

»Keine Ahnung, Wally. Ich wusste ja noch nicht mal, dass es überhaupt einen Unterschied zwischen einem Trinker und einem Ertrinkenden gibt.«

»Der Ertrinkende versinkt in Wasser. Der Trinker versinkt in Whiskey.«

»Ich kenne auch einen, Wally«, sagte Mack. »Ein Mann ertrinkt gerade im Meer, als jemand an den Strand kommt. Was ruft der Ertrinkende?«

»Wirf mir ein Seil zu.«

»Und was ruft der Trinker?«

»Wirf mir eine Flasche zu.«

Sie sahen Bell an und warteten darauf, dass er lachte.

Isaac Bells Miene blieb jedoch todernst, während er meinte: »Ich habe mit Wish Clarke in Wyoming und in New Orleans zusammengearbeitet. Sein Geist ist so scharf wie jeder andere.«

»Das ist eine zerbrochene Flasche ebenfalls.«

»Ich kann mich auch noch erinnern, wie ihr ›abgewrackten alten Knacker‹ nach Mr. Van Dorn meine Ausbildung übernommen habt. Sie haben mir eine Menge beigebracht. Und Sie waren noch nicht so weit abgewrackt, dass Sie es nicht geschafft hätten, Harry Frosts Leute aus einem Saloon zu werfen.«

»Ihre *soeben erst* abgeschlossene Ausbildung«, betonten Kisley und Fulton im Chor.

Bell erkannte, dass die alten Detektive keineswegs einen Scherz machten, sondern es todernst meinten, und das aus gutem Grund. Kisley musterte ihn missbilligend. Mack Fulton löcherte ihn mit Blicken. Mack Fulton kam zur Sache.

»Wer leitet diesen Verein?«

»Es ist mein Fall«, sagte Isaac Bell. »Ich leite ihn selbst.«

Kisley sagte: »Ist noch gar nicht so lange her, da habe ich dir in Chicago die Windeln gewechselt.«

»Seitdem weiß ich, wie es geht.«

Die Partner sahen ihn herausfordernd an, und Mack knurrte: »Wenn jemand ein Team führt, muss er jedem die Windeln wechseln und trotzdem den Fall stets im Griff haben.«

»Sie sehen denjenigen vor sich.«

»Ich sehe einen Jungspund, der sich gestern zum ersten Mal rasiert hat«, konterte Fulton.

»Und mit hochgestochenen Ausdrücken um sich wirft«, setzte Kisley noch einen drauf. »*Provokateur*? Wo ist der gute alte *Agitator* geblieben?«

»Oder der *Anstifter*?«

»Oder der *Aufrührer*?«

Isaac Bell war einem ungeschriebenen Gesetz zufolge unfähig, einen Mann zu schlagen, der doppelt so alt war wie er selbst. Aber die Versuchung war groß.

Plötzlich stand Aloysius Clarke in der Türöffnung.

Er war ein großer Mann mit auffällig rotem Kopf und sparsamen Bewegungen.

Bell begrüßte ihn: »Hallo, Wish.«

Clarke nickte nur. »Kid.«

»Wir haben uns gerade darüber unterhalten, wer dieses Team leitet«, sagte Mack Fulton.

Wish Clarke schwieg. Er hatte kleine blaue Augen, die so tief in den aufgeschwemmten, von violetten Adern durchzogenen Wangen versunken waren, dass jedem Betrachter, der den Konsum von Whiskey mit schwerfälligem Geist und Trübsinnigkeit des Konsumenten assoziierte, das lebhafte Funkeln von wacher Intelligenz und unbeschwertem Humor entging. Er lächelte unerwartet und beantwortete die Frage, die allen durch den Kopf schoss: Wie lange hatte Wish Clarke schon dort gestanden, und wie viel mochte er mitgehört haben?

»Es ist Isaacs Fall. Der Junge ist der Boss.«

Wally Kisley schüttelte den Kopf. »Diese Bergarbeiter sind nicht die Einzigen, die eine Gewerkschaft brauchen.«

»Und um ein anderes Thema abzuschließen«, sagte Wish Clarke, ein Autodidakt, was die Allgemeinbildung betraf, und zugleich jemand, dem die Pflege der englischen Sprache am Herzen lag. »*Anstifter* ist ein viel zu allgemeiner Begriff, *Agitator* ist eine falsche Schreibweise für *Adjutator*, was so viel wie ›Beauftragter‹ heißt, und *Aufrührer* ist zu schwammig. Aber *Provokateur*, als Kurzform von *agent provocateur*, beschreibt genau, mit wem wir es nach Isaacs Meinung als Gegner zu tun haben – mit einem cleveren Burschen nämlich, der nicht ganz so clevere Männer dazu animiert, Verbrechen zu begehen, die sie in Misskredit bringen.«

»Aus welchem Grund?«

»Aus Gründen«, sagte Wish Clarke, »über die wir bisher noch keine Erkenntnisse gewonnen haben, Detektiv Kisley.«

Isaac Bell erhob die Stimme. »Aufsitzen, Gents.«

Er zog Eisenbahntickets aus der Westentasche und verteilte sie.

»Der Zug nach West-Virginia wartet schon. Alle an Bord!«

Geleitet vom Licht des Lokomotivscheinwerfers, dessen greller Strahl durch die Nacht schnitt, dampfte ein Güterzug, der aus sechzig Erzwaggons bestand, von den Goldminen auf dem Pikes Peak in Cripple Creek die Colorado Front Range hinunter in die von dichten Rauchschwaden verhüllte Stadt Denver. Im Eisenbahndepot in Auraria schwangen sich Pinkerton-Detektive in den Führerstand der Lokomotive.

Dreitausend Hüttenwerker hatten ihre Arbeitsplätze verlassen – ihre Aktion war der Startschuss zu einem vereinten Streik, angeführt von der Western Federation of Miners, um einen Acht-Stunden-Tag für alle Gewerkschaften durchzusetzen, mit denen die WFM zusammenarbeitete. Die Pinkertons postierten Gewehrschützen auf dem Kuhfänger und übernahmen das Kommando über den schwer beladenen Zug, um ihn zur Nyren-Goldschmelze zu eskortieren.

Jim Higgins stand Arm in Arm mit tausend streikenden Arbeitern auf den Gleisen, um sie zu blockieren. Seiner Meinung nach – nicht dass sich Hitzköpfe auch nur einen Deut dafür interessierten – war es ein Fehler gewesen, die Schmelzöfen des Nyren-Hüttenwerks zu ruinieren, und der Streik, der sich zu einem Generalstreik auf dem gesamten Kontinent hätte ausweiten können, entwickelte sich keineswegs weiter, sondern blieb auf Denver begrenzt.

Old Man Nyren – ein streitsüchtiger Tyrann, gleichermaßen verhasst bei den Arbeitern wie auch bei Hüttenwerksbesitzern in den Rocky Mountains, die er mit seinem riesigen Werk, das er mit billiger Kohle betrieb, aus dem Geschäft gedrängt hatte – war nicht gewillt zu verhandeln. Die Streikenden hatten die Feuer in seinen Schmelzöfen gelöscht. Das geschmolzene Erz war zu einer harten Masse erkaltet, die von den Gichtglocken, durch welche die Öfen von oben befüllt wurden, bis zu den Abstichrinnen hinabreichte, und verhinderte eine weitere Nutzung der Öfen, bis die verhärtete Masse aus Erz, Schlacke und Gold herausgeschlagen werden konnte. Nyren befahl, den Erzzug ins erhöhte Depot des Hüttenwerks zu ziehen, sodass die Ladung sofort in die Öfen gefüllt werden konnte, sobald Streikbrecher sie ausgeräumt hätten.

Die Pinkertons befahlen, die Streikenden mit dem Zug von den Gleisen zu schieben.

»Fahrt zur Hölle!«, schimpfte der Lokführer. »Ich werde keinen von diesen Männern töten!«

»Ich auch nicht«, schloss sich der Heizer an und verschränkte seine massigen Arme vor der Brust.

Die Detektive streckten beide Männer mit Totschlägern und Knüppeln zu Boden. Ein hartgesottener Maschinist, der sie begleitete, übernahm den Platz des Lokführers an den Kontrollen. »Ich kann nicht erkennen, was sich hinter den Bastarden befindet«, sagte er. »Durchaus möglich, dass sie die Schienen herausgerissen haben.«

»Räum sie weg«, befahl der leitende Detektiv.

Sie fixierten das Zugseil der Dampfpfeife. Begleitet von einem ununterbrochenen schrillen Kreischen, beschleunigte der Zug, und die Schützen auf dem Kuhfänger eröffneten das Feuer.

Arbeiter stoben auseinander und brachten die Verwundeten in ihren Reihen in Sicherheit.

Die Gewehrschützen schossen weiter, bis das Gleis frei war und nur noch gefallene Gewerkschaftler auf den Schwellen lagen. Der Zug steigerte das Tempo. Da sie nicht in der Lage waren, ihn aufzuhalten, brüllten die entrüsteten, teils auch verängstigten Arbeiter ihre Wut lautstark hinaus. Steine – aus ihnen war das Gleisbett aufgeschüttet worden – prasselten gegen den Kessel der Lokomotive, zertrümmerten den Frontscheinwerfer und fegten einen der Schützen vom Kuhfänger.

»Werd bloß nicht langsamer, ehe wir die Einfahrt hinter uns haben, sonst lynchen sie uns.«

Die Tore befanden sich dicht hinter einer schmiedeeisernen Balkenbrücke, auf der die Gleise über die armselige Siedlung der Arbeiter, die rings um das Hüttenwerk angelegt worden war, hinwegführten. Für die Pinkertons sah es so aus, als würden sie es schaffen. Plötzlich löste sich aus der hilflos protestierenden und Steine werfenden Masse der Streikenden ein einzelner Held – eine zierliche Gestalt, nicht größer als ein halbwüchsiger Junge. Er zog einen Erzrechen hinter sich her.

»Wo zum Teufel – *Haltet ihn auf! Er darf die Weiche nicht umstellen!*«

Niemand brauchte dem übrig gebliebenen Schützen, der auf dem Kuhfänger kauerte, zu erklären, welche Gefahr der Lokomotive drohte. Er riss seine Winchester an die Schulter und feuerte einen Schuss auf die rennende Gestalt ab. Die Kugel verfehlte sie, prellte jedoch den Rechen aus den Händen des Jungen. Er hob sie wieder auf und eilte weiter auf die Weiche zu. Der Gewehrschütze zielte nun sorgfältig. Er drückte langsam und gleichmäßig auf den Abzugshebel. Drei Steine trafen ihn gleichzeitig und prallten gegen seine Schulter, eine Hand und ein Knie. Er ließ das Gewehr fallen, stürzte vom Kuhfänger und rollte laut schreiend unter die Räder der Lok.

Auch diese Kugel verfehlte den Jungen, prallte jedoch gegen einen Träger der Balkenbrücke und zertrümmerte als Querschläger ein Fenster des Pförtnerhauses neben dem Tor zur Nyren-Goldschmelze.

Der Junge rannte vor den Zug und rammte den Rechen in die Weiche.

Einhundert Meter vom Schutz der Werkstore entfernt wurden die Räder des Kuhfängers durch den Rechen von den Schienen gehebelt. Die Antriebsräder hinter ihnen durchschnitten den stählernen Rechen wie ein Streichholz. Aber die Kräfte, die auf den Rechenstiel einwirkten, der zwischen dem fixierten Schienenstrang und dem beweglichen Schienenteil verkeilt war, drückten die

Schiene nur drei Zentimeter zur Seite. Da die Antriebsräder auf der Schiene keinen Halt mehr fanden, sackten sie aufs Gleisbett.

Die Lokomotive sprang von den Schienen und stürzte von der Überführung auf die Straßen der Arbeitersiedlung und zog ihren mit Kohlen beladenen Tender und zehn volle Erzwaggons auf das Dach des Gebäudes, in dem sich das Firmenkaufhaus des Nyren-Hüttenwerks befand.

»Was gefällt dir nicht, Jim? Wir waren doch erfolgreich, heute.«

Niedergeschlagen blickte Jim Higgins von seinem Schreibtisch im Gewerkschaftshaus hoch. Der Sekretär des Ortsverbands der Gewerkschaft und der Vizepräsident hatten sich zur Feier des Tages einige Glas Bier genehmigt, ehe sie zurückgekehrt waren. »Zählen dazu auch die acht Verletzten, die im Krankenhaus liegen, und die zwei Toten?«, fragte er, obgleich diese Opfer nicht der einzige Grund für seine Sorge waren.

»Sie sind den Heldentod gestorben.«

»Apropos Helden – war dieser kleine Junge nicht sensationell?«

»Hat ihn irgendjemand seitdem gesehen?«, fragte Higgins.

»Nein, niemand. Schade. Er verdient einen Orden.«

»Es ist klug von ihm, wenn er in der Versenkung bleibt – noch besser wäre es, wenn er schnellstens aus Denver verschwindet.«

»Er dürfte schon auf halbem Weg nach San Francisco sein, wenn er vernünftig ist«, sagte Higgins hoffnungsvoll. Seit dem ersten Moment, als er die zierliche Gestalt mit dem Rechen gesehen hatte, hatte er das untrügliche Gefühl, dass der »kleine Bursche« weder ein Mann noch ein Junge war, sondern eine schlanke junge Frau in langen Hosen. Mary Higgins.

Er hatte Telegramme an Freunde in Chicago und Pittsburgh geschickt, wohin sie hätte reisen sollen – nach West-Virgina. Bisher hatte aber niemand gemeldet, sie gesehen zu haben. In Zeiten wie diesen wünschte er sich zuweilen, kein Atheist zu sein. Es waren Zeiten, in denen man manchmal nichts anderes tun konnte als beten.

»Bruder!«

Und da kam sie herein, nicht in Hose und Mütze, Gott sei Dank, sondern in einem schmuddeligen Rock und einem Damenhut mit einer obligatorischen Feder als Dekoration.

»Mary«, sagte er und erhob sich, »wie schön, dich zu sehen. Seit wann bist du in der Stadt?«

Mary ließ den Blick zwischen dem Vizepräsidenten, dessen Gesicht von der Siegesfeier noch gerötet war, und dem Sekretär kurz hin und her gehen und antwortete: »Ich bin gerade erst mit dem Zug angekommen. Ich hatte so ein Gefühl, dass ich dich hier antreffen würde. Wie läuft's?«

»Gentlemen, meine Schwester Mary.«

Der Sekretär und der Vizepräsident brachen sich beinahe die Arme, so schnell rissen sie sich die Hüte vom Kopf, und erinnerten Jim Higgins daran, wie attraktiv Männer seine Schwester fanden. Sie erklärten ihr, dass der Streik seine gewünschte Wirkung entfalte und sie nun sicher gewinnen würden. Higgins wartete, bis er und Mary sein gemietetes Zimmer aufgesucht hatten und allein waren, ehe er ihr die Wahrheit erzählte. »Es funktioniert nicht«, sagte er. »Der Streik ist nur auf Denver begrenzt. Er wird sich nicht weiter ausbreiten.«

»Ich habe Mother Jones in Chicago getroffen«, sagte Mary und berichtete von der tapferen alten Arbeiterführerin, die ihnen beiden eine Inspiration bedeutete. »Sie hofft, dass du die Western Federation davon überzeugen konntest, sich mit den östlichen Bergarbeitern in Pennsylvania und West-Virginia zu verbinden.«

»Das war auch meine Hoffnung.«

»Sie sagte, da sich alle Bergwerke im Besitz von Wall-Street-Spekulanten befinden, sollten die Gewerkschaften gleichzeitig zuschlagen. Die Unternehmer agieren im ganzen Land, und wir sollten es ebenfalls tun.«

»Hast du gesagt, du seist erst heute Abend in Denver angekommen?«

Mary blickte ihm in die Augen. »Was willst du, dass ich sage?«

»Du sollst sagen, dass nicht du es warst, die den Erzzug zum Entgleisen gebracht hat.«

»Weshalb?«

»Du hättest dabei getötet werden können.«

»Und du hättest beinahe in Gleasonburg den Tod gefunden.«

»Das hätte ich auch, wenn mich dieser junge Bergmann nicht gerettet hätte, aber das ist nicht der Punkt.«

»Bergmann, zur Hölle!«, schimpfte Mary. »Isaac Bell ist ein Pinkerton-Agent!«

Jim Higgins traute seinen Ohren nicht. »Das kann nicht sein! Unmöglich!«

»Ich hab's mit eigenen Augen gesehen.«

»Hat er gesagt, er sei ein Pinkerton?«

»Nun, nicht mit so vielen Worten. Er behauptete, ein Van Dorn zu sein.«

»Das ist ein großer Unterschied«, erklärte Jim. »Die Pinkertons schaffen Streikbrecher heran, die den Gewerkschaftlern die Schädel einschlagen und andere Streikbrecher beschützen sollen. Zu so etwas haben sich Van-Dorn-Leute noch nie hergegeben. Sie sind etwas Besseres.«

»Hast du schon mal gehört, dass ein Van-Dorn-Agent für die Gewerkschaft arbeitet?«, schoss Mary zurück.

»Bell hat dir geholfen, aus West-Virginia zu fliehen, oder etwa nicht?«

»Bell hat spioniert, Brüderlein. Bell hat uns getäuscht. Er ist nicht besser als der Rest der Bande.«

# 13

»Endstation, Leute«, sagte Isaac Bell, als der Straßenbahnwagen aus Morgantown rumpelnd in Gleasonburg einfuhr. »Tragt vor Einbruch der Dunkelheit zusammen, was ihr finden könnt. Wir treffen uns hier. Mr. Van Dorn spendiert uns das Abendessen in diesem Saloon«, fügte er hinzu und deutete auf Reilly's, wo Mary seinerzeit für sie beide Kaffee organisiert hatte.

»Was mir an der Ermittlungsarbeit am besten gefällt, ist die Gelegenheit zu reisen«, sagte Mack Fulton und ließ den Blick über die farbanstrichlosen Firmenbauten an der Main Street gleiten, ebenso über Ziegen, die die Rinde von sterbenden Bäumen abknabberten, über große Haufen tauben Gesteins und Kohlenstaub und auch über morastige Berghänge, von deren üppigem Baumbewuchs, der zu Stützstempeln verarbeitet worden war, nur noch zersplitterte Stümpfe kündeten.

»Etwas Neues zu sehen«, sagte Wally Kisley.

»Und seinen Horizont zu erweitern – kümmere dich um das Gepäck, Archie.«

Wish Clarke reichte dem rothaarigen Lehrling ihre Reisetaschen, behielt jedoch die schwerste in der Hand, eine durchschnittlich lange, rundum verstärkte Tasche, in der es gedämpft klirrte, als er sie auf den Erdboden stellte.

»Sieht so aus, als hätten sie das Gefängnis abgefackelt.« Er zwinkerte Isaac Bell zu. »Den größten Teil des Gerichtsgebäudes ebenfalls. Konntest du dem Lynchmob nur auf diese Weise entkommen?«

»Eine Lady hat mir geholfen – okay, Leute, jetzt ans Werk.«

Mack Fulton fragte: »Wer kriegt Archie?«

»Sie beide«, antwortete Bell und sagte zu Archie: »Hilf ihnen beim Treppensteigen und beim Überqueren der Straßen.«

Wish Clarke schlug den Weg zum Firmenkaufhaus ein.

Isaac Bell ging zum Portal der Gleason Mine No. 1. Nicht mehr als Bergmann getarnt, präsentierte er dem Pinkerton-Detektiv, der die Wachen befehligte, ein bisher noch nicht benutztes Empfehlungsschreiben, das ihn als Angestellten der von Gleason engagierten Van Dorn Detective Agency auswies.

»Was zum Teufel soll das heißen? Wir brauchen doch keine Detektive. Wir *sind* die Detektive.«

»Das Schreiben ist von Black Jack persönlich unterzeichnet, und es besagt, dass Sie gehalten sind, jedem Van-Dorn-Agenten, der darum bittet, eine Sicherheitslampe zur Verfügung zu stellen und ihn sonst nicht zu behindern. Und ich verlange jetzt eine solche Lampe.«

Sie brachten ihm die gewünschte Lampe. Dabei machten sie einen gereizten Eindruck, dachte er, wirkten gar nicht mehr so selbstsicher und erpicht darauf, Nicht-Pinkertons einzuschüchtern. »Wohin wollen Sie damit?«

»Einen kleinen Spaziergang machen«, sagte Bell. »Sie können mitkommen, wenn Sie wollen.« Dabei wusste er genau, dass der Pinkerton-Detektiv niemals das Bergwerk betreten würde.

»Die Bergleute reden von Streik.«

»Wann hat das angefangen?«, fragte Bell, als er sich an

Jim Higgins' Versprechen – *wo ich herkomme, gibt es noch mehr von meiner Sorte* – erinnerte.

»Die verdammten Narren wollen es anscheinend wissen und nehmen ihr Schicksal selbst in die Hand. Die ganze Stadt steht vor der Explosion. Würde mich nicht wundern, wenn einige von denen Sie aufs Korn nehmen.«

»Das Risiko gehe ich ein«, sagte Bell, trug die Lampe durch das mit Holzbalken abgestützte Portal und eilte die Förderstrecke hinunter.

Die Ventilatoren waren in Betrieb, und er konnte das Klirren der Hacken Hunderter Bergleute in den Streben, das gedämpfte Kreischen hochtouriger elektrischer Bohrer und das gelegentlich dumpfe Dröhnen von Dynamitexplosionen hören, wenn das Kohlenflöz frei gesprengt wurde. Er entdeckte den Türjungen, dem er nach dem Unglück geholfen hatte, ans Tageslicht zu gelangen, und winkte ihm. Der Junge erkannte ihn in seinem Anzug und Filzhut aber nicht, sondern erschrak offensichtlich, dass er die Aufmerksamkeit eines Detektivs auf sich gelenkt hatte.

Bell blieb stehen und drückte eine Goldmünze in die von Kohlenstaub geschwärzte Hand des Jungen. Dieser starrte das Geldstück mit einer Mischung aus Unglaube und Erschrecken an. »Ist okay«, versicherte ihm Bell. »Mein Großvater hat mir ein paar Dollar hinterlassen. Du kannst es für dich behalten oder deiner Mutter und deinem Vater geben.«

»Ich habe keinen Vater.«

»Dann gib es deiner Mutter.«

Er machte Anstalten, tiefer in den Berg hineinzuwandern. Der Junge rief ihm nach: »Sind Sie ein Pinkerton, Mister?«

»Nein. Ein Van Dorn.«

»Toll!«, sagte der Junge, bereit, einen Unterschied zu machen, den es – wie Bell ein wenig enttäuscht feststellte – für Mary Higgins offenbar nicht gab.

Er folgte dem abfallenden Gang bis zu seinem Ende. Die Trümmer des Zuges waren entfernt worden, und man hatte den Tunnel tief ins Kohlenflöz vorangetrieben. Bell ging bis zum untersten Streb zurück, dann zählte er vier Stützhölzer ab und suchte mit tastenden Fingern hinter dem vierten Stempel nach dem Spalt im Gestein, in dem er das zerbrochene Glied der Kettenleine versteckt hatte.

Wally Kisley saß im schmutzigsten Saloon, den er je gesehen hatte, und unterhielt sich angeregt mit einem Bergarbeiter, dem er ein großes Glas Bier spendiert hatte. Da verstummte der Mann plötzlich mitten im Satz. Archie, der es nahezu vollendet schaffte, lässig herumzustehen, ohne den Eindruck zu erwecken, er hielte Wache und beobachtete seine Umgebung, klopfte warnend auf die Theke. Kisley schaute auf und konnte verfolgen, wie ein Paar Gleason-Firmencops hereinstolzierten, als gehörte ihnen das armselige Etablissement.

Sie kamen direkt auf ihn zu und sagten »Verschwinde« zu dem Bergmann, der sich eilig verdrückte, ohne sein Bierglas geleert zu haben. Dann sagte einer der beiden Cops zu Kisley: »Das ist wohl das hässlichste Stück Kleidung, das ich je an einem Mann gesehen habe.«

Wally Kisley studierte das Karomuster seines Sakkoärmels, als sähe er es zum ersten Mal.

Der zweite Cop meinte: »Sieht aus wie ein Clownskostüm.«

Wally Kisley schwieg. Der erste Polizist entdeckte

Archie Abbott und sagte: »Auf was zum Teufel starrst du so neugierig?«

Der große junge Rotschopf antwortete gemessen und akzentuiert: »Ich blicke auf absolut nichts.«

»Was hast du gesagt?«

»Wenn Sie gestatten, werde ich es ein wenig anders ausdrücken«, sagte Archie und blickte dem Cop in die Augen. »Falls es möglich wäre, auf weniger als nichts zu blicken, dann böten Sie mir gerade diese Gelegenheit, nämlich auf weniger als nichts zu schauen.«

Wally Kisley lachte. »Kleiner, du bist ein verkapptes Genie.«

»Wie bitte?«, sagte der Cop.

Der Barkeeper, der nervös gelauscht hatte, verließ eilig den Gastraum.

Wally erwiderte im Plauderton: »Mein junger rothaariger Freund findet es ausgesprochen spaßig, dass jemand mit einer Visage, die so hässlich ist, dass bei Ihrem Anblick jede Uhr stehen bleiben würde, sich erdreistet, das Aussehen und die Qualität meiner Garderobe zu kritisieren.«

Der Cop zog einen Totschläger aus der Tasche, und sein Partner folgte seinem Beispiel.

»Das reicht«, sagte Mack Fulton und tauchte mit einem Smith&Wesson-Revolver in der Hand aus einer dunklen Ecke auf, in der er die ganze Zeit gesessen hatte. »Verschwindet!«

Vier Gleason-Cops und zwei Pinkerton-Detektive machten den Van Dorns in Reilly's Saloon kurz darauf ihre Aufwartung.

Kisley, Fulton, Wish Clarke und Archie Abbott teilten

sich eine Flasche, während sie auf Isaac Bell warteten. Archie saß am Klavier, einem zwar verstaubten, aber nicht allzu sehr verstimmten Instrument, und Mack und Wally boten eine Version der vor allem in Chicago beliebten Erfolgsnummer »If Money Talks, It Ain't On Speaking Terms With Me« in perfektem Weber-and-Fields-Stil dar.

Die Cops und die Detektive betraten den Saloon mit schussbereit gezückten Pistolen.

Reilly verzog sich in sein Büro hinter der Bar. Die Bergarbeiter, die an der Theke – bestehend aus zwei Fässern und einem Brett – gelungert und sich lautstark über die aufkommenden Gerüchte von einem Streik unterhalten hatten, leerten jetzt hastig ihre Whiskeygläser und drängten sich fluchtartig auf die Straße hinaus.

Wally und Mack sangen fröhlich weiter: »If money talks, it ain't on speaking terms with me …«

Wish Clarke sagte: »Wenn er mit diesen Kanonen vor unseren Nasen herumfuchtelt, vergesst ihr anscheinend, dass die Van Dorn Agency für die Gleason Consolidated Coal & Coke Company tätig ist. Sie wurde von Black Jack Gleason persönlich engagiert, weil er, wie sich hinreichend erwiesen hat, berechtigte Zweifel hegte, dass ihr in der Lage seid, Saboteure zu entlarven.«

»Nicht mehr lange«, erwiderte ein massiger Firmen-Cop mit gedehntem West-Virgina-Akzent. »Es heißt, dass ihr alle gefeuert werdet, sobald Mr. Gleason aus New York City zurückkehrt.«

Kisley nippte an seinem Whiskey und blickte zu Fulton hinüber.

Fulton trank ebenfalls einen Schluck Whiskey und sah Wish Clarke an.

Wish Clarke leerte sein Glas, füllte es neu und sagte:

»Wenn und falls Mr. Gleason beschließt, unser Engagement zu beenden, kehren wir vielleicht nach Hause zurück. Wir können aber auch weiterhin die Annehmlichkeiten des schönen Gleasonburg auskosten, wie es jedem freien amerikanischen Bürger – also auch uns – uneingeschränkt gestattet ist. In der Zwischenzeit gürten wir unsere Lenden, um uns an dem zu delektieren, was in diesem Etablissement als Dinner bezeichnet wird. Solltet ihr uns dabei Gesellschaft leisten wollen, holt euch ein paar Stühle. Wenn nicht, dann zieht weiter, und wir fangen mit dem Essen an.«

»Ihr alle seid verhaftet.«

Wish Clarke schüttelte missbilligend den Kopf. »Ihr könnt uns nicht verhaften.«

»Warum nicht?«

»Weil euer Gefängnis abgebrannt ist.«

Archie Abbott spuckte einen Mundvoll Whiskey ins Sägemehl auf dem Fußboden.

Der Pinkerton-Detektiv sagte: »Wir haben behelfsmäßige Arrestzellen auf einem Abstellgleis vorbereitet für den Fall, dass die Bergleute es sich in ihre dämlichen Köpfe setzen, einen Streik auszurufen. Das sind alte Kühlwagen, die für den Fleischtransport bestimmt waren. Einer der Waggons ist für euch reserviert, bis der Richter die Zeit findet, die entsprechenden Formulare auszufüllen. Falls ihr Schusswaffen mitführt, lasst sie lieber auf der Stelle fallen.«

Kisley, Fulton und Clarke wichen ein wenig auseinander, was anscheinend weder die Pinkertons noch die Gleasons bemerkten.

»Du auch, Rotschopf. Hoch auf die Füße.«

Kisley sagte: »Tu, was er verlangt, Archie.«

Archie erhob sich vom Klavierhocker, vom Gang der Ereignisse offensichtlich verwirrt.

»Deine Pistolen, Rotschopf. Weg damit.«

»Er hat keine«, sagte Kisley. »Ist noch Lehrling. Van Dorns dürfen während der Lehrzeit keine Waffen tragen.«

Die Firmencops kicherten belustigt. »Ich wette, niemand von euch hat Pistolen bei sich, schließlich seht ihr alle wie Lehrlinge aus.«

# 14

»Ich habe eine Waffe.«

Mit einer doppelläufigen Kaliber-12-Schrotflinte mit abgesägtem Lauf in jeder Hand tauchte Isaac Bell aus der Nacht auf. »Tatsächlich habe ich sogar zwei. Hoch die Arme, Jungs. Flossen in die Luft.«

Der Pinkerton-Detektiv sagte: »Wenn du diese Zwölfer einhändig abfeuerst, Sonny, haut's dich zur allgemeinen Belustigung aus den Latschen.«

»Und du«, sagte Isaac Bell, »wirst in der Hölle auf die nächste Partie warten müssen, um zu erfahren, wer alles gelacht hat. *Kanonen weg und Flossen hoch!*«

Die Pinkertons erwiesen sich als klüger und sahen den eisigen Winter in den Augen des jungen Detektivs. Also trennten sie sich von ihren Pistolen und hoben die Hände. Die Gleasons starrten Bell wütend an und zuckten die Achseln.

»Lasst sie fallen«, schnappte ein Pinkerton.

Widerstrebend gehorchten sie, und alle sechs schlurften aus dem Saloon hinaus.

Mack Fulton gab Archie mit der Hand ein Zeichen, ihre Waffen einzusammeln. »Hier ist deine erste Lektion, Lehrling Archie. Du weißt, dass du dicht davor bist, wenn Sie dir drohen, in deiner Nase zu bohren.«

»Dicht vor was?«, fragte Wish Clarke. »Jeder Bergmann, mit dem ich mich unterhalten habe – es waren mindestens zwanzig – glaubt, dass das Reißen der Kettenleine eine natürliche Ursache hatte. Sie haben ebenfalls angedeutet, dass sie den armen Gewerkschaftsmann, wenn er hereinkäme, am nächsten Dachbalken aufhängen würden. Andererseits habe ich eine gewisse elektrische Spannung in der Luft wahrgenommen.«

»Waren Sie heiß darauf zu streiken?«, fragte Bell.

»Heiß auf irgendwas, ich weiß nur nicht, auf was. Ich denke, der Brand des Gerichtsgebäudes hat ihr Selbstbewusstsein gestärkt.«

Fulton sagte: »Sie hassen Gleason – vor allem nehmen sie Anstoß an seiner Dampfjacht –, und sie hassen die Cops, aber sie machen keinen von ihnen für das Zugunglück verantwortlich. Mein Eindruck ist, dass sie nur dann streiken, wenn sie jemanden finden, der sie anführt.«

Wally Kisley ergriff das Wort. »Das ist im Großen und Ganzen das, was auch ich gehört habe. Sie denken, dass der Zug sich selbstständig gemacht hat, sei ein ganz normaler Unfall gewesen. Obgleich einige Männer meinten, die Firma trage die Schuld, weil sie diesem, wie heißt er noch, Higgins einen doppelten Job aufgebürdet haben. Aber Wish hat recht. Dass Isaac das Gerichtsgebäude niedergebrannt hat, wird ihnen Mut gemacht haben.«

»Dabei habe gar nicht *ich* es in Brand gesetzt«, sagte Bell.

»Schon, aber du hast immerhin den Mantel der Lady gehalten.«

Archie Abbott sagte: »Ein Mechaniker hat mir erklärt, dass diese Kettenleinen niemals reißen.«

»Wahrscheinlich war das derselbe Bursche, der sie präpariert hatte«, meinte Mack Fulton, und die anderen lachten.

Isaac Bell warf das zerbrochene Kettenglied auf den

Tisch. Es landete mit einem dumpfen Poltern und hüpfte nur ein kleines Stück weiter. »Was glauben Sie, Wally? Wie konnte dieses Teil zerbrechen?«

Wally inspizierte es sorgfältig. Er fuhr mit einem Finger über die scharfe Bruchkante. »Ich glaub's nicht.«

»Was ist?«

»Sieht aus, als hätte es jemand mit einem Flachmeißel durchtrennt. Seht ihr die Stelle, wo die Meißelklinge das Kettenglied halbiert hat?«

Isaac Bell nickte. »Ich dachte auch schon, dass es mit einem Meißel zerschlagen wurde.«

»Okay. Was nun?«

»Zerbrochen ist es vor den Augen von mindestens einhundert Männern, die jeden bemerkt hätten, der sich mit einem Meißel daran zu schaffen machte.«

»Ich erinnere mich an das, was du in Pittsburgh gesagt hast. Aber sieh doch. Es sieht tatsächlich aus, als sei es mit einem Meißel bearbeitet worden.«

»Wie?«

Kisley lehnte sich zurück und strich sich über das Kinn, als kämmte er einen imaginären Bart. »Mir kommen verschiedene Möglichkeiten in den Sinn, mit einem Flachmeißel Stahl zu zerschneiden. Man könnte auch einen Hammer zu Hilfe nehmen.«

»Was nicht geschah«, sagte Mack Fulton.

»Oder einen Adler abrichten, den Meißel aus fünfzig Metern Höhe fallen zu lassen.«

»Auch das ist nicht geschehen.«

»Man könnte mit einer Sprengladung nachhelfen.«

Isaac bemerkte, wie ein seltenes Lächeln über Mack Fultons grimmige Miene glitt. »Das wäre eine Möglichkeit.«

»Isaac«, sagte Wish Clarke. »Kannst du dich erinnern, den Knall einer Explosion gehört zu haben?«

»Ich habe einen Riesenknall gehört. Aber wie könnte jemand eine Sprengladung zünden?«

»Mit Knallquecksilber.«

»Und wie könnte man eine entsprechende Zündkapsel anbringen?«

Wally Kisley betastete das Kettenglied. Dann hob er es hoch und schnüffelte daran. »Man hätte sie mit Teer ankleben können, nehme ich an.«

»Vielleicht hat man einen kurzen Meißel genommen.«

»Und ihn in einen Teerbrocken gedrückt – trotzdem, ziemlich umständlich. Sehr umständlich sogar…«

Wally Kisley blickte stumm durch die Saloontür und auf die dunkle Straße hinaus. Isaac Bell erkannte, dass sich der Sprengstoffexperte immer weniger mit der Vorstellung eines von einer Sprengladung angetriebenen Meißels anfreunden konnte.

Archie Abbott sah Bell an und hob fragend eine Augenbraue. Bell gab Archie ein Zeichen, mit ihm zur Theke zu gehen. Er erklärte mit leiser Stimme: »Sie haben schon so gut wie alles gesehen. Sie versuchen nur, sich daran zu erinnern, was auf diesen Fall zutrifft.«

»Verdammt noch mal, wie alt sind sie?«

»Wer weiß? Wally war bereits ein erstklassiger Detektiv, als er die Bombe untersucht hatte, die den Haymarket Riot auslöste. Sie müssen über fünfzig sein.«

»Unglaublich«, staunte Archie.

Schließlich, so langsam wie eine frisch angezündete Öllampe, deren Docht sich nach und nach mit Petroleum vollsaugt, begann Wallys Gesicht zu leuchten. Dann wandte er sich an Mack Fulton. »Mack, weißt du, woran ich denke?«

»An Dynamit.«

»Ein großer Fortschritt gegenüber Schwarzpulver, im Jahr 1867 zum Patent angemeldet von Alfred Nobel.«

»Womit Alfred Nobel ein Vermögen verdient hat – und gleichzeitig auch der Grund, weshalb er sich schuldig fühlte, weil es damit einfacher wurde, Menschen zu töten –, sodass er im vergangenen Jahr Geldpreise spendete und damit den besten Physiker, den besten Friedensstifter, den besten Dichter und sogar diesen Knaben auszeichnete, der die Röntgenstrahlen erfunden hat.«

»Weißt du, wer außerdem im vergangenen Jahr einen Preis hätte gewinnen müssen?«

»Rosania«, sagte Fulton.

»Laurence Rosania.«

Isaac Bell und Wish Clarke wechselten einen vielsagenden Blick.

Archie fragte: »Wer ist das?«

»Ein Safeknacker aus Chicago«, antwortete Bell. »Ein Juwelen-Mann.«

»Der beste Dynamitspezialist im Gewerbe«, sagte Kisley, und sein Lachen wurde immer breiter.

»Mittlerweile hat er sein Arbeitsgebiet auf den gesamten Kontinent ausgedehnt«, sagte Fulton, »seit er angefangen hat zu reisen. Wenn diese anderen Burschen den Nobelpreis und das viele Geld verdient haben, dann er erst recht.«

Bell machte sich von der Theke aus bemerkbar. »Was ist denn mit Rosania? Trägt diese Geschichte seine Handschrift?«

»Nein, nein, nein. Er stiehlt ausschließlich Edelsteine.

Ist auch viel zu pingelig, um in Steinkohlebergwerken rumzukriechen, selbst wenn er Sabotage im Sinn hätte, was er ganz sicher nicht hat. Aber ich denke an einen Coup, den er im vergangenen Jahr gelandet hat. Erinnerst du dich, Mack?«

»Eine projektilbildende Ladung.«

»Manchmal auch Hohlladung genannt.«

Bell und Archie kehrten zu den anderen an den Tisch zurück.

Mack sagte: »Dieser Politiker hat sich einen schweren Safe mit fünfzehn Zentimeter dicken Seitenwänden aus Eisen- und Stahlplatten angeschafft.«

»Für den Fall«, meinte Wally erklärend zu Archie, »dass ein für die Stadt tätiger Unternehmer oder ein Polizeichef oder ein Freudenhausbesitzer eine größere Geldsumme in Sicherheit bringen musste und die Banken bereits geschlossen waren, war ihnen dieser Politiker behilflich und hat das Geld für sie in seinem Safe aufbewahrt.«

Archie nickte.

»Damit leistete er sozusagen der Öffentlichkeit einen Dienst.«

»Irgendein Geldschrankknacker«, fuhr Mack fort, »hat versucht, den Safe aufzusprengen. Als er die fünfzehn Zentimeter dicken Seitenwände sah, hat der Heini genug Dynamit genommen, um das Dach vom Haus des Politikers zu blasen. Was auch geschah, aber der Safe selbst bekam nur eine kleine Beule ab. Einen harmlosen Kratzer. Wenig später erschien Rosania am Ort des Geschehens. Er hatte Wind davon bekommen, dass der Politiker Diamanten für seine Freundin gekauft hatte. Rosania sprengte ein Loch in die fünfzehn Zentimeter dicken Wände, das groß genug war, um mit der Hand in den Safe zu greifen. Als wäre die Wand aus Pappe. Und dabei hat niemand die Explosion gehört.«

»Wie hat er das geschafft?«, fragte Bell.

»Rosania ist einer von den Typen, die ihre Nase ständig in irgendeinem Buch haben«, sagte Fulton.

Kisley sagte: »Er hatte von dem Wissenschaftler in der Naval Torpedo Station oben in Newport, Rhode Island, gelesen, der diese tolle Idee hatte, die er Hohlladung nannte. Manchmal wird sie auch projektilbildende Ladung genannt, weil der längliche Hohlraum in die Richtung zeigt, in der die Sprengladung ihre volle Wirkung entfaltet. Anstatt das neue Dach vom Haus des Politikers zu fegen, richtete Rosania die Dynamitladung genau in die Richtung, in der sie wirksam werden sollte, nämlich durch die Seitenwand des Safes. Es gab lediglich einen kleinen leisen Bumms. Und ein zehn Zentimeter großes Loch.«

»Hat er die Diamanten bekommen?«, wollte Archie Abbott wissen.

Mack Fulton musterte den Lehrling ungläubig. »Wie bitte? Nein, nur Diamantenstaub und Diamantensplitter.«

»Ich dachte, Diamanten seien unzerstörbar.«

»Das hatte Rosania auch gedacht«, sagte Mack Fulton.

Wally Kisley lachte. »Offenbar muss in Geldschrankknackerkreisen noch ein wenig herumexperimentiert werden. Aber, Isaac, wenn dein Saboteur eine Möglichkeit gefunden hat, eine Hohlladung an dieser Kettenleine zu befestigen, hätte er kein dickes Bündel Dynamitstangen nehmen müssen, das man schon aus einer Meile Entfernung bemerkt hätte. Tatsache ist, dass er meiner Meinung nach keinen Flachmeißel benutzt hat. Ich glaube, allein die Hohlladung wird ausgereicht haben. Was du gehört hast, Isaac, war eine kleine Dynamitladung, in Richtung des Kettenglieds wirksam – die derart konzentriert war, dass sie die Kette wie ein Meißel zerschnitten hat.«

»Aber wie lange würde die Ladung an der Kette kleben? Schließlich ist die Kette doch ständig in Bewegung, weil an ihr gezogen und sie hin und her gezerrt wird.«

Kisley zuckte die Achseln. »Nicht lange. Vielleicht hat er sie mit Draht befestigt. Du sagtest doch, dass du den Schäkel nicht gefunden hast. Ich wette, er hat die gesamte Ladung in diesem Schäkel untergebracht.«

Mack Fulton nickte. »Vielleicht konntest du den Schäkel nicht finden, weil nur ein paar Splitter und ein wenig Staub von ihm übrig geblieben waren.«

Bell starrte Fulton wortlos an. Für einen Moment hatte er das Gefühl, der Boden schwanke unter seinen Füßen. Wie in einem Traum, an den man sich noch Tage später erinnert, konnte er vor seinem geistigen Auge ein Paar goldener Augen sehen, Wolfsaugen, aus denen eine Faust explosionsartig auf sein Gesicht zuschoss. Es war der Böse-Wetter-Traum, in dem er den Schäkel zu sehen glaubte, den er nachher nicht hatte finden können. Er schüttelte den Kopf und fragte sich, wie man verschüttete Erinnerungen wecken konnte, dann fuhr er fort: »Es ist kein allzu heftiges Schütteln nötig, um Knallquecksilber zur Explosion zu bringen. Wie viel Zeit könnte verstrichen sein, ehe die Winde, die den Draht spannte, die Zündkapsel explodieren ließ?«

»Ein paar Minuten höchstens.«

»Was bedeutet, dass sich der Saboteur im Bergwerk befand, als er die Ladung anbrachte.«

»Das musste er. Er hat die Ladung, als der Zug an ihm

vorbeirollte, im letzten Moment mit einem Teerklumpen an Ort und Stelle befestigt.«

»Ein eiskalter Bursche, der genau wusste, dass der Zug ihn beim Zurückrollen erwischen könnte, bevor er es schaffte, aus dem Stollen herauszukommen.«

»Verdammt eiskalt«, stimmte Wish Clarke zu. »Zu wissen, dass der Zug zurückkommen würde, verschaffte ihm einen gewissen Vorsprung, um sich in Sicherheit zu bringen. Trotzdem, man muss es ihm lassen – ein eiskalter Hund.«

»Der sich in seinem Geschäft auskennt«, sagte Wally Kisley.

»Was die Vermutung unseres jungen Freundes Isaac stützt«, sagte Wish Clarke. »Welcher Gewerkschaftsmann würde angesichts der Tatsache, dass der genaue Zeitpunkt der Explosion nicht vorherbestimmt werden konnte, eine solche Tat ausführen, wohl wissend, dass seine Schicksalsgefährten dabei den Tod finden könnten?«

»Das bringt einen zu der Frage, was sich der Saboteur wohl als Nächstes ausdenken wird.«

»Das verlangt nach einem Drink«, entschied Wish Clarke und leerte die Flasche in sein Glas. »Wally hat recht, wir sind da einer Sache auf der Spur.«

»Bis Gleason uns feuert.«

»Wenn er es tut«, sagte Bell, »werde ich versuchen, Mr. Van Dorn zu überreden, uns weiter ermitteln zu lassen.«

»Daran würde ich keine allzu großen Hoffnungen knüpfen.«

Das Essen wurde serviert, und Isaac Bells Team begann darüber zu diskutieren, was das, was sich auf ihren Tellern befand, gewesen sein mochte, ehe der Koch sich dessen bemächtigt hatte. Wish Clarke trug sein Glas zur Bar. Er winkte Bell zu sich.

»Wenn du möchtest, dass wir weiter nach deinem Provokateur suchen, halte dich tunlichst vom Telegrafenbüro fern.«

»Weshalb?«

»Und wenn du einen Jungen siehst, der mit einem Telegramm in der Hand in deine Richtung kommt, dann hau ab wie der Blitz. Der Boss kann dir nicht befehlen aufzuhören, wenn er dich nicht erreicht.«

Bell grinste. »Danke, Wish. Das ist ein guter Rat.«

»Willst du noch einen?«

»Und welchen?«

»Wenn du dich das nächste Mal rasierst, warum lässt du dann nicht die Region um Mund und Nase aus?«

»Ich soll mir einen Bart wachsen lassen?«

»Damit sähst du erheblich älter aus. Es würde auch dazu beitragen, dass dich die Opposition ernst nimmt.«

Bell grinste stolz. »Diese Pinkertons haben mich ernst genommen. Sie haben die Pistolen fallen lassen, als seien sie glühend heiß.«

»Das haben sie in der Tat«, gab Wish zu und leerte sein Glas. »Auch wenn man dem entgegenhalten könnte, dass das, was sie wirklich ernst genommen haben, ein Paar doppelläufiger Kaliber-12-Kanonen gewesen sein dürfte.«

»Du hast mir oft erklärt, dass man, um einen Messerkampf zu gewinnen, immer ein Gewehr mitnehmen sollte. Sie hatten so viele Pistolen bei sich, dass ich dachte, ich sei mit Schrotflinten besser beraten.«

»Da hast du richtig gedacht, kein Zweifel, Isaac. Aber um für unsere gesamte Truppe zu sprechen, kann ich dir versichern, das wir alle verdammt erleichtert waren, uns am Ende keine Schrotladung eingefangen zu haben, was leicht passieren kann, wenn so viel Feuerkraft auf so engem Raum zusammenkommt… Mr. Reilly denkt, was sein Klavier betrifft, sicherlich das Gleiche. Auf jeden Fall lohnt es sich, darüber nachzudenken, ob ein dicker alter Schnurrbart die Notwendigkeit, mit Artillerie herumzufuchteln, nicht von vornherein ausschließt.«

Er gab dem Barkeeper ein Zeichen, ihm eine volle Flasche zu bringen.

»So durstig heute?«, fragte Bell.

Wish Clark lächelte freundlich. »Wie gut du beobachten kannst, Isaac. Du wärst ein guter Detektiv.«

»Hey, Mister? *Mister?*«

Ein Junge stand in der Tür zum Saloon und rief halblaut.

»Verschwinde!«, brüllte Reilly. »Kinder haben in meinem Saloon nichts zu suchen.

Isaac Bell erkannte den halbwüchsigen Türschließer, dem er eine Goldmünze geschenkt hatte. »Ist okay, Reilly. Ich pass auf ihn auf. Komm rein, mein Sohn. Was ist los?«

Der Junge drehte sich um und blickte ängstlich zurück, dann schlüpfte er herein. Er drückte einen Stoffsack an die Brust. Der Anblick von vier Van-Dorn-Agenten, die konsterniert auf ihre Teller starrten, ließ ihn abrupt stehen bleiben. Bell bugsierte ihn zu einem Tisch in einer Ecke des Gastraums. »Reilly, könnte ich ein Glas Sarsaparilla haben?«

»Das einzige alkoholfreie Getränk, das ich anbieten kann, ist Kaffee.«

»Magst du Kaffee?«

Der Junge nickte. »Ja, Sir.«

»Okay, wir nehmen Kaffee. Mit viel Zucker. Bringen Sie gleich zwei Tassen. Wie heißt du, mein Junge?«

»Luke.«

»Ich bin Isaac, Luke.« Er streckte die Hand aus, und der Junge ergriff sie höflich. »Was kann ich für dich tun?«

»Sind Sie wirklich ein Van Dorn?«

»Ja, das bin ich. Und die Männer am Tisch sind es ebenfalls.«

»Alle?«

»Gib es einen bestimmten Grund, weshalb du das fragst, Luke?«

Der Junge nickte. »Ich habe Ihnen über meinen Vater nicht die Wahrheit gesagt.«

»Du sagtest, du hättest keinen Vater.«

»Ich habe aber doch einen Vater.«

»Gut. Wo ist er?«

Luke blickte sich wachsam um und flüsterte: »Er versteckt sich vor den Cops.«

»Weshalb?«

»Die Gewerkschaft hat aus Pennsylvania weitere Männer hergeschickt.«

Bell nickte und erinnerte sich abermals an Jim Higgins' Ankündigung, dass er durch andere Gewerkschaftler ersetzt werden würde.

»Die Cops haben einen von ihnen erwischt und Namen aus ihm rausgeprügelt.« Lukes Lippen zitterten, und Bell sah ihn zum Tisch starren, als stellte er sich vor, wie sein Vater unter einem Hagel von Faustschlägen und Totschlägertreffern auf die Knie sank.

»Wessen Namen, Luke? Den Namen deines Vaters?«

»Jemand hat ihn gewarnt. Er konnte fliehen.«

»Was für ein Geruch ist das?«, rief Wally Kisley.

»Das ist dein Abendessen«, sagte Mack Fulton.

»Nicht dieses Büffelfleisch. Ich rieche was Gutes. Hey, Junge, was ist in dem Sack?«

Luke drückte den Sack fester gegen seine Brust.

Bell flüsterte: »Ist das für deinen Vater?«

»Ja, Sir«, flüsterte Luke zurück. »Von meiner Mutter.«

»Weshalb bist du hierhergekommen?«

»Ich dachte, wenn Sie Privatdetektive sind, vielleicht …«

Seine Stimme versiegte.

»Vielleicht was, Luke?«

»Vielleicht könnte ich Sie engagieren, um ihn vor den Cops zu beschützen. Oder ihm zumindest zu helfen, in Sicherheit zu kommen.«

»Detektive kosten sehr viel Geld«, sagte Bell behutsam.

»Ich habe kein Geld – außer dem, was Sie mir gegeben haben. Aber ich habe überlegt, ob ich nicht etwas Wertvolles zum Tauschen anbieten kann.«

»Und was wäre das?«

»Dinge, die ich gehört habe.«

»Dinge, die du wo gehört hast?«

»In Jake's Saloon, wo die Cops rumhängen …«

»Lässt Jake Jungen wie dich in seinen Saloon?«

»Wir klettern immer vom Fluss hinauf bis unter den Keller, und dort können wir ihn dann oben herumbrüllen hören.«

Wally rief: »Was hast du in dem Sack, Junge?«

»Rückenspeck und Gebäck und gebackene Kartoffeln.«

Die Van Dorns blickten auf ihre Teller, dann auf Lukes Stoffsack.

»Ich habe eine Idee«, sagte Wally Kisley.

»Nein«, widersprach Isaac Bell. »Luke hat einen Job zu

erledigen und muss Abendessen liefern. Und wir werden ihm helfen.«

Trotzige Mienen am Tisch warnten Bell, dass gleich eine Meuterei ausbrechen werde, wenn er sich nicht schnellstens etwas überlegte. »Leute, Wally und Mack und Archie gehen sofort in den Laden der Firma und kaufen Rückenspeck und Mehl und Schweineschmalz und Kaffee und Zucker und Milch und Butter und Kartoffeln ein. All das bringen wir zu Lukes Mutter und zahlen ihr fünf Dollar, um Rückenspeck und Gebäck und gebackene Kartoffeln für ein paar Tage zuzubereiten.«

»Und was macht ihr beiden, du und Wish, während wir einkaufen und beim Kochen zusehen und warten? Verspeisen, was der Junge bei sich hat?«

»Wish und ich… wir werden Luke zu seinem Schutz begleiten.«

James Congdons Sekretär kam mit einem einzelnen Blatt Papier ins Büro seines Bosses und legte es auf den Schreibtisch. »Tut mir leid, dass es ein wenig länger gedauert hat. Detektiv Clays Code ist kompliziert.«

Congdon las den Text ein Mal, dann ein zweites Mal.

»Sind Sie sicher, dass Sie alles korrekt dechiffriert haben?«

»Absolut, Sir. Der Code ist zwar kompliziert, aber logisch und eindeutig.«

Congdon las ein drittes Mal.

»Soll ich Ihre Antwort aufnehmen, Sir?«

»Keine Antwort.«

»Jawohl, Judge Congdon. Gibt es sonst noch etwas?«

»Ja.« Congdon nannte die Namen dreier Börsenmakler, die regelmäßig verdeckte Gebote für ihn abgaben.

»Teilen Sie ihnen mit, sie sollen sämtliche Aktien von Gleason Consolidated aufkaufen, sobald sie verfügbar sind.«

Der Sekretär, ein trickreicher Mitverschwörer mit einem enzyklopädischen Wissen über die Wall Street, war bereits in Judge Congdons Intrigen eingeweiht worden, lange bevor der Finanzier U.S. Steel aufgebaut hatte. »Ich hatte keine Ahnung, dass Black Jack verkauft.«

»Seine Erben bauen Villen und kaufen Jachten und Automobile. Sie sind hoch verschuldet, habgierig und außerdem ungeduldig.«

»Aber haben sie das Recht zu verkaufen? Gleason hält sein Aktienpaket doch eifersüchtig zusammen.«

Congdon las abermals Henry Clays Telegramm, um absolut sicherzugehen, dass er verstanden hatte, was ihm der Detektiv in verklausulierter Sprache ankündigte. Er sagte: »Seine Erben dürfen verkaufen, wenn es so weit ist. Was wissen wir über Gleasons Anwälte?«

Während sie sich weiter über Erben und Erbschaften unterhielten, sagte Congdons Sekretär: »Da ist noch dieses Problem mit der Ausfertigung des angeblichen Testaments der Witwe O'Leary – bislang noch ungelöst –, das ihrer Firma schwer im Magen liegt.«

»Wer soll es lösen?«

»Es liegt noch beim Nachlassgericht.«

»Perfekt. Dann lösen Sie es für sie.«

»Das dürfte die Anwälte zu Dank verpflichten«, sagte Congdons Sekretär – und begriff sofort, dass sie über die zügige Vollstreckung von Black Jack Gleasons Testament zu dem Zeitpunkt sprachen, in dem er endlich ins himmlische Kohlerevier aufgefahren wäre. Da er sich außerdem darüber im Klaren war, dass diese Reise auf die andere Seite erheblich früher stattfinden konnte, als Gleason erwartete, berechnete der Sekretär im Stillen die Höhe des Schmiergelds, mit dem der Nachlassrichter zufrieden wäre, bereits bis auf den Penny.

»Gibt es noch etwas, Judge Congdon?«

»Transferieren Sie sämtliche Gleason-Aktien zu einer Beteiligungsfirma ohne jede nachverfolgbare Verbindung zu meinen Unternehmen.«

»Was soll mit Gleasons Managern geschehen?«

»Sie können ihre Jobs so lange behalten, bis der letzte Eimer Gleason-Kohle zu meinem Amalgamated Coal Terminal geschafft wurde.«

# 15

»Einen Moment, Isaac«, sagte Wish. »Bist du sicher, dass du in dieser Auseinandersetzung Partei ergreifen willst?«

Die Höhle im Wald hoch oben auf dem Berg hatte Lukes Vater darum als Versteck ausgesucht, weil er von dort einen ungehinderten Blick auf die abgeholzten Berghänge hatte und jeden Verfolger sofort entdecken würde. Als Bell von Luke wissen wollte, ob sein Vater bewaffnet sei, antwortete der Junge, dass er ein Kleinkalibergewehr zur Jagd auf Eichhörnchen besitze. Also hatte Bell ihn vorgeschickt, um ihren Besuch anzukündigen.

»Wir ergreifen nicht Partei«, sagte er eindringlich zu Wish.

»Mr. Van Dorn hat genau diesen Punkt hervorgehoben, als wir uns über den Einsatz unterhalten haben. Er warnte mich aber auch, nicht zwischen die Fronten zu geraten, und um das zu vermeiden, sei es am besten, sich von beiden Parteien fernzuhalten. Ist das nicht auch deine Meinung?«

»Ich hätte es nicht besser ausdrücken können.«

»Da kommt der Junge.«

Luke führte sie die letzten einhundert Meter den abgeholzten Abhang hinauf und in die Höhle, die, wie Bell auf Grund ihrer Holzverschalung vermutete, in Wirklichkeit ein altes Grubenloch war, von Hinterwäldlern auf der Suche nach Erdöl in den Berghang gegraben, um ihre Hütten zu heizen, lange bevor die Gleason Consolidated Coal & Coke Company die Kohleförderung in großem Stil aufnahm. Zeke, Lukes Vater, konnte es nicht riskieren, ein Feuer zu entfachen. Deshalb hatte er zum Schutz vor der Kälte eine dünne Decke mitgenommen. Er stürzte sich hungrig auf die Biscuits, nachdem er zuvor Bell und Wish gefragt hatte, ob sie schon gegessen hätten, und sie diese Frage bejaht hatten. Zwischen den einzelnen Bissen erklärte er, dass aus Pennsylvania weitere Gewerkschaftsmitglieder erwartet würden und dass er und andere Arbeiter sich scharenweise mit ihnen vereinen und einen Streik ausrufen würden.

Geräusche drangen aus dem Tal nach oben – das Stampfen einer Lokomotive auf der anderen Flussseite, das Pfeifen eines Dampfboots, ausgelassenes Gelächter aus den Saloons und – ein einziges Mal – das Klirren und Quietschen einer Straßenbahn. Das nur sparsam erleuchtete Gleasonburg selbst erschien als ferner Schimmer, weicher als das wenige Mondlicht, das durch die vom Fluss aufsteigenden Nebelschwaden drang.

Bell sagte: »Luke, vielleicht solltest du deinem Vater erzählen, was du im Saloon gehört hast.«

»Was war das, Junge?«

»Die Polizisten meinten, dass Streikbrecher hierher unterwegs sind.«

»Welche Streikbrecher? Von wo?«

»Italiener und Polen.«

»Dann blockieren wir die Straßenbahn. Vielleicht bringen wir die Bruderschaften sogar dazu, die Züge anzuhalten.«

»Das wird nicht so einfach sein, fürchte ich«, sagte Bell. »Was Luke gehört hat, legt die Vermutung nahe, dass die Firma sie mit Leichtern auf dem Fluss von Pittsburgh hier heraufbringt.«

»Das ist nicht möglich.«

»Das ist es aber, was sie gesagt haben.«

»Aber es ist ganz einfach unmöglich. Wir haben noch nicht einmal mit dem Streik begonnen. Wie kommen sie auf die Idee, Streikbrecher zu holen? Woher kennen sie unsere Pläne? Wir haben gerade erst unsere Entscheidung getroffen. Und was haben Van-Dorn-Detektive hier zu suchen?«

»Brauchen Sie unsere Hilfe?«, fragte Isaac Bell.

»Welche Hilfe? Um gegen die Streikbrecher zu kämpfen? Wir können kaum genug zu essen kaufen. Wie sollen wir dann Ihr Honorar bezahlen?«

»Pa«, sagte Luke, »ich habe sie gebeten, dir zu helfen, von hier wegzukommen.«

»Ich kann nicht weggehen, Junge. Ich muss hierbleiben. Hier wird gekämpft.«

»Aber ...«

»Kein Aber.«

»Aber die Pinkertons sagten, dass sie Miliz anfordern werden, wenn ihr streikt.«

»Ich hoffe, das ist nicht wahr.«

Isaac Bell spitzte die Ohren. Er hörte Laute und trat aus der Höhle, um sie besser unterscheiden zu können. Wish folgte ihm. »Zum Teufel, was ist das?«

»Klingt wie Musik.«

Es wurde ein wenig lauter, als stiege es mit den Nebelschwaden in die Höhe.

»Ich glaub's nicht«, sagte Wish. »Erkennst du das?«

Bell begann leise mitzusingen.

*»You can hear them sigh and wish to die,*
*You can see them wink the other eye*
*At the man who broke the bank in Monte Carlo.«*

Woher die Musik kam, war ein Rätsel. Keiner der roh zusammengezimmerten Saloons konnte es sich leisten, eine Musikkapelle zu engagieren. Ganz gewiss kam die Musik nicht von Reillys Klavier. Bell hörte Violinen und Trompeten, außerdem ein Piano, Klarinetten und einen Kontrabass. Zwar gab es Bordelle in Gleasonburg, aber niemand hatte genug Geld, um es in eine Tanzhalle zu tragen.

»Dort«, sagte er. »Auf dem Wasser.«

Eine Dampfjacht schob sich gerade eben um eine Biegung des Flusses. Sie war vom Bug bis zum Heck in elektrisches Licht getaucht, und ihre Bullaugen und Fenster leuchteten heller als die Stadt und der Mond zusammen. Bell erkannte die klaren und eleganten Konturen einer Herreshoff Motoryacht, erbaut auf Rhode Island. Er war zwar zu weit entfernt, um das Orchester sehen zu können, aber er konnte hören, wie die Musiker »The Man Who Broke the Bank at Monte Carlo« beendeten und danach, ohne die Instrumente abzusetzen, Scott Joplins »Easy Winners« anstimmten.

»Ich wette, das ist die *Monongahela*, Gleasons Dampfyacht.«

»Ich hätte nichts dagegen, an dieser Party teilzunehmen«, sagte Wish.

»Was ist das, was der Yacht folgt?«, fragte Bell.

Ein dunkles Gebilde, viel länger als die Dampfyacht selbst und vier Mal so breit, schlich hinter ihr her. Erst als es die Flussbiegung vollständig umrundet hatte, konnten sie die Lichter eines Schleppschiffs erkennen, das zwanzig Leichter, die miteinander vertäut waren, vor sich herschob.

Das Orchester spielte jetzt den neuen Erfolgsschlager »Bill Bailey, Won't You Please Come Home?«

Das laute Signal einer Dampfpfeife übertönte die Musik. Der Schubverband drehte schwerfällig in der Strömung und nahm Kurs auf den Frachtkai.

Luke und sein Vater waren Bell und Wish Clarke aus der Höhle nach draußen gefolgt. »Ein Leichter-Verband«, sagte Zeke. »Sie sind leer und kommen von Pittsburgh.«

Bell konzentrierte sich auf den Schubverband, während er sich dem Kai näherte. Es war zwar kaum zu erkennen, aber er glaubte eine seltsame Bewegung innerhalb der Leichter wahrnehmen zu können, ähnlich wie bei Viehtransportschiffen, die vor Schlachthäusern anlegen. »Sie sind nicht leer.«

»Wer zum Teufel bringt Kohle in Leichtern stromaufwärts?«

»Sie transportieren keine Kohle … Sie sind mit Männern beladen.«

Bell blickte zu Wish hinüber, und beide Detektive schüttelten verblüfft die Köpfe. Die Streikenden würden ihre liebe Not haben. Während sie noch damit beschäftigt waren, sich zu organisieren, hatte Black Jack Gleasons Yacht Streikbrecher bereits direkt vor ihre Hintertür eskortiert.

»Oh, Pa«, sagte Luke niedergeschlagen. »Es tut mir unendlich leid.«

Zeke stand mit hängenden Schultern da und tastete blind nach der Hand seines Sohnes.

Die *Monongahela* hielt sich in der Flussmitte. Das

Dampfboot drückte die Leichter an den Kai, und wenig später sah Bell tanzende Laternen, als Gleason-Cops die Männer aus den Leichtern an Land dirigierten und die Dock Street hinaufführten.

»Was …«

Ein weißer Blitz in der Flussmitte erhellte das Wasser von Ufer zu Ufer und ließ die Berge ringsum so weiß wie Schnee erstrahlen. Der Lichtschein erfasste die Füllstation, die über der Barackenstadt aufragte, einen Schubverband beladener Kohleleichter, der am Pier der Füllstation vertäut war, und die Streikbrecher, die an Land schlurften – es waren an die tausend Arbeiter mit Deckenrollen unterm Arm – und die mit erschrockenen Mienen in das grelle Licht starrten.

Isaac Bell behielt die Lichtquelle im Auge und konnte verfolgen, wie die Deckaufbauten der *Monongahela* regelrecht in die Luft sprangen. Kabinen, Kommandobrücke und Schornstein trennten sich vom schlanken Rumpf der Yacht. Eine halbe Sekunde lang schien es ganz so, als schwebte das Oberdeck in der Luft.

# 16

Ein Donnern hallte zwischen den Berghängen wider wie eine Doppelsalve aus einem Schiffsgeschütz.

Hoch oben über dem Fluss spürte Isaac Bell die Hitze der Explosion im Gesicht.

Dann sanken Stille und Dunkelheit auf das Wasser, die Stadt und die Berge herab. Die Musik war verstummt. Züngelnde Flammen zerschnitten die Dunkelheit. Der Rumpf der Yacht brannte.

»Was ist geschehen?«, rief Luke mit schriller Stimme.

»Der Dampfkessel ist explodiert«, sagte Zeke. »Der gütige Herr im Himmel muss eingegriffen haben! Er hat diesen Satan getötet.«

Isaac Bell wechselte zweifelnde Blicke mit Wish Clarke.

Der junge Detektiv sprach zuerst. »Dieser Doppelschlag klang eher so, als habe jemand dem lieben Herrgott mit hundert Pfund Dynamit geholfen. Zuerst mit dem Dynamit, dann mit dem Dampfkessel.«

»Isaac, alter Junge«, sagte Aloysius Clarke. »Ich glaube, allmählich kriegst du deinen Job richtig in den Griff.«

»Wir sollten lieber runtergehen und sehen, ob wir helfen können.«

Während er und Wish den Kai betraten, stellte Bell fest, dass die polnischen und italienischen Streikbrecher nicht aus ihren Heimatländern importiert worden waren. Ebenso wenig kamen die zahlreichen farbigen Männer direkt aus dem Süden. Sie waren in den Kohlerevieren in Ost-Pennsylvania, wo auf Grund eines Streiks die Anthrazitminen hatten geschlossen werden müssen, eingesammelt worden. Diejenigen, mit denen er sich unterhielt, waren verwirrt, von der Explosion wie betäubt und hatten Angst.

»Sie haben uns nichts von der Gewerkschaft erzählt.«

»Sie sagten nur, hier gebe es Arbeit.«

In der Mitte des Flusses fuhr das Dampfboot, das den Leichter-Verband mit den Streikbrechern flussaufwärts geschoben hatte, im Kreis um die brennenden Überreste der *Monongahela* herum und suchte mit Hilfe von starken Scheinwerfern die Wasseroberfläche nach Überlebenden ab. Plötzlich stieß seine Dampfpfeife ein schrilles Warnsignal aus.

»Was ist jetzt los?«, fragte Wish.

Bell deutete stromaufwärts, wo die dunkle Silhouette des Füllturms in den nächtlichen Himmel ragte. »Die Kohleleichter haben sich losgerissen.«

Der gesamte Schubverband, der am Kohlepier gelegen hatte – eine Flotte von zwanzig beladenen Leichtern, die miteinander vertäut waren –, wälzte sich majestätisch in den Fluss und nahm Tempo auf, als ihn die starke Strömung flussabwärts drückte.

»Wie zum Teufel haben sich die Kähne losreißen können?«

»Das wird das Erste sein, was ich morgen fragen werde«, sagte Isaac Bell.

Wish meinte: »Erstaunlich, wie viele Dinge gleichzeitig schiefgehen können.«

Isaac Bells Blicke schossen von dem abtreibenden Schubverband über die brennende Yacht zu den verwirrten Streikbrechern auf dem Kai und weiter zum Dampfschlepper. Dessen Kapitän hatte die Maschine gestoppt, damit die Strömung sein Schiff vom Wrack wegdrängte.

»Zu viele Dinge. Und ich habe das ungute Gefühl, als sei es noch nicht vorbei.«

Als sich der Schlepper in sicherer Entfernung von möglichen Überlebenden im Wasser befand, wühlte das riesige Schaufelrad am Heck die Fluten auf, und das Schiff beschleunigte, um die abtreibenden Kohleleichter einzufangen. Deckhelfer hielten sich mit Leinen bereit, und das Schleppboot machte am Schubverband fest. Die Schaufeln des Heckrades fraßen sich in die schwarzen Fluten, und das Schiff bugsierte die vordersten Leichter in die Strömung, um den Schubverband unter Kontrolle zu bekommen.

»Er hat sein Boot in der Gewalt«, stellte Wish anerkennend fest. »Mit diesem Kapitän würde ich jeden Fluss befahren.«

Er hatte das letzte Wort kaum ausgesprochen, als das Dampfschiff mit einem ohrenbetäubenden Doppelknall explodierte und Steuerhaus und Schornstein in den Fluss gefegt wurden. Für Bell war dieser Doppelknall ein Echo des ersten Doppelschlags, der die *Monongahela* zerstört hatte.

Aber im Gegensatz zu der Yacht, die immer noch im Wasser trieb und in hellen Flammen stand, sank das schwere Dampfschiff sofort auf den Grund des Flusses, sodass die zertrümmerten Aufbauten aus dem Fluss herausragten. Die Strömung drückte die Kohleleichter gegen das Hindernis, wobei die hölzernen Rümpfe aufgerissen wurden. Innerhalb weniger Minuten waren zwanzig

Leichter gesunken und versperrten den Kanal zum Hafen von Pittsburgh.

»Mein Provokateur«, sagte Isaac Bell, »bekommt sein Projekt auch immer besser in den Griff.«

# 17

Eine Pfeifenorgel beherrschte den Empfangsraum des Bloom House, der elegantesten Villa in Pittsburgh. Das Speisezimmer erstrahlte im Lichterglanz von Kerzen und elektrischer Beleuchtung und bot sechsunddreißig Personen ausreichend Platz. Livrierte Hausdiener schwebten lautlos mit Silbertabletts von einer weiter entfernten Küche herein. Aber R. Kenneth Bloom, der Vater von Isaac Bells Schulfreund Kenny, machte keinen so glücklichen Eindruck. Doch das galt, wie Isaac Bell feststellen konnte, auch für seine Gäste, Blooms finanzstarke Mitstreiter im Kohlegeschäft, Eisenbahnmagnaten und Stahlbarone, zu deren Abendkleidung mit Brillanten besetzte Krawattennadeln und Manschettenknöpfe gehörten, in denen sich der helle Schein der Festbeleuchtung funkelnd brach.

Bloom sen., das Gesicht gerötet und mehr Gewicht mit sich herumtragend, als seiner Gesundheit zuträglich sein konnte, stützte beide Hände auf die schneeweiße Tischdecke, um aus seinem Sessel aufzustehen. Dann erhob er sein Glas.

»Ich will nicht behaupten, dass ich ihn mochte. Aber er war einer von uns. Gentlemen, auf Black Jack Gleason – niedergestreckt von der Gewerkschaft! Möge er in Frieden ruhen.«

»Ruhe in Frieden!«, erscholl es an der langen Tafel.

»Und mögen die Gewerkschaftler in der Hölle schmoren!« Der Aufruf folgte aus dem Mund des Gastgebers.

Isaac Bell trank einen Schluck Wasser.

Kenny Bloom, dazu ausersehen, die Hälfte der Anthrazitvorkommen in Pennsylvania von seiner Mutter und die kontrollierende Aktienmehrheit der Reading Railroad sowie riesige Bitumenfelder von seinem Vater zu erben, zwinkerte Bell zu. »Wir sollten über die Toten nichts Schlechtes sagen«, murmelte er. »Wenn wir es aber doch täten, könnten wir eine ganze Menge erzählen.« Er trank einen tiefen Schluck aus seinem Weinglas. »Ich bin froh, dass du gekommen bist, Isaac. Diese Dinner sind einfach grausig.«

»Danke für die Einladung.«

Kenny grinste. »Du hast mir kaum eine andere Wahl gelassen, nicht wahr, Mr. Angeblicher-Versicherungsmann?«

»Ich weiß das wirklich zu würdigen.«

Auf halber Höhe der Tafel erhob der Justizminister von Pennsylvania die Stimme. »Die Gewerkschaft wird für diese Gräueltat bezahlen. Dampfschiffe gesprengt. Unschuldige Arbeiter, die nach Gleasonburg wollten, um einen ehrlichen Job zu finden, verletzt. Der Fluss blockiert. Die Kohleversorgung gestoppt.«

»Und Gleason ermordet.«

»Das auch. Ja, Sir, die tollwütigen Hunde werden dafür bezahlen.«

Kenny beugte sich zu Bell. »Das sollen sie, und das werden sie auch. Aber er redet dummes Zeug, weil der Justizminister von West-Virginia zuerst zum Zuge kommt. Schließlich ist Black Jack in deren Staat getötet worden.«

»Ich bin nicht davon überzeugt«, sagte Bell, »dass die Gewerkschaft irgendetwas damit zu tun hatte.«

Die militärische Präzision von unmittelbar aufeinander folgenden Sprengungen und dem gleichzeitigen Losreißen des Leichter-Verbands von seinem Liegeplatz überstieg seines Erachtens die Fähigkeiten der Gewerkschaftsorganisatoren, die schon Mühe hatten, den Pinkertons auch nur einen Schritt voraus zu sein. Eine kurze Inspektion der Kesselräume der Dampfyacht hatte seine Zweifel noch erheblich verstärkt.

Aber Kenny, der schon vor dem Dinner mit dem Whiskey begonnen hatte, hörte ihm nicht zu. Er brüstete sich vor jedem Gast an ihrem Ende der Tafel mit den Ereignissen im Anthrazitrevier. »Wir haben eine Gatling-Kanone auf der Ladefläche eines Mercedes Simplex montiert und Stahlplatten angeschweißt, um den Fahrer zu schützen.«

»Hat es funktioniert?«

»Ob es funktioniert hat? Ich würde meinen, ja«, antwortete Kenny kichernd. »Die Streikenden nannten das Gefährt den Todesexpress.«

Am Kopfende der Tafel äußerte sich Bloom sen. zu den Forderungen der Streikenden.

»Der Achtstundenarbeitstag wird das gesamte Kohlegeschäft ruinieren.«

»Hört! Hört!«

»Und ich habe mehr als genug Unfug über Sicherheit anhören müssen. Der Bergmann hat die alleinige Verantwortung dafür, seinen Arbeitsplatz in sicherem Zustand zu erhalten.«

Ein anderer Bergwerksunternehmer stimmte ihm zu. »Es ist nicht meine Schuld, wenn er sich weigert, die Kohle ordnungsgemäß abzubauen, gefährliches taubes Gestein zu entfernen und tragfähige Holzstempel einzusetzen.«

»Dieses Gewerbe ist von Natur mit Risiken behaftet. Da die Preise ständig sinken, können wir von Glück reden, wenn wir uns im Geschäft halten können.«

Bell bemerkte den verblüfften Ausdruck im Gesicht eines älteren Grubenbarons, der nun das Wort ergriff. »Die ungeheuerlichen Kosten, die wir tragen müssen, um die Kohle weiter zu befördern, sind auch keine Hilfe.«

Bloom sen. reagierte mit einem verkniffenen Lächeln. »Den Eisenbahngesellschaften sind die Hände gebunden, Mr. Morrison.«

»Aber von wem denn, Sir? Sicher nicht von der Regierung, oder?«

»Von der auch, allerdings haben wir außerdem gegenüber unseren Investoren eine gewisse Verantwortung.«

»Und schon geben Sie Wall Street wieder die Schuld. Zu meiner Zeit war das nicht so. Wir hatten das Heft in der Hand. Wenn die Banken verdienen wollten, waren sie willkommen, sich zu beteiligen. Aber sie haben sich nicht angemaßt, uns vorzuschreiben, wie wir die Kohle fördern oder sie transportieren sollen.«

»Nun, Sir, die Zeiten haben sich geändert.«

Isaac Bell fiel auf, dass Kenny seinen Vater mit einem nachdenklichen, wenn nicht gar sorgenvollen, Blick musterte. »Das klingt, als wüsstest du schon jetzt, was auf dich zukommt, wenn du an der Reihe bist, die Eisenbahngesellschaft zu leiten.«

»Wie kommst du darauf, dass ich die Eisenbahn leiten werde?«

»Du bist sein Sohn, sein einziger, und du arbeitest bei ihm, seit du Brown verlassen hast.«

»Mir wäre nichts lieber«, sagte Kenny. »Und ich gebe mein Bestes, um so schnell wie möglich alles zu erlernen. Aber möglicherweise ist es nicht meine Entscheidung.«

»Sicherlich sieht dein Vater in dir seinen einzigen möglichen Nachfolger.«

»Natürlich tut er das. Das war bereits an dem Tag klar, als ich mein Studium abgeschlossen habe. Aber was ist, wenn sie es nicht wollen?«

»Sie?«, fragte Bell, auch wenn er die Antwort bereits zu kennen glaubte.

»Die Banken.«

Bell blickte über den Tisch zu Mr. Bloom hinüber. Trotz des ganzen Luxus in seinem Haus und seines großspurigen Auftretens hatte sogar der reiche und mächtige Eisenbahnpräsident R. Kenneth Bloom sen. keinerlei Kontrolle über die Steinkohle.

»Welche Banken?«, fragte Isaac.

»Die New Yorker Banken.«

»Welche genau?«

Kenny zuckte die Achseln.

»Weißt du es nicht?«

»Ich bin nicht befugt, darüber zu sprechen.«

Bell fixierte den Eisenbahnerben mit strengem Blick. »Nicht befugt? Du klingst jetzt wie ein übervorsichtiger Anwalt und nicht wie der Kumpel, der mit mir zu einem Zirkus ausgerissen ist.«

»Das hat uns beinahe das Leben gekostet.«

»Hattest du keine wunderbare Zeit?«

»Doch, das schon.«

»Welche Banken?«

Kenny Bloom grinste. Bell kam er betrunken, verlegen und ein wenig ängstlich vor. »Lass mich deine aufdringliche Frage auf eine ganz besondere Weise beantworten –

mit einer Gegenfrage. Glaubst du, dass die Gründung der U.S. Steel Corporation ein Ende oder ein Anfang ist?«

»Ende oder Anfang von was?«

»Wir sind hier nichts anderes als Dodos, Isaac. Wir sehen aus, als könnten wir fliegen, dabei können wir nur schwerfällig herumlaufen. Der in jeder Hinsicht selbstständige und in seinen Entscheidungen völlig freie Pittsburgh-Tycoon ist ausgestorben. Desgleichen die unabhängige Eisenbahn, die Kohle transportiert. Wall Street dreht uns den Hahn zu. Black Jack Gleason war ein Dodo. Wie jeder, der hier am Tisch sitzt. Nur wissen es einige von ihnen noch nicht.«

»Aber nicht du. Du bist jung. Du bist wie ich. Wir schreiben das Jahr 1902. Wir fangen doch gerade erst an.«

Kenny Bloom streckte ihm die Hand entgegen. »Greif zu und lern einen Dodo kennen.«

Bell brachte ein Grinsen zustande, so schief wie Kennys, und schüttelte ihm die Hand.

Kenny sagte: »Wenn du so erpicht darauf bist zu erfahren, um welche Banken es geht, dann sieh in der Zeitung nach, wer Carnegie und Frick in U.S. Steel umgebaut hat.«

Bells Vater war Bankier. In Boston. Boston war weit weg von New York, und das Bankgeschäft wurde in beiden Städten unterschiedlich betrieben. Aber einige Dinge waren gleich. Und wenn es etwas gab, das Isaac Bell von seinem Vater – und seinem Großvater – über Banken gelernt hatte, dann war es die Tatsache, dass diejenigen, die den Ton angaben, möglichst unauffällig blieben.

Er sagte: »Es wird sicher nicht in der Zeitung stehen. Wer die Show veranstaltet, bleibt gewöhnlich hinter der Bühne und zieht von dort aus die Fäden.«

Kenny holte eine mit Prägedruck versehene Karte aus der Tasche und drückte sie Bell in die Hand. »Da hast du einen Eisenbahnpass, der im ganzen Land gültig ist. Fahr nach Boston und frag deinen Vater, welche Banken es sind.«

»Wir reden nicht miteinander«, sagte Bell.

»Weil du Detektiv bist?«

»Er will mich in der Bank haben.«

»Was wirst du tun?«

»Detektiv bleiben.«

»Das ist schade. Er ist ein guter Kerl.«

»Ich weiß«, sagte Bell. »Er ist der beste.« Er hielt den Ausweis hoch. »Ist es okay, wenn ich ihn behalte?«

»Dein Großvater hat dir eine Menge hinterlassen. Du kannst es dir selbst leisten, eine Fahrkarte zu kaufen.«

»Ich würde den Ausweis gerne behalten«, sagte Bell. »Mit Geld geht alles. Aber ein Eisenbahnpass vom Sohn eines Dodo, das ist etwas Besonderes.«

Die Angestellten räumten die Austernschalen und die Suppenteller ab und brachten Kaviar, Hering und Pasteten. Bell wechselte von Champagner zu Sauternes. Kenny blieb bei seinem Whiskey.

»Werdet ihr die Gleason Bergwerke kaufen?«, wollte Bell wissen.

»Jemand ist uns zuvorgekommen. Er hat sich die gesamte Gleason Consolidated Coal & Coke Company mit allem Drum und Dran geschnappt.«

»Wer?«

»Ich habe nicht die leiseste Ahnung.«

»Aber ganz sicher kein Pittsburgh-Dodo«, sagte Bell.

# BUCH ZWEI

## FEUER

## 18

»Bruder«, sagte Mary Higgins, »ich werde zurück nach Pittsburgh gehen.«

Jim hatte diesen Entschluss seiner Schwester bereits befürchtet, doch jetzt war es ausgesprochen. In West-Virginia waren eintausend Bergarbeiter von der Geschäftsleitung der Gleason Consolidated aus ihren Werksbaracken vertrieben worden. Einige hatten in einer Zeltstadt Zuflucht gefunden, das übliche Schicksal der gekündigten Arbeiter, während ein Streik andauerte und Streikbrecher an ihrer Stelle die Kohle zu Tage förderten. Andere hatten sich jedoch auf einen Marsch nach Pittsburgh begeben – in der Hoffnung, Zeitungsberichte über Männer, Frauen und Kinder, die sich durch eisigen Regen kämpften, mochten das Mitgefühl der Nation wecken. Möglich war es. Vielleicht raffte Präsident Roosevelt sogar seinen Mut zusammen und intervenierte.

Eintausend Menschen, die durch das bodenschatzreiche Monongahela Valley marschierten, hatten gute Chancen, ihre Anzahl von Tag zu Tag zu verdoppeln, wenn Arbeiter mehrere hundert Bergwerke, die an ihrem Weg lagen, ebenfalls bestreikten und sich in den Protestzug einreihten. Zehntausend, zwanzigtausend, fünfzigtausend Arbeiter, die nach Pittsburgh kämen, könnten durchaus den Generalstreik auslösen, von dem Higgins träumte. Aber er zögerte, sich den Marschierenden anzuschließen.

Die Ermordung Black Jack Gleasons hatte eine gewaltbereite Stimmung erzeugt. Gouverneure drohten damit, Miliztruppen aufmarschieren zu lassen. Staatsanwälte veranstalteten Musterprozesse. Und die Bergwerkseigner hatten jegliche Zurückhaltung fallen lassen.

»Hier gibt es einiges zu tun. Sehr viel sogar. Der Streik der Hüttenwerker ist ein Desaster.«

»Lies!« Sie hielt ihm eine Ausgabe der *Denver Post* unter die Nase und zog eine Reisetasche unter ihrem Bett hervor. Jim überflog die Meldung. »Was soll das? Wir wissen doch, dass Gleason in die Luft gesprengt wurde.«

»Lies weiter. Siehst du, was als Nächstes geschah?«

Jim kam zum Ende des Artikels, wo berichtet wurde, dass die Kohleleichter, die bei Gleasonburg gesunken waren, den Fluss vier Tage lang blockiert hatten.

Mary fragte: »Die Flüsse sind in Pittsburgh nicht tief, oder?«

»Nicht sehr. Der Mon zwischen zwei vierzig und dreieinhalb Meter. An vielen Stellen flacher, je nach Regenmenge. Das Gleiche gilt für den Allegheny.«

»Und der Ohio?«

»Etwa genauso ... Weshalb?«

In Marys Augen loderte ein leidenschaftliches Feuer.

»Weshalb?«, wiederholte Jim in scharfem Ton.

»Sogar die Kohle der Streikbrecher muss nach Pittsburgh gelangen, um per Eisenbahn zu den Städten im Osten und per Schiff in den Westen transportiert zu werden.«

»Ich verstehe nicht«, sagte Jim. Er verstand zwar genau, aber er wollte es nicht hören.

Mary sagte: »Die Frachtkähne, die in Gleasonburg gesunken sind, haben den Fluss vier Tage lang blockiert. Ein einziger Schubverband, Bruder, eine einzige kleine

Leichter-Flotte. Was würde in Pittsburgh geschehen, wenn noch eine ganze Menge weiterer Leichter sinken und den Fluss blockieren würden?«

»Kein Stück Kohle würde die Region verlassen«, sagte Jim Higgins.

»Kein Stück Kohle würde die Hüttenwerke in Pittsburgh erreichen«, sagte Mary. »Keine Kohle käme in den Städten im Osten an. Und auch der Ohio bliebe runter nach Westen kohlefrei.«

»Aber die Bergarbeiter sind bereits gestartet. Was ist mit dem Marsch? Einem friedlichen Marsch.«

»Die Arbeiter brauchen jede Hilfe, die sie bekommen können. Die blockierten Flüsse werden ihnen helfen.«

»Sabotage bedeutet Krieg, Mary.«

»Kohle ist das Lebenselixier der Kapitalisten.«

»Krieg bedeutet Tod.«

»Genau, Bruder. Ohne Kohle wird die Klasse der Kapitalisten untergehen.«

Isaac Bell fuhr nach New York, um sich ein Bild der neuen Eigentümer von Gleason Consolidated Coal & Coke zu machen. Mit Hilfe von Kenny Blooms Eisenbahnpass sicherte er sich den letzten freien Platz im Pennsylvania Special. Zehntausend Einkäufer auswärts angesiedelter Einzelhandelsunternehmen strömten in die Stadt, um sich für den Herbst und den Winter ausreichend mit Handelsware einzudecken. Die Züge nach Osten waren dicht besetzt.

»Achte bloß darauf, dass dich der Boss nicht sieht, ehe du beweisen kannst, welche Absichten dein Provokateur verfolgt«, warnte Wish Clarke, als sie sich in Pittsburgh voneinander verabschiedeten. Wish wollte nach Chicago, um Laurence Rosania auszufragen, der, nach Meinung eines Safeknackers, möglicherweise der esoterischen und äußerst seltenen Kunst der Entwicklung von Sprengstoffen frönte. »Er wird dich mit Fragen löchern. Wer ist es? Wer steht hinter ihm? Was wollen sie? Du solltest lieber eine klare Vorstellung von deinem Gegner haben, sonst drückt dir der Boss einen anderen Fall aufs Auge.«

Bell war weit davon entfernt gewesen, klare Vorstellungen zu entwickeln, sogar noch vor den Explosionen auf dem Monongahela. Setzte der Provokateur nun Gewalt aus Profitgier ein oder um den Krieg zwischen der Arbeiterschaft und den Unternehmern zu gewinnen? Derjenige, der Gleason Consolidated aufgekauft hatte, könnte es auf beides abgesehen haben.

»Ich kann Mr. Van Dorn nicht ständig aus dem Weg gehen. Ich muss das Büro aufsuchen, um den neuen Rechercheur auszufragen.«

»Frag ihn doch in einer Bar um die Ecke aus. Ich war letzten September in New York, als die Einkäufer anreisten. Die Hotels am Broadway ließen in ihren Räumlichkeiten Feldbetten aufstellen und mussten scharenweise Leute abweisen, die verzweifelt eine Unterkunft suchten. Wenn nur ein kleiner Anteil von ihnen Schwindlern in die Hände fällt, wie man sie in New York an jeder Ecke antreffen kann, wird unser neues Filialbüro ein Bombengeschäft machen. Und du wirst möglicherweise gezwungen sein, Kellner, Barkeeper, Taxifahrer, Portiers, Hausdiener und Zimmermädchen zu befragen, nur weil ein Einkäufer für Damenunterwäsche aus Peoria, der einen erfolgreichen morgendlichen Kaufabschluss bei einem Großhändler mit Drinks in einem Club gefeiert hat, ohne seine Brieftasche aufgewacht ist. Oder es war bei einem Lunch in einem Café, bei einem Dinner in einem Freudenhaus, während einer Show in einem Varietétheater oder meinetwegen auch bei einem späten Abendimbiss und einer eisgekühlten Flasche auf einem Dachgarten. Die Brieftasche hatte er jedenfalls, soweit er sich erinnern kann, das letzte Mal in Gesellschaft einer respektablen, wohlerzogenen jungen Lady gesehen und benutzt. Und die Lady will er in einem dieser Etablissements kennengelernt haben.«

Das letzte Mal hielt der Pennsylvania Special in nächster Nähe des Hudson River in Jersey City an. Bell bestieg eine Fähre nach Manhattan, fuhr mit der El in die City und ging zu Fuß zum Cadillac Hotel auf dem Broadway. Er mied den Vordereingang und die wachsamen Hausdetektive, die Mr. Van Dorn persönlich rekrutiert hatte, fand einen Pagen, der draußen vor dem Personaleingang eine Zigarettenpause machte, und gab ihm ein ansehnliches Trinkgeld, um Grady Forrer in der Van-Dorn-Suite eine persönliche Nachricht zu überbringen.

Dann ging Bell fünf Blocks weit den Broadway hinunter zur Bar des Hotels Normandie, in der es von Börsenmaklern und Großhändlern wimmelte, die ihre potentiellen Kunden, Einkäufer aus der Provinz, mit Gratisdrinks bewirteten. Von einem Ecktisch aus beobachtete er das Geschehen und versuchte zu erraten, wer von den Gästen, die durch die Tür hereinströmten, das Superhirn sein mochte, das der Boss engagiert hatte, um die Rechercheabteilung der Van Dorn Detective Agency zu etablieren.

War es der Knabe, der seinen Hut so verwegen trug wie ein Zeitungsreporter? Reporter waren im Recherchieren versiert. Aber nein, er war anscheinend mit niemandem verabredet, weil er direkt zum Mittagsbüfett ging. War es der streng dreinblickende Akademiker mit gewachstem Schnurrbart? Nein, er klopfte einem Geschäftsmann auf den Rücken und wurde wie ein alter Freund begrüßt. Ebenso wenig war es der langhaarige Bursche, der wie ein Gelehrter aussah.

Als ein imposanter Schatten den Eingang ausfüllte, wurde es in der Bar plötzlich schlagartig leiser. Ganz sicher war es nicht dieser Kerl mit den breiten Schultern und dem mächtigen Bauch. Er war so jung wie Bell und hatte das Haar mit Pomade geglättet und in der Mitte gescheitelt wie ein distinguierter Saalchef, der in einem Salon, in dem es kurzfristig zu hoch herging, mit einem einzigen Blick Ordnung schaffen konnte. Wie ein Dampfschiff durch die Schar der Gäste pflügend, kam er direkt auf Bell zu. Er blieb vor ihm stehen, schob seine Brille aus Drahtgestell auf die Nase und inspizierte den jungen Detektiv eingehend.

Seine Stimme klang wie ein dunkles Rumpeln in seiner mächtigen Brust. »Ich bin Grady Forrer, Mr. Bell. In Ihrer Notiz stand etwas von einem blonden Gentleman mit Schnurrbart. Ich nehme an, dass das, was sich zurzeit in Ihrem Gesicht entwickelt, ebendieser Schnurrbart sein soll.«

»Ich hoffe, dass sich das Warten gelohnt hat«, sagte Bell und streckte die Hand aus. »Danke, dass Sie gekommen sind.«

»Gern geschehen. Da oben geht es zu wie in einem Irrenhaus. Es gibt mehr zu tun, als wir bewältigen können.«

»Übers Ohr gehauene Einkäufer?«

»Betrogene Einkäufer schock-, meter-, ballen-, ries-, karat-, büschel-, scheffel-, dram-, gran- und pennyweightweise, je nach dem Maßsystem ihrer jeweiligen Handelsware. So viele von ihnen rennen uns die Tür ein, dass Mr. Van Dorn sämtliche Assistenten aus meinem Büro abgezogen hat, um Opfer zu befragen. Genehmigen wir uns einen Drink.«

Bell winkte einen Kellner heran, und als dieser sich nach Aufnehme der Bestellung entfernte, fragte er: »Haben Sie Experten in der Wall Street?«

»Ich habe Kontakt zu Experten. Und verfüge über grundlegende Kenntnisse, da ich früher dort in die Lehre ging, bevor ich mich für die Bibliotheksarbeit zu interessieren begann. Außerdem unterhalte ich einige Freundschaften. Was müssen Sie wissen?«

Bell berichtete ihm von dem unerwarteten Erwerb einer Mehrheitsbeteiligung an Gleason Consolidated. »Ich habe die Zeitungen durchforstet und einen Bankier während eines Dinners in Pittsburgh in ein endlos langes Gespräch verwickelt, aber ich bin nicht weitergekommen als bis zum Namen eines Trusts, von dem bisher niemand etwas gehört hat.«

»Wie schnell wurde aufgekauft?«, fragte Forrer.

»Innerhalb weniger Tage.«

»Erstaunlich. Eine Mehrheitsbeteiligung zu erwerben braucht Zeit, vor allem wenn man versucht, seine Absicht zu verschleiern. Und sie von trauernden Erben zu kaufen, die sich wegen des möglicherweise zu erzielenden Gewinns und seiner Verteilung in den Haaren liegen, das dauert noch länger. Sogar dann, wenn der letzte Wille des Verstorbenen durchs Nachlassgericht geprügelt wurde. Was nicht unmöglich ist. Falls es eine korruptere Richterbrut als die am Nachlassgericht geben sollte, habe ich jedenfalls noch nicht von ihr gehört. Trotzdem interessant, es sei denn, das Verfahren war bereits im Gange und das Testament in Arbeit. Ist Ihnen schon mal in den Sinn gekommen, dass derjenige, der Gleason gekauft hat, bereits im Vorhinein wusste, dass die Aktien auf den Markt geworfen würden?«

»Ich hatte damit gerechnet, dass Sie diese Frage stellen werden«, sagte Bell. »Tatsache ist, derjenige, der Gleasons Yacht in die Luft gesprengt hat, wusste genau, wann die Aktien zu haben wären.«

Nach einer Stunde, in der Isaac Bell zu dem Schluss gekommen war, dass es eine brillante Entscheidung des Bosses gewesen war, in den Aufbau einer eigenen Recherche-Abteilung zu investieren, und dass er doppelt brillant entschieden hatte, als er Grady Forrer eingestellt hatte, kam ein schmächtiger junger Mann in die Normandie Bar und redete eindringlich auf Forrer ein.

»Seine ermittelnde Heiligkeit hat das Haus verlassen, um essen zu gehen, und wird vor morgen früh nicht zurückerwartet. Unsere Jungs haben wieder ihre normale Arbeit aufgenommen.« Forrer sah Bell an.

»Kommen Sie, Isaac. Das ist unsere Chance.«

Forrers Büro bestand aus einer Ansammlung schäbiger Zimmer, die durch einen engen Korridor mit der luxuriösen Van-Dorn-Suite verbunden waren. Es war ein fensterloser Kaninchenbau, ganz anders als das geräumige, offene Hauptbüro der Agentur. Aktenschränke, Stühle und Tische waren mit Stapeln von Zeitungen aus Groß- und Kleinstädten im ganzen Land beladen. Während Bell und Grady eintraten, schwankte auch ein Briefträger herein, auf den Schultern einen offenbar schweren Postsack, der, wie der Beamte verkündete, dreihundert abonnierte Zeitungen enthielt, von denen keine älter als eine

Woche war. Unermüdlich klappernd stand in einer Ecke die abteilungseigene Morsetaste, bedient von einem Telegrafisten, der rasend schnell ins Morsealphabet übertragene Texte sendete und empfing. Ein Telefonist mit einem Hörer am Ohr saß in einer anderen Ecke und machte sich Notizen. Eine Schreibmaschine ratterte und druckte Karteikarten, während die Räume von dem vielfach ausgestoßenen Ruf »Boy!« laut widerhallten und hin und her rennende Botenjungen dafür sorgten, dass die Papierstapel ständig wuchsen.

Forrer erklärte, dass er in diesem frühen Stadium seine gesamte Energie darauf verwendete, eine Bibliothek voller Informationen zu erstellen. Dazu hatte er stundenweise Studenten vom Columbia College und den Seminaren engagiert, um Meldungen aus Tausenden von Zeitungen auszuschneiden, die im Land veröffentlicht wurden.

Bell fragte: »Wie wollen Sie es anstellen, dass jede Information jederzeit greifbar ist?«

»Ich bin dabei, die Dewey-Dezimalklassifikation den Bedürfnissen der Agentur anzupassen«, sagte Grady. »Schließlich sind sämtliche Informationen nichts wert, wenn man sie nicht finden kann.«

Isaac Bell saß an einem Schreibtisch und wühlte sich durch Stapel von Zeitungsausschnitten mit Schlagzeilen, Artikeln, Karikaturen und Federzeichnungen über Beteiligungen in der Steinkohleindustrie, die an der Wall Street gehalten wurden. Die Eisenbahngesellschaften hatten sich in der Förderung des Minerals stark engagiert, wie er bereits in Pittsburgh erfahren hatte. Aber Kennys Vater war nur einer von mehreren Eisenbahntycoons, der als ein

Mann dargestellt wurde, der alles daransetzte, Mehrheitsbeteiligungen im Kohletransportgeschäft und Kohlehandel zusammenzuraffen.

Osgood Hennessy, der im Westen aktive Eisenbahnbauer, hatte sich den Zorn von weitaus mehr Karikaturisten als nur Mr. Bloom zugezogen. Bell fand den Schienentitan als Anakonda dargestellt, als Krake und als Spinne und jedes Mal mit erheblich mehr Zähnen, als diese Tiere in ihrem natürlichen Zustand besaßen. Wall-Street-Investoren – vor allem Judge James Congdon, Gründer von U.S. Steel, John Pierpont Morgan, Chef von General Electric, der außerdem Gold an das amerikanische Schatzamt verlieh, aber auch der Lampenöl-Magnat John D. Rockefeller – wurden auf ähnliche Weise gewürdigt und als Haifische, Alligatoren und tollwütige Grizzlybären dargestellt.

Im Gegensatz dazu nahmen Congdon, Hennessy und Rockefeller in den Darstellungen der Zeitungszeichner menschliche Gestalt an: Congdon mit jungen Bräuten an seiner Seite, Rockefeller beim Besuch seiner Kirche in der Fifth Avenue und der verwitwete Hennessy in Begleitung einer hübschen dreizehnjährigen Tochter. Große Aufmerksamkeit wurde Congdons Kunstsammlung zuteil, noch größeres Interesse fand Hennessys Privatzug.

Aufgezählt wurden in Black Jack Gleasons Nachrufen das Steinkohlekombinat, das er zusammengefügt hatte, mehrere Villen, die er in West-Virginia gebaut hatte, und der Schießstand, den er in Irland erworben hatte. Außerdem las Bell einen kurz vor seinem Tod veröffentlichten Leitartikel, der Gleasons häufig kundgetane Meinung lobte, Gewerkschaftsaktivisten und -funktionäre seien »Vampire, die sich an der ehrlichen Arbeit der Steinkohlebergleute des Landes schadlos halten.«

Die *New York World* warf Gleason vor, von den Bürgern unrechtmäßigen Tribut zu fordern, indem er gegen alle Gesetze den Steinkohle-Trust »zu einem der fraglos mächtigsten und gefräßigsten Syndikate geformt habe, das sogar J. P. Morgans krakenhaften Erdöltrust mit seinen limitierten Nachschubmengen und willkürlich festgesetzten Preisen« in den Schatten stelle. Eine Zeitung in Nebraska verurteilte Gleason als »einen Kohlebaron, der durch die ehrliche Arbeit der Bergleute fett und durch die Forderung überhöhter Preise von den Konsumenten reich geworden sei«.

Grady Forrer kam mit einer Kanne Kaffee herein.

»Offenbar sind Sie die ganze Nacht hiergeblieben.«

»Grady, Sie wissen wirklich viel.«

»Ich weiß, wie ich viele Dinge finden kann.«

»Haben Sie jemals bernsteinfarbene Augen gesehen?«

»Sie sind ungewöhnlich«, sagte Grady. »Und besonders selten. Aber bernsteinfarben ist nicht ganz richtig und missverständlich. Ich würde sie eher als gelb oder golden beschreiben. Außer bei Sonnenschein, dann erscheinen sie kupferfarben oder sogar orange. Weshalb fragen Sie?«

»Mein Provokateur könnte sie haben. Na ja, vielleicht auch nicht.«

Sorgenvoll verzog Grady das Gesicht. »Angesichts der Feindseligkeit, die schon jetzt zwischen Arbeitern und Unternehmern herrscht, braucht man nicht unbedingt noch einen Provokateur, um in den Kohlerevieren einen Krieg anzuzetteln.«

»Ich würde durchaus einräumen, dass man keinen Provokateur braucht, um Gewaltbereitschaft in den Kohlerevieren zu schüren. Die ist auf jeden Fall reichlich vorhanden. Aber man braucht einen Provokateur, um einen echten, einen länger andauernden Krieg in Szene zu setzen.«

»Zu welchem Zweck?«, brüllte in diesem Augenblick eine Stimme in Isaac Bells Ohr.

»*Mr. Van Dorn!*«, rief Grady Forrer. Der Telegrafist, der Telefonist, der Maschinenschreiber, alle schossen von ihren Plätzen hoch, und die Botenjungen blieben stocksteif stehen.

Isaac Bell erhob sich und streckte die Hand aus.

»Guten Morgen, Sir«, begrüßte er Van Dorn und nannte seinem Boss als Antwort den Gedanken, der ihn schon die ganze Zeit beherrschte. »Um Aufmerksamkeit zu erregen.«

Joseph Van Dorn sagte: »Kommen Sie mit!«

Bell winkte Grady Forrer aufmunternd zu und folgte Van Dorn, zuversichtlich, dass er die Antwort gefunden hatte.

Van Dorns persönliches Büro war mit modernen Telefonen, Sprechrohren und einer eigenen Morsetaste ausgestattet. Der Boss ließ sich hinter seinem Mahagonischreibtisch nieder und lud Bell mit einer Handbewegung ein, in einem Ledersessel mit Chesterfield-Polsterung Platz zu nehmen.

»Wessen Aufmerksamkeit?«, fragte Van Dorn.

»Die des Präsidenten, des Kongresses und, am wichtigsten, die der Nation.«

Van Dorn nickte. »Ich habe Prinz Heinrich bei seinen Auftritten beobachtet und in etwa das Gleiche gedacht wie Sie. Wenn der Prinz seine Reise beendet, wird der halbe Kontinent ihn und alles Deutsche lieben – obwohl sein Bruder, der Kaiser, diesen traurigen Ruf hat, ein blutrünstiger Despot zu sein. Wir leben in einer neuen Welt, Isaac. Wenn Sie in die Zeitung kommen, werden die Leute Sie lieben, solange die Reporter Ihren Namen richtig schreiben.«

»Oder sie hassen einen«, sagte Bell.

»Verraten Sie mir, wer geliebt werden will.«

»Alle wollen es. Aber ich kann nicht erkennen, dass die Gewerkschaft das Talent dazu hat, liebenswert zu erscheinen.«

»Wie können Sie so etwas behaupten? Die Zeitungen sind doch auf ihrer Seite. Die Titelseiten sind voll mit Karikaturen von Wirtschaftsbossen in Zylindern, die die Arbeiterschaft triezen.«

»Nicht alle«, widersprach Bell. »Die Hälfte der Zeitungen, die ich auf den Bahnhöfen sehen konnte, haben Soldaten mit frischen, freundlichen Gesichtern gezeigt, neben einem schmuddeligen unrasierten Mob. Das Gleiche trifft auf die Zeitungen zu, die ich gestern durchgeblättert habe.«

»Demnach könnten die Sympathien auf beiden Seiten liegen, nicht wahr?«

Bell zögerte.

Van Dorn sagte: »Ich muss Sie daran erinnern, dass Partei zu ergreifen nicht der geeignete Weg ist, einen klaren Blick zu bewahren.«

»Aber die Gewerkschaftler sind zu einem Präzisionsangriff, wie ich ihn auf dem Monongahela gesehen habe, nicht fähig. Die zeitliche Planung war ausgezeichnet – zwei Schiffe sind innerhalb von zehn Minuten explodiert, und die Leichter-Flotte hat sich genau im richtigen Moment losgerissen, um den größtmöglichen Schaden zu verursachen. Die Gewerkschaftsmitglieder, die ich kennengelernt habe, sind allesamt mutige und tapfere Männer, allerdings weder übermäßig praktisch veranlagt noch diszipliniert. Und, offen gesagt, auch nicht in dunklen Praktiken bewandert. Was ich beobachten konnte, verlangte militärische Präzision von jemandem, der sein Leben der Zerstörung gewidmet hat.«

»Wie viele Männer waren nach Ihrem Dafürhalten nötig, um die beiden Schiffe zu sprengen und die Leichter loszumachen, damit sie flussabwärts trieben?«

»Nicht mehr als drei.«

»Nur drei?«

»Es hätte auch nur ein einziger sein können.«

»Unmöglich. Ein Mann kann nicht an drei Orten gleichzeitig sein.«

Bell schüttelte den Kopf. »Das hätte er auch gar nicht sein müssen. Die Yacht und das Dampfschiff haben ihre Dampfkessel mit Kohle geheizt. Ein Saboteur hätte Dynamit und Zündkapseln, getarnt als große Kohlebrocken, in ihren Bunkern verstecken können.«

»Aber was könnte den Heizer – der dazu verurteilt war, bei der Explosion zu sterben – dazu gebracht haben, die Sprengladung im genau richtigen Moment in die Feuerung zu schaufeln?«

Isaac Bell antwortete: »Ich habe mich an Bord eines der Dampfboote befunden, die den Kanal freiräumten, und konnte einen ausführlichen Blick auf die Dampfkessel werfen. Und ich habe mich mit den Heizern unterhalten.«

Joseph Van Dorn lehnte sich in seinem Sessel zurück und lächelte. »Haben Sie das? Und was haben Sie erfahren?«

»Die Kohle wird mit Schubkarren von Bunker zu Bunker geschafft, Stück für Stück näher an die Feuerung heran, genau so, wie es die Logik gebietet. Und die Dampfboote haben sie in einem konstanten Rhythmus verbrannt, abhängig von der Geschwindigkeit, mit der sie unterwegs waren, und von der Flussströmung.«

»Um den Zeitpunkt zu bestimmen, hätte Ihr Provokateur alles über Dampfschiffe wissen müssen. Vielleicht ist er sogar einmal auf einem beschäftigt gewesen.«

»Nein, Sir. Ich habe es doch auch ausgerechnet, und ich bin nur ein Detektiv.«

Van Dorn blickte aus dem Fenster, dachte schweigend nach und meinte dann: »Das klingt nach einem raffinierten Burschen… einem äußerst raffinierten Burschen… falls er überhaupt existiert… Dynamit und Zündkapseln herzurichten, dass sie aussehen wie Kohlebrocken, könnte schwieriger sein, als Sie annehmen.«

»Wally Kisley ist der Meinung, dass bei dem Kohlenzug eine sogenannte Hohl- oder projektilbildende Ladung zum Einsatz gekommen ist. Darf ich fragen, ob Sie wissen…«

»Ich weiß, was eine Hohlladung ist, danke. Auch wenn, zugegebenermaßen, dies der einfache Farmer, der Baumstümpfe sprengt, nicht unbedingt wissen wird.«

»Ebenso wenig der einfache Bergmann, der mit Dynamit Kohle aus einem Flöz herausholt«, sagte Bell.

»Sie gehen von jemandem aus, der außerordentliches Geschick im Umgang mit Sprengstoffen hat. Ich weiß, was eine Hohlladung ist, würde mir bei dem Versuch, eine solche zu basteln, aber höchstwahrscheinlich selbst den Schädel wegblasen. Vor allem wenn ich sie so perfekt als Kohle tarnen müsste, dass ein erfahrener Heizer getäuscht würde. Er muss über enormes Wissen verfügen.«

»Ich habe Wish Clarke losgeschickt, um Laurence Rosania aufzustöbern.«

»Rosania?« Van Dorn kraulte seinen roten Backenbart. »Rein moralisch würde ich Rosania natürlich alles zutrauen. Aber warum sollte sich ein erfolgreicher Geldschrankknacker mit erlesenem Geschmack dazu herablassen, Bergwerke und Dampfschiffe zu sprengen? Aufwand und Mühe würden sich für ihn in keiner Hinsicht lohnen. Außerdem hat er es auf erstaunliche Weise geschafft, sich nicht erwischen zu lassen. Bis jetzt.«

»Aber ich wette, dass uns Rosania in diesem doch eher begrenzten Wissensbereich andere Experten nennen kann. Und ich habe Grady Forrer gebeten, in Erfahrung zu bringen, wer in Kreisen des Militärs außer den Leuten in der Torpedo Station mit Hohlladungen experimentiert.«

»Was beabsichtigen Sie als Nächstes?«, fragte Van Dorn. Isaac Bell erkannte mit einem Anflug von Stolz, dass der Boss ihn eher wie einen gleichrangigen Detektiv und nicht mehr wie einen Frischling behandelte.

»Als Nächstes versuche ich herauszubekommen, wer innerhalb einer Woche nach Black Jack Gleasons Tod die Mehrheitsbeteiligung an seinen Bergwerken und Kokereien erworben hat.«

»Sollten diese Sabotageakte dem Ausführenden aber nur dazu dienen, sich zu bereichern, zerschlägt sich Ihre Provokateur-Theorie.«

»Bis auf einen Punkt.«

»Und der wäre?«

»Sie haben mich gewarnt, nicht Partei zu ergreifen oder mich festzulegen.«

»Ich meinte Partei für die Gewerkschaftler oder die Unternehmer.«

»Dieser Rat konnte zu einem derart frühen Zeitpunkt der Ermittlungen aber auch auf die *Indizien* meines Falles zutreffen.«

# 19

»Da ist eine Lady, die Sie sprechen möchte, Isaac.«

»Lady?«, sagte Bell gähnend. Er schaute mit trüben Augen von einem frischen Stapel Zeitungsausschnitte hoch. »Was für eine Lady?«

Grady Forrer nahm die Brille ab, polierte die Gläser an seiner Hemdbrust und überlegte kurz. »Ich würde sie als Schönheit mit schneeweißem Teint und schimmernden schwarzen Locken beschreiben.«

Isaac Bell sprang von seinem Stuhl auf. »Graue Augen?«

»Wie Perlen im Mondschein.«

»Schicken Sie sie herein – nein, warten Sie! Ich empfange Sie lieber im Hauptbüro. Wo ist sie jetzt?«

»Im Empfangszimmer.«

Bell knöpfte sein Sakko über dem Schulterhalfter zu, strich seinen Schnurrbart glatt und eilte nach vorn in die Hauptbüros der Agentur. Dienstfreie Detektive rangelten miteinander um einen Platz am Spion, der einen ersten Blick auf Klienten gestattete, die im Empfangszimmer warteten. Bell stürmte durch die Tür.

Mary Higgins, die am Fenster stand, drehte sich um. Ein Sonnenstrahl wischte über ihre Augen und brachte sie zum Leuchten.

*Diamantstaub und Diamantsplitter,* dachte Isaac. *Ich bin so gut wie erledigt.*

Ihre Stimme war noch schöner, als er sie in Erinnerung hatte.

»Ich werde mich nicht dafür entschuldigen, dass ich dich geschlagen habe.«

»Meinst du den ersten oder den zweiten Schlag?«

»Beide«, sagte sie. »Keiner tut mir leid.«

»Mein Kinn tut immer noch weh«, sagte Bell. »Aber ich bin nicht böse.«

»Weshalb nicht?«

»Ich hatte es verdient. Ich habe dich getäuscht.«

»Das hast du wirklich.«

»Ich entschuldige mich.«

Mary sah ihm in die Augen. »Nein. Das ist nicht nötig. Du bist doch nur der Arbeit nachgegangen, den deine Bosse von dir gefordert hatten, und hast dich ein wenig verzettelt.«

»Ich bleibe dabei«, sagte Bell. »Ich entschuldige mich.«

»Ich will deine Entschuldigung nicht. Ich akzeptiere sie nicht einmal.«

»Was würdest du akzeptieren?«

»Wir könnten es noch einmal mit einer Tasse Tee versuchen«, erwiderte sie lächelnd.

»Wie wäre es mit einem Frühstück? Das letzte Mal sind wir ja nicht dazu gekommen.«

»Frühstück wäre angemessen.«

»Ich habe gehört, dass das Restaurant unten sehr gut sein soll. Macht es dir etwas aus, in Gesellschaft von Kapitalisten zu speisen?«

»Ich werde es als eine einmalige Gelegenheit betrachten.«

»Zu was?«

»Um den Feind aus nächster Nähe zu studieren«, erwiderte sie.

»Du lächelst«, stellte Bell fest. »Aber ich kann nicht erkennen, ob du es scherzhaft meinst.«

»Nicht wenn Bergarbeiter durchs Monongahela Valley marschieren. Dann ist mir nicht zum Scherzen zumute.«

»Warst du dort?«

Mary nickte. »Ihre Moral scheint gut. Aber es ist Regen angesagt.«

Der Frühstücksraum des Cadillac Hotel war brechend voll mit Einkäufern, die von außerhalb zugereist waren. Eine Geldspende für den Oberkellner sicherte ihnen den letzten freien Tisch. Mary bemerkte, wie die Scheine den Besitzer wechselten, und sagte, nachdem sie Platz genommen hatte und während sie die Serviette auf ihrem Schoß auseinanderfaltete: »Liege ich richtig in der Annahme, dass dein Vater seine Villa während der Panik von 1893 nicht verloren hat?«

»Das hat er tatsächlich nicht. Und sie steht auch nicht in der Back Bay. Ich wurde am Louisville Square geboren.«

Mary holte eine zusammengefaltete Zeitungsseite aus der Handtasche und legte sie neben ihren Teller.

»Demnach bist du ein Bell von der American States Bank.«

»Das ist die Bank meines Vaters. Wie kommt es, dass du dich in Boston so gut auskennst?«

Sie überging seine Frage. »Weshalb arbeitest du als Detektiv?«

»Weil ich es möchte.«

Mary sah ihn prüfend an, aber seine Miene verriet, dass dies die einzige Antwort war, die er auf diese Frage geben konnte. Ehe sie dazu kam, eine weitere Frage zu stellen, wurden sie von der lauten Stimme eines Mannes am Nebentisch unterbrochen. Es war ein Großhändler, der einige Einkäufer zu einem Drink eingeladen hatte. »Hemdbluse und Rock werden im nächsten Jahr durch ein Kostümkleid ersetzt – ein Kleid aus schwererem Stoff – einteilig… Wie soll ich das wissen? Paris bezeichnet solche Kombinationen als proletenhaft, vor allem wenn sich Bluse und Rock in Farbe und Stoffart unterscheiden. New York wird diesen Wechsel einleiten, und die Damenwelt bei Ihnen in Chicago wird sich sofort anschließen.«

Mary betrachtete ihre graue Hemdbluse und den blauen Rock und lächelte. »Wirke ich tatsächlich so proletenhaft?«

»Du siehst reizend aus«, sagte Bell. »Ich meine, elegant und attraktiv.«

»Glaubst du wirklich, dass Van-Dorn-Agenten anders sind als die Leute von Pinkerton?«

»Ich weiß, dass sie es sind. Aber noch einmal, wie kommt es, dass du dich so gut in Boston auskennst?«

»Inwiefern sind die Van-Dorn-Leute anders?«

»Wir vertreten das Prinzip, dass die Unschuldigen heilig sind.«

»Schöne Worte.«

»Worte, um danach zu leben. Aber lass uns später darüber diskutieren. Der Kellner steuert auf uns zu, das Restaurant ist voll, und wir sollten bestellen, ehe es nichts mehr gibt. Was möchtest du zum Frühstück?«

»Was nimmst du?«

»Alles, was nicht von meinem Teller flüchten kann. Ich bin die ganze Nacht auf den Beinen gewesen und sterbe vor Hunger.«

»Ich bin zu Fuß von der Fähre gekommen. Also ebenfalls halb verhungert. Ich nehme, was du nimmst.«

Bell griff nach der Speisekarte. »Guten Morgen«, sagte er zum Kellner. »Wir hätten gern Kaffee, Buchweizenpfannkuchen mit Preiselbeerkonfitüre, gebratene Bananen, Champignonomeletts und Kalbsleber.« Mary nickte zustimmend. Bell fragte: »Mit Zwiebeln?«

»Und Speck.«

»Sie haben die Lady gehört. Und können wir den Kaffee so schnell wie möglich haben?« Dann fragte er Mary abermals: »Warum kennst du dich in Boston so gut aus?«

»Von Beruf bin ich Lehrerin. Ich habe die Girls' Latin School besucht.«

»Also wurdest du in Boston geboren.«

»Nein. Meine Eltern sind dorthin umgezogen, damit mein Bruder und ich die Lateinschulen besuchen konnten. Vater fand Arbeit als Schleppbootkapitän, und wir haben auf dem Boot gewohnt.« Sie lächelte. »Ja, ich weiß, was du denkst. Der Saloon, das war eine andere Zeit in einer anderen Stadt. Vater hat ständig die Jobs gewechselt.«

»War er ein Tausendsassa?«

»Er kam mit allem zurecht, beherrschte alles. Außer Menschen. Er war wie Jim. Es brach ihm das Herz, als er nicht mehr leugnen konnte, dass es tatsächlich böse Menschen gab. Daraufhin quittierte er den Dienst auf dem Schlepper.«

»Was hat seine Meinung geändert?«

»Dass zu viele Deckhelfer und Matrosen mit Hilfe von K.-o.-Tropfen schanghait wurden.«

»Aber Schlepperkapitäne müssen doch daran gewöhnt sein, dass ständig fähige Matrosen gekidnappt werden und auf Frachtschiffen Dienst tun. Und kein erfahrener Deckhelfer wäre überrascht, mit schrecklichen Kopfschmerzen meilenweit vom Festland entfernt aufzuwachen. Es war schon immer so, dass präparierter Schnaps Schiffen zu ihren Besatzungen verhilft.«

»Meinen Vater hat das überrascht, und er konnte sich nicht damit abfinden.«

Der Kaffee wurde serviert. Bell suchte über den Rand seiner Tasse hinweg ihren Blick und fragte: »Was hat die Zeitung zu bedeuten?«

»Sie ist der Grund, weshalb ich hier bin.«

»Ich dachte, du seist gekommen, um dich zu entschuldigen.«

Mary Higgins erwiderte sein Lächeln nicht, sondern schob den Zeitungsausschnitt über den Tisch. »Lies das.«

Bell warf einen Blick auf die Überschrift und schob die Zeitung zurück.

»Ich habe den Artikel gestern Abend schon gelesen«, sagte er und zitierte den letzten Absatz aus dem Gedächtnis:

> »Angeblich befinden sich zahlreiche Indizien für die Existenz eines Kohletrusts im Besitz von Jim Higgins, dem Präsidenten des Streikkomitees. Und ebenso Beweise dafür, dass die Eisenbahnen in großem Umfang an Kohlebergwerken beteiligt sind und sich zusammentun, um den Preis für Kohle, die zur Küste und in jede wichtige Stadt transportiert wird, nicht nur durch Absprachen hinsichtlich der Frachtkosten zu regulieren, sondern auch über die Festsetzung des Preises, zu dem die Einzelhändler die Kohle dem Verbraucher verkaufen. Es gilt als wahrscheinlich, dass Higgins im Zuge der Ermittlungen von den Justizbehören befragt wird.«

Mary starrte ihn verblüfft an.

»Ich habe ein fotografisches Gedächtnis«, klärte Bell sie auf.

»Das dachte ich mir schon. Ich übrigens auch. Ich habe mich immer gefragt, ob sich meine Augen hin und her bewegen, wenn ich etwas aus dem Gedächtnis zitiere. Jetzt weiß ich es.«

»Wie ist dein Bruder Vorsitzender des Streikkomitees geworden?«

»Er war der Einzige, der den Mumm hatte, dieses Amt zu übernehmen.«

»Wie ist er an die Beweise gekommen?«

»Er hat sie durch die Hintertür eines Gewerkschaftshauses in Denver hinausgetragen, während die Pinkertons die Vordertür aufbrachen.«

»Und wie sind diese Beweise nach Denver gelangt?«

»Sie wurden aus Pittsburgh und Chicago herausgeholt, um in Sicherheit gebracht zu werden.«

»Nun, ich vermute, das ist nicht ganz gelungen. Ist deinem Bruder eigentlich klar, in welcher Gefahr er schwebt, weil dieses Material in seinem Besitz ist?«

»Darüber denkt er nicht nach.«

»Aber du tust es«, sagte Bell und ahnte, was als Nächstes kommen würde.

Mary nickte heftig. »Es wird ihn das Leben kosten. Sie werden ihn ermorden und die Beweise verbrennen, ehe das Justizministerium dazu kommt, ihn vorzuladen. Es sei denn …«

»Es sei denn *was*?«

»Es sei denn, er wird von einem Detektiv beschützt, der behauptet, er glaube daran, dass die Unschuldigen heilig sind.«

Bell nickte eifrig. Das war das, was er geahnt und sich gewünscht hatte. Jim Higgins zu beschützen würde ihm die Gelegenheit verschaffen, das Innenleben der Gewerkschaften eingehender zu durchleuchten und ihre leitenden Funktionäre näher kennenzulernen. Gleichzeitig gewann er vielleicht wichtige Erkenntnisse, was die Identität des Provokateurs betraf, falls es sich um einen ehemaligen Gewerkschaftsaktivisten handelte. Daraus ergab sich jedoch, dass Bell weitere Männer in seinem Team brauchte.

»Wir sollten lieber mit dem Boss reden.«

In seinem Büro hörte sich Joseph Van Dorn Mary Higgins' Bitte an. Er stellte detaillierte Fragen zu den Dokumenten und erfuhr auf diesem Weg, dass auch Jim über ein enormes Gedächtnis verfügte. Selbst wenn die Beweise in einem Safe deponiert waren, brachte ihn allein die Tatsache, dass der Inhalt der Papiere in seinem Geist eingeschlossen und jederzeit abrufbar war, in die Gefahr, ermordet zu werden, einfach um seine Aussage zu verhindern. Van Dorn wollte wissen, ob Mary die Dokumente gelesen hatte.

»Das hat Jim mir nicht erlaubt.«

»Natürlich nicht.« Van Dorn nickte. »War das der einzige Grund, weshalb Sie nach New York City gekommen sind?«

Sie zögerte nur für einen kurzen Moment. »Ja.«

Joseph Van Dorn nickte abermals. »Natürlich …« Er warf einen verstohlenen Blick auf seinen jungen Detektiv, registrierte, wie hingebungsvoll Isaac Bell seine Besucherin ansah, und traf eine Entscheidung.

»Die Bitte, Ihren Bruder zu beschützen, kommt in einem günstigen Moment, Miss Higgins. Ich habe soeben eine neue Abteilung der Van Dorn Detective Agency ins Leben gerufen, die den Namen Van Dorn Protective Services tragen wird.«

»Tatsächlich?«, fragte Bell. »Ich höre das zum ersten Mal.«

»Weil Sie sich bisher auf Ihren eigenen Fall konzentriert haben, Isaac. Die Van Dorn Protective Services stellen hochwertigen Begleitschutz, Hoteldetektive, Nachtwächter und, natürlich, Leibwächter bereit. Jim Higgins zu beschützen ist genau das, wofür diese Abteilung geschaffen wurde.«

»Wird Mr. Bell einer der Leibwächter sein?«, fragte Mary.

»Mr. Bell ist Detektiv und kein Leibwächter. Für Ihren Bruder werden wir Männer bereitstellen, die speziell dafür ausgebildet wurden, die persönliche Sicherheit unserer Klienten zu gewährleisten.«

Mary erwiderte: »Aber Mr. Bell hat es auf bewundernswerte Art und Weise geschafft, meinen Bruder vor einem Lynchmob zu beschützen.«

Van Dorn lächelte die reizende junge Frau, die sein Büro verschönte, verständnisvoll an. Es war leicht zu erkennen, weshalb sich Bell in sie verliebt hatte, und es war nicht schwierig, sich vorzustellen, dass allein ihre Anwesenheit die Urteilsfähigkeit jedes jungen Mannes nachhaltig trüben würde.

»Wir erwarten, dass sich Van-Dorn-Agenten auf jede Situation einstellen und sie meistern. In diesem Fall hingegen ist Mr. Bell bereits in einem anderen Fall im Kohlerevier engagiert, der seine vollständige Aufmerksamkeit und Einsatzbereitschaft erfordert.«

Er wandte sich an Bell. »Danke, dass Sie mir diese Angelegenheit zur Kenntnis gebracht haben, Isaac. Es besteht kein Grund, dass Sie noch mehr von Ihrer wertvollen Zeit opfern, während Miss Higgins und ich die Details unserer geschäftlichen Vereinbarungen klären. Ich brauche wohl nicht eigens zu betonen, dass ich dafür garantieren kann, dass das weitere Schicksal ihres Bruders in den besten Händen liegt.«

Bell erhob sich. »Ja, Sir.« An Mary gewandt, sagte er: »Auf Mr. Van Dorn ist in jeder Hinsicht absoluter Verlass. Jim wird nichts zustoßen.«

»Danke, dass du dich für mich verwendet hast.«

»Es war ein Vergnügen, dich wiederzusehen.«

»Ich freue mich schon auf unser nächstes Treffen.«

Sie reichten einander verlegen die Hände.

Joseph Van Dorn räusperte sich – ein Laut, der Bell an ein wassergekühltes, selbstladendes Maxim-Maschinengewehr erinnerte, von dem er und Wish Clarke in Wyoming beschossen worden waren –, und das war das Zeichen für den jungen Detektiv, sich zurückzuziehen. Ihm schwirrte der Kopf. Was für eine Frau! Was für ein wunderbares weibliches Wesen!

»Da ist, natürlich, noch die Frage unseres Honorars.«

»Das Streikkomitee geht davon aus, den üblichen Betrag zu bezahlen«, sagte Mary Higgins, »bittet jedoch darum, dass Sie die prekäre Lage der Arbeiterschaft berücksichtigen.«

»Wir sind ein neues, aufstrebendes Unternehmen«, sagte Van Dorn. »Nichtsdestoweniger sind wir nicht herzlos und können ein Honorar anbieten, das um einiges niedriger ausfällt als das, was wir von Bankiers und Juwelieren erwarten würden. Wo hält sich Ihr Bruder zurzeit auf?«

»In Chicago.«

»Ich habe gute Leute in Chicago. Wir werden alles Nötige in die Wege leiten, bevor Ihr Bruder nach Pittsburgh abreist.«

»Wie kommen Sie darauf, dass er nach Pittsburgh will?«

»Gewerkschaftler strömen nach Pittsburgh wie …«

»Die Fliegen, Mr. Van Dorn?«

Van Dorns Wangen röteten sich stärker als sein Backenbart. »Ich habe es nicht abfällig gemeint. Was ich ausdrücken wollte, war, dass ich dank zuverlässiger Informationen weiß, dass sich dort ein Generalstreik zusammenbraut – ausgelöst durch den Monongahela-Marsch – und dass jeder Gewerkschaftsfunktionär, der sein Geld wert ist, in diesem Moment nach Pittsburgh unterwegs ist. Ich habe keinen Zweifel, dass Jim Higgins zu den Anführern gehören wird.«

»Das tut er.«

»Über einen Punkt müssen Sie sich im Klaren sein, Miss Higgins. Die Van Dorn Agency wird nicht Partei ergreifen. Wir werden Himmel und Erde in Bewegung setzen, um Ihren Bruder vor Schaden zu schützen. Wir werden ihm jedoch nicht helfen, gegen Recht und Gesetz zu verstoßen, die öffentliche Ordnung außer Kraft zu setzen und fremdes Eigentum zu beschädigen.«

»Es kann keine Ordnung ohne Recht geben, Mr. Van Dorn. Keine Gerechtigkeit ohne Gleichheit.«

»Jeder von uns hat seine eigene Meinung, Miss Higgins. Ich wäre überrascht, würden Sie und ich in vielen Punkten – wenn überhaupt in einem – die gleiche Auffassung vertreten. Aber wenn die Van Dorn Agency den Auftrag annimmt, Ihren Bruder zu beschützen, gebietet es uns die Berufsehre, für seine Sicherheit zu sorgen – reicht Ihnen das als Garantie?«

»Das reicht mir.« Mary Higgins nickte zustimmend, und sie bekräftigten ihre Abmachung mit einem Handschlag.

Anstatt die prachtvolle Treppe zu benutzen, die in einem eleganten Bogen ins Foyer des Cadillac Hotel hinunterführte, wartete Mary Higgins vor dem Fahrstuhl, ohne auf den Rufknopf zu drücken. Sie brauchte Zeit, um ihre Gedanken zu ordnen, denn die Begegnung mit dem Chefermittler der Van Dorn Agency hatte sie zutiefst verunsichert. Ihr war es so vorgekommen, als hätte Josef Van Dorns prüfender Blick ihren Schädel durchdrungen und ihre geheimsten Gedanken erreicht. Es schien ihr, als wüsste er besser als sie selbst, wie verwirrt sie im Grunde war. Natürlich konnte er nicht erkennen, weshalb. Vielleicht aber doch. Zu einem gewissen Teil zumindest. Er konnte nichts von ihrem grandiosen Plan wissen, den Fluss in Pittsburgh zu versperren. Nur ihrem Bruder hatte sie davon erzählt, und Jim würde es niemandem verraten, weil er diese Idee entschieden ablehnte. Van Dorn hingegen, der berühmte Schrecken aller Gesetzesübertreter, vermutete, dass da irgendwas im Busch war.

Sie war keine Verbrecherin. Auch wenn die raffinierte Art und Weise ihrer Planung Ähnlichkeiten mit dem kriminellen Vorgehen hatte – und dass sie etwas plante, ahnte der Chef der Agentur anscheinend. Das allein war beunruhigend – der Erfolg ihres Plans beruhte auf strenger Geheimhaltung und dem Überraschungseffekt. Doch das war nicht alles, was ihr Sorgen bereitete.

Auf den Fahrstuhl zu warten half nicht im Mindesten.

Sie drückte auf den Knopf. Als sich der Fahrstuhlführer vor ihr verbeugte und sie in die wegen der Messingbeschläge wie vergoldet erscheinende Kabine geleitete, fiel ihr – was durchaus zu erwarten gewesen war – der alberne Schlager ein, der zurzeit überall zu hören war.

*But she married for wealth, not for love he cried,*
*Though she lives in a mansion grand.*
*She's only a bird in a gilded cage.*

Van Dorn hatte sie durchschaut. Er hatte ihre Verwirrung in Isaac Bells Anwesenheit bemerkt und richtig gedeutet. Was könnte … was würde geschehen, wenn eine Frau ihr Herz, ihre Seele, ihr ganzes Leben der Aufgabe verschrieben hatte, die in dem Schlager genannten prachtvollen Villen, diese goldenen Käfige, zu zerstören? Und was, wenn in dem Moment, als sie den ersten Ziegelstein in ein Fenster werfen will, hinter diesem Fenster die Liebe erscheint und ihr verlockend zuwinkt?

# 20

»Folgen Sie ihr!«

»Wie bitte?« Isaac Bell hatte sich soeben erst über einen frischen Stapel Zeitungsausschnitte gebeugt, als Van Dorn ins Büro der Recherche-Abteilung platzte.

»Kriegen Sie raus, was zum Teufel sie im Schilde führt.«

»Mary? Was meinen Sie?«

»Wenn ich es wüsste, wäre ich nicht gezwungen, Sie hinter ihr herzuschicken. Ich habe das ungute Gefühl, dass sie irgendetwas Spektakuläres vorhat, und das gefällt mir gar nicht.«

»Was ist mit ihrem Bruder?«

»Ich vermute, dass es nichts mit ihm zu tun hat.«

»Aber werden Sie auf ihn aufpassen?«

»Natürlich. Darauf haben wir unser Wort gegeben. Gehen Sie jetzt! Sie dürfen sie nicht verlieren. Und achten Sie darauf, dass niemand Sie bemerkt.«

Mary Higgins stürzte aus dem goldenen Fahrstuhlkäfig. Ein Hoteldetektiv beobachtete sie, aufmerksam geworden durch den Anblick einer auffällig großen, attraktiven Frau in einem eintönigen Kostüm und einem schlichten Hut ohne Krause oder Pfauenfeder, deren äußere Erscheinung nicht zu der gediegenen Umgebung passen wollte. Was hatte ein derart armselig gekleidetes Wesen in einem derart eleganten Etablissement zu suchen? War sie eine Schauspielerin? Oder etwas noch Anrüchigeres?

Mary fror alle weiteren Überlegungen des Detektivs zu ihrer Identität mit einem eisigen Blick ein, rauschte an ihm vorbei, passierte die Türsteher, die sich bei ihrem Erscheinen automatisch verbeugten, und marschierte mit energischen Schritten den Broadway hinunter, der sich durch den Tenderloin District, wie das ausgedehnte Rotlichtviertel von New York genannt wurde, schlängelte. Sie hatte es eilig, ließ einen Block nach dem anderen hinter sich und ignorierte die eleganten Hotels und Revuetheater auf der breiten Prachtstraße und dann ebenso die Saloons und Spielhallen in den dunklen und engen Seitengassen. Ihr Ziel war ein Nachbarschaftszentrum in den East-Side-Slums, wo sie bei den Mädchen und Frauen unterkommen konnte, die die Shirtwaist Makers' Union gegründet hatten.

Sie versuchte, dem Aufruhr in ihrem Kopf zu entkommen. Aber ein Fußmarsch half ihr dabei ebenso wenig, wie vor dem Fahrstuhl zu warten. Sie war vollkommen durcheinander. Da waren sie und ihr Bruder und ihr Kampf für Gleichheit und Gerechtigkeit, sein vager Traum von einem Generalstreik und ihr fest umrissener Plan, den Fluss zu versperren. Und dann gab es da noch Isaac Bell, einen Mann, wie sie ihn noch nie in ihrem ganzen Leben kennengelernt hatte: stark, zugleich aber auch weich; im Kampf ein gefährlicher Gegner, und doch auch fähig zu Sanftheit; privilegiert zwar, aber ganz und gar nicht blind für das Schicksal der nicht vom Glück Begünstigten; humorvoll und stets zum Scherzen aufgelegt, aber ebenso schnell bereit, Anteil zu nehmen und Trost zu spenden. Hatte sie in irgendeinem Winkel ihres Bewusstseins angenommen, dass sie Isaac benutzen konnte, um ihren großartigen Plan in die Tat umzusetzen? Oder hatte sie im Grunde nur den Wunsch gehabt, diese kalte Nacht im Güterzug möge sich auf irgendeine Weise wiederholen?

Von Zweifeln bedrängt, rekapitulierte sie ihr Vorhaben: In Pittsburgh ankerten Kohleleichter bis zu zehn Reihen tief an den Ufern des Monongahela River. Sie verengten das schiffbare Flussbett zu einem schmalen Kanal. Wenn auf dem Fluss Schubkonvois von fünf oder sechs Frachtkähnen Breite unterwegs waren, reichte der Platz kaum aus, um zu passieren. Außerdem wurde der Monongahela von sechs Brücken überspannt. Deren Stützpfeiler zerschnitten die Wasserstraße in schmale Kanäle. Mary stellte sich vor, wie sich steuerlos treibende Leichter vor sie legten, als wären es Eisschollen. Wenn der halbe Fluss mit Schubkonvois bedeckt war, wie viele davon müssten sinken, um den gesamten Schiffsverkehr zu blockieren? Würden sie Überschwemmungen auslösen? In diesem Augenblick glaubte sie die Stimme ihres Bruders zu hören, der fragte: *Wie viele Verletzte werden zu beklagen sein? Wie viele werden den Tod finden? Keiner? Kannst du das garantieren?* Nein, das konnte sie nicht. Der Monongahela wälzte sich am Point vorbei, dem vom Fluss umgürteten Streifen Land, der Pittsburghs Golden Triangle bildete. Tausende Menschen lebten und arbeiteten dort.

Der Himmel färbte sich grau, und Nieselregen setzte ein. Sie wanderte weiter. Das Nieseln verstärkte sich zu einem heftigen Regenguss. Und sie eilte zu Fuß vorwärts, ignorierte die Straßenbahn, mit der sie hätte in die Stadt fahren können, ignorierte auch die Wagen der auf Stützpfeilern hoch über der Straße verkehrenden Elevated, die sie noch schneller an ihr Ziel hätten bringen können. Sie achtete nicht auf das, was sich vor oder hinter ihr befand und sah aus diesem Grund weder den jungen Detektiv, der sie beschattete, noch den Heizungsmonteur mit dem Schlapphut auf dem Kopf, der sie beide verfolgte.

# 21

Isaac Bell hielt einen Abstand von einem halben bis zu einem ganzen Block zu Mary Higgins, je nachdem wie dicht das Menschengedränge auf den Bürgersteigen war. Dabei ging er so geschickt vor, dass sich stets mehrere Fußgänger zwischen ihnen befanden, und zog seinen Mantel immer wieder aus und an und setzte auch seinen breitkrempigen Hut gelegentlich ab und dann wieder auf, um sein Aussehen zu verändern.

Joseph Van Dorns Anweisungen hallten in seinen Ohren wider – *Kriegen Sie raus, was zum Teufel sie im Schilde führt.* Hätte er nicht mit eigenen Augen gesehen, wie sie die Laterne warf, die das Gerichtsgebäude in Gleasonburg in Brand setzte, hätte er vielleicht entrüstet dagegen protestiert, sie als potentiell Schuldige zu betrachten – oder zumindest Vorbehalte gegen den Vorwurf geäußert, sie verfolge unlautere Absichten. Aber er hatte die Laterne durch die Luft fliegen sehen und den triumphierenden Ausdruck in ihrem schönen Gesicht wahrgenommen. Daher folgte er ihr voller Neugier und war froh, in ihrer Nähe sein zu können, auch wenn er dafür die Arbeit an seinem eigenen Fall ruhen lassen musste.

Es war ganz einfach, ihr auf den Fersen zu bleiben. Sie war deutlich größer als die meisten Passanten, die sich auf den Bürgersteigen drängten, und strebte entschlossen ihrem Ziel entgegen, ohne sich auch nur ein einziges Mal umzudrehen und zurückzublicken. Es begann zu regnen, und sie kaufte in der Twenty-third Street ein rotes Kopftuch von einem Straßenhändler.

In der Fourteenth Street, dort, wo Broadway und Fourth Avenue aufeinandertrafen, blieb sie stehen und hörte einem Redner zu, der eine Gruppe Zuhörer mit wilden Tiraden über die Streiks der Bergarbeiter und den Philippinisch-Amerikanischen Krieg überschüttete.

»Ein dreifaches Hoch auf die Anarchie!«, brüllte er, und die Menge stimmte in den Ruf ein.

Mary Higgins warf ein paar Geldmünzen in den Hut, ehe sie weitereilte. Südlich der Houston Street wandte sie sich nach Osten in das belebte Judenviertel. Bell holte zu ihr auf, um sie im Blick zu behalten.

»Kauft kein Rindfleisch!«

Frauengruppen hatten sich vor koscheren Metzgereien aufgebaut und beschimpften Hausfrauen, die mit gefüllten Einkaufstaschen herauskamen: »Nieder mit dem Beef Trust!«

An den Straßenecken versammelten sich große Männer in blauen Uniformen und mit hohen Schutzhelmen auf den Köpfen – Polizisten, die sich für einen Einsatz bereithielten.

In einem Mob von Frauen, die sich gegenseitig anschrien, verlor Bell Mary beinahe aus den Augen.

»Meine Kinder haben Hunger! Sie müssen essen!«

Isaac drängte sich durch das Gewimmel und rannte hinter Mary her. Er achtete nicht mehr darauf, dass sie ihn nicht bemerkte. Die Luft war wie elektrisch aufgeladen – es war die gleiche Spannung drohender, kurz vor der Explosion stehender, sinnloser Gewalt, die er schon bei der Revolte der Bergarbeiter in Gleasonburg gespürt hatte. Die Frauen, die Metzger und die Polizisten waren im Begriff, den letzten Rest Vernunft zu verlieren, und Mary war mitten in diesem Tumult gefangen.

Gut dreißig Meter, einen halben Häuserblock, vor Isaac Bell folgte Mary Higgins den erregten Rufen einer Massenversammlung, die sich vor der Irving Hall eingefunden hatte und sich bis auf die Gehsteige der Broome Street fortsetzte. Sie war begeistert, dass die mutigen Frauen der jüdischen Einwandererfamilien, die den Kampf der in New York gegründeten Gewerkschaft der Näherinnen anführten, ihre neu erworbene Macht nun auch für den Protest gegen die erhöhten Preise des Beef Trusts einsetzten.

»Die Hebräer rotten sich zusammen!«, brüllte ein Ire mit vor Wut gerötetem Gesicht.

Trillerpfeifen kreischten, und die Polizei rückte vor.

»Auseinander!«

Die Frauen machten Front gegen die Cops. »Für wen arbeitet ihr? Für die Fleischindustrie? Oder für die Menschen?«

»Geh weiter, Schwester!«

»Kosaken!«, schrie eine Frau, und ihre Mitstreiterinnen wiederholten den Ruf im Chor.

»Kosaken! Kosaken! Kosaken!«

»Auseinander! Auseinander!«

Dann schrie eine junge Frau aus Leibeskräften den Polizisten entgegen: »Ihr seid keinen armseligen Cent wert!«

»Mistbullen!«

Ein massiger Polizist versetzte einer Frau einen heftigen Stoß. Sie stürzte auf das regennasse Pflaster.

Mary Higgins eilte zur ihr hin und zog sie hoch, um sie davor zu bewahren, zertrampelt zu werden.

Eine andere Frau wurde von den Füßen gerissen, und der Inhalt ihrer Einkaufstasche flog durch die Luft. Etwas Weiches landete auf Marys Stiefeln – mit Blut getränktes Einwickelpapier war aufgerissen und ein Stück frische Leber herausgerutscht. Ein fetter Cop mit Schnauzbart und buschigen Augenbrauen rempelte Mary so an, dass sie auf die Knie sank. Aus Angst, unter die Füße ihrer Geschlechtsgenossinnen zu geraten, versuchte sie sofort aufzustehen.

Der Cop legte die Hände auf ihre Schultern und drückte sie nach unten. Er brüllte ihr ins Gesicht: »Was hat so ein hübsches irisches Mädel in einer Horde verdammter Itzigs zu suchen?«

Angesichts dieses Ausbruchs von nacktem Hass spürte Mary Higgins, wie ihre Zweifel schlagartig verflogen. Zwischen richtig und falsch war ein großer Unterschied, und was sie in Pittsburgh tun musste, war richtig. Sie hob das Stück Leber auf, holte aus und klatschte es dem Polizisten ins Gesicht. Das weiche rote Fleisch zerplatzte, Fetzen davon verfingen sich in seinen Augenbrauen und seinem Schnurrbart und klebten auf der Haut. Geblendet wich er zurück und stieß einen kehligen Schrei hilfloser Wut aus.

Die anderen Polizisten sahen, wie er die Hände vor sein blutbesudeltes Gesicht schlug.

Eine Phalanx von dreißig Polizisten stürmte, die Schlagstöcke schwingend, die Broome Street herauf.

Die wütenden Sprechchöre der Frauen lösten sich zu verzweifelten Angstschreien auf. Sie wichen vor den Angreifern in Blau zurück und versuchten zu fliehen, prallten mit ihren nachdrängenden Schwestern zusammen. Einige von ihnen rutschten auf dem nassen Kopfsteinpflaster aus. Mary riss ein Mädchen, in dessen weit aufgerissenen Augen namenlose Furcht flackerte, auf die Füße, wobei sie selbst das Gleichgewicht verlor und im Gedränge zu Boden gestoßen wurde. Ein Schuh nagelte ihre Hand auf einen Pflasterstein, ein anderer traf sie im Rücken. Über ihr wurde der Himmel schwarz von Leibern, die sie erdrückten. Obgleich sie sämtliche Kräfte mobilisierte, kam sie nicht auf die Füße. Unter dem Gewicht der Leiber, die auf ihr lasteten, konnte sie kaum atmen. Plötzlich schloss sich eine kraftvolle Hand um ihren Arm.

»Ich hab Sie«, drang eine sonore Stimme durch die Schreie der Frauen und die heiseren Rufe der Polizisten. »Bleiben Sie in meiner Nähe.«

Die Hand hievte sie mühelos hoch und aus dem Gewimmel, stellte sie auf die Füße und zog sie durch den Mob, als sei ihr Eigentümer mit einem mächtigen Schwert bewaffnet, mit dem er sich einen Weg durch das Gewoge der Protestversammlung bahnte. Sie bogen um eine Straßenecke.

Weitere Polizisten näherten sich im Laufschritt.

»Schauen Sie nicht hin. Gehen Sie schnell. Rennen Sie nicht.«

Erst in der Canal Street, als er ihren Arm losließ und sich zu ihr umwandte, konnte sie sich einen Eindruck von ihrem Retter verschaffen. Ein breitschultriger Arbeiter, bekleidet mit einem weit geschnittenen Mantel und einem Overall. Ein roter Schal war um seinen Hals geknotet, die Augen wurden von der heruntergebogenen Krempe eines zerbeulten Filzhuts überschattet.

»Sind Sie okay?«, fragte er.

»Sie haben mir das Leben gerettet.«

»Jemand musste es tun. Zufällig war ich gerade in der Nähe.«

Sie streckte ihm eine Hand entgegen. »Danke. Ich bin Mary Higgins.«

»Freut mich, Ihre Bekanntschaft zu machen, Mary Higgins. Ich heiße John Claggart.«

# 22

»Diese armen Frauen. Sie hatten recht. Die Cops haben sich auf sie gestürzt wie Kosaken.«

John Claggart hatte sie in ein Speisehaus geführt, in dem die Arbeiter verpflegt wurden, die den Graben für die Rapid Transit Subway aushoben. Er drückte ihr eine Tasse heißen Kaffees in die zitternden Hände. »Sie müssen den Cops nur einen Anlass liefern«, erwiderte er, »und schon benehmen sie sich schlimmer als die, vor denen sie den Bürger eigentlich schützen sollen.«

»Deswegen sollte jeder anständige Amerikaner vor Scham erröten.«

»Das ist eine Scheißregierung«, sagte Claggart. »Von Grund auf verkommen.«

»Hoch lebe die Anarchie«, sagte Mary bitter.

Claggart schüttelte den Kopf. »Anarchie ist ein Witz. Sie nützt gar nichts. Man muss etwas tun. Etwas, das für die Kapitalisten wie ein Tritt in die Magengrube ist. Etwas, das sie komplett umhaut.«

Mary fand, dass er intelligent aussah. Obgleich von ähnlicher Statur wie die stämmigen Grabenbauer, die hungrig ihre Erbsensuppe mit Bockwurst löffelten, umgab ihn eine Aura von Bildung und Wohlerzogenheit, die sie an Isaac erinnerte. Und wie bei Isaac lag in seinem Blick die Unerschütterlichkeit eines stets erfolgreichen Mannes, was bei Arbeitern, die sich in einem ständigen Kampf um ihr tägliches Brot aufrieben, nur selten anzutreffen war. Natürlich sah er nicht so gut aus wie Isaac. Und er verbreitete, wie sie feststellen musste, auch nicht die gleiche menschliche Wärme.

Seine Augen wirkten seltsam teilnahmslos, fast leer. Auf den ersten Blick waren sie ihr haselnussbraun erschienen, aber in Wirklichkeit mussten sie eher bernsteinfarben sein. In dem von Tabakrauch gedämpften Licht des Speisehauses wirkten sie beinahe goldgelb. Aber ihnen fehlte der entsprechende Glanz. Stattdessen waren sie matt wie Kupfer. Wenn, wie sie vermutete, John Claggart irgendetwas zu verbergen hatte, würden seine Augen es jedenfalls nicht verraten. Aber ganz gleich, welche Geheimnisse er auch mit sich herumtrug, es war ihr gleichgültig. Sie brauchte keine Wärme und kein Mitgefühl.

»Ich wüsste«, sagte sie, »wie man sie umhaut.«

Isaac Bell suchte Mary Higgins in den Tombs, wie das feuchte und düstere Stadtgefängnis, das sich noch im Bau befand, im Volksmund genannt wurde. Dort hatte die Polizei fast einhundert Frauen in Gewahrsam genommen. Das letzte Mal hatte er sie einen halben Häuserblock entfernt in dem Gewimmel von Polizisten und protestierenden Frauen gesehen, doch ehe er sich zum Ort des Geschehens hatte durchkämpfen können, war sie verschwunden. Nach einem Telefongespräch mit dem Cadillac Hotel hatte ihm ein Bote ein von Joseph Van Dorn unterzeichnetes Empfehlungsschreiben überbracht. Mittlerweile hatte der Boss in New York genügend einflussreiche Freunde, um sich einer bevorzugten Behandlung erfreuen zu können – was dank ihres irischen Namens auch auf Mary zutraf. Aber es half ihm nicht weiter. Im Polizeipräsidium ließ sich kein Hinweis finden, dass eine Mary Higgins verhaftet worden war.

»Sie sollten im Unfallkrankenhaus für Frauen in der East Twenty-sixth nachschauen«, riet ihm ein hilfsbereiter Sergeant. »Wobei Gott bewahren möge, dass Miss Higgins in dem Tumult zu Schaden gekommen ist. Diese Jüdinnen sind die reinsten Furien.«

»Gibt es kein näher gelegenes Krankenhaus?«

»In Brooklyn vielleicht?«

Es regnete heftig, als er das Polizeipräsidium verließ. Also hielt er sich im Schutz des Vordachs, während er nach einer Pferdedroschke oder einer Straßenbahn Ausschau hielt. Er entdeckte eine Droschke und überquerte die Straße im Laufschritt. Ein Arbeiter in einem weiten Mantel und mit einem Schlapphut auf dem Kopf kam ihm zuvor. Ein schmuddeliger Verband bedeckte seine Nase und seine Wangen, und die Zipfel eines roten Halstuchs kräuselten sich unter seinem Kinn.

»Nehmen Sie sie«, sagte Bell. Blut war durch den Verband gesickert, und er vermutete, dass der arme Teufel bei der Demonstration vor den Metzgereien zwischen die Fronten geraten war.

»Nein, steigen Sie ruhig ein«, sagte der Mann und wandte sich ab.

Bell hatte einen kurzen Blick auf die Augen unter der Hutkrempe erhascht, und sein Traum im Kohlebergwerk war plötzlich so real geworden wie der Regen, der ringsum aufs Pflaster prasselte. Der Mann erwiderte kurz seinen Blick und bog um die Ecke. Bell eilte hinter ihm her.

»Warten Sie!«

Der Mann ging schneller.

»Warten Sie. Sir!«

Bell rannte los.

Der Mann, den er verfolgte, lief zum Abbruchgelände, wo die dicken Granitmauern des alten Stadtgefängnisses eingeebnet wurden, und schlüpfte zwischen zwei Säulen hindurch, die der Abrissbirne noch nicht zum Opfer gefallen waren. Vielleicht hatte er sich bei den Abbrucharbeiten verletzt, dachte Bell.

»Bleiben Sie stehen!«

Der Mann drehte sich abermals um. Als er sah, dass Bell ihm noch immer auf den Fersen war, rannte er eine frei stehende Treppe hinunter. Bell folgte ihm in einen riesigen Keller hinab, in dem es nach Moder und Fäulnis stank. Erhellt wurde er von dem wenigen Licht, das durch vereinzelte Löcher in der Decke drang.

Der Mann blieb abrupt stehen.

»Verfolgen Sie mich?«

»Ja«, sagte Bell. »Haben Sie mich nicht rufen hören?« Er blickte auf Gesichtszüge, die von Verband und Halstuch verhüllt und von dem Hut überschattet wurden. »Sind wir uns schon einmal begegnet, Sir?«

»Ich kann mich nicht erinnern«, antwortete der Mann. Seine Stimme wurde durch das Halstuch gedämpft. »Woher kommen Sie?«

»Aus West-Virginia.«

»Nee. Dort war ich noch nie.«

»Woher kommen Sie denn?«

»Mister, Ihnen steht der Cop ins Gesicht geschrieben, und ich habe nichts getan, das einem Cop das Recht gibt, mir Fragen zu stellen.«

»Sie haben scharfe Augen«, sagte Bell und dachte, dass die Angst vor Polizisten eine Erklärung für seine Eile sein konnte. »Aber nicht ganz präzise. Ich bin kein Cop, sondern Privatdetektiv.«

»Privatschnüffler, Cops, Plattfüße, Streikbrecher – für mich seid ihr alle gleich. Gehen Sie aus dem Weg, Mister!«

»Ich frage Sie doch bloß höflich«, sagte Bell. »Woher kommen Sie?«

»Versuchen Sie nicht, mich aufzuhalten.«

»Ich bin Ihnen irgendwo schon einmal begegnet. Ich möchte wissen, wo.«

Der Mann reagierte blitzschnell, fintenreich wie ein Meisterboxer, holte mit der Linken aus, um Bell mit einem rechten Haken niederzuschlagen. Aber Isaac Bell war keinen Deut langsamer. Seine Linke flog hoch, um die Rechte des Gegners abzublocken, und dann ballte er selbst die rechte Hand zur Faust für einen Konter. Aber anstatt zuzuschlagen, stieß der Mann mit den bernsteinfarbenen Augen die rechte Hand in seine Manteltasche und holte einen Revolver heraus. Das scharfe Klicken eines gespannten Hammers verkündete dem jungen Detektiv, dass er offenbar von einem Könner überlistet worden war.

»Sie wirken überrascht.«

Bell blickte am Pistolenlauf entlang in seine Augen. Grady Forrer hatte recht gehabt. In diesem spärlichen Licht waren sie golden. Ebenso seltsam war der stolze Unterton in seiner Stimme. Fast machte es den Eindruck, als hätte er erwartet, dass Bell bewunderte, von ihm überlistet worden zu sein. Aber was zum Teufel war hier eigentlich los? Sie waren doch nicht zufällig in diesem Keller gelandet. Der Mann hatte eine Falle gestellt, und Bell war zuvorkommenderweise hineingetappt. Er kam sich vor wie ein Narr. Aber zumindest hatte er jetzt den Beweis, dass sein Erlebnis im Bergwerk kein Traum gewesen war.

»Holen Sie die Pistole aus Ihrem Schulterhalfter. Halten Sie sie nur mit Daumen und Zeigefinger am Kolben. Wenn ich die drei anderen Finger nicht sehen kann, sind Sie tot.«

Bell bewegte seine Hand langsam, öffnete seinen Mantel, ergriff den Kolben seines Colt Single Action Army mit Daumen und Zeigefinger und zog den Revolver vorsichtig aus dem Holster. Der Mann streckte die Hand danach aus. Bell legte den Revolver auf seine Handfläche, und der Mann verstaute die Waffe in seinem eigenen Schulterhalfter.

»Und jetzt die Pistole im Ärmel.«

Bell schüttelte den zweischüssigen Derringer in seine Hand und übergab ihn.

»Und jetzt noch die andere.«

»Ich habe keine zweite Pistole.«

»Sie steckt in Ihrer Manteltasche.« Er schnippte mit den Fingern.

Bell holte einen einschüssigen Derringer hervor. Er war klein und ungewöhnlich leichtgewichtig – ein Geschenk von Joseph Van Dorn anlässlich seiner abgeschlossenen Lehrzeit. Nach mehreren visuellen Kontrollen hatte Bell angenommen, dass er weder seine Kleidung ausbeulte noch auffällige Falten im Mantelstoff erzeugte.

»Sie haben wirklich scharfe Augen«, sagte er.

»Ich hab's schon lange vorher gesehen, Sonny.«

Bell hörte in der Stimme genau den Stolz, den er mit seiner Bemerkung hervorzurufen gehofft hatte. Kein sachliches *Ich hab's bereits gesehen*, sondern ein selbstgefälliger Hinweis auf seine Beobachtungsgabe. Abermals schien der Mann auf Applaus zu warten. Bell war tatsächlich beeindruckt. Offensichtlich kannte sich der Mann aus. Aber er würde keinen Beifall klatschen. Noch nicht. Stattdessen sagte er: »Haben Sie es schon vorher gesehen? Oder hatten Sie mich beobachtet? Wer sind Sie?«

»Das Messer in Ihrem Stiefel.«

Er zielte mit dem Derringer, den er Bell abgenommen hatte, in Bells Gesicht und deutete mit dem Lauf seines Revolvers auf Bells Füße. Er sah aus wie ein Colt, dachte Bell, aber der Hammer war ungewöhnlich breit, der Rahmen war auf der Oberseite abgeflacht, und das Korn an der Mündung war abgefeilt worden, zweifellos um die Waffe schneller ziehen zu können.

»In welchem Stiefel?«

»Ich kann einen durchlöchern. Sie können es mir aber auch zeigen – schön langsam!«

Bell zog ein Wurfmesser aus dem Schaft seines rechten Stiefels. »Ihre Hände sind voll. Wo wollen Sie es haben?«

»Rammen Sie es in diesen Türpfosten, wenn Sie glauben, ihn treffen zu können.«

Besagter Türpfosten, das letzte Überbleibsel des Kellergebälks, war etwa sechs Meter entfernt. Bell hob den Arm. Die Pistole blieb auf seinen Kopf gerichtet. Seine Klinge flog durch den Keller, bohrte sich in den schmalen Balken und verfehlte seine Mitte nur um einen knappen halben Zentimeter.

Der Mann mit den bernsteinfarbenen Augen zuckte abschätzig die Achseln. »Ihr Überhandwurf ist viel zu langsam.«

Er ließ den Derringer in seiner Manteltasche verschwinden, zog sein Hosenbein ein Stück hoch und holte eine flache Stahlklinge hervor, die Bells Klinge zum Verwechseln ähnlich war.

»So geht es besser.«

Seine Hand, die das Messer verdeckt hielt, zuckte heraus und führte eine schnelle Schlenkerbewegung aus. Das Messer flog durch die Luft und traf mit einem dumpfen Laut den Türpfosten, in dessen Mitte es neben Bells Messer stecken blieb.

Bell setzte darauf, dass der Mann, selbstgefällig den Erfolg seiner Aktion auskostend, in seiner Wachsamkeit auch diesmal für einen kurzen Moment nachlassen würde. Und er wurde nicht enttäuscht. Der Fremde reckte voller Stolz den Kopf, als wollte er Bell auffordern, seiner Bewunderung den gebührenden Ausdruck zu verleihen. Es dauerte nur einen winzigen Moment, aber dieser reichte Bell, um zu einem Fußtritt auszuholen und die Schuhspitze gegen das Handgelenk des Mannes zu schmettern.

Seine Hand verkrampfte sich, die Finger spreizten sich.

Bell griff bereits nach der Pistole, um sie aufzufangen, als sie herabfiel.

Zu spät. Mit einem Tempo reagierend, das Bell niemals für möglich gehalten hätte, wenn er es nicht mit eigenen Augen hätte sehen können, fischte der Mann mit der Linken die Pistole aus der Luft, wich Bells Vorwärtsdrang aus, schlug zu und zog ihm den Pistolenlauf über die Schläfe. Der junge Detektiv sah Sterne, taumelte durch den Keller und prallte gegen eine gemauerte Wand.

Doch er sprang wieder auf, schüttelte heftig den Kopf, um ihn klar zu bekommen, und ging zum Gegenangriff über, als drei Männer in Overalls dicht hintereinander die Treppe herunterpolterten, um die Abbrucharbeiten im Keller fortzusetzen.

»Was zum Teufel …«

Der Mann im langen Mantel wischte an ihnen vorbei und stürmte mit seiner Pistole und Bells Waffenarsenal die Stufen hinauf.

Bell, der das Trio mit einem gebrüllten »Platz da!« auseinandertrieb, zog die beiden Wurfmesser aus dem Türpfosten und stürmte ihm nach.

# 23

Der Regen hatte sich zu einem Wolkenbruch gesteigert, und Isaac Bell konnte keinen Häuserblock weit sehen. Aber die Wassermassen, die vom Himmel herabgerauscht kamen, hatten die Straßen und Gehsteige rund um die Tombs von Polizisten und Fußgängern frei gespült. Da glaubte er, am äußersten Rand seines Gesichtsfelds eine einzelne Gestalt zu erkennen. Der lange Mantel des Mannes flatterte wie eine Fahne im Wind, als er Kurs auf die Elm Street nahm, die nach links abzweigte.

Bell rannte hinter ihm her. Groß und langbeinig, wie er war, hatte er nach wenigen Schritten den Vorsprung seines Gegners halbiert, als der Mann plötzlich in einem Erdloch im Fußweg verschwand. Isaac Bell sprang ins selbe Loch und landete auf einem Holzgerüst wenige Meter unter dem Straßenniveau. Er entdeckte eine Leiter, turnte über die Sprossen abwärts und gelangte in einen scheinbar endlosen Tunnel, der von elektrischen Glühbirnen erhellt wurde. In ihrem Lichtschein erkannte er, dass er sich auf der betonierten Sohle des überdachten Grabens befand, der für die Rapid Transit Subway ausgehoben worden war.

Die Anlage machte den Eindruck eines sorgfältig ausgebauten und erheblich größeren Steinkohlebergwerks, als er es in Gleasonburg kennengelernt hatte. Der unterirdische Raum war zehn Mal so breit und fünf Mal so hoch wie ein Bergwerksstollen und im Gegensatz dazu strahlend hell erleuchtet. Anstelle wackliger Holzstempel fixierten lange Reihen stählerner Pfeiler massive Tragbalken, die sich über die gesamte Breite des Tunnels spannten, um die Straßenbahnlinie in der Elm Street und die Eingangstreppen der Häuserreihen neben den Gehsteigen zu stützen. Dicke Wasserleitungen und Hauptabwasserkanäle – die sorgfältig freigelegt worden waren – hingen an Ketten unter den Stahlträgern.

Bell blickte in Richtung Innenstadt, wo die Beleuchtung am hellsten war, und dann stadtauswärts, wo die Glühbirnen spärlicher wurden. Und dort, mittlerweile wieder mit größerem Vorsprung, sah er den Mann im langen Mantel durch die Baustelle rennen und sich Haken schlagend einen Weg durch das Gewimmel von Arbeitern, dampfgetriebenen Baumaschinen und Schubkarren suchen. Ganz plötzlich blieb er stehen, drückte einem Mann, der eine Schubkarre über einen Bohlenweg balancierte, etwas in die Hand und rannte weiter. Bell holte zu ihm auf. Als er den Punkt erreichte, wo der Mann angehalten hatte, versperrten ihm der Arbeiter mit der Schubkarre und sein Kollege, der seine Schubkarre abgestellt hatte, den Weg. Jeder der beiden hielt ein Bündel Geldscheine in der Hand, die der Flüchtende ihnen zugesteckt hatte.

»Hier ist der Zutritt für Cops verboten.«

»Ihr solltet nicht alles glauben, was man euch erzählt«, warnte Bell. »Aus dem Weg!«

»Weshalb sollten wir dir glauben?«

Bell erwischte den ersten mit einer auf Kinnspitze und Magengrube gezielten Doublette, trat dem zweiten Mann die Füße unterm Hintern weg und blieb seinem Gegner auf den Fersen. Der Abstand betrug mittlerweile zwei Häuserblocks. Dafür endete der zementierte Abschnitt des Grabens, und nacktes Erdreich bildete den Boden des zukünftigen U-Bahntunnels. Regenwasser hatte ihn in eine Schlammwüste verwandelt. Außerdem verengte sich der Graben, während die Anzahl der Arbeiter mit Hacken und Schaufeln deutlich zunahm. Wo vorher Stahlträger die oben verlaufende Straße gestützt hatten, befanden sich massive Holzbalken, ein behelfsmäßig angelegtes Bretterdach und Öffnungen in regelmäßigen Abständen, durch die der Regen und das abnehmende Tageslicht hereindrangen.

Bell kam es vor, als ob er – Häuserblock für Häuserblock – bereits Meilen zurückgelegt hätte und keinen Schritt mehr laufen und seine Füße nicht mehr aus dem klebrigen Morast herausziehen könnte. Trotzdem behielt der Mann sein Tempo bei, bewegte sich mit raumgreifenden Schritten durch die Baustelle, passierte aufgeschreckte Arbeiter, stieß jeden beiseite, der ihm den Weg versperrte, und zwang Bell zu zeitraubenden Ausweichmanövern.

Bell hörte lauten Donner, während der Boden unter seinen Füßen bebte. Straßenbahnwagen rumpelten hoch über seinem Kopf auf Gleisen vorbei, die für die Dauer der Bauarbeiten auf massiven Holzbalken ruhten. Die Wasserrohre schwangen in den Ketten hin und her. Weder auf die drohend hochgereckten Fäuste noch auf die wütenden Rufe einiger Vorarbeiter reagierend, rannte er mit rasselnder Lunge weiter. Schlagartig veränderte sich der Tunnel. Verschwunden war plötzlich der morastige Untergrund; verschwunden waren auch die Männer, die sich mit Schaufeln und Hacken durchs Erdreich gewühlt hatten. Der Boden, die Wände, die Decke, all dies bestand aus solidem Fels. Im Zuge des Vortriebs nach Norden zur Grand Central Station waren die Schachtbauer auf Glimmerschiefer, den sogenannten Manhattan Schist, gestoßen. Das Grundgestein unter der Stadt trat an dieser Stelle an die Oberfläche, sodass keine andere Wahl blieb, als den Tunnel durch das massive Hindernis hindurchzutreiben. Die zerklüfteten Seitenwände und die niedrige Decke sowie das ständige auf und ab schwellende Rumpeln der dampfgetriebenen Erdbohrer vermittelten den Eindruck eines Erz- oder Steinkohlebergwerks.

Da er nicht länger von Morast behindert wurde, konnte Isaac Bell sein Tempo steigern. Der Mann vor ihm zeigte erste Ermüdungserscheinungen, stolperte gelegentlich, und Bell holte auf. Hinzu kam, dass es, wie Bell vermutete, bis zum Ende des Tunnels nicht mehr weit war. Es sah aus, als böten die Schächte, durch die mit Abraumschutt gefüllte Behälter von dampfgetriebenen Kränen hochgezogen wurden, die einzige Möglichkeit, die unterirdische Baustelle zu verlassen. Dass sein Gegner über mindestens vier Schusswaffen verfügte und er selbst sich lediglich mit Messern begnügen musste, bremste seinen Jagdeifer nicht im Mindesten.

Plötzlich änderte der Mann die Richtung und kletterte die Tunnelwand hinauf zu einem Laufgang, der zu einer überhängenden Felsnase führte. Dieser Bereich war mit Seilen abgesperrt, unter denen sich der Flüchtende hindurchschlängelte. Licht drang von oben herab. Vermutlich befand sich dort eine Öffnung, durch die man auf die Straße gelangen konnte. Vom Tunnelende näherte sich im Laufschritt ein Vorarbeiter.

»Verschwinden Sie von dort, Sie verdammter Narr!«, rief er. »Der Fels kann jeden Moment abbrechen!«

Der Mann, dem Bell auf den Fersen war, tauchte in einen Balken Tageslicht, und Bell sah, dass sein Gesicht noch immer von dem blutigen Verband und dem Hut verhüllt wurde. Aber seine Augen leuchteten triumphierend auf. Bell wusste sofort, dass er gerade etwas erblickt hatte, das ihm einen Vorteil verschaffte. Bell legte einen Zwischenspurt ein. Der Mann arbeitete sich den Laufgang zu einem Punkt hinauf, wo ein Teil des überhängenden Felsens abgebrochen und als Trümmerhaufen in den Stollen hinabgerutscht war.

Bell erkannte, dass die Gesteinsschichten in steilem Winkel aufwärtsgerichtet waren. Ein riesiger Felsbrocken ragte wie ein Schlitten hervor, der im Begriff war, einen Eishang hinabzurutschen. Bell erreichte den Vorarbeiter, der wild mit den Armen ruderte. »Achtung, Sie sind in Lebensgefahr! Kommen Sie da runter, Sie Idiot! Hey, was tun Sie da? Lassen Sie das! Sie bringen uns alle um!«

Der Mann hatte eine schwere Hacke gefunden und schlug sie in den brüchigen Fels, um sich dann an ihrem Stiel weiter hinaufzuziehen.

»Er löst den nächsten Felsrutsch aus!«, brüllte der Vorarbeiter fassungslos. »Nichts wie weg, Leute! Rennt um euer Leben!«

Bell ignorierte die Gefahr und kraxelte den Geröllhaufen hinauf. Mittlerweile hatte der Mann die Öffnung erreicht und schlug wie wild mit der Hacke auf ihre Ränder ein, um sie so weit zu vergrößern, dass er sich hindurchzwängen konnte. Gesteinsbrocken regneten auf Bell herab. Schlagartig wurde es im Tunnel heller, als ein großes Randstück aus dem Loch in der Tunneldecke wegbrach. Der Mann im langen Mantel kletterte durch die Öffnung hinaus. Bell zückte eines der Wurfmesser und schickte es mit einem kraftvollen Überhandwurf auf die Reise.

Die Klinge fand ihr Ziel und bohrte sich in den Stiefelabsatz des Mannes, gerade als er durch das Loch verschwand. Bell versuchte, ihm zu folgen, doch ein Teil der Decke in der Umgebung der Öffnung gab nach und rutschte lawinenartig den Geröllhaufen hinab, passierte Bell und krachte auf die Sohle des Stollens. Durch die Erschütterung verlor Bell den Halt und folgte dem Felsrutsch. Er landete unsanft und hatte kaum Zeit, sich zur Seite zu rollen, als ein kompakter Felsbrocken von der Stollenwand abbrach und ebenfalls auf dem Tunnelboden aufschlug.

Zurück blieb ein zerklüfteter Steilhang, den Bell fast so bequem wie eine Treppe erklimmen konnte. Er gelangte an der Ecke Fourth Avenue und Thirty-seventh Street vollends ans Tageslicht und wurde Zeuge, wie ein ganzer Block Ziegelbauten wie bei einem Erdbeben ins Schwanken geriet. Eine tiefe Spalte klaffte im Gehsteig auf. Die Fassadenwände lösten sich von den Gebäuden und rauschten in den Tunnel der zukünftigen U-Bahn hinab.

Isaac Bell konnte in die vorderen Zimmer der Häuser hineinschauen, als verfolgte er in einem Theater das Geschehen auf einer Bühne. Die Bewohner wieselten herum wie Schauspieler, die es eilig hatten, durch die Kulissen abzutreten. Bell rannte los, um zu helfen. Dabei fiel ihm eine Bewegung ins Auge – einen kurzen Block die Thirty-seventh Street hinunter. Ein Straßenbahnzug auf den hochgelegten Schienen über der Third Avenue entfernte sich mit zunehmendem Tempo in Richtung Innenstadt. Im Heck des letzten Wagens hing der Mann im langen

Mantel, und während die Elevated hinter den Gebäuden verschwand, winkte er Isaac Bell zum Abschied zu.

»Er ist entkommen«, musste Isaac Bell seinem Boss berichten.

Joseph Van Dorn schäumte vor Wut.

»Und was ist mit der jungen Lady, der Sie folgen sollten?«

»Ich habe sie in dem Tumult aus den Augen verloren und sie dann in den Tombs gesucht, wo ich zufällig ihm begegnete.«

»Wurde sie verhaftet?«

»Die Polizei hat an die einhundert Frauen von der Straße geholt und abtransportiert, daher habe ich angenommen, dass ich sie dort finden würde. Aber sie gehörte nicht dazu.«

»Die Polizei«, knurrte Van Dorn. »Apropos Polizei – ich hatte soeben ein unangenehmes Telefongespräch mit einem stellvertretenden Polizeichef, der mich darüber informierte, dass seinen Streifenbeamten von einem am Bau der U-Bahn beteiligten Unternehmer gemeldet worden sei, dass Sie im Bereich des Straßeneinsturzes gesehen wurden. Offenbar geht man davon aus, dass Sie ihn ausgelöst haben.«

»Das habe ich nicht«, protestierte Bell. »Aber ich habe die Techniker befragt, was genau geschehen ist. Sie beschrieben den Abschnitt zwischen Thirty-fourth Street und Grand Central Station als Unglücksstrecke. Alle möglichen Dinge sind dort beim Bau schon schiefgelaufen – es gab eine Sprengstoffexplosion mit Todesopfern, dann kam es des Öfteren zu Felsrutschen, und ein Bauunternehmer hatte einen tödlichen Unfall. Was heute geschehen ist, war die Folge einer unvorhergesehenen geologischen Schwachstelle. Der Mann, hinter dem ich her war, hat den Felsrutsch ausgelöst – entweder durch Unvorsichtigkeit, während er vor mir floh, oder absichtlich für den Fall, dass er sich im Schachtbau auskannte und die Schwachstelle im Gestein entdeckte.«

Als Van Dorn wieder das Wort ergriff, klang seine Stimme zunehmend lauter. »Sie können ruhig davon ausgehen, dass ich auch nicht im Entferntesten annehme, einer meiner Detektive könnte am Zusammenbruch eines gesamten Häuserblocks aktiv beteiligt gewesen sein, aber ich hoffe, dass Sie bei zukünftigen Ereignissen dieser Art nicht in der Nähe sind und der Polizei Gelegenheit geben, den Namen der Van Dorn Agency mit einer Naturkatastrophe in Verbindung zu bringen.«

»Ich musste einigen Leuten helfen, heil aus den Ruinen herauszukommen.«

»Sind Sie sicher, dass Sie den Mann vorher schon mal gesehen haben?«

»Sicher bin ich nicht«, gestand Bell, weil er seinem Boss noch immer nicht zufriedenstellend erklären konnte, was es mit seiner seltsamen, traumgleichen Erinnerung an diesen Mann mit den bernsteinfarbenen Augen, der als Provokateur erschienen war, auf sich hatte. »Aber ich bin überzeugt, dass er es auf mich abgesehen hatte. Er hat mich geradewegs in diesen Keller gelockt.«

»*Gelockt?*«, wiederholte Van Dorn. »*Locken* ist das, was Bösewichter in billigen Romanen mit ahnungslosen jungen Mädchen machen.«

»Was ich damit ausdrücken will, ist, dass ich mir wie ein verdammter Trottel vorkomme.«

Van Dorn nickte zustimmend. »Ich glaube, Sie sollten sich erst einmal gründlich ausschlafen.«

»Ja, Sir«, sagte Isaac Bell. Aber anstatt in sein Zimmer im Yale Club zurückzukehren, begab er sich schnurstracks zu einem Waffenschmied in der Forty-third Street, bei dem Wish Clarke Stammkunde war. Es war schon lange nach Feierabend, doch der Waffenschmied wohnte direkt über seinem Laden, und die Erwähnung von Wishs Namen ließ ihn für Bell die Tür aufschließen.

Bell kaufte einen zweischüssigen Derringer, ein winziges einschüssiges Modell und einen Colt Army, um die Waffen zu ersetzen, die ihm der Mann mit den gelben Augen abgenommen hatte. Dann beschrieb er dem Waffenschmied den Revolver des Mannes.

»Es war ein .45er. Und ich würde darauf tippen, dass es ein Colt war. Aber er hatte kein Korn. Und der Hammer war breiter als bei diesem hier«, fügte er hinzu und deutete mit einem Kopfnicken auf seinen neuen Revolver. »Kennen Sie zufällig einen Schmied, der einen Colt auf diese Art und Weise modifizieren würde?«

»Die Leute doktern ständig an Sechsschüssern herum. Konnten Sie das obere Rahmenblech sehen?«

»Es war gerade und eben«, sagte Bell. »Nicht abgeschrägt wie bei diesem Colt Army. Und der Hammer hatte eine leichte elegante Krümmung.«

»War das Korn abgesägt oder heruntergefeilt?«

Bell überlegte kurz. »Nein. Ich glaube, da gab es eine Nute, in die man eins einschieben konnte.«

»Wie lang war der Lauf?«

»Nicht so lang, dass man die Waffe nicht schnell aus einem Holster hätte herausziehen können.«

»Und er hatte einen Einschubschlitz für das Korn? … Konnten Sie den Abzugbügel sehen?«

»Nein. Um den hatte er den Finger gekrümmt.«

»Wie groß war der Griff?«

»Mal überlegen … Der Mann hatte große Hände, aber ich konnte den Kolben sehen. Er ragte aus der Hand heraus und war länger als die meisten, die ich kenne.«

»Dann müsste es ein Bisley gewesen sein.«

»Der Scheibenrevolver?«

»Ja, das obere Rahmenblech ist abgeflacht, um eine justierbare Kimme daraufzumontieren. Eine wirklich schöne Waffe. Sehr präzise.«

»Das kann ich nur bestätigen«, sagte Bell, der nicht vergessen hatte, wie knapp ihn die beiden Schüsse verfehlt hatten, die in Gleasonburg aus extremer Entfernung auf ihn abgefeuert worden waren.

»Aber der Bisley ist mehr als ein Scheibenrevolver«, sagte der Waffenschmied. »Er ist mit dem langen Griff und dem breiten Hammer auch eine hervorragende Nahkampfwaffe.«

»Haben Sie einen im Angebot?«

»Ich müsste ihn eigens bestellen.«

»Liefern Sie ihn an die Van Dorn Agency im Cadillac. Sie werden ihn an mich weiterschicken.«

Bell bezahlte die Pistolen, ließ den einschüssigen Derringer in der Jackentasche verschwinden und verstaute den Colt Army im Schulterhalfter. Dann, als er den Zweischüsser in den Ärmel seines Jacketts schieben wollte, hielt er ihn hoch und wog ihn nachdenklich in der Hand. Hatte der goldenäugige Provokateur nur vermutet oder tatsächlich gewusst, dass er einen Derringer im Ärmel versteckt hatte? Oder hatte er bemerkt, dass der Ärmel weiter geschnitten war? Oder war er nur jede Möglichkeit, eine Waffe zu verstecken, durchgegangen?

»Von diesem Modell hätte ich gerne noch ein zweites Exemplar. Aber ein wenig leichter, wenn Sie so etwas auf Lager haben.«

»Ich habe ein echtes Prachtstück aus eigener Produktion. Es wiegt nur halb so viel und verschießt .22er Langpatronen. Die Pistole hat jedoch nicht die gleiche Durchschlagskraft.«

»Geringere Durchschlagskraft ist immer noch besser als gar keine«, sagte Bell. »Ich nehme sie.«

Der Waffenschmied legte einen winzigen Zweischüsser mit übereinander angeordnetem Doppellauf auf die Theke. »Ich freue mich immer, wenn ich etwas verkaufen kann«, sagte er. »Aber Sie haben keinen Platz mehr frei, an dem Sie das gute Stück verstecken können.«

»Gibt es in der Nähe einen Hutmacher, den Sie mir empfehlen können?«

Der Hutmacher machte Überstunden und war sofort bereit, dem Waffenschmied einen Gefallen zu tun, der ihm ständig Kunden schickte, die in der Lage waren, für maßgeschneiderte Ware jeden Preis zu bezahlen. Gegen Mitternacht erschien Bell im Cadillac Hotel, um nachzuschauen, ob Nachrichten über Van Dorns privaten Telegrafen eingegangen waren.

Grady Forrer, der anscheinend niemals schlief, sagte anerkennend: »Schicker Hut!«

Bell tippte grüßend gegen die Krempe und warf einen Blick in sein Postfach.

Weber und Fields hatten sich noch nicht gemeldet, und er konnte nur Vermutungen darüber anstellen, ob sie die streikenden Arbeiter auf ihrem Marsch nach Pittsburgh im Auge behielten oder in irgendeinem Saloon versackt waren. Er nahm sich vor, Archie zu instruieren, ihn unabhängig von den beiden Detektiven ebenfalls auf dem Laufenden zu halten. Aber aus Chicago waren zwei Telegramme eingetroffen, beide in jener kostengünstigen Kurzsprache gehalten, die Joseph Van Dorn, knauserig wie er war, von seinen Angestellten forderte.

Wish Clark meldete:

*R FEHLANZEIGE*
*PLANT EVTL COUP*

Was so viel hieß wie, dass Wish Laurence Rosania in keinem seiner bekannten Schlupfwinkel hatte antreffen können, um ihn über andere Spezialisten für Hohlladungen auszufragen, dass der Detektiv in der Unterwelt von Chicago aber Gerüchte aufgeschnappt habe, dass eine reiche Witwe oder die Freundin eines Industriemagnaten im Begriff sei, um den in ihrem Safe deponierten Schmuck erleichtert zu werden.

Hinter seinem Schreibtisch richtete sich Bell ruckartig auf, als er das zweite Telegramm las. Es kam von Claiborne Hancock, den Joseph Van Dorn aus seinem vorzeitigen Ruhestand gelockt hatte, um die Organisation und Leitung der Protective Services zu übernehmen.

*SCHWESTER DES KLIENTEN HIER*
*ECHTE AUGENWEIDE*
*BESCHÜTZE GERN EBENFALLS*

*Echte Augenweide* und *gern* waren drei überflüssige Worte, aber Hancock hatte Van Dorn einen Gefallen getan und konnte sich gewisse Freiheiten herausnehmen.

Bell kabelte zurück:

*BIS ICH EINTREFFE*

# 24

»Sie sehen aus, als kämen Sie sich ziemlich wichtig vor«, stellte James Congdon fest.

Henry Clay visierte das marmorne, in einen tiefen Kuss versunkene Liebespaar an und ließ seinen Hut durch Congdons Büro segeln. »Dazu habe ich auch jedes Recht«, frohlockte er. »Unser Krieg im Kohlerevier entwickelt sich prächtig.«

»Nach dem zu urteilen, was ich in den Zeitungen lese, würde er sowieso ausbrechen, ungeachtet Ihrer kostspieligen Bemühungen, ihn anzufachen.«

Clay wollte sich seinen Sieg nicht streitig machen lassen. Sein großartiges Duell mit Isaac Bell war eine einzige Genugtuung gewesen. Er hatte Joseph Van Dorns neuen jungen Helden nach allen Regeln der Kunst ausgetrickst, entwaffnet und gedemütigt. Besser noch, die Tatsache, dass Bell Mary Higgins beschattet hatte, bewies, dass Clay mit Mary eine hervorragende Wahl getroffen hatte. Bell – oder, was wahrscheinlicher war, Van Dorn – vermutete, was Clay von seinen Spionen innerhalb der Gewerkschaft längst erfahren hatte, nämlich dass sie einen Zug in Denver hatte entgleisen lassen. Mary Higgins gehörte zu den Radikalen und war gefährlich, weil sie über Fantasie verfügte und zu allem entschlossen war. Dass Joe Van Dorn ihre Fähigkeiten erahnte, kam Clays Plänen, die er mit der Gewerkschaftlerin verfolgte, erfreulicherweise entgegen.

»Sie sollten nicht alles, was in den Zeitungen steht, glauben.«

»Sie haben mir versprochen, dass wir den Krieg in den Zeitungen gewinnen«, konterte Congdon scharf.

»Wir werden auch gewinnen, versprochen. Die Zeitungen werden die Gewerkschaften vernichten, wenn sie ihre Leser überzeugen, dass nur die Bergwerkseigner gewisse Agitatoren aufhalten können, die vor Mord nicht zurückschrecken.«

»Aber wann denn, verdammt noch mal? Der Winter kommt schon, und die Bergarbeiter haben zugeschlagen. Worauf warten Sie?«

»Auf ein erderschütterndes Ereignis.«

»Um die Erde zu erschüttern, ist ein Erdbeben nötig.«

»Ich habe ein Erdbeben bestellt.«

»Wovon, zum Teufel, reden Sie? Treiben Sie keine Spielchen mit mir, Clay. Was für ein Erdbeben?«

Henry Clay lächelte. Er war sich der Zustimmung Judge James Congdons absolut sicher. »Ein allerliebstes Erdbeben. Tatsächlich«, prahlte er, »ein erderschütternd wunderschönes Erdbeben.«

»Eine *Frau*?«

»Eine reizende Frau mit einer Riesenidee. Eine Frau, die zufälligerweise auch noch schlauer, mutiger und härter ist als alle Gewerkschaftler der Nation. Ihre einzige Schwäche besteht darin, dass sie derart wild auf einen fairen, guten Kampf ist, dass sie nicht erkennt, was wirklich zählt.«

»Ich möchte sie kennenlernen«, verlangte Congdon.

»Ich habe Ihnen zu Beginn schon erklärt«, widersprach Clay eisig, »dass ich die Details für mich behalte.«

»Die Taktik ist Ihre Sache. Die Strategie die meine. Ein

Erdbeben fällt in die Kategorie Strategie. Ich will sie kennenlernen.«

Isaac Bell zahlte einen Aufpreis für das größte Privatabteil im Pennsylvania Special und drückte dem Schlafwagenschaffner ein fürstlichen Trinkgeld in die Hand, damit er ihm seine Mahlzeiten auf einem Tablett ins Abteil brachte. Der Zug nach Chicago, der an der Anlegestelle der Fähre in Jersey City startete, brauchte zwanzig Stunden für die Strecke, und Bell hatte die Absicht, jede wache Minute zu nutzen, um sich beizubringen, wie er am schnellstens den Derringer aus seinem neuen Hut hervorzauberte.

An der Tür zum Bad, das zu seinem Privatabteil gehörte, war ein Spiegel befestigt. Er betrachtete sein Spiegelbild. Dann hob er die Hände, als hätte er bereits seinen Colt, die Pistole in seinem Ärmel und die Pistole aus seiner Jackentasche abgeben müssen. Mit langsamen Gesten entwickelte und trainierte er einen Bewegungsablauf, um blitzschnell die Pistole aus dem Hut hervorzuzaubern, zu spannen und abzudrücken.

Der Expresszug durchquerte pfeilschnell New Jersey, hielt kurz in Philadelphia und rollte über die Grenze von Pennsylvania. Bell arbeitete mit geschickten Händen und wachen Augen an der Technik des Schnellziehens und ging in Gedanken gleichzeitig die wenigen Fakten durch, die er über den Mann mit den goldenen Augen, der ihn überlistet und entwaffnet hatte, mit Sicherheit wusste.

Es war seltsam, dass sie nahezu identische Wurfmesser besaßen. Und ebenso seltsam war, dass er wusste, dass Bells Messer in seinem Stiefel steckte. Einige Männer verbargen es im Revers ihres Jacketts, andere im Hosenbund auf dem Rücken.

Außerdem wusste er, wo sich Bells Derringer befand, nämlich in seinem Jackenärmel und nicht in seinem Hosenbund oder Stiefel. Und er hatte den winzigen Einschüsser, der bisher noch nie jemandem aufgefallen war, in seiner Jackentasche entdeckt.

*Was weiß ich sonst noch über ihn?*, dachte Bell.

Er hatte keine Zweifel mehr, dass seine Erinnerung, im Kohlebergwerk niedergeschlagen worden zu sein, auf realen Ereignissen beruhte und keine von giftigen Gasen erzeugte Halluzination war. Ebenso wenig zweifelte er daran, dass der Provokateur im Kohlerevier, der in Gleasonburg auf ihn geschossen hatte, derselbe Mann war, der ihm in New York seine Waffen abgenommen und ihn locker abgehängt hatte. Davon abgesehen hatte er mehr Fragen als Antworten. Warum ist er mir bis nach New York gefolgt? Wie hat er mich vor dem Stadtgefängnis gefunden? Ist er mir über den Broadway gefolgt, als ich Mary beschattet habe?

Der Zug befand sich zwei Stunden westlich von Philadelphia und stampfte durch die Ausläufer der Allegheny Mountains, als der junge Detektiv endlich das Gefühl hatte, die optimale Folge von Aktionen gefunden zu haben, an der beide Hände beteiligt waren, eine für den Derringer, die andere für den Hut. So konnte er die Waffe ziehen. Nun musste er sich nur noch den Bewegungsablauf einprägen. Das bedeutete üben, üben und nochmals üben, bis die einzelnen Schritte völlig automatisch erfolgten. Stunde für Stunde. Tag für Tag. Und damit anfangen würde er sofort.

In Altoona hielten sie an, um die Lokomotiven zu

wechseln und einen Speisewagen mitzunehmen. Bell sprang auf den Gleisbettschotter hinunter und ging mit schnellen Schritten mehrmals am gesamten Zug entlang auf und ab, um die verknoteten Muskeln seiner Arme und Beine zu dehnen und geschmeidig zu machen. Die kalte Luft tat ihm gut, aber es begann zu regnen. Als das Personal des Verschiebebahnhofs die alte Atlantik-Lok abgehängt und eine neue 2'B1'er angekuppelt hatte, rann das Regenwasser in breiten Bächen an den Seitenwänden des Zuges herab.

Bell schwang sich wieder an Bord, als der Express anrollte, bat den Schlafwagenschaffner um ein Sandwich und eine Kanne Kaffee und kehrte in sein Abteil zurück, um zu üben, wobei er nur flüchtig bemerkte, dass der Regen gegen die Fenster peitschte.

Acht Stunden nachdem sie Jersey City verlassen hatten, verlangsamte der Pennsylvania Special sein Tempo auf gemächliche vierzig Stundenmeilen, und die Zugbegleiter kündigten die unmittelbar bevorstehende Ankunft in Pittsburgh an. Bell setzte sich auf die Bettkante und biss hungrig in das Sandwich, das er bisher ignoriert hatte. Dann spülte er es mit kaltem Kaffee hinunter. Die Nacht war hereingebrochen, und der Himmel wurde von einer dichten Wolkendecke verhüllt. Durch das Abteilfenster konnte er rötlich leuchtende Punkte wahrnehmen, die auf offene Feuer hindeuteten. Er löschte die Abteilbeleuchtung, um in der Dunkelheit mehr erkennen zu können.

Lagerfeuer waren im Regen entfacht worden und erhellten die ausgezehrten Gesichter von Männern und Frauen, die sich um sie drängten. Der Schlafwagenschaffner erschien, um das Speisetablett zu holen. »Streiker«, sagte er.

»So eine Nacht sollte man nicht unter freiem Himmel verbringen«, sagte Bell, und der Schlafwagenschaffner bemerkte mitfühlend: »Diese armen Teufel. Sie wissen nicht, wohin sie sich wenden sollen. Die Miliz lässt sie nicht nach Pittsburgh rein.«

»Wo stehen ihre Zelte?«

»Es heißt, die Polizei habe sie konfisziert. Beamte haben sie aus einem Zug herausgeholt und in einem Schuppen eingeschlossen.«

Die Lagerfeuer verblassten an der Stadtgrenze, während der Expresszug in die Union Station rollte.

*Er kannte mich*, dachte Bell. *Mein Provokateur weiß, wer ich bin.*

# 25

Isaac Bell sah, dass Wish Clarke auf dem Bahnsteig des Union Depot in Chicago bereits auf ihn wartete. Sein Gesicht war gerötet, seine Augen leuchteten hellblau und versanken fast im Fleisch seiner verschwollenen Wangen.

Bell sprang vom Trittbrett, ehe der Zug vollends anhielt. »Haben wir Laurence Rosania aufgestöbert?«

»Chicagos führender Hehler berichtet, dass sich der alte Gauner seiner derart sicher ist, dass er bereits über Verkaufspreise für Schmuck verhandelt, den er noch gar nicht gestohlen hat.«

»Wie hast du das erfahren können?«, fragte Bell tief beeindruckt. Wish stank an diesem Morgen wie eine wandelnde Destille, aber welcher andere Detektiv hätte es geschafft, solche wertvollen Informationen aus einem Hehler herauszukitzeln?

»Er war mir einen Gefallen schuldig«, erwiderte Wish.

»Muss aber ein verdammt großer gewesen sein.«

»Das war er auch. Ich habe ihn seinerzeit nicht erschossen, obwohl ich jedes Recht dazu hatte, und er weiß es. Außerdem hat er sich darüber geärgert, dass ein Juwelendieb so dreist war, seine Preise mit denen seines Hauptkonkurrenten zu vergleichen. Ich erinnerte ihn daran, dass Mr. Rosania eine Klasse für sich sei, aber er war in seinem Zorn nicht zu besänftigen und ausschließlich daran interessiert, sich für diese Dreistigkeit zu revanchieren.«

»Hat er dir verraten, auf was es Rosania abgesehen hat?«

»Auf ein Collier mit einem herzförmigen rosa Diamanten von fünfzehn Karat an einer Kette aus Zweikarätern.«

»So etwas findet man nur bei den ganz Reichen.«

»Niemand hat jemals behauptet, dass sich Rosania mit Kleinkram zufriedengibt. Wir behalten den Hehler und seinen Konkurrenten auf jeden Fall im Auge, und wenn unser Geldschrankexperte mit der Beute erscheint, schnappen wir ihn uns.«

»Wann?«

»In Kürze, meinte mein Informant.«

»Nein«, sagte Bell. »Wir haben nicht die Zeit, untätig rumzusitzen und auf ihn zu warten.«

»Es dauert höchstens ein paar Tage.«

»Aber was ist, wenn Rosania beschließt, sich vorerst bedeckt zu halten – klug zu sein und abzuwarten, bis sich die Aufregung gelegt hat, ehe er die Juwelen verhökert? Das kann Wochen dauern. Und diese Wochen haben wir nicht.«

»Ich bin für jede bessere Idee offen«, sagte Wish Clarke. »Hast du eine?«

»Du könntest Grady Forrer in der New Yorker Filiale ein Telegramm schicken.«

»Wer ist das?«

»Der neue Kollege, von dem ich dir erzählt hatte und den Mr. Van Dorn zum Chef der Recherche-Abteilung gemacht hat.«

»Recherche-Abteilung? Wann ist das denn passiert?«

»Vor etwa einem Monat«, sagte Bell. Wish war völlig perplex, und Bell konnte sich erinnern, dass Van Dorn seinerzeit erwähnt hatte, er wisse mal wieder nicht, wo sich Wish Clarke gerade herumtreibe. »Der Boss handelt schnell«, erklärte er, »wenn er eine Idee hat, die Erfolg verspricht.«

»Bin mal gespannt, was ihm als Nächstes einfällt.« Wish mimte Bewunderung. »Okay. Was soll ich diesem Furrier kabeln?«

»*Forrer.* Grady Forrer. Er ist wirklich ein Ass. Erkundige dich, was er in seinem Zeitungsarchiv über prominente Persönlichkeiten aus Chicago gesammelt hat – solche, die Juwelen in New York kaufen.«

»Sie werden wohl kaum in der Zeitung drucken, dass Mrs. Soundso in New York ein Brillantcollier mit einem rosafarbenen Diamanten erstanden hat.«

»Wir können zwischen den Zeilen lesen. Vor allem in den Gesellschaftsnachrichten. Wir sehen uns an, welche finanzstarken Käufer aus Chicago sich in New York aufhalten und welche Bälle demnächst in Chicago stattfinden, und können daraus Schlüsse über Mr. Rosanias geschäftliche Planungen ziehen.«

»Und ihn bei seinem Coup stören?«

»Ich würde ihn lieber schnappen, nachdem er das Ding gedreht hat.«

»Ein guter Plan, Isaac – damit schlagen wir zwei Fliegen mit einer Klappe.«

»Und machen ihn um einiges gesprächiger.«

»Ganz schön modern von Mr. Forrer, sich mit Hilfe der Gesellschaftsnachrichten auf dem Laufenden zu halten. Ich bin da ein wenig altmodischer und werde in der Zwischenzeit im Black's Social und im Little's Exchange vorbeischauen.«

»Zu welchem Zweck?«, fragte Bell argwöhnisch. Ed Black's Social und Wes Little's Exchange waren Saloons.

»Dort ist Little's«, sagte Wish, während sie das Union Depot verließen. Er deutete mit einem Kopfnicken auf eine hell erleuchtete Bar an der nächsten Straßenecke. »Black's ist auch nur einen Steinwurf vom Bahnhof in der La Salle Street entfernt, wo der Twentieth Century Halt macht.«

»Und?«

»Wenn ihre Züge aus New York eintreffen und sie Feierabend machen können, verschwinden die Gepäckwagenschaffner des Pennsylvania Special um die Ecke zu Little's. Und die Jungs aus dem Twentieth Century Limited genehmigen sich ein Gläschen im Black's. Meinst du nicht, dass sich diese schwer bewaffneten Agenten, die zum Bewachen der diversen mitgeführten Wertsachen abgestellt sind, daran erinnern können, welche Fahrgäste während der Heimfahrt von New York Schmuck im Safe des Postwagens deponiert haben?«

Isaac Bell musste zugeben, dass Wish Clarkes Taktik die klügere war.

»Vergeude keine Zeit, dir Vorwürfe zu machen, mein Sohn. Du wolltest den Dieb auf frischer Tat ertappen. Ich hatte nur eine originellere Idee, ihm schon ein wenig früher auf die Schliche zu kommen.«

Bell grinste seinen im Dienst ergrauten Partner an. »Ich werde Mr. Van Dorn weiterhin daran erinnern, dass du das beste Pferd in seinem Stall bist.«

»Er wird sich sicher nicht einkriegen vor Freude, das zu hören.«

»Bleiben Sie sofort stehen, Mister.«

Zwei massige Männer versperrten Isaac Bell den Weg ins Gewerkschaftshaus der Bergarbeiter, das in einer Straße im

First Ward stand, die von Saloons beherrscht wurde. Ragtime-Melodien ratterten aus mechanischen Klavieren auf beiden Straßenseiten. Die Bergarbeiter hatten stählerne Läden vor den Fenstern angebracht und einen Gewehrschützen auf dem Dach postiert.

»Hallo, Mike. Terry. Wie geht es euch?«

Die Agenten der Van Dorn Protective Services schauten genauer hin. »Isaac! Dich haben wir nicht mehr gesehen, seit du deine Lehrzeit beendet hast!«

Mike Flannery und Terry Fein waren gut aussehende Schlägertypen, die als Hoteldetektive im Palmer House einen hervorragenden Job machten, jedoch bei Weitem nicht über die geistigen Fähigkeiten verfügten, die von einem Ermittler verlangt wurden.

»Dein Schnurrbart hat mich verwirrt«, sagte Mike.

»Steht dir richtig gut«, sagte Terry. »Die Ladys werden ihn lieben.«

»Hoffen wir, dass du recht hast. Ist Mary Higgins mit ihrem Bruder hier?«

»Sie sind gestern eingetroffen«, sagte Terry und zwinkerte vielsagend, während er Bell in die Vorhalle geleitete. »Erstaunlich, wie viele Gewerkschaftler plötzlich dringende Angelegenheiten mit ihrem Bruder besprechen müssen. Erst seit sie in der Stadt ist.«

»Ist Mary okay?«

»Natürlich bin ich okay!«, sagte Mary und rauschte in die Vorhalle.

Sie knöpfte einen Mantel zu, den sie über der Hemdbluse und dem Trompetenrock trug. Ein schlichter roter Hut ohne Zierbänder oder Federn saß auf ihrem Kopf. Er bedeckte den Teil ihres Haars, den sie hochgesteckt hatte. Der Rest ergoss sich wie eine glänzende schwarze Flut auf ihre Schultern. Die Augen waren so grau und unergründlich wie ein Winterhimmel.

»Weshalb sollte ich es nicht sein?«

Isaac Bell konnte nicht antworten: *Weil du in einem Tumult verschwunden bist, während ich dich auf Geheiß von Mr. Van Dorn beschattet habe, der annimmt, dass du irgendetwas im Schilde führst.* Ebenso wenig konnte er vor ihrem Bruder und den Angehörigen der Protective Services herausplatzen: *Du bist noch viel schöner, als ich dich in Erinnerung habe.*

»Ich freue mich, dich wiederzusehen«, sagte er. »Sie auch, Jim.«

Jim Higgins ergriff seine Hand. »Willkommen in Chicago«, gab er mit einem warmen Lächeln zurück.

Mary machte keinerlei Anstalten, ihm die Hand zu reichen. Ihr Lächeln war so beiläufig wie ein kurzes Kopfnicken, mit dem man einen flüchtigen Bekannten grüßt, dem man zufällig in einem belebten Bahnhof begegnet. »Bruder, ich habe etwas zu erledigen. Nett, dich gesehen zu haben, Isaac.«

»Ich hoffe, ich sehe dich bald wieder.«

»Bist du lange in Chicago?«

»Schwer zu sagen.«

»Das gilt auch für mich.«

Sie eilte durch die Tür und war verschwunden.

»Wer passt auf sie auf?«, wollte Bell von Mike und Terry wissen.

»Niemand.«

»Wie bitte? Warum nicht?«

»Sie lässt uns nicht.«

»Aber wenn Jim in Gefahr ist, trifft das auch auf seine Schwester zu.«

»Diese Diskussion hatten wir bereits«, sagte Jim Higgins.

»Und verloren«, fügten die beiden Protective-Services-Agenten hinzu.

»Keine Sorge, Isaac«, sagte Jim. »Ich nehme sie mit nach Pittsburgh. Ihre Männer bewachen mich, und wir bleiben dicht zusammen.«

Henry Clay vergewisserte sich, dass kein Van-Dorn-Agent an ihren Fersen klebte, ehe er Mary Higgins in ein Varietétheater folgte, dessen Eingang sich in einer langen Ladenfront in der Halsted Street befand. Ein Münzpiano hämmerte in einer Ecke, und das Publikum amüsierte sich unter brüllendem Gelächter über eine Komödie auf der Leinwand, *Rendezvous per Telefon*, in der ein Paar an einem Tisch zu Mittag speiste und Champagner trank, während es durch das Restaurantfenster von der Ehefrau des Mannes beobachtet wurde.

Clay entdeckte Mary in der letzten Reihe, wo sie seinen Anweisungen zufolge hatte Platz nehmen sollen. Zu seiner Überraschung beschleunigte sich sein Herzschlag, als das Licht der Projektionslampe von der Leinwand auf ihr schönes Gesicht reflektiert wurde. Sie war die einzige Person im Theater, die nicht lachte.

Ehe er zu ihr gelangen konnte, stand ein Mann auf und ging ein paar Sitzplätze weiter, um direkt neben ihr Platz zu nehmen. Da er einen Schürzenjäger in ihm vermutete, der es speziell auf Frauen abgesehen hatte, die allein in Varietétheatern saßen, ließ sich Clay eilig auf den Sitzplatz neben ihm fallen. Er hatte richtig getippt. Der Mann legte bereits eine Hand auf Marys Oberschenkel. Sie schlug sie mit einer heftigen Bewegung zur Seite. Der

Schürzenjäger flüsterte: »Stell dich nicht so an, Schätzchen, und sei ein bisschen netter.«

Clay ergriff die Hand des Mannes mit seiner Rechten, presste die Linke auf seinen Mund, um den Schrei zu unterdrücken, und brach ihm einen Finger. »Verschwinde unauffällig nach draußen«, flüsterte er ihm ins Ohr. »Wenn ich nur einen Pieps von dir höre oder dich jemals wiedersehe, breche ich dir auch die restlichen neun.«

Der Schürzenjäger entfernte sich taumelnd und leise stöhnend, während Clay auf den Sitzplatz rutschte, den er freigemacht hatte. Lautes Gelächter und das Münzpiano erlaubten ihnen, sich leise zu unterhalten, ohne befürchten zu müssen, dass sie belauscht wurden.

»Ich habe fünfzig Leichter und zwei Schlepper organisiert.«

Nichts in ihrem Verhalten verriet, ob sie bemerkt hatte, was er mit ihrem aufdringlichen Verehrer gemacht hatte, und er konnte nicht entscheiden, ob es daran lag, dass er es schnell und unauffällig erledigt hatte oder dass es ihr gleichgültig war. Ihre Antwort war jedenfalls absolut geschäftsmäßig und emotionslos.

»Mr. Claggart, woher kommt das Geld dafür? Fünfzig Frachtkähne und zwei Schleppboote müssen doch ein Vermögen kosten.«

»Leere Leichter sind zurzeit billig zu haben. Außerdem befürchten die Betreiber, dass der Streik die Produktion einschränken wird. In Pittsburgh gibt es leeren Frachtraum in Hülle und Fülle.«

»Aber fünfzig Frachtkähne sowie die Bereitstellung und der Betrieb von zwei Dampfbooten dürften trotzdem eine ganze Menge kosten.«

»Lesen Sie keine Zeitungen?«

»Was meinen Sie?«

»In der Umgebung von Chicago – von Evanstown und Cicero bis runter nach Hammond und Gary – wurden in jüngster Zeit mehrere Banken überfallen und Lohngelder geraubt.«

»Was haben Banküberfälle mit dem Bergarbeiterstreik zu tun?«

»Nicht jeder Bankräuber will sich persönlich bereichern«, erwiderte Clay. »Einige unterstützen mit ihrer Beute durchaus ehrenhafte Anliegen.«

Dass militante Kämpfer für die Rechte der Arbeiter Geld mit Banküberfällen beschafften, klang durchaus glaubhaft, dachte er. Und ungeachtet ihrer Skrupel – falls sie überhaupt welche hatte – waren sie nichts im Vergleich mit ihren Vorbehalten, die Verwirklichung des von ihr ausgeheckten Frachter-Plans mit Judge James Congdons Wallstreet-Profiten zu finanzieren.

Er musterte sie verstohlen, um zu sehen, wie seine Lüge von ihr aufgenommen wurde.

Sie blickte starr geradeaus auf die Leinwand, wo die Ehefrau soeben ins Restaurant stolziert kam. Geschirr flog durch die Luft. Tische wurden umgeworfen. Die betrogene Ehefrau holte von irgendwo eine Pferdepeitsche hervor und schlug damit wild um sich. Das Publikum brüllte begeistert, als sie ihren Mann und seine Freundin durchs Restaurant scheuchte. Henry Clay betrachtete Marys aufregendes Profil, wartete und dachte, sie müsse lachen. Schließlich war sie nicht aus Stein.

Von Beginn an war das Geld für Mary Higgins ein Punkt gewesen, der sie zutiefst beunruhigte. Es schien, als ob Claggart, ganz gleich, wie viel er brauchte, Zugang zu unbegrenzten Geldmitteln hätte. Allerdings fiel es ihr schwer zu glauben, dass die Bankräuber, die den Anlass für alle möglichen Schlagzeilen und reißerischen Zeitungsmeldungen geliefert hatten, edlere Motive haben sollten als gewöhnliche Kriminelle. Obgleich es sich um besonders geschickte Täter handelte, die ausreichend erfolgreiche Raubzüge durchgeführt hatten, um dieses Maß an Aufmerksamkeit auf sich zu ziehen. Da der Spanisch-Amerikanische Krieg seit Langem aus den Schlagzeilen verschwunden war und zahlreiche Zeitungen Hemmungen hatten, dem Bergarbeiterstreik zu viel Bedeutung zukommen zu lassen, indem sie darüber schrieben, machte sich unter den Redakteuren offenbar allmählich eine allgemeine Verzweiflung breit.

Aber nichts von alldem ließ sich als Beweis dafür deuten, dass die Bankräuber den Streik befürworteten und die Streikenden unterstützten.

Mary Higgins' Gefühle waren die gleichen wie bei ihrer ersten Begegnung mit Claggart in New York. Sie konnte dem Mann nicht uneingeschränkt trauen. Trotz seiner radikalen Sprüche waren ihr seine wahren Motive ein Rätsel. Aber sie hatte nicht ernsthaft darüber nachgedacht, wie viel Geld aufgewendet werden müsste, um den Fluss zu sperren, und sie hatte kaum eine andere Wahl, als nach dem alten Sprichwort *Einem geschenkten Gaul schaut man nicht ins Maul* zu handeln. Aber was, wenn alles nur ein besonders raffinierter Trick der Bergwerkseigentümer war? Nur – was für ein Trick das sein sollte, konnte sie nicht sagen.

Das Einzige, das sie mit Sicherheit wusste, war, dass sie sich mit jemandem zusammengetan hatte, von dem sie so gut wie nichts wusste. Als er sie vor den Cops gerettet hatte, hatte sie ihn als jemanden erlebt, der nicht lange fackelte und wusste, was er tat. Und jetzt hatte sie bei ihm einen Hang zu Gewalt wahrgenommen. Er war mit dem Schürzenjäger derart brutal umgesprungen, dass dieser es sich in Zukunft zweimal überlegen würde, ehe er eine Frau belästigte. Und sie musste sich eingestehen, dass sich Claggarts Reaktion möglicherweise damit erklären ließ, dass er im Begriff war, sich in sie zu verlieben.

Sie fragte sich, was sie dächte und täte, wenn die Bankräuber plötzlich von der Polizei gefasst werden würden. Falls sich herausstellte, dass sie gewöhnliche Kriminelle waren, hätte Mr. Claggart eine Menge zu erklären. Bis dahin, entschied sie, würde sie auf der Hut sein und ihn genau beobachten.

# 26

Wish Clarke war betrunken, als Isaac Bell ihn in Little's Exchange aufstöberte. Er bugsierte ihn aus dem Saloon auf die Straße, setzte ihn in einen Hansom und gab dem Kutscher ein reichliches Trinkgeld von fünf Dollar, damit er ihn zu dem billigen Hotel unweit des Palmer House brachte, wo Van-Dorn-Agenten gewöhnlich abstiegen, wenn sie sich in Chicago aufhielten.

Wish packte seinen Arm, während Bell versuchte, die Tür der Droschke zu schließen. »Keine wertvollen Juwelen an Bord des Penschilvenia Schpeschel.«

»Ich knöpf mir mal die Gepäckwagenschaffner des Twentieth Century im Black's vor.«

»'tschuldige, dass ich dich im Stich gelassen habe, Ischack. Ab und schu erwischt es mich nu mal.«

»Versprich mir eins, Aloysius.«

»Wassuwillst.«

»Leg dich sofort ins Bett. Ich brauche dich morgen früh.«

Der Kutscher zog mit einem Ruck an den Leinen, und die Kutsche setzte sich rumpelnd in Bewegung.

Bell eilte zu Fuß die Clarke Street hinunter, überquerte den Güterbahnhof an der Harrison Street und musste auf die Durchfahrt eines Schoners mit hohen Masten warten, ehe er den südlichen Arm des Chicago River auf einer altertümlichen gusseisernen Klappbrücke überqueren konnte. Es dauerte lange, bis sie sich knarrend geschlossen hatte, und er entsann sich, dass während seiner Lehrzeit in Chicago mehrfach gefordert wurde, die alte Konstruktion durch eine moderne Baskülebrücke zu ersetzen. Aber die korrupten Stadträte von Chicago konnten sich nicht darauf einigen, wer die Umbauarbeiten ausführen und wer sie bezahlen sollte, daher war das altertümliche Bauwerk noch immer in Betrieb.

Ebenso wie Little's Exchange war Black's Social eine Stufe besser als der gewöhnliche Arbeitersaloon, da er sich in der Nähe der in der LaSalle Street gelegenen Endstation der Personenzüge der New York Central befand. Die Getränke waren nicht gerade billig, und das Gratisessen war entsprechend gediegen. Zubereitet und serviert wurde es von einem Koch, der über die allerneueste aller neuen küchentechnischen Errungenschaften verfügte – einen Warmhaltetisch aus rostfreiem Edelstahl. Die Gäste waren Geschäftsleute, Büroangestellte und Handelsvertreter in Ivy-League-Anzügen und Westen mit goldenen Uhrketten und unterschiedlicher Kopf- und Halsbekleidung.

Die Gepäckwagenschaffner waren leicht zu erkennen, wenn man wusste, worauf man achten musste. Gekleidet wie Geschäftsleute oder Büroangestellte oder Handelsvertreter, war ihnen jener wachsame Blick eigen, wie man ihn von Männern kannte, die eine Tätigkeit mit hoher Sterblichkeitsrate ausübten. Während sie Gold, Bargeld, Wertpapiere und Juwelen bewachten, die in den Safes ihrer oftmals gepanzerten Gepäckwagen lagen, mussten sie sich gewöhnlich mit maskierten Räubern herumschlagen, deren Angriffsmethoden darin bestanden, Züge entgleisen zu lassen, Waggons mit Dynamitladungen aufzusprengen und mögliche Überlebende zu erschießen. Die Schaffner waren dafür berühmt, sofort zurückzuschießen.

Wie jeder andere Van-Dorn-Agent unternahm Bell des Öfteren kostenlose Zugfahrten in ihren Gepäckwagen, da die Schaffner stets die Gesellschaft bewaffneter Detektive suchten, die ihr Handwerk beherrschten. Er grüßte einige Zugbegleiter, die er kannte, spendierte Drinks und brachte in Erfahrung, wer zurzeit auf dem Twentieth Century Limited Dienst tat, also auf dem Zug, der mit hoher Wahrscheinlichkeit von Passagieren, die sich fünfzehnkarätige Diamanten leisten konnten, benutzt wurde.

Bell hatte sich mehrere Stunden lang umgehört, als Wish in einem frischen Anzug hereinkam und schnurstracks auf die Kaffeekanne auf dem Speisenbuffet zusteuerte. Er kippte eine Tasse Schwarzen, schenkte sich eine zweite ein und kam zu Bell herüber. »Wie läuft's?«

»Den Twentieth Century gibt es fünf Mal«, antwortete Bell und meinte damit, dass fünf Züge unter der Bezeichnung *20th* verkehrten, um die Nachfrage zu befriedigen. »Ich habe Gepäckwagenschaffner von vier dieser Züge gefunden, aber Fehlanzeige. Der fünfte muss jede Minute eintreffen. Wie läuft's bei dir?«

»Tipptopp«, sagte Wish und blickte sich mit zusammengekniffenen Augen im Saloon um. Er schwankte leicht, sah jedoch ansonsten so aus, als sei er nicht kleinzukriegen. »Da kommt schon der Mann, den du suchst. Ben Lent. Ich bin eine Zeitlang mit ihm geritten. Er ist in Ordnung.«

Ben Lent war untersetzt und muskulös. Die Narben in seinen Wangen stammten eher von Revolverkugeln als von Fäusten. Er begrüßte Wish herzlich und nahm ihn wegen der Kaffeetasse, die vor ihm auf der Theke stand, auf den Arm. »Sollte dort nicht ein Glas stehen?« Dann schüttelte er Isaac Bell die Hand. Und mit Bill Lent, der mit dem letzten *20th* des Tages angekommen war, landeten sie einen Volltreffer. Bell beschrieb das Brillantcollier, das Laurence Rosania angeblich zu stehlen beabsichtigte.

»Mrs. Stambaugh«, sagte Lent wie aus der Pistole geschossen.

Isaac Bell und Wish Clarke wechselten erstaunte Blicke.

»Mrs. *Stambaugh*?«

»*Rose* Stambaugh?«

»Die Lady höchstpersönlich. Und immer noch ein Blickfang, wenn ich das bemerken darf. Sie kam selbst in den Wagen, um mich zu bitten, den Schmuck besonders wachsam im Auge zu behalten.«

Wish grinste Isaac Bell an. »Ich bezweifle, dass dein Klatschspalten-Furrier über Mrs. Stambaugh gestolpert wäre.«

Bell musste ihm Recht geben. Mrs. Stambaughs Juwelen-Einkaufsfahrt nach New York würde niemals in den Gesellschaftsnachrichten beider Städte erwähnt werden. Sie konnte sich die teure Halskette, auf die Rosania es abgesehen hatte, jederzeit leisten, aber ihr beträchtliches Vermögen war nicht auf konventionelle Art und Weise angehäuft worden, da Rose Stambaugh seit vierzig Jahren die allseits bewunderte und verehrte Chefin des gediegensten Bordells von Chicago war.

»Das muss ein ganz besonderes Collier sein, wenn Rosania riskiert, gelyncht zu werden, falls man ihn schnappt«, sagte Wish. »Alle lieben Mrs. Stambaugh – Polizisten, Richter, Politiker, sogar der Kardinal. Du entsinnst dich sicher, Isaac. Ich habe dich mal zu ihr mitgenommen.«

»Klar erinnere ich mich.« Bell erinnerte sich an eine wohlproportionierte Blondine unbestimmbaren Alters mit einer Stundenglasfigur, einem einnehmenden Lächeln und einem herausfordernden Funkeln in aufregend blauen Augen.

»Wann war das?«, wollte Bell von Lent wissen.

»Vergangene Woche.«

Bell wandte sich an Wish Clarke. »Morgen findet für die Zeitungsleute ein Wohltätigkeitsball im Palmer House statt. Meinst du, die puritanischen Tugendbolde lassen sie daran teilnehmen?«

»Seit sie sich zur Ruhe gesetzt hat, nehmen sie mit Kusshand jeden Cent, den sie spendet.«

»Wohnt sie immer noch in der Dearborn?«

»Sie ist mittlerweile in eine Villa auf dem North Shore umgezogen.«

Die beiden Detektive mieteten einen Baker Electric Runabout und fanden die Stambaugh-Villa, als die Dunkelheit hereinbrach. Sie war riesengroß. Das Grundstück, auf dem sie stand, war auf drei Seiten von einem schmiedeeisernen Zaun umgeben und auf der vierten, zum Lake Michigan hin, offen. Goldener Lichtschein drang aus zahlreichen Fenstern, und der Wind, der über den See wehte, brachte leise Musik mit. Sie parkten den Baker auf dem dunkelsten Abschnitt der Straße zwischen einem Aultman Steamer und einem langen Apperson Tonneau, der fünf Passagieren Platz bot, und beobachteten das nächtliche Geschehen aus dem Schatten des Lederverdecks. Jede halbe Stunde stieg einer von ihnen aus und unternahm einen Rundgang durch die Nachbarschaft.

Ein Polizist erschien und warf einen Blick in den Wagen.

»Van Dorn«, sagte Wish zu ihm und steckte ihm drei Dollar zu.

Pferdebuggys klapperten durch die dunkle Straße, und gelegentlich rollte eine große Kutsche mit Vierergespann vorbei. Ein weiterer Cop blieb neben ihrem Wagen stehen und sah hinein. Auch ihm drückte Wish drei Dollar in die Hand. Mehr Kutschen ratterten über das Pflaster und hielten vor anderen Villen entlang der Straße. Wish meinte voller Sorge, dass Rose Stambaugh möglicherweise Gastgeberin einer Party sei und aus diesem Anlass das Collier umgelegt habe. Aber Bell versicherte ihm, dass dem Aultman und dem Apperson nach zu urteilen, die einsam am Straßenrand geparkt waren, die Anzahl der Gäste bei ihr zu gering sei, um das wertvolle Stück zur Schau zu stellen, und dass es daher in ihrem Safe lag und auf Rosiana wartete.

»Sie wird mit der Präsentation des Colliers sicherlich bis zu ihrem Auftritt im Palmer House warten.«

Ein dritter Cop schlenderte heran. Wish trennte sich abermals von drei Dollar. Bell befürchtete, die Schmiergeldsucher könnten Rosiana abschrecken. Als der vierte Cop auftauchte, sagte er: »Das erledige ich.« Er vergrub die Hand tief in der Tasche und sprang aus dem Baker.

»Was haben wir denn hier?«, fragte der Cop, ein großer massiger Mann mit einem Walrossbart, der wie Weihnachtsschmuck in seinem griesgrämigen Gesicht klebte.

»Eine Zwanzig-Dollar-Goldmünze«, sagte Bell und hielt sie hoch. »Wie heißen Sie?«

»Muldoon«, log der Cop.

»Behalten Sie zehn, Muldoon. Teilen Sie den Rest mit den Jungs und ersparen Sie ihnen den Fußmarsch.« Er hielt die Münze fest, bis der Polizist nickte, versprach, dass er der letzte sei, und verschwand.

Gegen Mitternacht verstummte die Musik. Musiker verließen die Stambaugh-Villa durch den Dienstboteneingang. Drei Männer in Abendanzügen kamen durch die Vordertür auf die Straße, lachten, unterhielten sich angeregt und stiegen in den Apperson. Ein Paar verließ die Villa Hand in Hand und startete die Dampfmaschine des Aultman, der sich nach kurzer Wartezeit in Bewegung setzte und am Ende der Straße in der Dunkelheit verschwand. Im Haus wurden die Lichter gelöscht.

»Das sieht wie ein Schlag ins Wasser aus«, murmelte Wish mürrisch.

»Ich sondiere noch einmal die Lage.«

Bell vergewisserte sich, dass sich niemand näherte, und stieg aus dem Baker. Der Wind frischte auf, wurde merklich kälter und trug ein Geräusch zu ihm, das er nicht auf Anhieb einordnen konnte, da es sich nicht mit einer städtischen Straße in Verbindung bringen ließ. Er rannte am Zaun entlang um das Haus herum und blickte auf den See hinaus, der sich abgesehen von Positionslampen einiger Schiffe und beleuchteten Fahrrinnenmarkierungen in nächtlicher Schwärze vor ihm ausdehnte. Dann kehrte er eilends zum Wagen zurück.

Wish sah ihn kommen und stieg ebenfalls aus dem Wagen.

»Er benutzt ein Boot. Ich habe die Segel flattern hören.«

Benn und Wish Clarke rannten am Zaun entlang zum Wasser hinunter. Zu der Villa gehörte ein Steg, und Bell konnte eine kleine Sloop erkennen, die daran festgemacht war. Ihr Mast war nackt.

»Er hat das Segel geborgen. Demnach ist er im Haus.«

»Der Teufelskerl ist schnell«, sagte Wish. »Der geht rein und kommt gleich wieder raus, während die meisten Safeknacker noch damit beschäftigt sind, ihre Nerven zu beruhigen.«

Sie kletterten über den Eisenzaun und fanden eine schmale Lücke im Gebüsch, von wo aus sie das Haus und das Boot beobachten konnten. Dreißig Minuten verstrichen. Bell wurde allmählich nervös. »Wish, bewach die Haustür für den Fall, dass er zu Fuß abhaut.«

Wish sprintete zur Straße.

Bell behielt die Rückfront der Villa im Auge. Sekunden später schwang sich ein Schatten aus einem Fenster im zweiten Stock und kletterte an der Rückwand der Villa herab.

Hand über Hand turnte Laurence Rosania so gelenkig wie eine Spinne an einem Regenrohr abwärts. Geduckt überquerte er den Rasen, gelangte zum Steg und ging auf die Knie hinunter, um die kurze Bugleine des Segelboots zu lösen. Plötzlich erstarrte er, als sein Blick auf das Vorderdeck fiel, wo er das Segel bereitgelegt hatte. Es war verschwunden.

Ehe sich der Geldschrankknacker aufrichten konnte, wurde es um ihn herum dunkel. Eine feuchte, nach Schimmel riechende Plane bedeckte seinen Kopf, legte sich um seine Arme und Beine, sodass er sie nicht mehr bewegen konnte. Dann spürte er, wie ihn ein sehr starker Mann hochhob und irgendwohin schleppte.

Obwohl er schon seit fünfzehn Jahren in New York lebte, hatte Henry Clay Wurzeln in Chicago, die immer noch sehr tief reichten. Dank seiner Freundschaft mit Cops und

Gangstern, die in ihren jeweiligen Hierarchien aufgestiegen waren, und während er großzügig Judge Congdons Geld verteilte, hatte er Isaac Bell überwacht, seit Joe Van Dorns Lieblingsschüler im Union Depot aus dem Zug gestiegen war. Die erfahrenen Männer, die für ihn arbeiteten, hatten sofort erkannt, dass mit Wish Clarke im Ernstfall nicht zu spaßen war, und entsprechend vorsichtig agiert. Bisher zumindest hatte keiner der beiden Van Dorns sie bemerkt.

Clay hatte erwartet, dass Bell in Jim Higgins Gewerkschaftshaus vorbeischauen würde, und wenn auch nur, um Mary zu treffen. Aber die Berichte, dass Clarke und Bell Gepäckwagenschaffner mit spendierten Drinks traktierten, waren verwirrend. Es war bekannt, dass sich Eisenbahnräuber auf diese Art und Weise gelegentlich wichtige Informationen für geplante Überfälle beschafften, aber die Motive der Detektive waren sicherlich völlig andere und nicht so offensichtlich.

Clay hatte einen ausgebufften Polizeidetektiv dafür bezahlt, im Little's Exchange herumzuschnüffeln, wo Wish Clarke einen großen Teil des Tages verbrachte. Der Zivilbeamte hatte aus einem Schaffner herausgelockt, dass sich Clarke nach Juwelenkäufen in New York erkundigt hatte. Clay zerbrach sich den Kopf, was er damit bezwecken mochte.

Was hatte das verdammt noch mal zu bedeuten? Hatten die van Dorns etwa die Absicht, Diamanten zu stehlen? Natürlich nicht. Diese Vorstellung war lächerlich. Waren sie auf der Suche nach Schmuggelgut? Nein. Die Zollbehörden der Vereinigten Staaten hatten ihre eigenen Ermittler, und außerdem war Isaac Bell noch immer mit seinem Bergwerks-Fall befasst.

Clay rätselte nach wie vor an der Juwelen-Frage herum, als ein Schatten, den er auf Bell und Clarke angesetzt hatte, meldete, dass sie mit einem Automobil zum North Shore gefahren seien und vor Rose Stambaughs neuer Villa parkten. Einen Moment später ging ihm ein Licht auf: Newport. Die Van Dorns waren noch cleverer, als er sie eingeschätzt hatte, und er sah sich plötzlich in der Gefahr, enttarnt zu werden.

Daraufhin hatte er den höchstrangigen Polizisten auf seiner Lohnliste in Marsch gesetzt.

# 27

Aus dem Segel gewickelt, hatte Laurence Rosania sein inneres Gleichgewicht schnell zurückgewonnen, sein Dinnerjackett abgeklopft und den Kragen glatt gestrichen. Er schaute sich in dem fensterlosen Raum um, in den Bell und Wish Clarke ihn gebracht hatten, und kam zu dem Schluss, dass an Flucht nicht zu denken war, solange sie ihn nicht von sich aus ziehen ließen. Dass die Van Dorns etwas von ihm wollten, war eine gute Nachricht, und er hatte die große Hoffnung, dass er aus diesem Schlamassel herauskäme, ohne ins Gefängnis gehen zu müssen. Dass Wish Clarke einer seiner Gegner war, bedeutete, dass er einigermaßen fair behandelt würde, solange er nicht den Fehler machte, Clarkes Intelligenz zu unterschätzen. Der gut aussehende junge Bursche an seiner Seite, der erklärte, was sie von ihm wollten, benahm sich wie ein Gentleman, und schon bald war ihr Umgangston beinahe freundschaftlich.

»Danke für diese klaren Worte, Isaac. Und danke, Aloysius. Es ist immer wieder schön, Ihnen zu begegnen. Wenn ich alles richtig verstanden habe, sieht unsere Abmachung folgendermaßen aus: Ich erzähle Ihnen, was Sie wissen wollen, und Sie lassen mich laufen.«

»Nein«, widersprach Bell. »Du erzählst uns, was wir wissen wollen, und wir werden das, was du in der Tasche hast, der Lady, der es gehört, zurückgeben, und dann erst lassen wir dich laufen.«

»Oder«, ergriff Wish Clarke das Wort, »du erzählst uns nicht, was wir wissen wollen. Dann bringen wir das, was du in der Tasche hast, zu der Lady zurück, der es gehört, und übergeben dich den Cops. Du kannst dir ruhig ein wenig Zeit nehmen, darüber nachzudenken.«

»Ich hab mich schon entschieden«, sagte Rosania. »Was wollen Sie wissen?«

»Wer alles mit projektilbildenden Ladungen, sogenannten Hohlladungen, herumexperimentiert.«

Rosania hatte dunkle braune Augen, die er jetzt weit aufriss. »Verlangen Sie etwa von mir, dass ich jeden Dieb verrate, von dem ich weiß, dass er mit Hohlladungen arbeitet?«

»Sehr viele können es nicht sein«, sagte Wish.

»Es ist allerdings ein ziemlich exklusiver Club«, gab Rosania zu. »Und die Zahl der Mitglieder hat sich durch Probeladungen, die hochgingen, ehe jeder den Testraum verlassen hatte, noch drastisch verringert. Tatsächlich bin ich, ob Sie es glauben oder nicht, der Einzige, der übrig geblieben ist. Hohlladungen sind weitaus komplizierter, als man sich das jemals vorgestellt hat.«

Isaac Bells Gesichtsausdruck wurde eisig. »Laurence. Du stellst unsere Geduld auf die Probe.«

»Und setzt ein vollkommen unbegründetes Vertrauen in unsere Gutmütigkeit«, fügte Wish hinzu.

»Was wäre, wenn ich Ihnen erzähle, was Sie wissen wollen, und ich behalte die Hälfte dessen, was ich in der Tasche habe, gebe Ihnen aber die andere Hälfte, und Sie lassen mich laufen?«

Bell zog an der dicken Goldkette, die sich über seine Brust spannte, und holte seine Taschenuhr hervor. »Zehn Sekunden.«

»Wenn Sie unbedingt darauf bestehen, ich weiß nur von zwei Geldschrankknackern, die nicht nur noch am Leben, sondern auch ganz gut sind.« Er nannte ihre Namen.

Bell sah Wish fragend an.

Wish schüttelte den Kopf. »Diese Kerle sind wie du, Laurence, Profis, die in ihrem Gewerbe glücklich sind und sich niemals die Mühe machen würden, Steinkohlebergwerke zu zerlegen.«

»Bergwerke?«, wiederholte Rosiana. »Was meinen Sie?«

»Wir meinen *jeden*«, sagte Isaac Bell. »Nicht nur Diebe. Jeden, der mit Hohlladungen experimentiert.«

Zum ersten Mal, seit sie Rosiana aufgelauert hatten, wirkte der Juwelendieb verunsichert. »Woher sollte ich jemanden kennen, der kein Dieb ist?«

»Dir und deiner Zukunft zuliebe solltest du das.«

»Meine Antwort wird Ihnen nicht gefallen.«

Wish gab Bell mit einem Kopfnicken das Zeichen, dass er nun an der Reihe war, unangenehm zu werden, und Bell sagte: »In diesem Fall wird dir unsere Reaktion auch nicht gefallen.«

»Nein, ich meine es ernst. Ich kann Ihnen einiges über ihn erzählen, aber ich kann Ihnen seinen Namen nicht nennen, weil ich ihn nicht weiß.«

»Dann erzähl uns, was du weißt.«

»Er ist groß – so groß wie Sie, Isaac, und breiter als Sie, Wish. Er ist sehr intelligent. Und er ist schnell – auf den Füßen und mit den Händen. Er redet, als käme er aus Chicago, aber ich habe ihn zuvor noch nie gesehen. Daher nehme ich an, dass er wahrscheinlich ein wenig älter ist als ich und die Stadt verlassen hat, ehe ich meine Tätigkeit aufgenommen habe. Er trägt einen Schlapphut, der sein Haar bedeckt, und er zieht ihn immer tief über die Augen. Er ist glatt rasiert. Die wenigen Haarsträhnen, die unter seinem Hut hervorkommen, sind braun.«

Bis jetzt, dachte Bell, passt Rosanias Beschreibung auf den Mann, mit dem er vor den Tombs zusammengetroffen war und den er durch den U-Bahntunnel verfolgt hatte.

»Welche Augenfarbe hatte er?«

»Schwer zu sagen, die Beleuchtung war schlecht.«

Wish Clarke sagte: »Laurence, du bist gewöhnlich wesentlich aufmerksamer, da du weißt, dass nur der wachsame Geldschrankknacker ein freier Geldschrankknacker ist. Schlechtes Licht hätte dich dazu veranlasst, deine Bemühungen zu verdoppeln, seine Augen zu inspizieren.«

»Sie vergessen, dass ich mehr daran interessiert war, die Feinheiten der Kunst, Löcher in Safes zu sprengen, zu erlernen – und nicht, mir die Gesichter von Fremden einzuprägen.«

»Blau?«

»Nein, nicht blau. Bräunlich.«

»Bernsteinfarben?«

»Bernstein ist selten«, sagte Rosania. »Aber diese Farbe könnten sie gehabt haben.«

»Woher weißt du, dass er kein Dieb ist?«, fragte Wish.

»Gute Frage. Er hatte etwas an sich, das eher auf einen Cop schließen ließ.«

»Was erinnerte bei ihm an einen Cop?«

»Schwer zu sagen. Seinem Auftreten haftete so etwas Respekteinflößendes an. Wie bei Ihnen. Ich meine, Sie könnten glatt so tun, als seien Sie Polizisten!«

»Wie meinst du das?«, fragte Bell.

»Nehmen Sie es mir bitte nicht übel«, erwiderte Rosania, »aber dazu fallen mir Worte ein wie überzeugend, selbstbewusst, hochmütig und arrogant.«

»Ich gebe mir große Mühe, es dir nicht übel zu nehmen«, sagte Wish Clarke.

Bell fragte: »Willst du damit andeuten, dass er den weiten Weg nach Chicago gereist ist, um den Umgang mit Sprengstoff zu erlernen?«

»Nein, nein, nein. Das habe ich nicht gemeint. Ich bin ihm in Newport begegnet.«

»Rhode Island, Virginia oder Kalifornien?«, fragte Wish.

»Rhode Island«, sagte Bell. »In der Naval Torpedo Station.«

»Wo sonst? Der Bursche, von dem ich spreche, war in der nächsten Bar, spendierte Drinks und stellte Fragen, und ich tat das Gleiche. Am Ende unterhielten wir uns beide mit demselben Torpedoexperten. Er war einer von diesen Superschlauen, die sich nur in einer einzigen Sache auskennen und darüber hinaus von nichts eine Ahnung haben. Von uns dreien war er der Einzige, der keinen Schimmer hatte, weshalb wir unsere Fragen gestellt haben. Ein Glück, dass wir keine ausländischen Spione waren.«

»Bist du sicher, dass der andere Kerl kein Spion war?«

»Er war ein Geldschrankknacker, ganz eindeutig. Er hat die richtigen Fragen gestellt. Mir ist sogar die Idee durch den Kopf geschossen, Visitenkarten mit ihm auszutauschen. Und dass man sich vielleicht zu einem großen Coup zusammentun könnte.«

»Aber du meintest doch vorhin, dass er kein Dieb war.«

»Hab ich das gesagt? Ich nehme an, damit meinte ich, dass er all die Fragen stellte, die ein Geldschrankknacker in einer solchen Situation stellen würde, dass er sich jedoch eher wie ein Polizist benahm.«

»Ein Polizist mit bernsteinfarbenen Augen«, sagte Bell.

»Möglicherweise bernsteinfarben. Höchstwahrscheinlich ein Cop.«

»War er bewaffnet?«, wollte Bell wissen.

»Und wie er das war, meine Güte. Ein schwerer Revolver in seinem Mantel, und sein Handgelenk knallte auf den Tisch, als ob er eine Kanone im Ärmel hätte.«

»Messer?«

»Weshalb fragen Sie?«

»Reine Neugier.«

»Er hatte ein Messer im Stiefel.«

»Wie konntest du das sehen?«, fragte Wish Clarke.

»Er schnitt eine Zigarre an, die er Wheeler gab.«

»Wer ist Wheeler?«

»Das Superhirn. Und diese Waffensammlung war übrigens ein weiterer Grund, weshalb ich sofort dachte, dass er kein Dieb sei. Kein anständiger Dieb steckt eine Waffe ein. Er war bewaffnet – so wie Sie beide.«

Isaac Bell wechselte einige Blicke mit Wish Clarke, der nickte, als sei er der Meinung, dass sie alles gehört hatten, was es zu hören gab. »Danke, Mr. Rosania. Sie waren uns eine große Hilfe.«

»Gern geschehen. Und damit wünsche ich den Gentlemen einen guten Abend.«

Rosania ging zur Tür – und blieb abrupt stehen, als hinter ihm das Klicken von zwei gespannten Revolvern erklang.

»Vergiss nicht, deine Taschen zu leeren.«

»Wie Polizisten?«, fragte Wish, während die Detektive die Stambaugh-Villa verließen, nachdem sie den Brillantschmuck der Hausherrin abgeliefert hatten und mit vierzig Jahre altem Brandy, erinnerungswürdigen Umarmungen und einer Einladung, jederzeit hereinzuschauen, wenn sie in der Nachbarschaft zu tun hätten, belohnt worden waren.

Wish übernahm das Lenkrad und fuhr. Während der gesamten Fahrt nach Chicago schwieg Bell. Sie brachten den Wagen zu der Garage zurück, wo sie ihn gemietet hatten, und schlenderten zu Black's Social, um sich ein Mitternachtsfrühstück zu genehmigen.

»Hast du jemals so getan, als seist du ein Cop?«, fragte Bell und war sich durchaus bewusst, dass laut der Dienstvorschriften, wie sie in der Van Dorn Agency gültig waren, eine solche Vorgehensweise strengstens verboten war.

Wish zuckte die Achseln. »Nur wenn es unbedingt nötig war.«

»Und was ist der Trick dabei?«

»Wie der Dieb eben meinte, man tritt entschieden, selbstsicher und arrogant auf.«

»War es schwierig?«

Wish grinste. »Wäre es unbescheiden zu behaupten, dass Arroganz zu mimen nicht ganz einfach war?«

»Bist du ansonsten ganz du selbst gewesen?«

»Ich habe mich auf selbstsicher konzentriert. Jeder Cop, gut, schlecht oder mittelmäßig, muss selbstsicher erscheinen, um ernst genommen zu werden.«

»Wie wir«, sagte Bell.

»Außer wenn wir so tun, als seien wir harmloser als Cops.«

»Ein Detektiv«, sagte Bell.

»Was meinst du?«

»Zehn zu eins, dass unser Provokateur ein Privatdetektiv ist.«

»Weshalb kein Cop?«

»Welcher Cop könnte innerhalb weniger Tage in Gleasonburg, New York und Chicago aktiv sein? Polizisten können doch nicht herumreisen. Sie dürfen ihren Zuständigkeitsbereich nicht verlassen. Aber wir können uns frei bewegen. Deshalb richtet Joe Van Dorn Filialbüros ein. Cops sind immer ortsgebunden. Wir sind das nicht, und dieser Bursche ist es auch nicht. Ganz klar, er ist Privatdetektiv.«

Nachdenklich nickte Wish Clarke. »Mein Sohn, ich habe schon vor einiger Zeit gesagt, dass aus dir mal ein guter Detektiv wird, und du beweist immer wieder, wie recht ich damit hatte. Er könnte ganz sicher ein Detektiv sein. Ich würde sogar darauf wetten.«

Bell gab seinem väterlichen Freund ein unauffälliges Zeichen mit der Hand. »Hast du die drei Typen bemerkt, die uns auf Schritt und Tritt folgen?«

»Wenn du den kleinen, den fetten und den langen dürren Burschen, die alle Melonen auf dem Kopf haben, meinst – die kleben uns an den Fersen, seit wir den Wagen abgegeben haben.«

»Der kleine Hässliche hing schon bei Black's herum.«

Sie betraten die Klappbrücke, die zur Harrison Street gehörte. Wish tat so, als betrachte er bewundernd die Eisenkonstruktion des Hebeturms und warf einen Blick zurück. »Der fette Hässliche hat sich bei Little's vollgefressen.«

»Hast du zufällig deine Coach Gun in der Reisetasche?«, fragte Bell.

»Liegt gleich obenauf.«

»Musst du dir nicht einen Schuh zubinden?«

Wish ging auf ein Knie hinunter und öffnete die Tasche. »Komm weiter hinter mich, Isaac. Ich muss sie ganz weit aufklappen.«

»Cops«, sagte Bell.

Drei Männer in blauen Mänteln und mit hohen Helmen auf den Köpfen tauchten hinter den Männern auf, die die beiden Van Dorns verfolgten. Der größte von ihnen hatte einen auffälligen Schnurrbart.

Wish Clarke hatte lange genug in Chicago gearbeitet, um fragen zu können: »Wessen Team?«

Bell warf einen verstohlenen Blick hinter sie. »Der Kerl in der Mitte ist Officer ›Muldoon‹. Sieht so aus, als hätten sie schon vorhin einen Nebenjob gehabt.«

»Den sie hier abschließen wollen.«

Wish machte Bestandsaufnahme. »Sie sind zu sechst, wir zu zweit. Dann müssen wir wohl mehr als ein Triple Play durchziehen, Isaac. Oder höre ich da Harry O'Hagan, der zu unserer Rettung herangaloppiert?«

Als Antwort erklang das Trommeln eisenbeschlagener Pferdehufe, doch es war nicht der berühmte erste Baseman, sondern ein von zwei mächtigen Pferden gezogener Gefängniswagen, der am anderen Ende der Brücke um eine Ecke bog.

# 28

Die drei Melonenträger folgten Isaac Bell und Wish Clarke auf die Brücke. Gleichzeitig – wie die Mitglieder eines Drillteams – zückten sie Springmesser und ließen die Klingen mit einem einzigen lauten Klicken, das die Detektive in fast zehn Metern Entfernung hören konnten, herausschießen.

Die Cops, angeführt von Muldoon, blieben unter den Hebetürmen stehen und riegelten diese Seite ab.

Der Kutscher des Gefängniswagens lenkte die Pferde quer über die Harrison Street und sperrte die andere Seite der Brücke.

Wish ließ seine Coach Gun in der Reisetasche.

»Es scheint, als seien die Gesetzesvertreter erschienen, um sich einen Messerkampf anzusehen.«

»Als neutrale Beobachter«, fügte Bell hinzu.

»Es sei denn, wir benutzen Schusswaffen.«

»In diesem Fall«, sagte Bell, »werden uns die Cops erschießen.«

»Was hast du an Messern zur Verfügung?«

»Eine kleine Wurfklinge im Stiefel.«

»Würde ich mir als letzte Zuflucht aufsparen«, sagte Wish und kramte in seiner Tasche. »Na, sieh mal hier. Was hältst du von einem Bowiemesser?« Er zog eine auf beiden Seiten geschärfte, dreißig Zentimeter lange Klinge aus einer kunstvoll verzierten Lederscheide.

»Wie viele davon hast du?«

»Nur das eine. Wir müssen eine Münze werfen.«

»Behalt es«, sagte Isaac Bell. »Ich borge mir eins von ihren Messern aus.«

Er rannte mit vollem Tempo schnurstracks auf ihre Verfolger zu, den Blick wie mit einem Fernglas auf den großen Mann in der Mitte gerichtet. In anderthalb Metern Entfernung täuschte Bell einen Fußtritt gegen den fetten Mann auf der rechten Seite an, sprang mit dem linken Fuß ab und drehte sich in einer halben Pirouette von ihm weg. Sein rechter Stiefel streifte die Nase des Mannes in der Mitte und krachte ins Gesicht des kleinen Mannes zur Linken, der wie von einer Axt gefällt umkippte.

Isaac klaubte sein Messer vom Boden auf. »Danke sehr.«

Wish war blitzschnell neben ihm und ließ das Bowiemesser wie einen Säbel nach rechts und links durch die Luft sirren. »Nehmt lieber die Beine in die Hand, Jungs, solange ihr noch Gesichter habt.«

Fett & Hässlich reagierten mit erstaunlichem Tempo und geschickt. Seine Klinge schnitt durch die Zone, in der sich Wish Clarke soeben noch befunden hatte. Die rasiermesserscharfe Schneide des Bowiemessers schlitzte seinen Jackenärmel auf und schälte ihm das Fleisch vom Ellbogen bis zur Hand vom Unterarm. Er ließ sein Messer fallen, schrie, umklammerte seinen Arm und rannte los.

Damit blieb nur noch der große Mann in der Mitte übrig. Sein Blick zuckte von Bells schlanker Klinge zu dem Blut, das von Wishs Bowiemesser tropfte. Er entschied sich für Wish und benutzte seine Waffe wie einen Degen. Isaac Bell schlug mit aller Kraft zu. Das Messer, das er sich von seinen Gegnern geholt hatte, fraß sich in die Hand des Angreifers und blieb stecken, als der Mann zurückwich.

Wish Clarke lachte heiser. »Jetzt brauchen wir uns nur noch mit der Polizei zu einigen – *pass auf, Isaac!*«

# 29

Die Messerklinge kam aus dem Nichts.

Der erste Mann, der zu Boden gegangen war – es war der linke, den Bell mit seinem Fußtritt ins Land der Träume geschickt hatte –, erwachte schnell und kam auf die Füße. Er hob das Messer auf, das neben ihm auf dem Boden lag, und führte damit einen Stoß gegen den Brustkorb des jungen Detektivs aus.

Bell versuchte sich wegzudrehen, aber die Klinge schoss auf ihn zu, und er konnte nichts mehr tun, um ihr zu entgehen. Doch genauso plötzlich, wie sie erschienen war, verschwand sie wieder, abgeschirmt von Wish Clarke, der ächzte und zurücktaumelte. Dabei presste er eine Hand gegen seine Seite.

Isaac Bell schmetterte eine Faust, die er aus Kniehöhe hochzog, gegen das Kinn des Angreifers, hob ihn von den Füßen und warf ihn über das Brückengeländer in den Fluss. Dann fing er seinen Freund auf, während dieser in sich zusammensank. »Wish!«

»Ich bin okay! Ich bin okay!«

Aber er war es nicht. Bell spürte, wie sein schwerer Körper schlaff wurde.

Er vergewisserte sich, dass keine Arterie verletzt worden war. Gott sei Dank pulsierte kein Blut aus der Wunde knapp oberhalb der Hüfte. Dann legte er sich Wish über die Schulter, hob die Reisetasche auf und schritt schwerfällig auf den Gefängniswagen zu, der die Brücke absperrte.

Der Kutscher und der Beamte, der ihn mit gezückter Schrotflinte begleitete, schauten auf den jungen Mann herab.

Isaac Bell sagte: »Aller Wahrscheinlichkeit nach ist euer Reviervorsteher ein alter Freund unseres Chefs, Joe Van Dorn. Ihr wollt doch ganz bestimmt nicht, dass er von eurem heutigen Nebenjob erfährt.«

Der Kutscher warf einen Blick über die Brücke. Muldoon und seine Leute traten von einem Fuß auf den anderen, machten jedoch keinerlei Anstalten, herüberzukommen und ihren Kollegen zu helfen. »Das stimmt wohl.«

»Bringen Sie uns zum nächsten Krankenhaus, und wir sind quitt.«

»Jake«, sagte der Kutscher zu seinem Begleiter, »spring runter und mach's den Gentlemen hinten drin gemütlich.«

Bell bettete Wish auf eine lange Bank und kniete sich neben ihn, um zu verhindern, dass er herunterrollte. Der Kutscher ließ die Peitsche über den Köpfen des Gespanns knallen, und nun rumpelte der Gefängniswagen durch die Stadt.

»Rede am besten gar nicht«, sagte Bell zu Clarke.

Wish winkte ihn näher heran.

»Wie ich prophezeit habe, dein Schnurrbart flößt eine Menge Respekt ein.«

Bei Tagesanbruch wachte Aloysius Clarke auf und schaute sich in dem Einzelzimmer um, für das Isaac Bell bezahlt hatte. »Was machst du hier?«

»Wish, was meinst du denn, was ich hier mache? Du hast mir das Leben gerettet.«

»Verdammt, das Gleiche hast du für mich in New Orleans auch getan.«

»Ich habe mich aber nicht einem Messer in den Weg gestellt.«

Wish zuckte die Achseln, was zur Folge hatte, dass er vor Schmerzen zusammenzuckte. »Du machst aus einer Mücke einen Elefanten.« Dann zwinkerte er verschmitzt. »Tatsache ist, eine gelegentliche Blessur ist mir ganz recht. Niemand meckert, wenn ich was gegen die Schmerzen nehme.«

Bell reichte ihm seine Taschenflasche.

»Wie schlimm ist es?«

»Der Doc meint, zwei Wochen Bettruhe, und du solltest wieder auf den Beinen sein.«

»Tut mir leid, Isaac. Ich sehe zu, dass ich so bald wie möglich wieder mitmischen kann. Fährst du nach Pittsburgh?«

»Ich wollte nur in der Union Station vorbeischauen, um Mack und Willy und Archie während meiner Reise nach New York zu treffen.«

»Weshalb nach New York?«

»Um dem Boss Meldung zu machen.«

»Ist der Telegraf defekt?«

»Ich möchte sein Gesicht sehen, wenn ich ihm erzähle, was ich vermute.«

Mary Higgins hatte das Gefühl, in ihren Albtraum zurückgeworfen zu werden.

Aber sie wusste genau, dass sie nicht träumte. Und ganz sicher schlief sie nicht. Sie fror zu sehr und war zu durchnässt, um schlafen zu können. Außerdem, wer konnte im Stehen schlafen, wenn er dazu noch einer Straße folgte, die sich in eine Schlammwüste verwandelt hatte.

Plötzlich, schlimmer als in jedem Albtraum, schnitten Schreie durch die Dunkelheit.

»*Sie kommen!*«

»*Sie kommen!*«

Ein grelles weißes Licht, fast genauso hell wie der Scheinwerfer einer Lokomotive, raste auf sie zu. Männer und Frauen verließen hastig die Straße, zerrten ihre Kinder in die Gräben und schoben sie durch die Hecken am Straßenrand. Acht mächtige weiße Feuerwehrpferde galoppierten heran. Sie zogen einen Frachtwagen, auf dem die Bergwerkspolizei einen mit Benzin betriebenen Stromgenerator und einen elektrischen Suchscheinwerfer installiert hatte. Sein einziger Zweck lag darin, Schrecken zu verbreiten. Die Frauen der Bergarbeiter hatten ihm den Spitznamen »Zyklop« verliehen.

Sie waren auf ihrem Protestmarsch bis zwanzig Meilen vor Pittsburgh gelangt und setzten ihren Weg während der Nacht fort – in der Hoffnung, eine Farm zu erreichen, wo wohltätig gesonnene und progressive Kirchenangehörige im Begriff waren, eine Zeltstadt zu errichten. Dort, so hofften sie, würden sie warme Speisen und trockene Decken vorfinden.

Als der Zyklop im Dunkel der Nacht verschwunden war und Mary Schwachen und Gestürzten auf die Füße half, wurde sie von einem Gefühl tiefer Verzweiflung erfasst. Ihre Lage erschien hoffnungslos. Aber schlimmer noch als ihre Furcht, dass sie mit dem Marsch nichts erreichen würden, war die bittere Erkenntnis, dass es eine Gattung Menschen gab, die sich einer Waffe, so teuflisch grausam wie der Zyklop, bediente. Das war eine verschwindend geringe Minderheit, beteuerte ihr Bruder immer wieder. Aber er irrte sich. Viele waren nötig gewesen, um sich eine derartige Monstrosität auszudenken, viele, um sie anzufertigen, und noch mehr, um ihren Einsatz zuzulassen.

»*Zyklopen!*«

Abermals donnerte das gleißend helle Ungetüm durch die Nacht, und ein weiteres Mal brachten sich die Marschierenden mit wilden Sprüngen in Sicherheit. Aus dem Graben erhaschte Mary einen flüchtigen Blick auf die Pferde. Den Scheinwerfer wie ein Höllenfeuer hinter sich, stürmten sie mit aufgeblähten Nüstern und flatternder Mähne vorbei, die Köpfe gegen das Zaumzeug gestemmt, in Panik versetzt durch die Peitsche, die Dunkelheit und die Schreie der Menschen.

Es regnete noch immer, als die letzten Marschierenden im Morgengrauen in die Zeltstadt stolperten. Mary bildete die Nachhut. In einem Arm trug sie ein Kind und stützte mit dem anderen die Mutter, eine Frau, die von einem heftigen Husten geschüttelt wurde. Sie war überrascht, als die Kirchenfrauen, die aussahen, als hätten sie niemals eine Mahlzeit versäumt oder ihre eigene Bettwäsche gebügelt, herbeieilten, um zu helfen. Sie nahmen das Kind in ihre Obhut, geleiteten die Mutter zu einer behelfsmäßigen Krankenstation und zeigten Mary den Weg zu einer Suppenküche unter einer als Dach aufgespannten Zeltplane. Hunderte Menschen hatten sich angestellt, um sich etwas zu essen zu holen. Sie hatte soeben das Ende der Warteschlange gefunden, als John Claggart aus dem Gedränge auftauchte und ihr einen Becher heißen Kaffee, der besser roch, als sie es je für möglich gehalten hatte, in die kalten Hände drückte.

In Claggarts Begleitung befanden sich einige Männer. Sie waren wie Bergarbeiter gekleidet. Aber wie Mary bemerkte, sah keiner von ihnen aus, als sei er an schwere körperliche Arbeit gewöhnt. Stattdessen erkannte sie in ihnen die auffällig herausgeputzten Gaunertypen, wie man sie gewöhnlich in Boxzelten, Poolhallen und auf Pferderennbahnen traf. Der Ausdruck ihrer Augen verriet die Verachtung, die sie für die Bergarbeiter empfanden.

»Wer sind diese Männer?«, fragte sie.

»Ganz sicher keine Chorknaben«, erwiderte Claggart mit dreister Offenheit. »Aber sie erledigen den Job.«

Das Wort *Komplizen* kam ihr in den Sinn.

»Kriminelle?«, fragte sie.

Claggart zuckte die Achseln. »Darüber zu urteilen, maße ich mir nicht an. Aber ich wette, dass Sie und Ihr Bruder viele Männer kennen, die ins Gefängnis gekommen sind, weil sie für die gute Sache gekämpft haben.«

»Diejenigen, die ich kenne«, sagte sie, »sind keine Kriminellen.«

Claggart erwiderte: »Geben Sie mir einen beherzten Mann, gut zu Fuß und mit kräftigen Händen, und mir ist egal, wie er genannt wird, solange er weiß, dass die Bosse die wahren Gauner sind. Und nun, hören Sie gut zu. Ich habe weitere Leichter am Ufer festmachen lassen und mehr Boote, um sie in den Kanal zu bugsieren.«

»Hab den Spucknapf nicht getroffen. Tut mir leid, Chief.«

Henry Clay wusste auf Anhieb, was der braune Streifen Tabaksaft, der seinen hellblauen Aubusson-Teppich besudelte, zu bedeuten hatte. Er war die Herausforderung eines Burschen, der noch nie verloren hatte und zu dämlich war, um sich vorstellen zu können, dass ihm so etwas jemals zustoßen könnte. Ein Dutzend von ihnen – allesamt eingeschworene Mitglieder der Hudson Dusters, einer Hafengang, die sich auf der West Side New Yorks herumtrieb – war durch den Hintereingang ins Vorzimmer seines Büros gekommen. Er würde diesem Abschaum niemals den Zutritt zu seinen privaten Räumlichkeiten gestatten. Die meisten kannten ihn nicht. Alles, was sie wussten, war, dass ihr Boss ihnen befohlen hatte, sich zu einem besonderen Auftrag bei ihm einzufinden. Aber nun, anstatt Clays Anweisungen aufmerksam zu lauschen, amüsierten sie sich kichernd über die Schweinerei auf seinem Teppich.

Der zweite Fehler des Spuckers war, dass er einen Wall-Street-Typen unterschätzte, nur weil er elegante Kleidung trug. Clay erhob sich. Der Boss der Dusters wechselte mit seinem Unterführer erwartungsvolle Blicke. Was nun kam, würde wehtun.

»Wie heißt du?«, fragte Clay.

»Was geht dich das an?«

»Nenn ihm deinen Namen«, befahl der Boss und signalisierte Clay, dass er kein Interesse hatte, zwischen die Fronten zu geraten.

»Albert«, sagte der Schlägertyp und verfolgte mit einem amüsierten Grinsen, wie Clay näher kam.

»Nicht schlimm, dass du den Spucknapf verfehlt hast, Albert. Leck's einfach auf.«

»Was?«

»Leck es auf.«

»Geh zur …«

Clay erwischte ihn oben, unten und dazwischen, dann nahm er ihn in einen Hammerlock, warf ihn bäuchlings auf den Boden und drückte seinen eingeklemmten Arm immer höher, bis der Gangster aufschrie. Die Schreie gingen in ein verzweifeltes Flehen über. Clay verstärkte den Druck. Die Bitten erstickten in hilflosem Schluchzen.

Clay ließ los.

»Du brauchst es nicht mehr aufzulecken, Albert. Wir wissen jetzt, dass du es tun würdest, und das reicht mir schon.«

Elf Hudson Dusters lachten.

»Okay, Leute, ihr seid hier, weil ich damit rechne, schon bald von einem wütenden Kunden besucht zu werden. Wenn er herkommt, möchte ich, dass ihr ihn langsam und sorgfältig fertigmacht. Dagegen sollte das, was gerade mit Albert passiert ist, eine harmlose Kabbelei sein.«

»Wann kommt er?«

»Bald. In der Zwischenzeit findet ihr im Hinterzimmer Decken und Pritschen, wo ihr schlafen könnt. Trinkt nicht, belästigt meine Angestellten nicht und spuckt nicht auf den Teppich. Ist das klar?«

»Ja, Sir.«

Nachdem sie hinausgegangen waren, schloss Clay sein privates Büro auf und richtete sein Fernglas auf Judge Congdons Fenster. Der Richter war beschäftigt. Er telefonierte und putzte – der zornigen Miene nach zu urteilen – seinen Gesprächspartner am anderen Ende der Leitung heftig herunter. Clay setzte seinen Hut auf, verabschiedete sich von den Angestellten, ging auf die Straße hinunter, betrat Congdons Gebäude und fuhr mit dem Lift ins oberste Stockwerk.

Congdon ließ ihn eine halbe Stunde warten. Als er ihn dann in sein Büro rief, sagte er: »Ich habe zu tun. Fassen Sie sich kurz.«

»Das könnte für eine Weile mein letzter Besuch sein«, sagte Clay.

Irgendwie hatte Isaac Bell es geschafft, am Leben zu bleiben. Daran gab sich Clay selbst die Schuld. Er hatte einen seltenen Fehler gemacht, indem er Mittelsmänner beauftragt hatte, anstatt den Job eigenhändig zu erledigen, und er hatte keine andere Wahl, als den Preis dafür zu zahlen.

»Ist irgendetwas passiert?«, wollte Congdon wissen.

»Es genügt zu sagen, dass alles nach Plan läuft.«

# 30

Zwanzig Minuten, nachdem die Fähre der Pennsylvania Railroad an der Anlegestelle Twenty-third Street festgemacht hatte, saß Isaac Bell in Joseph Van Dorns Büro, um ihm Bericht zu erstatten.

»Ich muss leider melden, dass Wish niedergestochen wurde. Die Klinge hat zwar die lebenswichtigen Organe verfehlt, aber er hat einen schweren Schock erlitten und dürfte für einige Wochen ausfallen.«

»Aloysius Clarke mit einem Messer zu erwischen war früher so gut wie unmöglich. Ich habe den Mann mindestens einhundert Mal gewarnt, dass die Trinkerei seine Reaktion beeinträchtigt und ihn langsam macht.«

»Er hat nicht getrunken«, erwiderte Bell eisig. »Er hat einen Messerstich abgefangen, der für mich bestimmt war.«

Van Dorn senkte verlegen den Blick. »Tut mir leid, Isaac. Das hätte ich nicht sagen dürfen. Kommt er wieder auf die Beine?«

»Ich habe ihm den besten Arzt von Chicago besorgt.«

»Die Agentur wird alle Kosten übernehmen.«

»Ich habe schon alles bezahlt.«

Eine Zeitlang schwiegen sie. Bell wartete ab, bis Van Dorn wieder das Wort ergriff.

»Was hat das Gespräch mit Rosania ergeben?«

»Was ich mir erhofft hatte. Er experimentiert tatsächlich mit Hohlladungen herum. Desgleichen unser Provokateur.«

»Tatsächlich?«

»Rosania ist ihm oben in Newport vor der Torpedo-Testanlage begegnet.«

»Sind Sie sicher, dass Rosania keine Märchen erzählt?«

»Absolut. Er hat einen Mann beschrieben, der meinem U-Bahn-Freund aufs Haar glich. Er glaubte, dass er einen Chicagoer Akzent hatte, aber er war sich absolut sicher, ihn noch nie gesehen zu haben.«

»Falls er tatsächlich aus Chicago stammt, muss er die Stadt verlassen haben, ehe Rosania ins Geschäft eingestiegen ist.«

»Nach dem zu urteilen, womit Wish und ich uns herumschlagen mussten, hat er weiterhin beste Beziehungen zur Chicagoer Polizei.«

Van Dorn zuckte die Achseln. »Es ist allgemein bekannt, dass die Cops von Chicago gern die Hand aufhalten.«

»Sie sind doch mit einigen befreundet, Sir. Können Sie sich nicht mal umhören?«

»Die Freundschaften dürften nicht allzu lange halten, wenn ich ein Netz auswerfe und abwarte, wer darin hängen bleibt. Haben Sie keinen Namen, den ich nennen könnte?«

»Was seinen Namen betrifft, so stecke ich in einer Sackgasse«, gab Bell zu und verstummte wieder.

Schließlich fragte Van Dorn: »Wo ist der Rest Ihrer Truppe?«

»Weber und Fields sind mit Archie in Pittsburgh. Mack hat herausbekommen, dass ein County Sheriff heimlich veranlasst hat, Gewerkschaftsführer nach West Virginia auszuliefern und dort wegen Mordes an Black Jack Gleason vor Gericht zu stellen.«

Van Dorn stieß einen anerkennenden Pfiff aus. »Um das herauskriegen zu können, muss Mack engste Beziehungen zum Büro des Sheriffs haben.«

»Wally meint, dass sich die Freundin des Sheriffs in Mack verguckt hat.«

»Ich dachte, Macks Zeiten als diensthabender Weiberheld seien vorbei.«

»Und Wally hat Gerüchte von einem Angriff der Radikalen auf die Eisenbahnlinien aufgeschnappt.«

»Welcher Art?«

»Brückensprengungen, glaubt Wally.«

Van Dorn schüttelte den Kopf. »Das sind doch Geisteskranke.«

»Tatsächlich ist eine Menge akuter Wahnsinn im Spiel. Pittsburgh wappnet sich für die Protestler. Das halbe Monongahela Valley schließt sich entlang der Marschroute zusammen. So zahlen die Pinkertons und die Bergwerkspolizei allen Gaunern und Unruhestiftern, die früher aus den Stadtgefängnissen entlassen werden, um gegen die Streikenden zu kämpfen, eine Belohnung.«

»Lieber Himmel! Wie hat Ihr Team das rausgekriegt?«

»Archie hat sich in die Bergwerkspolizei eingeschlichen.«

»Er ist nur ein Lehrling, ein Anfänger.«

»Archie hat sie davon überzeugen können, dass er auf der Flucht ist, weil er in Idaho einen Bergarbeiter mit bloßen Händen zu Tode geprügelt hat. Wie einen Bruder haben sie ihn aufgenommen.«

»Es ist für einen Anfänger sehr gefährlich, allein und verdeckt zu arbeiten. Eigentlich ist es *zu* gefährlich. Was, wenn er entlarvt wird? Ihm fehlt die Erfahrung, diese Gefahr rechtzeitig zu erkennen, und da niemand in der Nähe ist, der ihm helfen könnte, kann Gott weiß was passieren.«

»Jeder, der Archie Abbotts boxerische Fähigkeiten in Frage stellt, dürfte schnell eines Besseren belehrt werden und jeden Zweifel an seiner Geschichte verlieren.«

»Ich möchte Archies Qualitäten nicht infrage stellen, aber ich wünschte trotzdem, dass Sie ihn von diesem Einsatz abziehen.«

»Keine Sorge, ich habe Archies Gastspiel bei der Coal and Iron Police längst abgebrochen, damit er jemanden beschattet, der weniger gefährlich ist.«

»Wen?«

»Sie wollen doch wissen, welche Pläne Mary Higgins verfolgt. Nun, mich interessiert das ebenfalls.«

»Gibt es irgendeinen Hinweis?«

»Sie ist wieder nach Pittsburgh zurückgekehrt. Und sie lehnt es noch immer ab, den Van-Dorn-Schutz in Anspruch zu nehmen. Deshalb habe ich Archie auf sie angesetzt.«

Van Dorn erlaubte sich den Anflug eines Lächelns. »Sie müssen großes Vertrauen zu Ihrem Freund haben, dass Sie ihn eine Frau überwachen lassen, die es Ihnen angetan hat – versuchen Sie gar nicht erst, es abzustreiten.«

Bell erwiderte das Lächeln seines Chefs. »Ich hoffe, dass Archie den einzigen Boxkampf, den er je verloren hat, nicht vergisst.«

»Zurück zur Tagesordnung. Was haben Sie als nächsten Schritt geplant?«

Die Miene des jungen Detektivs wurde ernst. Er sah seinem Boss in die Augen. »Ich stehe kurz davor, den Provokateur zu identifizieren.«

»Tatsächlich?«

»Mit Ihrer Hilfe.«

»Ich soll Ihnen helfen? Wie?«

»Indem Sie sich zuerst einmal dies hier ansehen.«

Bell bückte sich zu seinem Stiefel hinab. Er legte sein Wurfmesser auf Van Dorns Schreibtisch.

»Das kenne ich. Was ist damit?«

»Ich habe es von Ihnen bekommen.«

»Richtig. Ich schenke jedem meiner Lehrlinge eins.«

»Der Mann, der mich im Gefängniskeller so alt aussehen ließ, besaß das gleiche Messer.«

»Das zeigt, dass er ein Profi ist. Es ist ein gutes Messer.«

»Es war identisch.«

»Ich beziehe sie von einem Messerschmied in Connecticut. Seine Handwerker fertigen sie zu Tausenden an. Worauf wollen Sie hinaus, Isaac?«

Bell sagte: »Dieser Mann weiß sehr gut über mich Bescheid. Er wusste von der Pistole im Ärmel.«

Joseph Van Dorn amüsierte sich offensichtlich. »Isaac, wenn Sie ein Fremder wären und ich Ihnen in einem dunklen Keller begegnete, würde ich Sie so schnell auf eine Pistole im Ärmel abtasten, dass Ihnen schwindelig wird.«

»Er wusste auch von dem Einschüsser in meiner Jackentasche.«

»Sie können sich darauf verlassen, dass ich auch danach suchen würde. Allerdings würde ich zuerst in Ihrem Schulterhalfter nachsehen – und die schwere Artillerie konfiszieren.«

»Das hat er ebenfalls getan. Als Erstes.«

»Wie ich sagte, alles, was Sie von ihm erzählen, legt den Schluss nahe, dass der Bursche sein Metier beherrscht.«

Bell nahm sein Wurfmesser in die Hand. Er balancierte es auf einer Fingerspitze und schnippte mit der anderen Hand leicht dagegen, sodass es sich drehte und das Licht reflektierte.

»Mr. Van Dorn, wissen Sie noch, wer mir das Messerwerfen beigebracht hat?«

Van Dorn lachte. »Ich selbst hab's versucht. Aber Sie waren so verdammt stur und bestanden darauf, den Überhandwurf beizubehalten, den Sie im Zirkus gelernt hatten.«

»Er ist kraftvoller. Das Messer fliegt schneller, und der Aufschlag ist härter.«

»Der Überhandwurf sieht nur schick aus«, konterte Van Dorn. »Aber seine Ausführung dauert länger, und er ist nicht so präzise.«

»Was dann?«

»Was dann? Sie wissen es. Was reden Sie?«

»Sprechen Sie's aus.«

Van Dorn musterte ihn verwirrt. Schließlich, während sich seine Stirn in nachdenkliche Falten legte, dämmerte ihm, dass sein junger Detektiv eine Begründung hören wollte. »Man wirft besser seitlich und aus dem Handgelenk. Diese Technik ist schneller und nach meiner Erfahrung auch erheblich präziser.«

»Apropos präzise, seine Hauptwaffe ist ein Colt Bisley.«

Ein seltsamer Ausdruck huschte über Van Dorns Gesicht. Reflexartig zupfte er an seinem Bart.

»Ja«, sagte er langsam. »Wie ich meinte, durch und durch ein Profi.«

»Mr. Van Dorn, Sie kennen diesen Mann.«

»Wenn ich ihn kenne, kriege ich ihn auch. Wer ist es?«

»Seinen Namen weiß ich nicht.«

»Wie sieht er aus?«

»Ziemlich groß. Breitschultrig. Schnell zu Fuß.«

»Welche Haarfarbe?«

»Weiß ich nicht.«

»Augen?«

»Gelb.«

Van Dorn starrte ihn an. »Sicher?«

»Ich habe sie gesehen.«

»Rosiana auch?«

»Rosiana war sich nicht so sicher. Aber ich habe sie zweimal gesehen. Im Bergwerk. Und im Keller der Tombs. Gelb und golden, fast wie bei einem Wolf.«

Van Dorn sprang auf und griff nach seinem Hut.

»Wohin wollen Sie?«

»Ich kümmere mich darum.«

»Ich komme mit Ihnen.«

»Sie bleiben hier!«, rief Van Dorn. »Diese Angelegenheit regle ich allein.«

Er stieß die Tür derart heftig auf, dass sie mit Wucht gegen die Wand des Bereitschaftszimmers knallte und Stadtpläne, Steckbriefe und Fahndungsaufrufe herunterfielen. Als er durch die Vorzimmertür stürmte, zerschellte deren Milchglasscheibe. Dann rannte er den Flur entlang, flog geradezu die breite Hoteltreppe hinunter, durchquerte das Foyer und rief, als er auf den Broadway trat: »Droschke! Sie da. Stehen bleiben!«

Er schwang sich neben dem Kutscher auf die Sitzbank.

»Zur Wall Street!«

Als Bell auf die Straße gelangte, bog die Droschke gerade auf einem Rad um die Ecke, während das Pferd in einen rasanten Galopp fiel.

»Wall Street«, antwortete der Hotelportier, als Bell ihn nach Mr. Van Dorns Fahrtziel fragte.

Bell rannte zur Sixth Avenue, eilte stets drei Stufen auf einmal nehmend die überdachte Treppe zur Elevated hinauf und erreichte den Bahnsteig gerade noch rechtzeitig, um erleben zu müssen, wie der Zug stadteinwärts die Haltestelle verließ. Ihm kam es wie eine Ewigkeit vor, bis der nachfolgende Zug einfuhr.

# 31

Isaac Bell verließ die El an der Haltestelle Rector Street, polterte die Treppe hinunter und über die Rector, durchquerte den Friedhof der Trinity Church und sprintete über den in diesem Abschnitt sechsspurigen Broadway. Dabei wich er Straßenbahnwagen, Lastern, Automobilen, Frachtwagen und Einspännern aus. Am Beginn der Wall Street blieb er stehen und schickte ein Stoßgebet zum Himmel, dass er es geschafft hatte, noch vor Joseph Van Dorn eingetroffen zu sein. Er hatte seinen Boss noch nie so erregt gesehen und wusste, dass seine Wut ihn unvorsichtig werden ließ, was lebensgefährlich war, wenn man die Absicht hatte, sich mit dem Provokateur auf einen Zweikampf einzulassen.

Aber nun, da er offenbar am Ziel war, wie sollte er ihn finden?

Die Wall Street erstreckte sich über fast eine halbe Meile, von den rußgeschwärzten Gräbern des Trinity-Friedhofs bis zu den East River Docks, und wurde auf beiden Seiten von zahllosen Gebäuden gesäumt. Die Droschke, die Van Dorn benutzt hatte, war eine von Tausenden. Die schwarzen zweirädrigen Einspänner sahen identisch aus, und alles, was sich Bell von dem Kutscher auf die Schnelle hatte einprägen können, war, dass er ein alter Mann in schwarzem Mantel war mit einer Schlägermütze auf dem Kopf.

Viele Droschkenkutscher trugen schwarze Zylinder.

Diese konnte er daher ausschließen, während er die Wall Street hinuntertrabte. Aber der deutlichste Hinweis wäre ein erschöpftes Pferd mit schaumbedeckter Brust – nach einer rasend schnellen Galoppfahrt auf der Forty-third Street. Ein solches Pferd entdeckte er vor dem zweiten Block, die Vorderläufe gespreizt, den Kopf gesenkt, die zitternden Flanken und die Mähne von Schweiß glänzend.

»Bin gleich so weit, Sir«, rief der Kutscher. »Er ist nicht so schlapp, wie er aussieht. Muss nur ein wenig Luft holen.« Er zerrte an den Zügeln, damit der Hengst den Kopf hob.

Bell rannte weiter. Der Kutscher trug einen Zylinder.

Einen Block weiter hielt ein Menschenauflauf auf der Straße den Verkehr auf. Bell drängte sich hindurch. Er sah einen Einspänner mit leeren Strängen. Ein Pferd lag auf dem Kopfsteinpflaster. Ein älterer Mann mit Schiebermütze kniete daneben und streichelte seinen Kopf.

Bell ging neben ihm in die Hocke und drückte ihm zehn Dollar in die Hand. »Für den Tierarzt. Wohin ist Ihr Passagier gegangen?«

Der Kutscher deutete stumm auf ein kleines, gepflegt wirkendes Bürogebäude.

Bell eilte hinüber und rief dem Portier zu: »Großer Mann, rotes Haar und roter Bart.«

»Er ist wie ein tollwütiger Grizzly an mir vorbeigestürmt.«

Bell rannte weiter in die Lobby und packte den Fahrstuhlführer an der Schulter. »Großer Mann. Roter Backenbart. Welches Stockwerk?«

Der Liftführer zögerte und senkte den Blick.

Bell schüttelte ihn. »Der Mann ist wichtig für mich. *Welches Stockwerk?*«

»Das zehnte.«

»Bringen Sie mich hin.«

»Mister, ich glaube, Sie sollten lieber nicht hinauffahren.«

Bell stieß ihn aus der Kabine, schloss die Scherentür und schob den Steuerhebel auf Expressfahrt. Dann schoss er über den zehnten Stock hinaus, ließ die Kabine ein Stück sinken, riss die Tür auf und gelangte in einen Trümmerhaufen, der früher ein Büro gewesen war. Tische und Stühle waren umgefallen, Glasscherben bedeckten den Fußboden, und fünf Männer in auffälliger Gaunerkluft lagen regungslos auf dem Teppich.

Fünf weitere hielten Joseph Van Dorns Arme und Beine fest. Ein sechster schlug wild auf sein Gesicht ein. Die Fäuste des Mannes hatten bereits sein Auge zuschwellen und seine Lippe aufplatzen lassen, aber Van Dorn selbst hatte es offenbar noch nicht bemerkt. Er warf sich hin und her, um seine Arme zu befreien.

Bell zog seinen Army und feuerte zwei Schüsse in die Zimmerdecke.

»Die nächsten Kugeln landen in euren Wänsten«, brüllte er. »Lasst den Mann los!«

Die Gangster ließen sich nicht so leicht einschüchtern. Keiner reagierte – außer dem Mann, der auf Van Dorn eingeschlagen hatte. Er fasste in die Tasche. Bell schoss sofort. Das schwere .45er Projektil warf den Mann gegen eine Zimmerwand.

»Lasst ihn los.«

»Mister, wenn wir ihn loslassen, fängt er sofort wieder an.«

»Darauf könnt ihr euch verlassen«, bellte Van Dorn.

Bell feuerte abermals und streckte einen Mann nieder, der einen Revolver aus seinem Hosenbund gezogen hatte. Die anderen gehorchten. Van Dorn schlug zwei von ihnen zu Boden, als er durch das verwüstete Büro stürmte, und versetzte einem auf dem Boden liegenden Mann, der mit einem Messer in der Faust aufstehen wollte, einen Fußtritt. Schulter an Schulter mit Isaac Bell, holte Van Dorn eine schwere automatische Pistole aus seiner Manteltasche.

»Die Bastarde stürzten sich auf mich, kaum dass ich zur Tür hereinkam.«

»Wo ist unser Mann?«

»Nicht bei diesem Abschaum. Okay, Jungs. Ihr habt auf mich gewartet, nicht wahr?«

Niemand antwortete.

»Wo ist er?«, rief Van Dorn. »Wo ist dieser Hurensohn?«

Ein kleiner Mann mit geschwollenem Auge und zahnlosem Mund, dessen Physiognomie Ähnlichkeit mit einem Wiesel hatte, jammerte: »Mister, wir haben nur einen Auftrag ausgeführt. Wir hatten nichts Übles im Sinn.«

»Elf Mann gegen einen?«, fragte Bell ungläubig. »Nichts Übles?«

»Wir sollten ihn nur verprügeln.«

»Sei still, Marvyn.«

Ein Gangster, ein wenig älter als die anderen und eindeutig der Boss, trat vor und sagte: »Wenn ihr beiden schlau seid, dann macht ihr auf der Stelle kehrt und verschwindet, als wäre nichts gewesen.«

»Halten Sie die Kerle in Schach.« Van Dorn reichte Bell seine Automatic. Bell richtete beide Waffen auf die Gangster, während Van Dorn ein Telefon vom Fußboden aufhob.

»Zentrale? Verbinden Sie mich mit der Polizei.«

»Hey, was tun Sie?«

»Wir erstatten Anzeige.«

»So läuft das aber nicht.«

»Eins kann ich euch versprechen«, erwiderte Van Dorn kühl. »Wenn ihr euch das nächste Mal an einem Van Dorn vergreift, erstatten wir keine Anzeige mehr. Dann werfen wir euch gleich in den Fluss.«

»Aber …«

»Ich warte auf eine Antwort. Wo ist Clay?«

»Weiß ich nicht. Er erzählt mir nicht, was er vorhat.«

»Wo sind die Leute, die in seinem Büro arbeiten?«

»Die sind geflüchtet, als es hier zur Sache ging.«

»Wie lange arbeitet ihr schon für Clay?«

»Ein paar Jahre.«

Joseph Van Dorn hielt immer noch das Telefon in der Hand und atmete heftig. »Wie lange habt ihr auf mich gewartet?«

»Zwei Tage – Mister, Sie rufen doch nicht die Polizei an, oder?«

Van Dorn musterte ihn drohend. »Revanchierst du dich dafür?«

»Klar.«

»Täusch dich nicht. Wenn du nämlich nicht spurst, bist du fällig.«

»Ich halte meine Versprechen.«

»Okay. Ich nehm dich beim Wort. Sammle deine Jungs ein und verschwindet. Habt ihr jemanden, der Schusswunden behandelt?«

»Haben wir.«

»In Ordnung. Du bist mir was schuldig.«

»Mir auch«, knurrte Isaac Bell.

»Hast du gehört?« Van Dorn deutete auf Bell. »Ihm ebenfalls. Wenn wir mit einer Frage zu dir kommen, bekommen wir eine klare Antwort. Verstanden?«

»Verstanden«, sagte der Gangster. »Hand drauf?«

»Verpisst euch!«

Die Hudson Dusters schleppten ihre gefallenen Krieger die Hintertreppe hinunter.

Joseph Van Dorn lächelte Isaac Bell verkniffen an. »Das war verdammt eng. Danke, Isaac. Sie haben mir den Hals gerettet.«

»Wer ist Clay?«

»Henry Clay. Ein Privatdetektiv.« Van Dorn deutete auf ein Messingschild an der Wand, auf dem sich Blutspuren eines der Gangster befanden, den Bell angeschossen hatte. »Henry Clay Investigations Agency.«

»Was haben Sie mit ihm zu tun?«

»Er war mein erster Lehrling«, sagte Van Dorn.

Bell sah sich in dem verwüsteten Büro um. »Scheint wohl eine Enttäuschung gewesen zu sein.«

»Auf der ganzen Linie.«

»Woher wusste er, dass Sie zu ihm wollten?«

»Henry Clay ist der intelligenteste Mensch, den ich je kennengelernt habe. Es überrascht mich nicht, dass er von meinem Kommen wusste. Er besitzt die unheimliche Fähigkeit, in die Zukunft zu schauen.«

»Ein Hellseher?«

»Nicht im mystischen Sinn. Aber er ist so scharfsinnig – er sieht vieles wesentlich klarer als gewöhnliche Menschen –, dass er daraus auf die Zukunft schließen kann. Fast wie ein verdammter Hellseher.«

Van Dorn ließ den Blick über die Trümmer wandern,

die zu einem sicherlich erstklassigen Büro gehört hatten, und schüttelte – wie es Isaac Bell vorkam – traurig den Kopf. »So begabt«, murmelte er sinnend. »So intelligent. Henry Clay hätte der beste Detektiv von ganz Amerika sein können.«

»Was seine Intelligenz betrifft, bin ich mir nicht so sicher«, sagte Bell. »Er hat nichts über seine Vergangenheit verschleiert und sie mir praktisch auf einem Silbertablett präsentiert.«

Van Dorn nickte. »Fast so, als hätte er sich gewünscht, erwischt zu werden.«

»Oder wahrgenommen zu werden.«

»Ja, das war schon immer sein Fehler. Er hungerte nach Anerkennung, nach Applaus … aber, Isaac?« Van Dorn ergriff Bells Arm, um seiner Warnung Nachdruck zu verleihen. »Sie sollten ihn niemals unterschätzen.«

Bell tastete sich zwischen demolierten Möbeln hindurch zu einer Tür mit der Aufschrift *Privat*. Sie war abgeschlossen. Er ging vor dem Knauf in die Knie und stocherte mit seinen Dietrichen im Schloss herum, dann wich er abrupt zurück.

»Was ist los?«

»Zu simpel.«

Van Dorn reichte ihm ein abgebrochenes Tischbein. Sie stellten sich rechts und links von der Tür auf, und Bell rammte das Tischbein dagegen. Die Tür schwang auf. Eine Kaliber 12 Schrotflinte donnerte, und Schrotkugeln durchsiebten die Luft dort, wo Bell beim Öffnen der Tür gestanden hätte.

Bell warf einen Blick in den Raum. Blauer Pulverdampf zog in Schwaden durch ein holzgetäfeltes Büro. Die Schrotflinte war auf einem Schreibtisch befestigt und zielte auf die Türöffnung. Eine raffinierte Konstruktion aus Schnur, Umlenkrollen und einem Gewicht hatte den Abzug der Waffe betätigt.

»Verdammt heißer Abschiedsgruß.«

»Ich sagte doch, unterschätzen Sie ihn niemals.«

»Ich hatte es mir schon beim ersten Mal gemerkt.«

Sie durchsuchten Clays Schreibtisch und inspizierten sorgfältig seine Akten.

Nicht ein Wort oder Stück Papier hatte Bezug zu aktuellen Aufträgen.

»Ich habe noch nie so viele Telefon- und Telegrafenleitungen in einem einzigen Büro gesehen«, staunte Bell. »Hier sieht es wie in einer zentralen Vermittlungsstelle aus.«

Eine genauere Überprüfung ergab, dass sämtliche Leitungen gekappt worden waren.

»Er hat keineswegs kopflos die Flucht ergriffen.«

»Nein, Sir. Er hat sich Zeit genommen. Und ich bezweifle, dass er außer Gefecht ist.«

Van Dorn nickte zustimmend. »Ich kann mir nicht vorstellen, dass sich Clay außer Gefecht setzen lässt, es sei denn, er will es so. Für ihn ist die Flucht sicher nicht mehr als ein harmloser Rückschlag.«

Bell blickte durch das Messingteleskop, das auf einem Stativ vor dem Fenster aufgebaut war. Es war nach oben und auf ein Büro im Dachgeschoss des höchsten Gebäudes im Block gerichtet. Eine storchengleiche Gestalt ging auf und ab und diktierte offenbar einer Sekretärin, die außerhalb des Blickfelds saß. Als sich der Mann umwandte und sein Gesicht die Optik ausfüllte, erkannte Isaac Bell den Finanzmagnaten Judge James Congdon von zahllosen Zeitungsbildern.

»Clay hat seine Nachbarn ausspioniert.«

Van Dorn schaute ebenfalls durch das Fernrohr. »Wer ist das?«

»Congdon.«

»O ja, natürlich.« Van Dorn drehte das Teleskop und schwenkte es hin und her. »Nicht zu fassen. Man kann in zwanzig Büros reinschauen. Sie müssen wissen, dass Clay das Lippenlesen hervorragend beherrscht. Wahrscheinlich hat es ihm geholfen, die Miete für dieses Luxusbüro aufzubringen. Man kann eine Menge Geld verdienen, wenn man weiß, was in der Wall Street geplant wird.«

»Sie kennen ihn doch, Sir. Was wird er als Nächstes tun?«

»Wie ich schon sagte, er wird ganz sicher nicht das Handtuch werfen.«

»Würde er so weit gehen, ein Blutvergießen anzuzetteln?«

»Nur wenn er daran verdient.«

»Geld oder Ansehen?«

»Kluge Frage, Isaac. Ich denke, Ansehen.« Van Dorn richtete das Teleskop wieder auf die Gebäude der Wall Street. »Er möchte einer von ihnen sein.«

»Was meinen Sie, für wen er arbeitet?«

»Für jemanden, der Henry Clays besondere Fähigkeiten kennt und so skrupellos und habgierig ist, sich ihrer zu bedienen.«

# BUCH DREI

## DAMPF

# 32

In Pittsburgh traf Isaac Bell wieder mit seinem Team zusammen. Nachdem er Wally Kisley, Mack Fulton und Archie Abbott über die Ereignisse in New York ins Bild gesetzt hatte, zitierte Archie einen der Lieblingssprüche von Weber und Fields:

»Ein Schlag auf die Schnauze bedeutet, dass man dicht dran ist.«

»Wären wir dicht dran«, sagte Bell, »wüssten wir, was Henry Clay als Nächstes vorhat. Aber wir haben keinen Schimmer. Und wir wissen ebenso wenig, wer ihm seine Befehle gibt. Wir wissen nur, dass wir es mit einem grausamen Menschen, einem Provokateur, zu tun haben, der einem skrupellosen Boss dient.«

Gekleidet wie ein reicher Südstaatenbankier – weißer Anzug, Planter's Hat aus Stroh und eine Brille mit rosafarben getönten Gläsern –, tat Henry Clay so, als betrachtete er bewundernd die Slipanlagen der Held & Court Schiffswerft in Cincinnati. Zahlreiche parallel verlaufende Schienen führten über einen morastigen Abhang hinab in den Ohio River, und der Eigentümer der Werft – der geckenhafte junge Mr. Court Held, der zurzeit an nichts anderes dachte als daran, sich Geld zu leihen oder zu verkaufen oder beides – prahlte damit, dass seine Familie auf diesen Schienen seit sechzig Jahren Heck- und Seitenraddampfer vom Stapel laufen ließ.

»Ich nehme an, dann haben Sie mittlerweile den Bogen heraus, nicht?«, sagte Clay in seinem breitesten Südstaaten-Tonfall. Court Held befand sich nicht nur in akuter Geldnot, wiederholte Eheschließungen zwischen den Gründerfamilien hatten vielmehr dazu geführt, dass die geistigen Fähigkeiten seiner Generation höchstens noch dem Intellekt von Stechmücken entsprachen.

»Ja, Sir. Stellen Sie sich auf die Zehenspitzen und werfen Sie nur mal einen Blick um diese Biegung, dann können Sie ein hervorragendes Exemplar aus unserer Produktion bewundern.«

Henry Clay war bereits ein paar Schritte weitergegangen und hatte um die Biegung geschaut.

»Ein großes Dampfschiff besichtigen zu können würde mir gefallen.«

Held & Court besaßen zwei der größten Schaufelraddampfer aus der Dampfschiffära, die zu Ende ging, als schnelle, moderne Eisenbahnen die gemächliche Art des Reisens endgültig abschafften. Wandlungsfähigere Schiffswerften in Cincinnati florierten und bauten zu Hunderten entsprechend konstruierte Heckraddampfer, die Kohleleichter-Verbände über die Flüsse schoben. Zahlreiche dieser Arbeitsschiffe wühlten die Fluten des Ohio River auf, während Clay und der Werftbesitzer das Werftgelände durchquerten, um sich einen besseren Überblick über die Flussbiegung zu verschaffen, an deren Scheitel sich die Werft befand. Held & Court hingegen hatten sich weiterhin dem Bau riesiger schwimmender Paläste verschrieben, bis die letzte der Flussschiffwerften am Mississippi Konkurs anmeldete.

»Sehen Sie dort, Sir. Die *Vulcan King* und die *White Lady.*«

Majestätisch lagen sie an ihren Kais. Vier hohe Decks aus poliertem Holz, glänzendem Metall und funkelndem Kristallglas ruhten auf flachen Rümpfen von fast einhundert Metern Länge. Überragt wurden die Decks von rundum verglasten Ruderhäusern am vorderen Ende. Über den Ruderhäusern erhoben sich schwarze Zwillingsschornsteine mit nach achtern abgeschrägten Kronen. Jedes Schiff wurde von einem mächtigen Heckschaufelrad mit fast fünfzehn Metern Durchmesser und knapp zwanzig Metern Breite angetrieben.

»Wir haben die modernsten Dreifach-Expansionsmaschinen eingebaut.«

Die *White Lady* war ihrem Namen entsprechend eine einzige schneeweiße Pracht.

»Sie ist das schönere Schiff, nicht wahr? Von der Bugspitze bis zum Heck ein wahres Schmuckstück.«

Für den Anstrich der *Vulcan King* war ein mattes Blaugrau gewählt worden. Dieses unauffälligere Schiff hatte Henry Clay nach Cincinnati reisen lassen.

»Bei welchem der beiden Dampfer wurden die Decks verstärkt?«

»Wo haben Sie das von den gepanzerten Decks erfahren?«, wollte der Werfteigner wissen. »Es ist von der Regierung als streng geheim eingestuft worden.«

Henry Clay reagierte mit einem Lächeln, das um einiges kälter war als sein Südstaatentonfall. »Ich glaube, ein befreundetes Mitglied des Senats der Vereinigten Staaten ließ durchblicken, das Verteidigungsministerium habe geplant, ein Kanonenboot mit geringem Tiefgang nach Kuba zu schicken. Allerdings kann es auch mein Freund der Admiral gewesen sein, der mir von der Kanone und dem Maxim-Gewehr erzählte.«

»Na, dann kennen Sie ja die ganze traurige Geschichte«, sagte der Werftbesitzer. »Ist doch eine verdammte Schande, dass der Spanische Krieg schon so bald beendet war. Wir waren gerade dabei, die Kanone zu montieren, als das Verteidigungsministerium den Auftrag storniert hat.«

»Welches Schiff?«

»Die *Vulcan King*. Die Navy meinte, sie dürfe auf keinen Fall weiß sein, darum haben wir diese graue Farbe genommen.«

»Wie viel wollen Sie dafür haben?«

Der junge Erbe blinzelte. Seit dem abgebrochenen Umbau zu einem Kanonenboot hatte niemand Interesse am Kauf eines Dampfschiffs von Held & Court bekundet, und das lag mittlerweile vier Jahre zurück. »Wollen Sie damit sagen, dass Sie sie kaufen wollen?«

»Ich ziehe es in Erwägung, sofern der Preis stimmt.«

»Nun, ursprünglich beliefen sich die Baukosten für die *Vulcan King* auf über vierhunderttausend Dollar.« Er musterte Clay von der Seite und entschied offenbar, dass ein Bankier mit derart hochrangigen und einflussreichen Freunden zu gut über ihren Werdegang Bescheid wusste, um geschröpft werden zu können.

»Wir würden ein Mindestgebot von fünfundsiebzigtausend akzeptieren.«

Clay fragte: »Schaffen Sie es, dass Ihre Kohlebunker bis morgen früh aufgefüllt sind und die Maschinen unter Dampf stehen?«

»Ich kann es versuchen.«

»Versuchen?«, fragte Clay mit einem eisigen Klirren in der Stimme.

»Ja, Sir. Ich bin sicher, dass es zu machen sein wird. Die Kohlebunker gefüllt und unter Dampf – morgen früh.«

»Legen Sie die Kanone und das Maxim-Maschinengewehr dazu, und wir sind im Geschäft.«

»Für was brauchen Sie die Geschütze?«

»Das ist wertvoller Eisenschrott«, sagte Henry Clay, ohne die Miene zu verziehen. »Von dem Erlös lasse ich das Schiff neu anstreichen.«

»Gute Idee. Am besten wird sie in Weiß aussehen.«

Schwarz, dachte Henry Clay. Ihr mächtiges Heckschaufelrad würde weiße Schaumberge aus den trüben Fluten des Ohio schlagen. Aber während sie flussaufwärts nach Pittsburgh dampfte, würde seine Mannschaft die *Vulcan King* so schwarz streichen wie die Kohlen, die ihre Kessel heizten.

Die Streikenden, die am Monongahela River entlangmarschierten, hatten die grausamen und herzlosen Bergwerkseigentümer verflucht, weil sie mit Clays Zyklopen Angst und Schrecken unter ihnen verbreitet hatten. Die Angst erzeugte Wut. Hitzköpfe überstimmten die Gemäßigten, und das Verteidigungskomitee der Bergarbeiter hatte sich bewaffnet und ihre magere Streikkasse geplündert, um Repetiergewehre zu kaufen. Wie fanatisch würden sie beim Anblick einer bedrohlich aussehenden *Vulcan King* reagieren, die an ihnen vorbei flussaufwärts dampfte? Wie bereitwillig und zu allem entschlossen würden sie den Fehdehandschuh aufnehmen, der ihnen ins Gesicht geschlagen wurde? Wie heftig würden sie ihre Zeltstadt verteidigen?

So gewalttätig – hatte Henry Clay seinem Gönner Judge James Congdon versprochen, der sich anfangs gegen den Kauf eines Dampfschiffs ausgesprochen hatte – und so wild, dass gesetzestreue Amerikaner Dankgebete zum Himmel schicken würden: Gott segne die Minenbesitzer für den Einsatz der Maxim-Maschinengewehre und der Kanone, um sie vor dem Mob zu beschützen. Und die Zeitungen würden die Stimmen erheben und von den Verteidigern des Hab und Guts verlangen, alle Hemmungen fallen zu lassen und die Sozialisten zu vernichten, ehe die Arbeiterbewegung die Nation in einen zweiten Bürgerkrieg hineinzog.

Court Held räusperte sich.

»Wenn ich Ihren Wunsch, sie baldigst unter Dampf zu setzen, richtig verstehe, wollen Sie Cincinnati morgen früh verlassen. Darf ich also fragen, wie Sie sich die Bezahlung vorstellen?«

Wenn man nicht mit Koffern und Taschen voller Bargeld herumreisen wollte, war es immer schwierig, in fremden Städten größere Geldbeträge aufzubringen. Noch schwieriger war es allerdings, so etwas schnell und anonym zu bewerkstelligen. Doch es gab eine Möglichkeit. »Ich erwarte nicht, dass Sie einen Scheck akzeptieren, der erst dann gutgeschrieben werden kann, wenn ich längst abgedampft bin. Ich kann Ihnen Inhaberobligationen von Eisenbahnfirmen im Nennwert von fünfundzwanzigtausend Dollar anbieten.«

Dem Schiffsbauer gefiel dieser Vorschlag offenbar ganz und gar nicht. Inhaberobligationen waren, zumindest in der Theorie, genauso einfach übertragbar wie Bargeld und bei Weitem nicht so unhandlich, aber der Inhaber musste hoffen, dass sie weder Fälschungen waren noch zu einem Unternehmen gehörten, das seine Geschäftstätigkeit längst eingestellt hatte.

»Betreibt die ausgebende Agentur hier in Cincinnati eine Filiale?«

Clay hätte es vorgezogen, sich nicht in deren Büroräumen blicken zu lassen, aber er hatte keine Wahl. »Thibodeau & Marzen haben eine Niederlassung in Cincinnati. Wir können sofort hinfahren. Sie übernehmen die Garantie, dass der Ausgeber nach Treu und Glauben handelt, und Sie können die Papiere sofort im Safe Ihrer Bank deponieren.«

»Würden Thibodeau & Marzen sie sofort einlösen?«

»Warum nicht? Wenn Sie Bargeld bevorzugen, werden sie Ihnen sicher entgegenkommen.«

# 33

Nachdem sie ihre Pension in der Ross Street verlassen hatte, ging Mary Higgins eilig die Fourth Avenue hinunter, durchquerte Smithfield und wandte sich zum Hafen. Mit dem roten Schal, den sie, wie Isaac Bell hatte beobachten können, bei einem Straßenhändler in New York erstanden hatte, war sie leicht zu verfolgen. Aber auch ohne diesen Schal würde er sie jederzeit an ihrer aufrechten Haltung und der energischen Gangart erkennen.

In einer Industriestadt wie Pittsburgh war Arbeitskleidung die beste Tarnung, und Wish Clarke empfahl stets die einfachste Lösung. Um Mary zu beschatten, hatte sich Bell für Mantel, Overall und Stiefel entschieden und sein auffälliges blondes Haar unter einer Strickmütze versteckt.

Archie Abbott folgte Bell, ließ sich abwechselnd zurückfallen und legte einen Zwischenspurt ein, um ihn einzuholen, wenn er ihm ein Zeichen gab. Auf den Straßen herrschte dichtes Gedränge von Männern und Frauen, die aus Büros und Banken strömten, um nach der Arbeit nach Hause zurückzukehren. Bell brachte Archie bei, was Wish Clarke ihn gelehrt hatte: Die Positionen zu wechseln machte sie beide weniger verdächtig, wenn Mary über die Schulter blickte, was sie mehrmals tat, während sie sich dem Fluss näherten.

Sie überquerte die First Avenue und kam in ein Viertel mit kleinen Fabriken und Maschinenwerkstätten.

»Bislang hat sie dasselbe Ziel«, sagte Archie.

Die rußgeschwärzten Streben der Smithfield Street Bridge zeichneten sich mit ihrem eleganten Schwung vor dem schmutzig grauen Himmel ab. Anstatt in einen Straßenbahnwagen einzusteigen, um den Monongahela auf der Brücke zu überqueren oder den Fußweg zu benutzen, folgte Mary Higgins der Straße, die sich um die gemauerten Brückenpfeiler schlängelte und zum Flussufer hinunterführte.

»Genauso wie gestern«, flüsterte ihm Archie ins Ohr. »Und jetzt pass auf.«

Leichter waren am Flussufer festgemacht, ragten zehn Reihen tief in den Kanal hinein und reichten anscheinend wie ein riesiges Floß bis zur Brücke am Point – das war die Landspitze in Pittsburgh, wo Monongahela und Allegheny sich vereinten. Die Frachtkähne waren leer und lagen hoch im Wasser. Auf der anderen Flussseite gingen die unteren Regionen des Mount Washington und der Duquesne Heights in Dunstschwaden unter. Die Sonne war verschwunden, die Nacht setzte ein.

Mary Higgins blickte sich noch einmal prüfend um.

»Runter«, befahl Bell, und sie gingen hinter der Holzkonstruktion eines Treppenhauses, das außen an einem Gebäude klebte, in Deckung. Als sie die Köpfe wieder vorschoben, war Mary bereits über eine Leiter auf einen Frachtkahn geklettert und ging mit sicheren Schritten über Planken, über die sie von Leichter zu Leichter fast bis zur Flussmitte gelangte.

»Sie hat einen erstaunlichen Gleichgewichtssinn«, stellte Archie fest.

»Ihr Vater war Schlepperkapitän. Sie haben auf dem Schiff gelebt.«

»Ich dachte, es läge an diesen ewig langen Beinen.«

Bell bedachte seinen Freund mit einem kalten und finsteren Blick. Archie verstummte augenblicklich.

Mary überquerte zehn Reihen leerer Frachtkähne und betrat ein Arbeitsschiff, das am Rand der Leichter-Flotte vertäut war. »Lag dieses Boot auch gestern schon dort?«, fragte Bell.

»An derselben Stelle. Und es war auch gestern ihr Ziel.«

»Wie lange hat sie sich dort aufgehalten?«

»Eine Stunde und vier Minuten.«

Bell nickte anerkennend. Mack und Wally unterwiesen Archie darin, aufmerksam und präzise zu beobachten.

»Lagen hier dieselben Leichter?«

»Ja.«

»Wie kannst du so sicher sein? Sie sehen doch alle gleich aus.«

»Siehst du den Kahn in der Mitte, den mit dem weißen Küchenbau darauf?« Der angehende Detektiv deutete auf eine weiß gestrichene Baracke, aus deren Dach ein Ofenrohr ragte. »Genau an dieser Stelle befand sich der Kahn auch gestern schon.«

Bell kam es seltsam vor, dass die leeren Leichter auf einem derart vielbefahrenen Fluss nicht bewegt worden waren. Er hätte erwartet, dass es auf ihnen von Deckhelfern wimmelte, die sie darauf vorbereiteten, von Schleppern den Monongahela hinaufgeschoben zu werden und die von den Streikbrechern geförderte Kohle aufzunehmen. In diesem Moment konnte er beobachten, wie ein Verband von leeren Leichtern vom Hafenbecken zwischen dem Point und Davis Island flussaufwärts geschoben wurde und ein überschweres Schleppschiff einen vollgeladenen Konvoi von Ohio-River-Leichtern der Amalgamated Coal den Fluss hinabbugsierte.

»Ich habe versucht, näher heranzukommen«, berichtete Archie. »Ein Wachmann hat mich auf halbem Weg entdeckt, und daraufhin hielt ich es für besser zu verschwinden.«

»Ich versuche mal mein Glück«, sagte Bell. »Gib mir ein Zeichen, wenn du einen Nachtwächter siehst.«

Er überquerte den Leichter-Verband mehrere Kähne von der Route entfernt, die Mary genommen hatte, und sprang von Schandeck zu Schandeck, während sich seine Augen an das abnehmende Tageslicht gewöhnten. Auf der äußersten Reihe näherte er sich vorsichtig dem Arbeitsschiff und hielt nach Mary und der Mannschaft Ausschau. Die Decks waren menschenleer. Ein dünner Rauchfaden kräuselte sich aus dem Schornstein und deutete darauf hin, dass die Maschinen unter Dampf gehalten wurden, aber das Schiff machte nicht den Eindruck, als würde es sehr bald ablegen. Bell roch Kaffeeduft.

Er blieb auf dem Leichter und schlich am Arbeitsschiff entlang. Ein Bullauge war geöffnet, durch das Licht aus der Kabine nach draußen drang. Er konnte Stimmen hören und tastete sich näher heran, bis er sich direkt neben der Kabine hinkauerte. Mary sprach. Sie klang verärgert.

»Wie lange werden wir hier noch untätig liegen?«

»Bis er zurückkommt.«

»Wenigstens sollten wir die Frachtkähne weiter stromaufwärts schieben. Sie wurden viel zu weit flussabwärts vertäut, um sie hier zu versenken. Weiter unten gibt es nur noch eine einzige Brücke.«

»Wie ich sagte, Miss«, entgegnete der Mann, »wir rühren uns nicht vom Fleck, ohne dass der Boss dazu den Befehl gibt.«

»Wo ist Mr. Claggart?«

»Hat er nicht gesagt.«

»Hat er wenigstens angedeutet, wann er wieder zurück sein wird?«

»Nee.«

»Dann denke ich, dass wir ohne ihn anfangen sollten.«

»Schwester«, unterbrach sie der Mann mit leisem Spott in der Stimme, »ohne den Boss fangen wir mit gar nichts an.«

»Aber es ist wieder Regen angesagt worden. Das Wasser steigt. Schon bald wird der Fluss zu tief sein. Wir können hier nicht herumlungern und gar nichts tun.«

»Nichts?«, fragte der Mann mit der spöttischen Stimme. »Es ist doch nicht so, dass ich überhaupt nichts tue. Ich könnte mir zum Beispiel einen Drink genehmigen. Und wenn ich es mir recht überlege, habe ich genau in diesem Moment auch Lust darauf.«

Bell hörte das Geräusch eines Korkens, der aus einem Flaschenhals gezogen wurde.

Mary sagte: »Das würden Sie niemals wagen, wenn Mr. Claggart hier wäre.«

»Wie Sie sagen, Mr. Claggart ist eben nicht hier… Hey!«

Bell hörte, wie eine Flasche zerschellte.

»Was zur Hölle fällt Ihnen ein…«, brüllte der Spöttische wütend.

Bell machte Anstalten, Mary zu Hilfe zu kommen, dann duckte er sich schnell, als die Kabinentür aufflog und sie herauskam und auf den nächsten Leichter überwechselte. In der Kabine rief der erste Mann: »Bist du verrückt? Lass sie gehen! Wenn du sie anfasst, bringt Claggart dich um… Miss! Miss!«

Ein Kopf tauchte in der Türöffnung auf. Bell konnte von Pomade glänzendes Haar und eine enge Weste erkennen – von der Art, wie sie von Kartenhaien oder Berufswettern auf Pferderennbahnen getragen wurde. »Er kommt in zwei oder drei Tagen. Ich sollte es Ihnen nicht verraten, aber gehen Sie zurück. Machen Sie sich keine Sorgen, wir versenken sie, sobald er wieder hier ist.«

Mary warf ein eisiges »Nachdem sie flussaufwärts bugsiert wurden« über die Schulter und setzte ihren Weg fort.

Bell wagte einen Blick durch das Bullauge. Der zweite Mann, der Spötter, starrte betrübt auf die zerbrochene Flasche vor seinen Füßen. Er sah wie ein Saloon-Rausschmeißer aus, der schon bessere Tage gesehen hatte. Der Spieler kehrte in die Kabine zurück und schloss die Tür. »Wenn diese Frau in Wut gerät, kann sie einem richtig Angst machen.«

»Ich will nicht in Claggarts Haut stecken, wenn er zurückkommt.«

»Er wird schon mit ihr fertig.«

»Nicht wenn er es sich mit dem Versenken der Frachtkähne anders überlegt.«

»Du kannst jeden Dollar darauf verwetten, dass er es sich nicht anders überlegen wird.«

»Was macht dich da so sicher?«

»Er hat einen großen Plan. Die Frachtkähne sind nur ein kleiner Teil davon.«

»Weiß sie das?«

»Nein.«

Mack und Wally schlugen ihre Zelte in verschiedenen Saloons am Fluss in der Nähe der Smithfield Bridge auf. Nicht andeutungsweise so betrunken, wie sie erschienen, erregten die Detektive schon bald Aufsehen damit, dass sie außerordentlich großzügig waren und den Steuerleuten und Kapitänen der Monongahela-Schleppschiffe eine Runde nach der anderen spendierten. Archie Abbott fungierte als Bote, der zwischen ihnen hin- und herrannte, um Informationen auszutauschen und sie an Isaac Bell weiterzugeben, der geradezu an der Eingangstür von Mary Higgins' Pension klebte.

Bell dachte darüber nach, welchen Wert es wohl hätte, sie mit der Frage zu konfrontieren, was das Gerede von den sinkenden Leichtern zu bedeuten habe. Was sollte »zu weit flussabwärts« heißen? Und »nur eine einzige Brücke?« Oder würde er automatisch mehr erfahren, wenn er abwartete, bis »Mr. Claggart« zurückkehrte? Zu warten bedeutete, dass er blitzartig reagieren müsste, um zu verhindern, was immer sie im Schilde führten. In der Zwischenzeit, während er beobachtete und wartete, versuchte er zu ergründen, was sie damit erreichten, wenn sie Frachtkähne versenkten.

Mack Fulton löste ihn ab, damit er ein wenig schlafen konnte.

Als er nach vier Stunden zurückkehrte, war auch Wally Kisley erschienen. Er kam soeben vom Büro des Sheriffs von Allegheny County – und überbrachte schlechte Nachrichten von Jim Higgins.

Isaac Bell machte sich auf die Suche nach dem Gewerkschaftler.

Die Agenten der Van Dorn Protective Services meldeten, dass Higgins verschwunden sei.

# 34

»Es tut uns schrecklich leid, Mr. Bell. Wir haben nur für einen kurzen Moment in die andere Richtung geschaut, und er ist abgehauen wie ein geölter Blitz.«

Nun, da sie den Auftrag vermasselt hatten, einen Klienten zu beschützen, der von den Pinkertons, der Bergwerkspolizei und möglicherweise auch von einem Berufsmörder – angeheuert vom Coal Trust, um Higgins' Aussage vor den Justizbehörden zu verhindern – verfolgt wurde, war er, wie er feststellen durfte, von Mike Flannery und Terry Fein zu »Mr. Bell« befördert worden und musste ein Grinsen unterdrücken. Als Nächstes hatte er wohl mit einer Schmeichelei zu rechnen.

»Wo haben Sie ihn zuletzt gesehen?«

»Am Kohlenterminal der Amalgamated.«

»Was zum Teufel hatte er dort oben zu suchen?«

Die Verladestation der Amalgamated lag drei Meilen flussaufwärts vom Golden Triangle entfernt, dem Geschäftsviertel von Pittsburgh, wo Higgins und das Streikkomitee ihr Büro in einer Ladenzeile unter einem alten Lagerhaus angemietet hatten. Sie befand sich ganze sieben Meilen flussabwärts von der Zeltstadt, wo die Marschierenden in einem Freizeitpark nicht weit von McKeesport, der seit Ende des Sommers geschlossen war, Halt gemacht hatten.

»Das wissen wir nicht, Mr. Bell. Wir sind ihm gestern

zwei Mal dorthin gefolgt. Er steht nur da und betrachtet die Anlage.«

»Warum halten Sie dort nicht Ausschau nach ihm?«

»Er sucht sofort das Weite, wenn er uns kommen sieht«, sagte Mike.

Terry fügte hinzu: »Als der Marsch ins Stocken geriet, gab er uns die Schuld: Wir hätten ihn behindert.«

»Dabei hatten wir nichts anderes im Sinn, als dafür zu sorgen, dass niemand auf den armen Teufel schießt oder ihm ein Messer zwischen die Rippen jagt.«

»Aber er redet die ganze Zeit ständig davon, was für ein feiner Kerl Sie sind, Mr. Bell, und wir dachten, wenn er Sie kommen sähe, würde er nicht sofort die Flucht ergreifen.«

Eine perfekt einstudierte Schmeichelei. »Okay, Mike, Sie bewachen sein Zimmer. Und Sie, Terry, behalten das Gewerkschaftsbüro im Auge. Ich mach mich auf die Suche nach ihm.«

»Nehmen Sie am besten den Aussichtswagen.«

Der Aussichtswagen – ein auf beiden Seiten offener Straßenbahnwagen, mit dem Bell vom Golden Triangle abfuhr – verkehrte auf einem Gleis parallel zu den Gleisen der Kohlenzüge der Amalgamated. Während der Wagen die Verladestation auf der Landseite passierte, hatte man ungehinderte Sicht auf Lokomotiven, die leere Wagen unter den Ladetrichter schoben und gefüllte herauszogen, sowie einen gelegentlich Blick auf die Leichter-Kais, die sich um den Point herumzogen. Die gesamte Operation kam Bell wie ein riesiges Uhrwerk vor, in dem jeder Frachtkahn und jeder Eisenbahnzug ein winziges Rädchen war, das mit anderen Rädchen reibungslos zusammenarbeitete. Er sprang vom Straßenbahnwagen ab, als er Jim Higgins, die Hände in den Taschen vergraben, an der Haltestelle stehen sah.

»Wie läuft's, Partner?«

»Nicht gut, Isaac. Gar nicht gut.«

»Was ist nicht in Ordnung?«

»Die Bergwerksbesitzer haben jeden Penner mit einer Pistole bewaffnet. Dann haben sie die Knastvögel rausgelassen und ihnen Axtstiele gegeben. Sie versperren den Marschierenden den Weg, und die Hitzköpfe verlangen, dass sich die Arbeiter Waffen besorgen und ›die Hunde erschießen, die auf sie schießen wollen‹.«

Bell schüttelte den Kopf. »Wenn sie das tun, ruft der Gouverneur die Miliz mit Gewehren und Gatlin-Maschinenkanonen.«

»Das weiß ich. Tatsächlich hat er sie längst in Bereitschaft versetzt. Aber die Hitzköpfe schaukeln sich durch ihr Gerede gegenseitig auf, bis sie jeden Rest an Angst verlieren.«

»Mike und Terry haben mir erzählt, Sie seien ihnen entwischt.«

»Ich brauchte Ruhe zum Nachdenken.«

»Sie berichteten außerdem, dass Sie sich auffällig für diese Verladestation interessieren.«

»Sie ist technisch auf dem neuesten Stand«, erwiderte Higgins ausweichend. Er senkte den Kopf vor dem prüfenden Blick des jungen Detektivs und wechselte das Thema. »Irgendwie muss ich das Streikkomitee dazu bringen, dass es den Hitzköpfen Einhalt gebietet.«

»Ich fürchte, was diesen Punkt betrifft, habe ich schlechte Nachrichten«, sagte Bell.

»Welche?«

»Das Streikkomitee wurde soeben auf einen Sonderzug nach Morgantown, West-Virginia, gesetzt.«

»Wie bitte?«

»Der Sheriff des Allegheny County hat die Männer verhaftet, um sie wegen Mordes an Black Jack Gleason vor Gericht zu stellen.«

Jim Higgins' Schultern sackten nach unten. »Sie haben Gleasons Yacht nicht in die Luft gesprengt.«

»Ich bin mir sicher, dass sie es nicht getan haben«, sagte Bell, »da sie zu diesem Zeitpunkt in Chicago waren. Aber das zu beweisen wird Monate dauern.«

Auf der Suche nach einer Sitzgelegenheit sah sich Higgins um, fand aber nichts Geeignetes und blickte Isaac Bell hilflos an. »Jetzt hängt alles an mir«, sagte er. »Aber sie haben mich von allen Seiten eingekreist.«

»Vielleicht kann Mary helfen.«

Higgins schüttelte den Kopf. »Ich glaube nicht.«

»Wissen Sie, was sie vorhat?«, fragte Bell ganz offen.

»Sie geht ihren eigenen Weg.«

»Ist sie in Gefahr?«, wollte Bell wissen.

»Wenn ich an Gott glaubte, würde ich sagen, das weiß er allein.« Higgins schaute zu dem riesigen Trichter hinauf. Plötzlich straffte er zu Bells Verwunderung die Schultern und nahm eine kerzengerade Haltung ein. Ein schmales Lächeln glitt über seine Miene. Damit verabschiedete er sich, wie Isaac Bell vermutete, resignierend von irgendwelchen Hoffnungen oder konkreten Illusionen.

»Wer immer diese Anlage erbaut hat, kennt sich in seinem Geschäft bestens aus. Er hat ein Zentrum der Kohleversorgung für den gesamten Osten, Westen, Norden und Süden geschaffen.«

»Der Betrieb ist äußerst leistungsfähig«, pflichtete Bell ihm bei. »Wie ich hörte, drängt er kleinere Kohlelager damit aus dem Geschäft.«

»Dieses Gelände wäre für die Anlage eines wunderschönen Freizeitparks ideal gewesen.«

»Ich verstehe nicht, Jim.«

»Wasser auf drei Seiten, die Flussbiegung, die ihn umgibt. Nur eine kurze Straßenbahnfahrt von der Stadt entfernt. Dort, wo der Verladeturm errichtet wurde, könnte ein Riesenrad stehen. Picknickplätze. Ein Karussell. Ein Baseballfeld. Eine Pferderennbahn. Man könnte geradezu religiöse Erweckungsversammlungen dort veranstalten. Und Chautauqua-Veranstaltungen abhalten.«

Isaac Bell sah zu den Rauchwolken hinauf, die den Himmel verdunkelten. »Um sich das vorzustellen, braucht man eine Menge Fantasie.«

»Aber stellen Sie sich vor, hier stünde unsere Zeltstadt und nicht in McKeesport. Der Winter steht vor der Tür. Wir könnten diesen Ort besetzen, ihn stilllegen. Der Industrie fehlt die Kohle, und die Stadtbewohner werden frierend in ihren Wohnung sitzen.«

»Sie klingen wie Ihre Schwester«, sagte Bell.

»Vielleicht würden sie uns dann zuhören ...« Er wandte sich zu Bell um. Seine Augen glänzten. »Wir brauchten die Anlage gar nicht stillzulegen. Wenn wir erst einmal hier wären und den Betrieb jederzeit stoppen könnten, würden sie erkennen, in welcher Position wir uns befinden, und müssten mit uns verhandeln. Könnten wir mit dieser Schließung drohen, würden wir zu einer Einigung finden und wieder an unsere Arbeit zurückkehren.«

»Das könnte geschehen«, sagte Bell so sachlich wie möglich. Ein Armeegeneral würde in Higgins' Idee sicherlich eine geniale Strategie erkennen: Auf drei Seiten von Wasser umgeben, wäre das Gelände, auf dem die Kohleverladestation stand, einfacher zu verteidigen als die meisten anderen Lagerplätze. Ein Navy-Admiral würde eher eine Falle darin sehen. Sie säßen dort wie auf dem Präsentierteller, auf drei Seiten feindlichem Feuer ausgesetzt.

»Aber wie soll ich zehntausend Bergarbeiter vom McKeesport hierherbringen, wenn Streikbrecher, Firmencops und Miliz den Weg versperren?«

Bell dachte an die Anweisung Joseph Van Dorns, auf keinen Fall Partei zu ergreifen, erkannte jedoch voller Sorge, dass Jim Higgins im Begriff war, die Augen vor der drohenden Gefahr zu verschließen. Er fragte: »Würden die Männer ihre Familien zurücklassen?«

Higgins schüttelte den Kopf. »Nein ... aber, Isaac, es muss getan werden. Ich muss eine Möglichkeit finden, sie alle hierherzubringen.«

»Das Risiko ist enorm. Denken Sie an die Frauen. An die Kinder.«

»Gefährlicher wäre es, sie dort zu lassen, wo sie jetzt sind. Das Lager in McKeesport ist armselig. Es ist nur ein Freizeitpark. Ein paar Picknicktische, ein Schwimmtümpel und einige verrammelte Karussells und Kirmesbuden. Sie wissen schon, die sind für die arbeitenden Leute. Dorthin können sie am Sonntag bei schönem Wetter einen Ausflug machen und sich ein wenig vergnügen.«

Bell nickte. Überall im Land legten Straßenbahngesellschaften an den Endhaltestellen ihrer jeweiligen Linien Freizeitparks an, um auch an arbeitsfreien Tagen zahlende Fahrgäste in die Wagen zu locken. »Aber wie sind die Marschierenden hineingelangt?«

»Die Cops in McKeesport haben einfach in die andere Richtung geschaut. Sie waren froh, uns aus der Stadt heraushalten zu können. Aber nun droht die Straßenbahngesellschaft damit, den Strom abzuschalten und die Wasserversorgung zu sperren. Es ist ein entsetzliches Chaos – zu viele Menschen, und täglich kommen noch weitere hinzu, keine Toiletten und auch keine Möglichkeit, die Kranken und Gebrechlichen zu versorgen. Aber hier befänden wir uns innerhalb der Stadtgrenze von Pittsburgh. Krankenhäuser und Ärzte und Lebensmittel und frisches Wasser gäbe es in nächster Nähe und ausreichender Menge. Kirchengemeinden und Wohlfahrtsvereine würden uns ihre Hilfe anbieten. Zeitungsreporter würden über uns berichten. Würde das die Aktivitäten der Streikbrecher nicht behindern, wenn nicht gar vollends stoppen?«

»Aber um hierherzugelangen, müssten Sie und Ihre Leute an Miliztruppen und diesen ›Pennern‹ und ›Knastvögeln‹ vorbei. Es könnte zu einem Massaker kommen.«

»Dieses Risiko müssen wir eingehen«, erwiderte Higgins leidenschaftlich. Er biss die Zähne zusammen, seine Wirbelsäule wurde starr, und Isaac Bell erkannte, dass dieser im Grunde einsichtige und umgängliche Gewerkschaftsmann sich entschlossen hatte, in einen Kampf zu ziehen, den er eigentlich vermeiden sollte – eine offene Schlacht gegen streikbrechende Schläger und Gauner sowie Bergwerkspolizisten und Truppen der Staatspolizei.

Seine eigene Einschätzung der Situation verdrängend und Joseph Van Dorns strenge Anweisung ignorierend, sagte der junge Detektiv: »Ich weiß einen besseren Weg.«

»Was für einen?«

»Black Jack Gleasons Weg.«

# 35

»Mack und ich sind zu alt, um vom Boss gefeuert zu werden«, sagte Wally Kisley. »Sogar dann, wenn wir dir bei einer Nummer helfen, wie du sie vorgeschlagen hast. Und Joe Van Dorn wird auch Archie nicht feuern, er ist doch bloß ein blutiger Anfänger … nichts für ungut, Archie.«

»Kein Problem. Mein Professor für Altphilologie in Princeton hat eine ähnliche Auffasung von mir in epischen Hexametern ausgedrückt.«

»Aber du, Isaac, du stehst erst am Anfang. Du kannst es dir nicht leisten, gefeuert zu werden – ich weiß, dass du mit einem ganz besonderen Reichtum gesegnet bist, und du musst wissen, dass ich dabei nicht von Geld rede. Wenn du weiterhin als Privatdetektiv arbeiten willst, gibt es für einen jungen Burschen keine bessere Truppe, um sein Gewerbe zu erlernen, als Van Dorn und seinen Laden. Aber eins sollte dir klar sein: Sollte er dich bei dieser Geschichte erwischen, feuert er dich.«

Isaac Bell richtete sich zu seiner vollen Größe auf und stieß dabei mit dem Hut an die niedrige Holzdecke der Kabine auf dem Arbeitsboot. Die anderen saßen gebeugt an einem Küchentisch, der mit Wachstuch bedeckt war. Ein Kochherd roch nach Bratfett und Kaffee. Draußen war es dunkel. Das Bullauge stand offen und ließ die scharfen Gerüche des Flusses und etwas Kohlerauch herein.

»Ich weiß Ihre Bedenken zu würdigen, Wally. Und

auch Ihre, Mack. Aber diese ›Nummer‹ ist das Richtige, das jetzt getan werden muss. Ich kann nur hoffen, Mr. Van Dorn wird es genauso sehen.«

»Darauf würde ich mich nicht verlassen.«

»Ich verlasse mich auch nicht darauf. Ich riskiere es.«

Archie steuerte ein freundlicheres Szenario bei. »Vielleicht betrachtet Mr. Van Dorn den organisierten Umzug all dieser Familien in die Sicherheit der Stadt als eine Art humanitären Akt.«

»Vielleicht wird Präsident Roosevelt die Kohlebergwerke in die Hände der Bergarbeiter übergeben«, sagte Mack Fulton.

»Und weil alles so schön läuft«, fügte Wally hinzu, »erklärt er die Vereinigten Staaten vielleicht auch gleich zur Sozialistischen Republik, wo alle Arbeiter wie im Paradies leben.«

»Wir sind uns also einig«, sagte Bell. »Jim, wie viele Schleppschiff-Steuerleute haben Sie auftreiben können?«

»Ich habe fünf, die zu allem bereit sind.«

Im Kopf multiplizierte Bell die Schiffe und die Leichter. Er hätte sich mehr Schleppschiffe gewünscht, damit die Leichter nicht zu schwer beladen werden müssten und zu tief im Wasser lägen oder zu schwerfällig reagierten. Fünf Schleppschiffe müssten jeweils zwanzig Leichter schieben, und in jedem Leichter befänden sich einhundert Menschen, enger zusammengepfercht als Sardinen in der Dose. Zehntausend Menschen, falls alle an Bord gelangten, ehe die Pinkertons den Braten rochen. Gott möge ihnen gnädig sein, sollte ein Frachtkahn sinken. »Wie steht es mit Maschinisten?«

»Schleppschiffmaschinisten sind wie Einsiedlerkrebse. Sie verlassen niemals ihr Boot.«

»Deckhelfer?«

»Ein paar und dazu so viele Bergleute, wie wir aus dem Lager herausschmuggeln können.«

»Und die so tun, als seien sie Deckhelfer«, knurrte Mack Fulton.

»Harte Arbeit ist ihnen nicht fremd«, sagte Jim Higgins. »Außerdem haben sie ihr bisheriges Leben damit verbracht, Lasten zu bewältigen, die schwerer sind als sie selbst.«

»Sie werden damit zurechtkommen«, sagte Bell und wusste, dass auf sie Verlass war.

Wally und Mack atmeten hörbar auf. »Okay, Isaac«, sagte Mack. »Wann lassen wir die Sache steigen?«

Isaac Bell gab die Frage mit einem auffordernden Blick an Jim Higgins weiter.

Der sagte: »Die Steuerleute rechnen heute Nacht wieder mit schwarzem Nebel.«

»Dann also heute Nacht«, erklärte Isaac Bell. »Wir verlegen sie heute Nacht.«

»Nichts wie weg!«, zischte Wally Kisley. »Die Cops!«

Es war natürlich nicht die Polizei von Pittsburgh oder die Bergwerkspolizei, sondern Mary Higgins, die, wie die Protective Services gewarnt hatten, zu ihnen unterwegs war. Sie platzte in die Kabine des Arbeitsbootes. Ihre Wangen waren vor Wut gerötet. Sie funkelte ihren Bruder, die anderen und Bell an.

»Wo sind die Männer, die sich auf diesem Schiff aufgehalten haben?«

»Sie haben die Stadt aus gesundheitlichen Gründen verlassen«, antwortete Mack Fulton.

»Und machen im Greenbrier in White Sulphur Springs eine Kur«, sagte Wally.

»Was hast *du* hier zu suchen?«, rief sie und konzentrierte ihren gebündelten Zorn auf Bell.

»Wir borgen uns deine Frachtkähne aus«, sagte er. »Und du kannst dich glücklich schätzen, dass nur wir dahintergekommen sind, und nicht die Polizei, die Pinkertons und die Miliz.«

»Erwartest du Dankbarkeit von mir?«

»Es reicht schon, wenn du uns nicht in den Weg trittst.«

Sie drehte sich zu ihrem Bruder herum. »Hast du es ihm verraten?«

»Ich habe nur bestätigt, was sie sich selbst zusammengereimt haben.«

»Weshalb?«

»Damit du nicht getötet wirst oder im Gefängnis landest.«

»Fahr zur Hölle, Bruder. Und du ebenfalls, Isaac Bell!«

Isaac Bell folgte Mary aufs Deck. Sie blickte auf den Fluss hinaus, von dem erste Nebelschwaden aufstiegen, und hatte Mühe, die Tränen wegzublinzeln, die ihr in die Augen stiegen. »Du hast alles verdorben.«

»Mary?«

»Lass mich in Ruhe.«

»Aus dem, was du getan hast, wird etwas Gutes erwachsen. Diese Frachtkähne retten den Marsch der Arbeiter und erhalten Menschenleben.«

»Wie?«

»Dein Bruder hat die Idee, sie mitsamt ihren Zelten aufs Gelände des Amalgamated-Kohleterminals zu bringen. Dabei hoffen wir, den Umzug der Bergarbeiter und ihrer Familien mit diesen Leichtern durchführen zu können. Wenn sie erst einmal dort sind, so glaubt er, werden sie sich in einer sichereren und stärkeren Position befinden.«

»Glaubst du das auch?«, fragte sie.

»Vor allem glaube ich, dass ihre Position in diesem Moment nicht schlechter sein könnte.«

Mary nickte und sagte ernst: »Ich habe heute Nachmittag den Freizeitpark gesehen. Dort können sie nicht bleiben … Stimmt es, was mein Bruder sagte?«

»Jim hat dich nicht verraten. Er hat nur bestätigt, was ich vermutet habe.«

»Du bist sehr clever, Isaac Bell.«

»Es war nicht schwer dahinterzukommen«, erwiderte Bell. »Man brauchte nur eins und eins zusammenzuzählen. Es gibt keinen anderen Grund, hundert Frachtkähne im Kanal zu versenken, als den Kohletransport zu stören.«

»Aber woher wusstest du, dass ich sie versenken wollte?«

»Ich habe dich beschattet, Mary, und bin dir hierhergefolgt. Bis zu diesem Boot. Ich habe gehört, wie du mit diesen Männern diskutiert hast.«

»Aber ich habe ständig hinter mich geschaut und darauf geachtet, dass ich nicht verfolgt werde. Die Pinkertons sind überall.«

Bell lächelte und meinte sanft: »Ich habe dir doch erklärt, dass die Van Dorns anders arbeiten.«

»Raffinierter?«, konterte sie mit dem Anflug eines Lächelns.

Bell ergriff ihre Hände, und als sie sich nicht dagegen wehrte, sagte er: »Mary, du hast einmal erklärt, dass es nicht ausreiche zu wissen, was richtig ist. Wenn man weiß, was richtig ist, müsse man es auch tun.«

»Willst du dir etwa anmaßen zu entscheiden, was richtig ist?«

»Ich habe Augen und Ohren. Die Marschierenden sind gestrandet. Dein Bruder war so verzweifelt, dass er schon bereit war, sie notfalls mit Gewalt aus McKeesport herauszuholen. Es wäre zu einem Blutbad gekommen. Diese Frachtkähne – deine Leichter – können ihre Rettung sein. Wir wären nicht einmal auf diese Idee gekommen, wenn du nicht veranlasst hättest, die Kähne hier zu sammeln.« Er deutete in die Dunkelheit, wo die Leichter den Fluss bedeckten. »Aber ich muss dich darauf aufmerksam machen, dass dies eine weitaus bessere Verwendung ist als das, was du beabsichtigst.«

Mary Higgins sah Bell betrübt an. »Ich hasse es aufzugeben. Ich hasse es auch zu verlieren. Es war ein guter Plan, nicht wahr?«

»Gut«, sagte Bell, »ist nicht das erste Wort, das einem dazu in den Sinn kommt. Aber er war sehr schlau.«

»Hoffen wir, dass dein Plan ebenso schlau ist«, erwiderte sie.

»Ich bete, dass er es ist«, sagte Bell. »Das Schicksal vieler Menschen hängt davon ab.«

»Ich wünsche ihnen Glück.«

»Wer ist Mr. Claggart?«

Er hatte die Worte kaum ausgesprochen, da erkannte Bell, dass er damit lieber hätte warten sollen.

Mary wurde starr. »Einmal Detektiv, immer Detektiv?«

»Ich fürchte, ich bin nicht ›raffiniert‹ genug, um ein guter Detektiv zu sein.«

»So intensiv, wie du daran arbeitest, wirst du es schon bald sein.« Innerlich ging sie auf Distanz zu ihm.

Jetzt gab es kein Nachgeben. Bell musste wissen, ob

Claggart Henry Clay war, und es gab eine Möglichkeit, dies schnellstens herauszufinden. »Hat er gelbe Augen?«

»Weshalb fragst du?«

»Wenn er sie hat, dann benutzt er dich.«

»Fahr zur Hölle.«

Damit wäre diese Frage beantwortet, dachte Bell. »Weißt du, dass er Detektiv ist?«

»Lebe wohl, Isaac.« Sie stieg auf die Leiter zum Frachtkahn.

»Sein richtiger Name lautet Henry Clay«, fuhr Bell unbeirrt fort. »Er ist ein Provokateur. Er zettelt Gewalt an, hetzt Arbeiter gegen Unternehmer und Unternehmer gegen Arbeiter auf. Und er benutzt dich – es ist sein Spiel. Wenn du diese Leichter versenkst, bekäme Clay genau das, was er will. Arbeiter würden dafür verantwortlich gemacht.«

»Es ist nicht sein Spiel.«

»Was?«

Mary schüttelte heftig den Kopf. »Nichts.«

Bell ergriff ihren Arm. »Was meintest du damit, dass es nicht sein Spiel sei?«

»Lass mich los.«

»Wessen Spiel ist es dann? Gibt jemand anders die Befehle?«

»Ich habe keine Ahnung.«

»Aber du weißt, dass Clay in fremdem Auftrag handelt, nicht wahr?« Sie schüttelte den Kopf. Es war zu dunkel, um in ihre Augen zu sehen, geschweige denn ihren Gesichtsausdruck zu erkennen. Er versuchte abermals, eine klare und ehrliche Antwort von ihr zu erhalten. »Wer hat für die einhundert Frachtkähne bezahlt?«

»Das war das Erste, das ich ihn gefragt habe«, sagte Mary.

»Und hat er darauf geantwortet?«

»Banküberfälle. Sie haben das Geld aus Banküberfällen.«

»Wo?«

»In Chicago.«

»Was würdest du sagen, wenn ich dir erzähle, dass diese Überfälle von verschiedenen Banden inszeniert wurden, von denen die Hälfte in dieser Woche verhaftet wurde?«

»Ich würde sagen, dass du schon wieder beweist, wie gut du bist.«

Mack kam aus der Kabine und rief: »Isaac! Wenn du das Ganze heute Nacht durchziehen willst, dürfen wir keine Zeit verlieren!«

Das rhythmische Rauschen eines mächtigen Schaufelrads erklang, und ein Schleppschiff tauchte aus dem Nebel auf und stieß gegen den Leichter-Verband. Bergarbeiter sprangen mit Tauen in den Händen auf die Frachtkähne und blickten sich unsicher um. Sie warteten darauf, dass ihnen jemand erklärte, was sie tun sollten.

»Jetzt oder nie, Isaac.«

»Mary, wir unterhalten uns morgen.«

Sie stieg die Leiter auf den Frachtkahn hinauf und entfernte sich in Richtung Flussufer.

»Wo willst du hin?«

»Du bist nicht der Einzige, der das ›Richtige‹ tun muss, Isaac.«

»Wirst du dich in Acht nehmen?«, rief Bell ihr nach.

»Warum sollte ich? Du folgst mir doch ohnehin.«

»Nicht jetzt. Heute kann ich das nicht.« Er deutete mit einer hilflosen Geste auf das Dampfschiff und die Frachtkähne.

»Dann muss ich heute besonders vorsichtig sein.«

»Clay ist äußerst gefährlich.«

Mary Higgins blieb stehen, wandte sich um und sah ihn an. Funken und Feuerzungen schlugen aus den Schornsteinen des Schleppschiffs und erhellten ihr bleiches Gesicht. In den Augen ein Funkeln, das Kinn stolz vorgereckt, sah sie für Bell unfassbar schön und absolut unantastbar aus. Er fragte sich, wie sie angesichts der Enttäuschung, die sie soeben erlebt hatte, so selbstsicher erscheinen konnte. Die Antwort war wie ein Eiszapfen, der sein Herz durchbohrte.

»Für mich nicht.«

# 36

Der berüchtigte »schwarze Nebel« Pittsburghs war eine schmierige Mischung aus natürlichem Nebel, der von den Flüssen aufstieg, und Kohlenrauch und Ruß, die von den Fabriken, den Schmelzöfen, Elektrizitätswerken, Lokomotiven und Dampfschiffen ausgestoßen wurden. Schwarzer Nebel war dicht und fettig, erstickend und nahezu undurchsichtig. Als der Steuermann des ersten Schleppschiffs seinen elektrischen Kohlenstoffscheinwerfer einschaltete, um die Leichter zu inspizieren, die er schob, erhellte das Licht das Innere des Ruderhauses, als würde es von einem Spiegel reflektiert werden.

»Die Leichter sind irgendwo da vorn«, sagte Captain Jennings, der Steuermann des Schleppschiffs, scherzhaft zu Isaac Bell, der neben ihm stand. Er war ein alter Fahrensmann mit einem French-Fork-Bart, der mit braunen Tabaksflecken übersät war. Sein Schiff, die *Camilla*, war dreißig Meter lang, verfügte über zwei Decks und ein Heckschaufelrad, so breit wie der Rumpf des Schleppers. Das rundum verglaste Ruderhaus, das Bell an den Widow's Walk auf den Kapitänshäusern in Neu-England erinnerte, stand auf dem zweiten Deck hinter den Schornsteinen und erlaubte ihnen den Blick auf die undurchdringlichen Dunstschwaden vor und hinter ihnen und auf beiden Seiten.

»Man kann den Unterschied am Ruder spüren, wenn die Verbindung zwischen Schubkonvoi und Schiff getrennt wird und der Schlepper allein durch den Fluss pflügt, während die Frachtkähne steuerlos abtreiben. Wir machen gute Fahrt. Sie brauchen sich keine Sorgen zu machen, und ich muss nicht sehen, was ich ohnehin weiß.« Er spuckte einen Strahl Tabaksaft in eine mit Sägemehl gefüllt Kiste. »Verdammt, das meiste von dem, was ich nicht sehen kann, spüre ich im Boden unter meinen Füßen oder erkenne es am Schaufelrad, wenn es seine Drehzahl verändert. Und was ich nicht sehen oder spüren kann, lagert in meinem Gedächtnis.«

Bell fragte sich, wie der Steuermann andere Schubverbände, die sich auf Kollisionskurs mit ihm befanden, rechtzeitig bemerken wollte. Jennings weißer Bart legte den Schluss nahe, dass er schon einige Jahrzehnte auf dem Fluss unbeschadet hinter sich gebracht hatte, aber es schien ganz so, als lohne es sich, dieses Thema anzusprechen.

»Falls ich mir nicht sicher bin, habe ich noch immer die Glocke, mit der ich die Fahrt sofort stoppen kann«, lautete die lakonische Antwort.

Bell schaute nach achtern und sah ein mattes Licht, das möglicherweise zu dem Leichter-Verband hinter ihnen gehörte. Dieser wurde von Jennings Sohn durch den Fluss geschoben. Bell hatte seinen umsichtigen Freund, Archie Abbott, der ebenso wie er mit Segelbooten und Dampfyachten aufgewachsen war, auf dem hintersten Schubschiff stationiert. Auf dem nächsten hielt Wally Kisley Wache, dann folgte Mack Fulton. Außerdem war er für den dichten schwarzen Nebel dankbar.

Vor ihnen entstand ein gespenstisches rotes Leuchten, das die Dunkelheit durchdrang. Es wurde stetig intensiver. »Was hat dieses rote Licht zu bedeuten?«

»Das sind die Hochöfen von Jones & Laughlin… schauen Sie genau hin. Gleich sehen Sie etwas, das Sie niemals vergessen werden. Dort!«

Eine Prozession roter Kugeln schien in der Luft zu schweben, als sie hoch über dem Wasser quer über den Fluss wanderten. Bell stand vor einem Rätsel, bis seine scharfen Augen die Balken und Träger einer Gitterkonstruktion erkannten. »Ist das eine Brücke?«

»Die Hot Metal Bridge.«

Während die ersten Leichter ihres Schubverbands unter der Brücke hindurchglitten, konnte Bell eine Lokomotive sehen, die Niederbordwagen durch das stählerne Gitterwerk zog. Auf jedem Wagen befand sich ein rotes Feuer.

»Was transportieren diese Waggons?«

»Spezialbehälter mit flüssigem Stahl aus dem J&L-Hüttenwerk. Sie bringen ihn vom Hochofen zu den Walzstraßen. Ist das nicht ein tolles Schauspiel?«

Nachdem sie die Brücke hinter sich gelassen hatten, drehte der Steuermann behutsam an seinem großen aus Holz gedrechselten Ruderrad, das ihn fast überragte, und lenkte den Schubverband in einen weiten Bogen. Zur Linken drang ein weißer Lichtschimmer durch die Dunkelheit. Eine heftige Windböe zerriss für einen kurzen Moment die Nebeldecke, und Bell erhaschte einen kurzen Blick auf den Amalgamated-Kohleterminal. Elektrische Arbeitslampen erzeugten taghelles Licht, in dem die Förderbänder die Steinkohle aus den Leichtern bis zur Kippvorrichtung transportierten. Sieben Meilen dunkler Fluss lagen noch vor ihnen. Mindestens eine Stunde Fahrt. Dann galt es, die Menschen zügig an Bord zu holen und sieben Meilen zurückzufahren. Der schwarze Nebel wurde dichter.

Plötzlich nahm Bell an einer Seite des Schiffes eine Bewegung wahr. Die Suchscheinwerfer der *Camilla* erfassten einen gemauerten Brückenpfeiler. Sie passierten ihn nahe genug, dass er den Mörtel zwischen den Mauersteinen erkennen konnte. »Brown's Bridge«, sagte der Steuermann. »Wir sind genau auf Kurs.«

Unterhalb der Homestead Steel Works zerfaserte der Rauch, und der schwarze Nebel löste sich gerade rechtzeitig ein wenig auf, um einen voll beladenen Schubverband von zwanzig Kähnen flussabwärts auf sie zukommen zu sehen – eine schnell durch die Fluten gleitende Insel aus Steinkohle, fast einen Hektar groß.

»Verflixt!«, schimpfte Bells Steuermann. »Das ist Captain Andy. Ausgerechnet seinem Schiff müssen wir heute Nacht begegnen!«

»Was ist los?«

Jennings spuckte in die Sägemehlkiste. »Captain Andy besitzt drei Dampfschiffe, womit er ins Lager der Kapitalisten gehört. Das, was wir für unsere arbeitenden Freunde tun wollen, zuzulassen, wäre so, als würde man ein Ruder in ein Nest von Wassermokassins tauchen.«

Er ließ die Dampfpfeife der *Camilla* ertönen. Die Dampfpfeife des entgegenkommenden Schubverbands antwortete. Während sie einander passierten, ließen die Steuerleute die Lichtstrahlen ihrer Suchscheinwerfer über den Schubverband ihres jeweiligen Kollegen gleiten und verließen ihre Ruderhäuser, um einander zu grüßen.

»Wohin geht die Fahrt?«, rief Captain Andy, der flussabwärts dampfte.

»Nach Gleasonburg!«, erwiderte Bells Steuermann.

»Nimm dich vor der Bande Streiker in McKeesport in

Acht. Wie ich gehört hab, kriegen sie eine Kanone, um auf unsere Konvois zu schießen.«

»Woher sollen die eine Kanone kriegen, Captain Andy?«

»Sie stehlen sie. Das sind schließlich Streiker, oder?«

Jennings winkte zum Abschied und sagte zu Bell: »Wir können nur hoffen, dass die Jungs nach uns das Gleiche erzählen.«

Sie passierten eine weitere Brücke, über die Industriebahnen der Carrie Furnaces mit Flüssigstahlbehältern verkehrten, und kurz danach eine Straßenbahnbrücke. Ein Straßenbahnwagen mit hell erleuchteten Fenstern donnerte im selben Moment über die Holzkonstruktion, als sich der Schubverband genau darunterbefand.

»Das war die West Braddock Bridge«, sagte der Steuermann. »Von hier bis McKeesport haben wir freie Fahrt. Nur ein paar Eisenbahnbrücken mit viel Platz zwischen den Pfeilern. Und einige Baggerschiffe in der Fahrrinne.« Der Lichtstrahl seines Suchscheinwerfers wurde von einem großen weißen rautenförmigen Schild am Ufer, das eine weitere Flussbiegung ankündigte, reflektiert.

Der schwarze Nebel lichtete sich weiter. Bell konnte den Schubverband hinter ihrem erkennen und die Lichter der beiden nachfolgenden. »Ich hoffe, dass niemand nach uns Ausschau hält«, sagte Captain Hennings. »Mittlerweile sind wir nicht mehr zu übersehen.«

Gesehen zu werden bereitete Bell keine allzu großen Sorgen. Wer sollte am Flussufer von ihnen Notiz nehmen, solange sie in Bewegung waren? Mit den Konvois hatten sie die Liegeplätze am Ufer im schützenden Nebel verlassen. Nun waren sie vom übrigen Schiffsverkehr nicht mehr zu unterscheiden. Bell befürchtete nicht im Entferntesten, dass Mary Higgins sie verriete. Seine Hauptsorge war, dass »Claggart« rechtzeitig zurückgekehrt war, um mitzuerleben, wie der letzte Schubverband die Smithfield Bridge passierte. Aber bisher gab es keine Anzeichen, dass sie verfolgt wurden.

Er verließ das Ruderhaus und stieg eine Treppe hinunter zur Kantine, wo ein ergrauter Deckhelfer einem Dutzend Bergarbeiter von Alligatoren erzählte, die sofort ausschwärmten, wenn unerfahrene Deckhelfer über Bord stürzten. »Und ich denke, dass ihr längst bemerkt haben werdet, wie gering der Abstand des Hauptdecks zum Fluss ist. Manchmal klettern diese Biester einfach an Bord, schleichen auf dem Schiff herum und suchen nach etwas Fressbarem.«

»Ich habe mein ganzes Leben in West-Virginia verbracht. Aber im Mon hab ich noch nie Alligatoren gesehen.«

»Sie sammeln sich in Pittsburgh.« Der alte Mann zwinkerte Bell zu.

Bell wandte sich an die Bergarbeiter. »Wir haben den Freizeitpark fast erreicht. Wenn wir anlegen, wimmelt es dort von Menschen. Ich hoffe, dass ihr wirksam mithelfen könnt, ein wenig Ordnung zu halten, während wir sie auf die Frachtkähne verteilen. Es sind eure eigenen Leute und …«

»Ich würde mir deshalb nicht zu sehr den Kopf zerbrechen«, sagte der Mann aus West-Virginia gedehnt. »Das Streikkomitee hat für alles Komitees zusammenstellen lassen, vom Trinkwasserkomitee über das Kochkomitee und das Keine-Schimpfworte-Komitee bis hin zum Verteidigungskomitee. Sie können sich darauf verlassen, dass es mittlerweile auch ein Frachtkahn-Einstiegskomitee und ein Frachter-Ausstiegskomitee geben wird.«

Der Märchen erzählende Deckhelfer der *Camilla* stand auf. »Zurzeit organisiere ich ein Festmach-Komitee. Der Kapitän leistet den größten Teil der Arbeit, uns an unseren Anlegeplatz zu bringen, aber ich will, dass jeder von euch mit einem Tau in der Hand bereitsteht, um an Land zu springen.«

Zwanzig Minuten später, während sie mit fast acht Knoten Geschwindigkeit gegen die Strömung dampfte, schob sich die *Camilla* an einer Reihe Schwimmbagger vorbei, die, wie Captain Jennings verlauten ließ, bei Braddock mit dem Bau von Schleusen und einem Damm begonnen hatten. »Es wurde auch verdammt noch mal Zeit. Während einer Trockenperiode kann es vorkommen, dass ein Stück oberhalb von diesem Punkt der Pegel derart rapide sinkt, dass man den Mon zu Fuß überqueren kann.«

Die Bagger setzten ihre Arbeit die ganze Nacht hindurch fort. Ein Glücksfall, dachte Bell, da ihre Scheinwerfer eine willkommene Tarnung für die Positionslampen der Schleppschiffe wären.

»Dort ist der Park«, sagte Jennings.

Bell hatte bereits die hoch aufragende Scheibe des Riesenrads entdeckt. Es zeichnete sich deutlich vor dem Lichterglanz der elektrischen Beleuchtung der Vororte von McKeesport ab. Falls er irgendwelche Zweifel hinsichtlich der Richtigkeit seiner Entscheidung für diese »Nummer« gehegt hatte, so zerstoben sie, als er die Menge der Männer, Frauen und Kinder erblickte, die sich, mit ihren Bündeln in den Händen, am Flussufer drängten.

»Wo ist das Verteidigungskomitee?«, rief Isaac Bell vom Oberdeck der *Camilla* hinunter, während Captain Jennings seine Leichter ans Flussufer heranbugsierte.

»An den Eingängen zum Park.«

»Sie halten die Pinkertons auf Distanz.«

Jennings richtete den Suchscheinwerfer landeinwärts, und damit bot sich Bell ein Anblick, den er nie vergessen würde. Laut Mary Higgins' Schätzung waren zehntausend Menschen zusammengeströmt, seit der Marsch in Gleasonburg begonnen hatte. Es war eine Zahl, die man sich kaum vorstellen konnte, bis der Lichtstrahl über die wogende Menschenmasse wanderte – Männer und Frauen, viele mit Kindern, die auf ihren Schultern saßen. Alle Gesichter waren auf den Fluss gerichtet.

»Sobald die Kähne voll sind, fahren Sie sofort flussabwärts«, sagte er zu Captain Jennings. »Falls ich nicht zurück bin, legen Sie ohne mich ab.«

Bell eilte die zwei Treppenabschnitte zum Hauptdeck hinab und gelangte mit einem Sprung auf das aufgeweichte Flussufer. Bergleute zerlegten soeben einen geschlossenen Getränkestand und breiteten die Bretter auf dem Morast aus. Bell ging landeinwärts, vorbei an unzähligen Menschen, die ihre Habseligkeiten und Zeltstäbe schleppten, um die sie Zeltplanen gewickelt hatten. Sein Weg führte ihn unter dem Riesenrad hindurch und um einen Badeteich herum. Vor ihm erschien ein Karussell, dessen Pferde mit Zeltplanen zugedeckt waren. Ein Kuriositätenkabinett war für den Winter mit Brettern vernagelt worden. Als das Gedränge abnahm, erreichte er den Zaun, der den Freizeitpark von dem Gelände trennte, auf dem die Straßenbahnschuppen standen.

Bergarbeiter mit Repetiergewehren bewachten die Einlasstore, die sie mit Holzbalken, Eisenbahnschwellen und Schienenabschnitten, die von der Endhaltestelle stammten, verbarrikadiert hatten. Die Gewehrschützen wandten der zum Fluss vorrückenden Menge und den Suchschweinwerfern des Schleppschiffs, deren Strahlen in den Himmel stachen, den Rücken zu und konzentrierten sich auf das Geschehen außerhalb des Freizeitparks.

»Wo ist Fortis?«

Der Bergmann, der diese Truppe leitete, ein Mann um die vierzig mit harten Augen, hielt sich im Kassenhäuschen auf. Er sah aus, als hätte er sehr lange nicht mehr geschlafen.

»Mr. Fortis? Ich bin Bell. Jim Higgins sagte mir, Sie decken mit Ihren Leuten den Rückzug.«

»Wir sind keinen Augenblick zu früh gekommen. Sehen Sie sich diese Leute an.«

Bell lugte durch einen Spalt zwischen den Holzbalken. Die Beleuchtung um den Straßenbahnschuppen war eingeschaltet, die großen Tore standen offen. Er konnte Scharen von Streikbrechern erkennen, bewaffnet mit Hacken- und Schaufelstielen, die dort Schutz vor dem Regen gesucht hatten. Ein Straßenbahnwagen, der vor einem der Schuppen parkte, weckte seine Aufmerksamkeit. Zwanzig mit Winchester-Gewehren bewaffnete Männer saßen darin.

»Pinkerton-Agenten?«

»In diesem Wagen. In einem anderen hinter dem Schuppen sitzen Coal and Iron Cops.«

»Wo ist die Miliz?«

»Bislang hält die Regierung sie in McKeesport in Reserve. Aber einer unserer Spione hat berichtet, dass sich diese Knastvögel bereithalten, um gegen vier Uhr morgens anzugreifen. Ich befürchte aber, dass sie früher losschlagen werden, wenn sie von Ihren Frachtkähnen Wind bekommen.«

»Sie müssen ebenfalls Spione haben.«

»Drei von ihnen haben wir heute Nacht geschnappt. Sie werden niemandem etwas erzählen.«

»Was haben Sie mit ihnen gemacht?«

»Wir haben uns ein wenig Zeit erkauft«, lautete die wenig aufschlussreiche Antwort.

Bell sagte: »Ich möchte mich darauf verlassen können, dass Sie und Ihre Leute es schaffen, auf den letzten Frachtkahn zu steigen.«

»Wir sind startklar und können jeden Moment abdampfen.«

Bell hatte bereits die mit Zeltplanen bedeckten Schubkarren bemerkt.

»Was befindet sich in diesen Karren?«

»Gewehre, Munition und Dynamit.«

Daran denkend, dass er möglicherweise im Begriff war, die Van Dorn Detective Agency in eine Schießerei zu verwickeln, fragte Bell: »Sind Sie sicher, dass Sie Sprengstoff brauchen?«

»Ganz sicher, wenn wir nicht den Kürzeren ziehen wollen.«

»Ich komme Sie holen, wenn wir die letzten von Ihren Leuten auf die Frachtkähne gebracht haben.«

Zurück am Fluss musste Bell feststellen, dass das Beladen der Frachtkähne nur langsam vonstattenging. Als die *Camilla* endlich ihre Leichter vom Flussufer weglenkte und den Monongahela abwärts Fahrt aufnahm und Captain Jennings' Sohn den zweiten Schubverband ans Ufer manövrierte, klappte der junge Detektiv seine Taschenuhr auf. Bei dem Tempo, mit dem sich die Frachtkähne füllten, könnten sie sich glücklich schätzen, wenn der letzte Schubverband am Amalgamated-Kohleterminal landete, ehe sich in zehn Stunden der Morgennebel auflöste.

# 37

Henry Clay entdeckte einen jungen Börsenmakler, der in Wheeling, West-Virginia, auf dem Kai unter einer Straßenlaterne wartete, wo die *Vulcan King* angelegt hatte, um Kohle zu bunkern. In ihm erkannte er den Typen, der bevorzugt von den im mittleren Westen ansässigen Filialen der Maklerfirma angestellt wurde, die Judge Congdon dank seiner verdeckten Beteiligung kontrollierte. Das Haar kurz geschnitten und adrett gekämmt, der Anzug gebügelt, der Kragen trotz der späten Stunde frisch gestärkt, das Lächeln erwartungsvoll, war dieser junge Mann eifrig darauf bedacht, jedem Vertreter aus der New Yorker Zentrale so weit wie möglich gefällig zu sein.

»Mr. Claggart?«, fragte er, die Augen beim Anblick des größten Dampfschiffs, das er jemals gesehen hatte, weit aufgerissen. Breit wie ein Stahlwerk und zweimal so schwarz, lag das schwimmende Monstrum am Kai.

»Kommen Sie von der Filiale?«

Verschwunden waren Clays Südstaatenbankierskostüm und sein gedehnter Akzent. Er war kurz angebunden – sein dunkler Gehrock so streng wie die frisch gestrichene *Vulcan King*, seine teure Melone mit korrektem Sitz auf dem Kopf – ein wertvoller Mitarbeiter in der Wahrnehmung seiner Pflicht, aus der großen Stadt anzureisen, um geschäftliche Transaktionen durchzuführen, die zu bedeutend waren, um sie gewöhnlichen Sterblichen anzuvertrauen.

»Ein Telegramm für Sie, Sir. Über die private Leitung.«

Der junge Mann reichte ihm einen Briefumschlag und unterstrich seine Wichtigkeit mit einem atemlosen: »Es ist chiffriert.«

»Chiffre heißt privat«, schnappte Clay. »Privat heißt, dass Sie es nicht in der Öffentlichkeit ausposaunen sollen.«

Es war kurz vor Mitternacht. Der Kai war abgelegen – er war wegen seiner Entfernung zum öffentlichen Kai ausgewählt worden – und wirkte bis auf die Heizer der *Vulcan King*, die frische Kohle über den Landungssteg ins Dampfschiff schafften, vollkommen verlassen. Der Jungmakler stammelte eine Entschuldigung.

»Merken Sie es sich für die Zukunft«, war Clays großmütige Erwiderung. »Warten Sie da drüben, bis ich Ihnen eine Antwort gebe, die Sie zurückkabeln können.«

Er schickte den Makler mit einem knappen Kopfnicken weg, trat in den Lichtschein der Laterne, riss den Briefumschlag auf und knirschte augenblicklich mit den Zähnen. In dem Umschlag befand sich das standardmäßige Formular für innerbetriebliche Nachrichten:

*Form A-14*

*Persönliche Kabelnachricht*

*Thibodeau & Marzen, Börsenmakler*

*Filiale Wheeling, West-Virginia*

In das Feld hinter **Eingang:** hatten sie geschrieben »8:48 pm.«

Nach **Per Telegraf von:** war »New York« eingetragen worden.

Und nach **An:** hatten sie unglaublicherweise »John Claggart« eingesetzt, und zwar in Lettern groß genug, um für einen Zirkus zu werben.

»Junger Mann!«

»Sir?«

Er winkte ihn zu sich und murmelte verärgert: »Setzen Sie Ihr Büro davon in Kenntnis, dass man, falls mich das Schicksal jemals wieder nach Wheeling verschlagen sollte, für meine privaten Nachrichten nicht das Standardformular benutzt, sondern den chiffrierten Text auf ein leeres Blatt ohne die Angabe des Namens überträgt.«

Er hatte diese Prozedur mit jeder Filiale abgesprochen, sogar in Chicago, wo man eigentlich hätte Bescheid wissen und darauf achten müssen. Der einzige Grund, weshalb keiner der Schwachköpfe hinter **Von:** »Judge James Congdon« eingetragen hatte, war der, dass niemand wusste, dass Congdon die Firma Thibodeau & Marzen gehörte.

Die Nachricht selbst, handgeschrieben, enthielt mehrere Ketten vierstelliger Zahlen. Er überflog sie und entschlüsselte die Zahlenkolonnen dabei im Kopf. Dann knüllte er das Papier in der Faust zusammen.

»Ablegen!«

Er eilte den Landungssteg hinauf.

»Wollen Sie nicht antworten, Sir?«, rief der Jungmakler.

»Senden Sie sofort chiffriert: ›Point. Neun Uhr.‹«

Judge Congdon raste sicherlich vor Wut. Seine Spione in Pittsburgh hatten beobachtet, wie die Bergarbeiter das Lager im Freizeitpark in McKeesport verlassen hatten. Im Begriff, das zusammengeknüllte Telegramm ins Wasser zu werfen, erinnerte sich Clay an die Lektion über Verschwiegenheit, die er soeben erteilt hatte, strich das Papier glatt, faltete es mehrmals und schob es tief in die Innentasche, die für Visitenkarten reserviert war.

»Ablegen, habe ich gesagt! Landungssteg einholen!«

Die Heizer begaben sich im Laufschritt an Bord. Deckhelfer machten Leinen los. Die dampfgetriebene Winsch hob den Landungssteg vom Kai hoch, schwenkte ihn ins Schiff, und die *Vulcan King* tastete sich in langsamer Rückwärtsfahrt in den Strom.

Clay rannte die vier Treppen zum Ruderhaus hinauf.

»Los! Worauf warten Sie? Volle Kraft!«

Unschlüssig hantierte der Pilot am Maschinentelegrafen herum. »Wohin?«

»Pittsburgh!«

»Ich weiß nicht, ob wir genug Heizmaterial gebunkert haben.«

Clay durchquerte das luxuriös eingerichtete Ruderhaus mit drei Schritten und schob beide Hebel der Maschine auf *Volle Kraft voraus.*

»Verbrennen Sie die Möbel, wenn es sein muss. Bringen Sie uns nur so schnell wie möglich ans Ziel!«

Sie hatten einen ganzen und einen halben Tag gebraucht, um dreihundertachtzig Meilen von Cincinnati stromaufwärts zu dampfen. Neunzig weitere Meilen mussten sie bis nach Pittsburgh zurücklegen. »Welche Geschwindigkeit können Sie schaffen?«

Der Steuermann drehte an dem mit Messingbeschlägen verzierten Ruderrad, und das Dampfschiff löste sich vom Ufer. »Die Flussströmung ist nach dem starken Regen heftig«, sagte er. »Neun Knoten.«

Clay strich das Telegramm glatt und las es abermals. Wie dumm. Der Text hatte sich nicht verändert. Wie sollte er auch? Er verstaute es wieder in der Innentasche.

Neunzig Meilen bis Pittsburgh bedeuteten zehn Stunden Fahrt bei neun Knoten. »Gehen Sie auf zehn Knoten.«

»Ich weiß nicht...«

»Lassen Sie Wasser aus den Kesseln ab. Steigern Sie den Druck. Sie erzeugen mit weniger Wasser mehr Dampf.«

»Aber die Kessel können schneller platzen.«

»Heißer Dampf! Tun Sie, was nötig ist. Zehn Knoten!«

Congdon hatte jedes Recht, wütend zu sein. Die Streikenden benutzten für ihren Umzug Frachtkähne. *Clays* Frachtkähne. Gott mochte wissen, wohin sie weiterziehen würden, aber es konnte nicht gut sein. Hatte Mary Higgins es sich anders überlegt? Unwahrscheinlich, ganz bestimmt nicht. Nein, das roch eher nach Isaac Bell.

Das Dampfschiff verfügte über moderne Sprachrohre. Clay rief nach dem Schiffszimmermann, der schnellstens ins Ruderhaus kaum. Er rieb sich den Schlaf aus den Augen.

»Bauen Sie die Kanone auf.«

»Jetzt sofort?«

»Und das Maxim.«

Mary Higgins wusste, dass Isaac Bell recht hatte. John Claggart – der Mann, den Isaac Henry Clay nannte – war kein Freund. Kein Freund der Streikenden, die er mit Schlagworten, die sie hatten hören wollen, eingelullt hatte – *verkommene Regierung* und *Blut saugende Kapitalisten*. Auch kein Freund für sie, die er so raffiniert getäuscht hatte. Was konnte für eine Frau, die entschlossen war, eine neue Welt zu schaffen, verführerischer sein, als zu hören, dass Anarchie ein Witz war?

Aber Claggart war auch nicht der Feind.

Es tröstete sie nicht, dass sie von Anfang an den berechtigten Verdacht gehabt hatte, dass jemand anders für die Frachtkähne bezahlt hatte. Sie war auch nicht überrascht gewesen, als Isaac ihr erklärte, dass Bankräuber ihre Überfälle nicht inszenierten, um die Arbeiter in ihrem Kampf zu unterstützen. Sie hatte Claggart ohnehin nicht uneingeschränkt geglaubt. Aber sie hatte gehofft und agiert wie eine Betrunkene – betrunken von ihrem Anliegen, betrunken von der Hoffnung, betrunken von leidenschaftlichem Glauben. Und wie jeder Betrunkene war sie blind für die Wahrheit gewesen.

Sie schwor sich, sich nie mehr von Hoffnung und Glauben blenden zu lassen.

Zorn auf Claggart war sinnlos, schlimmer noch als sinnlos. Zorn würde sie bei ihrer Suche nach dem Mann, der Claggart bezahlte, nur behindern. Er war der Feind. Er war der Provokateur, der zu Gewalt animierte, um den Unternehmern und der Regierung die Rechtfertigung zu liefern, die Gewerkschaft zu zerstören. Er war der Gegner des Grundsatzes, dass vor dem Gesetz alle gleich seien.

Der verschlagene Claggart war nicht der Feind. Er war ein Detektiv, nicht mehr und nicht weniger, und dabei verdammt gerissen. Höchst gefährlich, wie Isaac meinte? Zweifellos war er gefährlich. Sie hatte gesehen, wozu er fähig war. Aber niemals würde er auch ihr gefährlich werden. Das wusste sie tief in ihrem Herzen. Er würde ihr niemals etwas antun. Er war nicht der Feind. Er wollte ihr Freund sein. Und sie würde es ihm gestatten. Er wäre ein hilfreicher Freund, der sie zum Feind hinbrächte.

# 38

Als der vierte Leichter-Verband mit zweitausend streikenden Arbeitern, ihren Ehefrauen und Kindern in die Dunkelheit dampfte, trat Isaac Bell in den Lichtstrahl des Suchscheinwerfers der *Sadie* und gab Archie das Zeichen zum Anlegen. Captain Jennings hatte verlauten lassen, dass die *Sadie* das älteste der Flussboote war, ein Überbleibsel aus dem Bürgerkrieg, das während der Belagerung von Vicksburg in das schwere Feuer der Konföderierten geraten war. Dazu passte, dass Archie – während er vom flachen Rumpf auf die Bretter sprang, mit denen die Bergarbeiter das Ufer befestigt hatten – berichtete, dass die Lenzpumpen des Schleppers mit voller Kraft liefen, um die Wassermenge, die durch Lecks im Rumpf eindrang, so gering wie möglich zu halten.

»Lass niemanden auf diesen Lastkahn«, sagte Bell und deutete auf den ersten Leichter, der am weitesten vom Schleppschiff entfernt war. »Der ist für das Dynamit des Verteidigungskomitees reserviert.«

Bell rannte durch den dunklen und mittlerweile verlassenen Freizeitpark zu dessen Eingang.

Fortis, der Anführer des Verteidigungskomitees, schwankte vor Erschöpfung. »Ich hoffe, Sie sind bereit, uns aufzunehmen. Die Knastbrüder treffen nämlich Vorbereitungen, hier einzudringen.«

Bell warf einen Blick durch den Spalt in der Barrikade. Zwanzig Streikbrecher schleppten einen Rammbock, den sie aus Schienenteilen gebastelt hatten. Mindestens fünfzig weitere, die mit Hackenstielen bewaffnet waren, hielten sich hinter ihnen bereit. Und die Pinkerton-Agenten verließen den Straßenbahnwagen, verteilten sich und gingen mit ihren Gewehren in Position.

»Wo ist die Coal and Iron Police?«

»Sehen Sie zum Dach hoch.«

Bell entdeckte die Cops als undeutliche Silhouetten vor dem Lichtschein von McKeesport im Hintergrund. Sie kauerten hinter der Kammlinie der gewölbten Dächer der Straßenbahnhallen, die Gewehrläufe auf die Parktore gerichtet. »Um unseren Rückzug zu tarnen«, sagte er und erkannte, wie kompromisslos er sich auf die Seite der streikenden Bergarbeiter geschlagen hatte, »müssen wir uns etwas Besseres einfallen lassen als eine wilde Schießerei.«

Fortis' Antwort machte Isaac bewusst, dass er in einen Krieg eingegriffen hatte, der längst im Gange war. »Wir haben für den Einsatz des Rammbocks entsprechende Vorsorge getroffen, wodurch wir einiges an Zeit gewinnen … Moment mal! Was haben die denn vor?«

Ein Straßenbahnwagen glitt aus einem der Schuppen heraus und hielt dort an, wo eine Gleisbiegung bewirkte, dass der Wagen genau auf den Parkeingang zurollte. Hätte das Gleis seinen Verlauf beibehalten, wäre der Straßenbahnwagen ein idealer elektrisch betriebener Rammbock gewesen. Doch das Gleis knickte seitlich ab. Verwirrt schaute Bell genauer hin und konnte plötzlich sehen, dass die Windschutzscheibe des Straßenbahnwagens entfernt worden war. An ihrer Stelle hatten die Streikbrecher Scheinwerfer, die sie aus anderen Straßenbahnwagen ausgebaut hatten, aufgestellt.

Im selben Moment, als die Scheinwerfer gleichzeitig eingeschaltet wurden, wandte sich Bell zum Parktor um. Die Männer, die durch die Spalten in der Barrikade linsten, gaben erschrockene Laute von sich und waren für einen Augenblick geblendet. Bell entriss einem der Bergarbeiter in seiner Nähe das Gewehr, kletterte auf die Barrikade, zielte und feuerte mehrere Schüsse in das gleißende weiße Licht. Das Gewehrmagazin fasste fünf Patronen. Als es leer geschossen war, brannten noch zwei Scheinwerfer. Bell zückte seinen Colt Army, legte ihn auf den oberen Rand der Barrikade auf und drückte zweimal ab.

Auf dem Straßenbahnhof herrschte wieder nächtliche Dunkelheit. Schatten erhoben sich vom Erdboden, und die Streikbrecher, die den Rammbock fallen gelassen hatten, als sie in Deckung gegangen waren, hievten ihn nun wieder hoch.

»Rennt!«, rief Isaac Bell. »Nichts wie weg!«

Sie starteten in Richtung Flussufer zu den Lastkähnen, zwanzig Bergarbeiter mit Schubkarren und zehn, die wild hinter sich schossen, während die Streikbrecher das Eingangstor attackierten. Bell, der mit dem Colt in der Faust die Nachhut bildete, hörte das Donnern, als der Rammbock auf das Parktor traf. Einmal. Zweimal. Rückwärtslaufend wartete er darauf, dass der dritte Stoß das Tor aufsprengte.

Ein orangefarbener Blitz erhellte die Dunkelheit, gefolgt von einem lauten Knall und den Schreien der erschrockenen Streikbrecher. Als die flüchtenden Bergleute in Freudenrufe ausbrachen, begriff er, dass das Verteidigungskomitee das Tor mit Dynamit präpariert hatte, welches explodiert war, als der Rammbock eine Zündkapsel getroffen hatte.

»Das wird den Hurensöhnen eine Lehre sein!«, rief Fortis.

Und der Miliz einen zusätzlichen Vorwand zum Angriff liefern, dachte Bell.

Die Dampfpfeife des Schleppschiffs *Sadie* erklang, während sich die Männer dem Anlegeplatz näherten. Das Verteidigungskomitee hatte Mühe, die Karren durch den Morast zu den Frachtkähnen zu schieben, von wo die Männer mit lautem Geschrei angefeuert wurden.

Isaak überholte sie. »Bringt alles Dynamit auf den ersten Leichter, möglichst weit entfernt von den Menschen.«

Die Räder der Schubkarren versanken im Morast des Flussufers, und der betreffende Leichter war weit entfernt.

»Hier ist es gut«, rief Fortis. »Auf diesem Kahn ist genug Platz. Bringt es dorthin, Leute!«

»Dynamit verdirbt bei Nässe und wird instabil«, protestierte Bell. »Ihr habt das Zeug durch den Regen gefahren.«

»Wollen Sie einem Bergmann erklären, wie er mit Dynamit umzugehen hat?«

Bell packte den Arm des älteren Mannes mit eisernem Griff. »Instabil heißt, dass es von selbst explodieren kann! Schaffen Sie es von diesen Leuten weg!«

»Ich gehorche nicht den Befehlen irgendeines Grünschnabels …«

Isaac Bell hielt seinen Colt Army hoch. »Dem ersten Mann, der Dynamit woanders deponiert als vorn im ersten Leichter, schieße ich den Schädel von den Schultern.«

Isaac Bell hielt auf dem Sturmdeck vor dem Ruderhaus des Schleppers *Sadie* Wache und wünschte sich, dass der

Nebel zunähme. Die *Sadie* keuchte an den Homestead Works vorbei, und der Ladeturm des Amalgamated-Terminals ragte in einen sich allmählich aufhellenden Himmel hinein.

Laute Rufe drangen an seine Ohren.

Verfolger, dachte er und hielt Ausschau nach einem schnellen Polizeiboot, dicht besetzt mit Gewehrschützen. Aber die Rufe kamen vom vordersten Frachtkahn, auf dem einige Bergarbeiter dem Dynamit Gesellschaft leisteten. Es klang nach einem Streit zwischen Betrunkenen. Bell rannte die Treppe hinunter aufs Hauptdeck und weiter auf die miteinander vertäuten Leichter, um zur Spitze des Schubverbands zu gelangen und die Auseinandersetzung zu beenden, ehe die Streithähne noch eine ungewollte Explosion auslösten.

Doch ein dumpfer Knall verriet ihm, dass er zu spät kam.

Eine Rauchsäule schraubte sich auf dem vordersten Leichter in die Höhe. Gleichzeitig schoss eine Wasserfontäne in den Himmel. Für Bell klang es, als hätte eine einzelne Dynamitstange ein Loch in den Rumpf des Frachtkahns gesprengt. Würde auch die restliche Dynamitladung explodieren, ehe das eindringende Wasser die Zündkapseln unbrauchbar machte?

Der Dynamitkahn sank. Drei Männer, offensichtlich betrunken, kletterten mit unsicheren Bewegungen auf den nächsten Lastkahn. Während der beschädigte Leichter absackte, verstärkte sich der Zug auf die Taue, die ihn am Schubverband fixierten. Mit einem einzigen lauten Knall rissen sie alle gleichzeitig. Der Dynamitkahn löste sich vom Konvoi. Dieser schob den Kahn noch ein Stück vor sich her und zertrümmerte ihn vollständig. Die nächsten Leichter walzten über Bretter, Balken und Dynamitkisten hinweg. Seinen Herzschlag bis in den Hals spürend, wartete Bell darauf, dass die restliche Dynamitladung unter den Lastkähnen, die mit Menschen beladen waren, explodierte. Als die Kähne über die Trümmer rumpelten, wurden Rumpfbretter eingedrückt, sodass Wasser hereinschoss und die Menschen hastig versuchten, die Lecks zu verstopfen.

Bell spürte einen Widerstand und hörte ein Knirschen unter dem Leichter, auf dem er sich befand. Dann folgte das Schleppschiff. Bell beobachtete, wie der Pilot im Ruderhaus am großen Rad kurbelte, um den Schubverband aus dem tiefen Fahrwasser zu lenken.

»Sie sinkt!«, rief ein Deckhelfer. »Der Rumpf hat einen Riss!«

Für einen kurzen Moment war Bell völlig starr. Ich habe diese Menschen in diese Lage gebracht, dachte er. Sie schweben in Lebensgefahr. Deshalb hatte Joseph Van Dorn ihn davor gewarnt, Partei zu ergreifen. Zweitausend arme Seelen drohten im bitterkalten Strom zu ertrinken, und was in Gottes Namen konnte er tun, um sie zu retten?

Bell sprang in den Frachtraum hinab und watete durch einen reißenden Wasserstrom, der das Loch in den Rumpfplatten markierte. Das Wasser legte sich wie ein Eispanzer um seine Füße. Archie streifte seinen Mantel ab, warf ihn Bell zu und entfernte sich dann eilig, um, wie er Bell zurief, Decken zu holen. Bell watete bis zu dem Leck, drückte Archies Mantel hinein, zog seinen eigenen aus und stopfte ihn ebenfalls in die Öffnung. Dann folgte sein Hemd. Archie kehrte mit Decken, Handtüchern und Mänteln zurück, die ihm die Leute bereitwillig überlassen hatten.

Isaac Bell rammte die Kleidungsstücke und Decken in das Loch im Schiffsrumpf.

Der Zufluss verringerte sich, aber es reichte nicht aus. Der Wasserpegel im Schiffsrumpf stieg stetig an. Er hörte ein ohrenbetäubendes Zischen. Dichte Dampfwolken hüllten ihn ein. Das hereindringende Flusswasser hatte den Heizofen erreicht und begann, das Feuer zu löschen. Der Dampfdruck sank rapide. Die Drehzahl der Maschine nahm ab. Und als das Schaufelrad am Heck anhielt, spürte Bell, wie sich der Rumpf des Schleppers in den Schlick auf dem Grund des Flusses grub.

Stiefel polterten, als mit Tauen bewehrte Männer über das Deck rannten.

»Okay, sie ist auf Grund gelaufen. Tiefer sinken kann sie nicht mehr. Rettet die Decken.«

»Du brauchst viel eher eine«, sagte Archie und warf sie ihm zu. »Die Ladys haben lange genug gelitten. Du solltest ihnen den Anblick ihres Helden in hüllenlosem Zustand möglichst ersparen.«

Bell wickelte sich in die Decke und kletterte aus dem Frachtraum heraus. Erstaunt stellte er fest, dass sich die Sonne in der Zeit, die er sich unter Deck aufgehalten hatte, durch den Nebel gebrannt hatte und nun vom Himmel strahlte. An Land war das leicht ansteigende Gelände des Kohleterminals mit den weißen Zelten übersät, die die Leute aufgeschlagen hatten, die mit den ersten Schubverbänden eingetroffen waren. Er roch gebratenen Speck und frisch aufgebrühten Kaffee. Im Schatten des Ladeturms hatten sich einige Kinder versammelt und ein Baseballmatch begonnen.

»Schöner Anblick, Isaac. Dieser Ort ist jetzt viel sicherer, und niemand ist ertrunken.«

»Ich wäre um einiges ruhiger, wenn sie diese Bahngleise nicht zerstören würden.«

Tausend Bergarbeiter rissen Schienen, auf denen die Kohlenzüge in die Ladestation einfuhren, aus dem Boden. Weitere tausend Bergleute kippten Waggons und Loren um und blockierten damit die Straßenbahngleise, die vom Golden Triangle hierherführten.

»Sie graben sich ein«, sagte Archie. »Man kann ihnen nicht verdenken, dass sie die Pinkertons auf Distanz halten wollen.«

»Und die Cops«, sagte Bell und lenkte Archies Aufmerksamkeit auf die der Stadt zugewandte Seite des Terminalgeländes.

Eine Einheit uniformierter Angehöriger der Polizei von Pittsburgh stieg aus einem offenen Straßenbahnwagen, der von einem Haufen Eisenbahnschwellen und einer Lücke im Gleis abgebremst worden war. Eine zweite Einheit überwand die Gleisblockade auf der Homestead-Seite des Flusses zu Fuß. Keiner der beiden Trupps bildete eine Schützenlinie oder traf Vorbereitungen für eine gezielte Attacke. Auf dem Fluss kreuzte ein Dampfschiff der Polizei aufgeregt hin und her wie ein Vogel, der hilflos mitansehen muss, wie sein Nest angegriffen wird. Die Cops an Land stiegen wieder in ihre Straßenbahnwagen und entfernten sich.

Während Isaac Bell verfolgte, wie die Bergarbeiter ihren Lagerplatz weiter befestigten, musste er einräumen, dass Archie recht gehabt hatte. Dieser Ort, an den sie sich zurückgezogen hatten, war tatsächlich verwundbar, bis sie die Zufahrtswege abgeriegelt hatten. Das Ganze sah jedoch wie ein richtiger Krieg aus.

»Wenigstens«, sagte er, »haben die Fanatiker das

Dynamit verloren. Vielleicht können sich beide Seiten jetzt zusammensetzen und verhandeln.«

»Was zum Teufel ist das?«, fragte Archie. Er fuhr sich mit der Hand durch seine rote Haarpracht und starrte auf den Fluss hinter Bell, auf seiner Miene eine Mischung aus Verwirrtheit und ehrfürchtigem Schauer. Bell drehte sich schnell herum.

Mit hoch aufragenden Schornsteinen, aus denen dichter schwarzer Rauch aufstieg, und einem mächtigen Heckschaufelrad, dessen Paddel wahre Schaumberge erzeugten, schob sich ein riesiges Dampfschiff um die Flussbiegung. Es war unendlich lang und hoch und schwarz wie fette Kohle.

# 39

»Ist das dort auf dem Vorderdeck eine Kanone?«, fragte Archie.

Bell beschattete die Augen mit beiden Händen und nahm die Waffe genauer in Augenschein. »Eine zweizöllige Hotchkiss«, sagte er. »Die Navy hatte sie auf einem Kanonenboot, auf dem Wish und ich im Zusammenhang mit einer Ermittlung in New Orleans zu tun hatten.«

»Wo zum Teufel haben sie die denn organisiert?«

»Viel eher möchte ich wissen«, sagte Bell, »wer sind diese Leute, und was wollen sie?«

»Ich kann den Namen kaum erkennen.«

»*Vulcan King.*«

Der schwarze Riese kam näher.

Erst nur vereinzelt, dann immer mehr und schließlich zu Hunderten unterbrachen die Frauen, die den Aufbau der Zelte übernommen hatten, und die Männer, die sich um die Errichtung der Barrikaden kümmerten, ihre Tätigkeit. Zehntausend standen schließlich stocksteif da und warteten anscheinend darauf, dass die schwarze Erscheinung in der Flussmitte drehte und ihre Kanone auf sie richtete. Sie dampfte sehr langsam, wobei ihr großes Schaufelrad kaum den Fluss aufwühlte, und kam mit einer Geschwindigkeit schleichend näher, die sie mit ihren majestätischen Dimensionen noch bedrohlicher erscheinen ließ.

Unmittelbar vor dem Lager der Streikenden stoppte

das Schiff und hielt seine Position in der Flussströmung. Keine lebende Gestalt zeigte sich an Deck, weder ein Matrose noch ein Heizer. Die Türen des Kesseldecks und des Maschinenraums waren geschlossen, der Steuermann war hinter den im Sonnenlicht gleißend hell funkelnden Glasscheiben nicht zu erkennen. Zehntausend Menschen hielten den Atem an. In was, fragte Bell sich abermals, habe ich diese Menschen hineingezogen?

Die Dampfpfeife des Schiffes ertönte. Die Bewohner der Zeltstadt zuckten zusammen.

Dann setzte sich das Schiff wieder in Bewegung, pflügte durch die Strömung flussaufwärts, schwenkte in Höhe der Homestead Works um die Flussbiegung und verschwand.

»Was haben die vor?«, fragte Archie.

»Ich vermute, sie werden die Pinkertons einsammeln«, sagte Bell. »Das müssen wir in Erfahrung bringen. Aber so wie ich es sehe, haben die Bergarbeiter dieses Stück Land fest in ihrer Hand, während die Unternehmer den Fluss für sich gesichert haben. Und wenn das nicht der Beginn eines Krieges ist, dann wüsste ich nicht, was es sonst sein sollte.«

Nachdem er sich abgetrocknet und frische Kleidung angezogen hatte, machte sich Isaac Bell auf die Suche nach dem Piloten der *Camilla*.

Er fand Captain Jennings und seinen Sohn in einem Saloon in der Smithfield Street oberhalb der Anlegestelle ihrer Schlepper. Die beiden Piloten gratuliertem ihm zu dem erfolgreichen und sicheren Umzug der Bergarbeiter.

»Haben Sie die *Vulcan King* gesehen?«, fragte Bell.

»Ihr Erscheinen konnte einem ja kaum entgehen«, erwiderte der jüngere Jennings, und sein Vater rief: »Wer, zum Teufel, würde auf die Idee kommen, ein Dampfschiff schwarz zu streichen?«

»Wem gehört sie?«

Beide Piloten zuckten die Achseln. »Wir haben sie noch nie gesehen. Dabei haben wir uns schon gefragt, ob uns die schwarze Farbe verwirrt haben mag. Aber auch wenn wir sie uns in Weiß vorstellen, erscheint sie uns kein Deut vertrauter.«

»Was meinen Sie, woher sie kommt?«

»In Pittsburgh wurde sie jedenfalls nicht gebaut. Das hätten wir sicher gewusst. Damit bleiben Louisville oder Cincinnati.«

»Kein anderer Ort?

»Man braucht eine verdammt große Werft, um ein Schiff mit diesen Ausmaßen zu bauen. Wie ich schon sagte, Louisville oder Cincinnati. Dabei würde ich eher auf Cincinnati tippen, was meinst du, Pa?«

Der ältere Jennings stimmte zu. »Ich denke an eine der bedeutenden alten Schiffswerften wie Held & Court.«

»Sind sie überhaupt noch im Geschäft?«

»Sie sind die letzten, die solche schwimmenden Paläste bauen.«

»Was halten Sie von dieser Kanone?«, wollte Bell wissen.

»Nicht viel«, sagte Jennings senior.

Sein Sohn lieferte eine Erklärung. »Flussschiffe bestehen aus Spucke und Sägemehl. Der Rückstoß würde die *King* zerbröseln.«

»Hätte man das Schiff so weit verstärken können, dass es den Rückstoß aushält?«

Beide Jennings spuckten Tabakssaft aus. »Etwas anderes dürfte den Erbauern wohl kaum übrig geblieben sein.«

»Aufruhr«, sagte Judge James Congdon und ließ einen steinernen Blick durch den holzgetäfelten Speisesaal des Duquesne Club gleiten. »Als ich erfuhr, dass ich die Ehre haben würde, mich an die erlauchten Clubmitglieder wenden zu dürfen, dachte ich an einen Vortrag mit der Überschrift ›Neue Einsparungsmaßnahmen in der Steinkohleförderung, Eisenverhüttung, Verkokung und Stahlherstellung.‹ Aber aus Gründen, die für jeden Bewohner Ihrer belagerten Stadt klar ersichtlich sein dürften, lautet mein Thema jetzt ›Aufruhr.‹«

Er setzte ein Glas Mineralwasser an seine faltigen Lippen, legte den Kopf zurück und leerte es in einem Zug.

»Durch Zufall darf ich ausgerechnet an dem Tag Ihr Gastredner sein, an dem von Radikalismus und sinnloser Anarchie gesteuerte kriminelle Elemente ein modernes Unternehmen, an dem ich beteiligt bin, gekapert haben: den Amalgamated Coal Terminal. Amalgamated ist ein Zentrum der Kohleversorgung für den Osten, Westen, Norden und Süden unserer Nation. Der Winter kündigt sich an. Stadtbewohner werden in ihren Wohnungen frieren, Lokomotiven werden stillstehen, und Hochöfen wird das Brennmaterial ausgehen. *Aufruhr*, wie Sie mir glauben dürfen, ist nicht gerade mein Herzensthema, aber es gibt zurzeit kein anderes, das mich mehr beschäftigt.«

Die Clubmitglieder rutschten nervös auf ihren Stühlen hin und her und lächelten verkniffen.

»Wäre es in New York City, wo ich meine Geschäfte führe, zu einer derartigen Attacke gekommen, hätte die dortige Verwaltung mit Nachdruck und ohne langes Zögern reagiert. Da ich aber nicht mit dem Privileg gesegnet bin, zur Bürgerschaft Pittsburghs zu gehören, kann ich nur Vermutungen darüber anstellen, wie Ihre Stadtväter auf diese Herausforderung reagieren werden. Vorerst werde ich die Entscheidung darüber ihnen überlassen – im Vertrauen auf ihren Patriotismus, ihre Rechtschaffenheit, ihre Prinzipien und ihren Mut, einer Arbeiterschaft Einhalt zu gebieten, die im Staat Pennsylvania viel zu viel Einfluss gewonnen hat.

Aber Ihnen – den Magnaten und Titanen, die diese grandiose Stadt erbaut haben, indem sie die Gewinnung und Verarbeitung der Bodenschätze, die Gott in den Bergen Pennsylvanias deponiert hat, zur mächtigsten Industrie haben anwachsen lassen, die die Welt je gesehen hat, und die mehr Eisen und Stahl und Kohle produziert als Großbritannien und Deutschland sich träumen lassen –, Ihnen sage ich, dass die Arbeiterschaft gefügig gemacht werden muss.

Die Arbeiterschaft muss in ihre Schranken gewiesen werden, sonst zerstört sie alles, was Sie aufgebaut haben. Wenn wir es nicht schaffen, der Arbeiterschaft Einhalt zu gebieten, dann werden spätere Generationen geringschätzig auf uns zurückblicken und die Frage stellen: ›Was haben sie nur versäumt?‹ Die Antwort wird lauten: ›Sie haben es versäumt zu kämpfen. Anständige Männer haben sich nicht gegen das Böse gewehrt!‹«

Judge Congdon schlug mit der Faust aufs Rednerpult, fixierte mit drohendem Blick jedes der ihm zugewandten und ihn offenen Mundes angaffenden Gesichter, wandte sich dann ab und verließ das Podium.

Benommenes Schweigen herrschte. Gefolgt von tosendem Applaus.

»Kommen Sie zurück!«, riefen die Versammelten und klatschten wild in die Hände. »Kommen Sie zurück!«

Congdon folgte der Aufforderung, betrat erneut das Podium. Ein eisiges Lächeln spielte um seine Lippen.

»Ich hoffe«, sagte er, »dass die wichtigen Männer Pittsburghs wissen, wer der Feind ist, und den Mut haben, ihm entgegenzutreten. Und all jenen, die es nicht wissen, all jenen, die einlenken wollen, all jenen, die die Ordnungskräfte zurückhalten, ihnen sage ich: Geht aus dem Weg und lasst uns unseren Job machen!«

James Congdons Zug wartete an einem Bahnsteig der Union Station, der für Privatzüge reserviert war, auf ihn. Seine Atlantic 4-4-2-Lokomotive, die soeben glänzend und frisch geölt aus dem Lokschuppen gerollt war, stand unter Dampf, und sein Zugführer vereinbarte soeben mit einem Fahrbereichsleiter der Pennsylania Railroad die Freigabe der Strecke für eine ungehinderte Durchfahrt seines Chefs. Der Koch löste Austern aus Delaware Bay aus der Schale, ein Steward stellte Champagner kalt, und eine Schauspielerin, die ihn auf der Fahrt nach New York begleiten würde, nahm soeben ein Schaumbad.

Congdon selbst saß in der holzgetäfelten Bibliothek, die ihm als mobiles Büro diente, ließ Brandy in einem Glas kreisen und sagte: »Das Schönste an Pittsburgh ist immer die Abreise.«

»Für jemanden, dessen Betrieb gerade eben von radikalen Arbeitskämpfern besetzt wurde, haben Sie eine erstaunlich gute Laune«, erwiderte Henry Clay.

»Gott segne diese Leute!«, sagte Congdon lachend. »Sie haben sich selbst übertroffen. Und Sie auch, Clay. Sie hätten es nicht besser planen können.«

»Sie haben meine Erwartungen wirklich übertroffen«, räumte Clay ein. »Sogar meine Fantasie. Aber ich nehme das Verdienst für mich in Anspruch, für die Stimmung gesorgt zu haben, die sie zu ihrer Aktion ermutigt hat.«

»Das will Ihnen auch niemand streitig machen. Was kommt als Nächstes?«

»Explodierende Dampfschiffe und brennende Gewerkschaftshäuser.«

»In dieser Reihenfolge?«

»Nein. Gleichzeitig.«

Congdon betrachtete den jüngeren Mann prüfend. »Ich kann nicht umhin zu bestätigen, dass Sie ausgezeichnete Arbeit leisten.«

»Ich hatte gehofft, dass Sie das sagen.«

Natürlich hattest du das, dachte Congdon und äußerte lediglich: »Sie haben es verdient.«

Er schaute auf die vergoldete Wanduhr und öffnete die Lüftungsschlitze der Rosenholzrollläden. Das Fenster bot einen ungehinderten Blick auf das Eisenbahndepot und die zahlreichen Nebengleise zu den Bahnsteigen für die Privatzüge.

»Gibt es ein urbildlicheres und überzeugenderes Symbol für die Macht des Kapitalismus als den privaten Eisenbahnzug?«, fragte er.

»Ich denke, nein. Daneben wirkt eine Yacht geradezu armselig.«

»Haben Sie schon mal in Erwägung gezogen, dass gewalttätige Streikkommandos einen Privatzug aufs Korn nehmen könnten?«

Clay nahm in seinem Sessel eine kerzengerade Haltung an, aufmerksam wie ein Jagdhund.

Congdon fuhr fort: »Der Gouverneur hätte in einem

solchen Fall keine andere Wahl, als die Miliz aufmarschieren und streikende Rädelsführer am nächsten Laternenpfahl aufhängen zu lassen.«

»Denken Sie an einen bestimmten Zug?«

»Sie verstehen es, in mir zu lesen wie in einem offenen Buch«, sagte Congdon und dachte, während Clays Miene wie ein Kronleuchter erstrahlte: Meine Güte, bist du jetzt aber stolz. »Mir wäre jeder Privatzug recht.«

Er hatte den Satz kaum beendet, als eine Lokomotive in Sicht kam, die einen wunderschönen Zug aus vier Waggons zog. Sie waren im typischen Grün der Reading Railroad gestrichen, und die gewöhnlich gelben Zierlinien waren in Gold ausgeführt, wie es dem Präsidenten der Eisenbahnlinie gebührte.

»Sehen Sie mal! Da kommt schon so ein Zug.«

»Dem Aussehen nach könnten es R. Kenneth Blooms Salonwagen sein«, sagte Clay.

»Ich glaube, das ist tatsächlich sein Zug.«

»Zwei Fliegen mit einer Klappe?«

»Wie meinen Sie das?«, fragte Congdon.

»Präsident Bloom hat sich der Übernahme seiner Reading Line durch Sie widersetzt.«

»Sie fantasieren sich da was zusammen, Clay. Seien Sie vorsichtig.«

»Verzeihen Sie«, murmelte Clay zerknirscht. »Ich bin seit Tagen ständig auf den Beinen, ohne ein Auge zuzumachen. Ich glaube, ich kann nicht mehr klar denken.«

»Sehen Sie zu, dass Sie ein wenig Schlaf bekommen«, riet Congdon. Und dann – um Clay noch enger und bedingungsloser an sich zu binden – brachte er ein freundliches Lächeln hervor und fügte hinzu: »Eigentlich drei Fliegen.«

»Ich verstehe nicht ganz, Mr. Congdon.«

»Zufälligerweise unternimmt der junge Bloom, der seinen Vater dazu animiert hat, sich zu wehren, und der ihm das bis dahin kaum vorhandene Rückgrat gestärkt hat, einen schnellen Abstecher nach Cincinnati. Vier Stunden Hinfahrt, ein geheimes Treffen mit einigen Bankiers im Queen City Club und dann vier Stunden Rückfahrt. Dabei hat er einen Gast an Bord. Es ist ein Freund der Familie, der darum gebeten hat, mitfahren zu dürfen. Sein Name lautet Isaac Bell.«

Henry Clay war erfreut und verblüfft zugleich. »Woher wissen Sie das?«

»Blooms ablehnende Haltung hat mich gezwungen, Spione auf ihn anzusetzen.«

Clay sprang auf, jeder Gedanke an Schlaf war verflogen. »Drei Fliegen. Ein Triple Play.«

# 40

Isaac Bell traf Mary Higgins nicht in ihrer Pension an. Ein anderer Gast hatte ihr Zimmer gemietet, und die Wirtin wusste keine neue Adresse.

Als Nächstes begab er sich zur Zeltstadt und fuhr mit der Straßenbahn die Second Avenue hinauf bis zum Ende der Strecke, wo die Streikenden die Gleise aus dem Untergrund gerissen hatten. Die Mienen der mürrischen Pittsburgher Cops, die das Geschehen aus einem Häuserblock Abstand beobachteten, verrieten Bell, wovor sie sich fürchteten: Zu den Bergarbeitern, die sich zur Verteidigung der Zeltstadt in Stellung gebracht hatten, gehörten mit Armeeveteranen aus dem Spanischen und dem Philippinischen Krieg ehemalige Angehörige des Militärs, die ihr Handwerk verstanden.

Aus Schienenteilen hatten sie ein stabiles Tor gebaut und in die Barrikade eingefügt. Es war so schmal, dass stets nur eine Person eingelassen werden konnte. Bell zeigte einen Passierschein vor, der von Jim Higgins unterschrieben worden war. Erst daraufhin wurde er eingelassen. Und während er sich der Pforte näherte und hindurchging, wurde er von strategisch postierten Gewehrschützen überwacht. Beobachter waren auf dem Ladeturm mit der Kreiselkippanlage stationiert, von dem aus drei Seiten der Stadt kontrolliert werden konnten. Jeder Polizist oder Milizangehörige würde bereits eine Meile vor Erreichen der Zeltstadt entdeckt werden. Und in den

Untiefen vor dem Flussufer hatten die Streikenden die Lastkähne versenkt, mit denen sie zum Gelände des Kohleterminals transportiert worden waren. Sie bildeten dort einen behelfsmäßigen Hafendamm, ähnlich der mit Zinnen bewehrten Mauer einer Burg. Dies erschwerte Polizeibooten eine Landung.

Zweitausend Zelte, die in geraden Reihen mit breiten Wegen dazwischen aufgestellt worden waren, vermittelten außerdem den Eindruck eines militärischen Lagers. Im Gegensatz dazu eilten adrett gekleidete Frauen, die dem vermögenden Mittelstand angehörten und in Kirchengemeinden und Wohltätigkeitsorganisationen Pittsburghs aktiv waren, in langen Röcken hin und her und beaufsichtigten den Aufbau von Küchenzelten und die Einrichtung von Wasserzapfstellen für die Versorgung der Zeltstadtbewohner. Die Anwesenheit der Ladys, vermutete Bell, musste die Cops ebenso zurückhalten wie die Gewehrschützen der Streikenden. Und erst recht die Stadtväter, die ihre Ehemänner waren. Bell musste innerlich grinsen, wenn er sich vorstellte, wie viele von den hohen Tieren Pittsburghs in ihren Herrenclubs schliefen, bis der Streik abgebrochen werden würde. Aber trotz der wehrhaften Verteidigungsanlagen, der effizienten Verwaltung und der Fürsorge der freiwilligen Helfer gab es in der Zeltstadt der Bergarbeiter einen wunden Punkt, den eine der hilfsbereiten Frauen auch ansprach, wie Bell zufällig mithören konnte:

»Was hier aufgebaut wurde, ist gut und schön, aber nur bis der erste Schnee fällt.«

Er fand einen erschöpften und übermüdeten Jim Higgins unter dem hochgeschlagenen Vordach eines Zelts, wo er an einem Klapptisch saß und sich bemühte, die

Ordnung der Operation einigermaßen zu erhalten. Marys Bruder meinte, er habe seine Schwester seit dem Abend nicht mehr gesehen, an dem sie die von ihr organisierten Frachtkähne zweckentfremdet hatten. Nein, er habe auch keine Ahnung, wo sie sich zurzeit aufhielt. Er gab zu, dass er sich Sorgen mache, und er bat Bell, ihr – falls er sie fände – zu bestellen, dass er dringend ihre Hilfe brauche.

Während Bell auf dem Rückweg in die Stadt durch das Lager ging, musste er plötzlich lächeln. Ein Anstreicher mit Sinn für Humor war soeben im Begriff, die Aufschrift des großen Firmenschilds auf dem Ladeturm des Kohleterminals zu ändern. Er schrieb:

*AMALGAMATED CITY*

Im Gewerkschaftshaus in der Innenstadt herrschte gähnende Leere. Nur ein älterer Funktionär war zurückgeblieben, um die Stellung zu halten. Er hatte Mary Higgins weder gesehen noch irgendetwas von ihr gehört.

Bell traf Mike und Terry in einem der Hinterzimmer an, wo sie sich gerade Kaffee aus einer Kanne einschenkten, die auf einem kleinen Kanonenofen stand.

»Sie haben die Wahl, Leute. Da Jim Higgins oben in der Zeltstadt sitzt und sich vorerst nicht vom Fleck rühren wird und aus diesem Grund nicht in akuter Gefahr schwebt, können Sie entweder nach Chicago zurückkehren und Ihren Dienst in den Protective Services wieder aufnehmen oder hier in meinem Team mitarbeiten.«

»Ist das mit Mr. Hancock und Mr. Van Dorn abgesprochen?«

»Ich kläre das mit ihnen«, sagte Bell. Zur Not würde er

die beiden aus seiner eigenen Tasche bezahlen. Er konnte jetzt jeden Mann brauchen.

»Was sollen wir tun?«

»Finden Sie heraus, wo das schwarze Schiff geblieben ist. Wenn mich mein Gefühl nicht täuscht, sollten Sie mit der Suche in McKeesport anfangen. Aber egal, wo es sein mag, ich will wissen, wer es lenkt und was diese Leute als Nächstes beabsichtigen, denn ich glaube nicht, dass es rein zufällig hier aufgetaucht ist.«

Bell erwartete, dass sie ihre Kaffeetassen abstellten und aufstanden. Aber sie blieben sitzen. »Ist noch was, Freunde?«

»Eigentlich nicht, Isaac.«

»Dann los, machen Sie sich auf den Weg.«

»Sofort.« Sie wechselten einige ernste Blick und schüttelten sorgenvoll die Köpfe. »Nur eine Sache ist da noch.«

»Und die wäre?«

»Wir haben gehört, dass Sie nach Miss Mary gefragt haben.«

»Haben Sie sie gesehen?«

»Ja. Das heißt, nun …«

»Wann? Wo?«

»In den Saloons. Am Fluss.«

»Mit wem war sie zusammen?«

»Sie hat mit mehreren Typen gesprochen.«

»Falls Sie ihr wieder begegnen sollten, folgen Sie ihr. In der Zwischenzeit halten Sie Ausschau nach dem schwarzen Schiff. Ich komme morgen zurück.«

»Wohin wollen Sie?«

»Nach Cincinnati. Falls ein Notfall eintritt und Sie mich brauchen, schicken Sie ein Telegramm zu meinen

Händen an R. Kenneth Bloom, jr., Reading Railroad. Sein Zug verfügt über eine mobile Telegrafenstation.«

»Woher kennen Sie jemanden, der einen eigenen Zug hat, Isaac?«

»Wir sind früher zusammen zum Zirkus durchgebrannt.«

Henry Clay schloss seine Wohnungstür auf. Die Vorhänge waren zugezogen, in der Wohnung war es dunkel. Er hatte die Schwelle halb überquert und streckte die Hand nach dem Lichtschalter an der Wand neben der Tür aus, als er spürte, dass er nicht allein war. Auf dem falschen Fuß stehend und zu weit im Raum, um noch kehrtzumachen, warf er sich zur Seite an der Wand entlang, betätigte mit der linken Hand den Lichtschalter und zog mit der rechten Hand seinen Bisley. Als das Licht aufflammte, zielte der Colt auf die Gestalt, die im Sessel saß.

»Ich bin nicht bewaffnet«, sagte Mary Higgins und hob die Hände, um zu zeigen, dass sie leer waren.

»Wie haben Sie mich gefunden?«

»Als ich erfuhr, dass Sie Detektiv sind«, antwortete sie ruhig, »überlegte ich, wie ich es jemals schaffen könnte, Sie auf eigene Faust aufzustöbern, geschweige denn Ihnen zu folgen, ohne dass Sie mich sehen. Ich dachte daran, einen anderen Profi zu engagieren, der Sie suchen sollte.«

»Bell!«

»Nicht Bell. Seien Sie nicht albern. Obwohl ich die Leibwächter meines Bruders in Erwägung zog. Die Van Dorn Protective Services brüsten sich damit, mehr zu sein als Leibwächter.«

»Stümper sind das. Die würden mich niemals finden.«

»Das dachte ich mir auch. Außerdem könnten sie mit ihrem Wissen direkt zu Bell rennen.«

»Und wie haben Sie mich gefunden?«

»Ich erinnerte mich daran, dass ein alter Mann in Bells Truppe mir erzählt hat, dass diese auffällig gekleideten Männer, die die Lastkähne bewachen sollten, aus der Stadt geflüchtet seien. Aber das wollte mir nicht einleuchten. Weshalb sollten sie sich von zwei Van-Dorn-Agenten aus ihrer Heimatstadt jagen lassen? Daher habe ich mich auf die Suche nach bekannten Gesichtern gemacht.«

»Wo?«

»In den Spielkasinos und den Musiksaloons am Fluss.«

»Mein Gott, Mary, Sie hätten getötet werden können oder noch Schlimmeres!«

»Nicht getötet«, sagte sie. »Ich wurde noch nicht einmal belästigt.«

»Da hatten Sie Glück. Leute in diesen Etablissements würden nicht zögern, einem unschuldigen Mädchen heimlich Chloralhydrat ins Getränk zu schütten.«

»Mir würde der Geruch von K.-o.-Tropfen im Tee sofort auffallen«, erwiderte sie ungerührt.

»Man bemerkt es nicht so leicht, wie die Leute denken. Es gibt Möglichkeiten, es mit etwas anderem zu vermischen, um den Geschmack und den Geruch zu kaschieren.«

»Sie wissen sicher sehr viel besser darüber Bescheid als ich«, sagte sie spitz. »Aber tatsächlich habe ich einige echte Gentlemen kennengelernt – darunter auch einen von Ihren Männern. Er verwies mich an den Mann, von dem ich vermutete, dass er nicht aus Pittsburgh geflüchtet war. Er hat mir empfohlen, ich sollte mir die Mietshäuser in dieser Straße ansehen. Ich habe mit vielen Hausmeistern gesprochen.«

»Aber der Hauswirt kennt mich nicht als Claggart.«

»Oh, ich habe nicht Ihren Namen genannt. Ich würde Sie niemals verraten. Ich habe Sie lediglich beschrieben.«

»Wie haben Sie meine Tür aufgekriegt?«

»Habe ich gar nicht. Ich bin die Feuerleiter raufgeklettert.«

Zutiefst erleichtert verstaute Clay den Bisley in seinem Schulterhalfter. Es war eine Sache, wenn eine intelligente junge Frau Nachforschungen anstellte – insbesondere wenn sie sich dabei auf ihr gewinnendes Lächeln verließ. Aber die außerordentlich selten anzutreffende Fähigkeit, Türschlösser zu knacken, ließe sie weitaus weniger unschuldig erscheinen, als er sie einschätzte. Trotzdem dachte er voller Sorge daran, dass sie sich wahrscheinlich längere Zeit allein in seiner Wohnung aufgehalten hatte. Zwar achtete er stets sorgfältig darauf, keinerlei belastende Beweise herumliegen zu lassen, aber selbst der Wachsamste konnte sich durch einen winzigen Fehler verraten.

»Wie lange haben Sie auf mich gewartet?«

»Lange genug, um mich ein wenig umzuschauen. Sie leben offenbar sehr gut. Die Wohnung dürfte ziemlich teuer sein.«

»Wer hat Ihnen gesagt, dass ich Detektiv bin? Bell?«

Sie nickte.

Clay sagte: »Bell lag ein wenig daneben. Ich bin früher Detektiv gewesen. Jetzt nicht mehr.«

»Was sind Sie jetzt?«

»Ich bin John Claggart.«

»Isaac nannte Sie Clay. Henry Clay.«

»Henry Clay existiert nicht mehr.«

»Und was sind Sie, John Claggart?«

»Ich bin ein Revolutionär.«

»Das zu glauben fiel mir um einiges leichter, als Sie Arbeiterkleidung trugen. Mit dem elegantem Gehrock und der Melone sehen Sie aus wie ein Morgan oder ein Vanderbilt.«

»Wenn es Ihnen schwerfällt, das zu glauben, dann fällt es dem Feind hoffentlich ebenso schwer.«

»Wer hat für die Lastkähne bezahlt?«

Auf diese Frage war er vorbereitet. »Das Geld stammt aus Banküberfällen.«

»Die Bankräuber wurden geschnappt.«

»Hat Bell Ihnen das erzählt?«

Sie nickte.

Darauf meinte Clay: »Bell weiß längst nicht so viel, wie er zu wissen glaubt. Nicht alle wurden geschnappt. Derjenige, der nicht geschnappt wurde, hat die größte Beute gemacht. Und wenn er mehr braucht, kann er es sich in irgendeiner anderen Stadt holen. Er betritt in seinem Gehrock und seinem teuren Hut die Bank, begibt sich geradewegs ins Büro des Direktors, bleibt dort mit ihm bis nach Feierabend und verlässt die Bank mit vollen Taschen.«

»Ich möchte Ihnen gern glauben«, sagte Mary.

»Es berührt mich sehr, dass Sie das sagen.« Es war wirklich verwunderlich, dachte er, aber sie glaubte ihm tatsächlich. »Sie machen mich verlegen.«

»Aber nichts von dem, was wir bisher getan haben, war von Bedeutung. Nun, da die Frachtkähne verloren sind, ist unser gesamter Plan gescheitert.«

»Eine Frage«, sagte Clay, »hassen Sie Isaac Bell, weil er sich der Leichter bemächtigt hat?«

»Natürlich hasse ich ihn. Er hat alles ruiniert.«

»Würden Sie ihn töten?«, fragte Clay.

»Niemals«, erwiderte sie heftig.

»Weshalb nicht? Rache kann süß sein.«

»Ich würde grundsätzlich niemals töten. Egal aus welchem Grund.«

»Wollen Sie, dass ich ihn töte?«

Sie antwortete nicht sofort. Er verfolgte, wie der Blick ihrer grauen Augen durch den Raum und über die teuren Möbel wanderte. Dann ruhte er wieder auf ihm. »Nein. Das wäre nur eine sinnlose Vergeudung Ihrer Energie.«

»Was wollen Sie?«

»Was ich immer wollte. Ich will die kapitalistische Klasse in die Knie zwingen. Ich will sie vernichten. Und ich glaube noch immer, dass man dieses Ziel erreichen kann, wenn man die Kohleförderung zum Erliegen bringt.«

»Dafür sorgt der Streik bereits sehr erfolgreich.«

»Nein. Streikbrecher fördern zurzeit mehr als eine halbe Million Tonnen in der Woche. Die Unternehmer bringen die Produktion nach und nach wieder unter ihre Kontrolle. Und nun, da sich die Bergarbeiter bei Amalgamated eine Basis geschaffen haben, werden sie verhandeln, und der Streik wird mit einem Almosen für die Bergleute und ohne Anerkennung der Gewerkschaft beendet. Wir müssen irgendetwas tun, um das System in den Grundfesten zu erschüttern.«

»Was?«

»Ich weiß es nicht. Ich hatte gehofft, Sie hätten eine Idee.«

Henry Clay sagte: »Ich habe einige Störungen vorbereitet. Alle möglichen Turbulenzen.«

»Welche Turbulenzen?«

Clay nahm den Hut ab und ließ sich in einen Sessel sinken. »Entschuldigen Sie«, sagte er. »Ich habe seit drei Tagen kein Auge zugemacht und die Kleidung nicht gewechselt. Ich brauche erst mal Schlaf, um wieder klar denken zu können.«

»Ich komme später noch einmal hierher.«

»Sie brauchen nicht wegzugehen. Ich schlafe in diesem Sessel hier.«

»Es ist besser, wenn ich gehe«, erklärte sie geziert.

Clay nickte. »Natürlich.«

Er geleitete sie zur Tür und drückte ihre Hand. Zitterte sie, fragte er sich. Oder war das seine Hand?

Ein produktiver erster Schritt, dachte Mary Higgins.

Aber sie brauchte mehr. Die Suche in seiner Wohnung, ständig befürchtend, ertappt zu werden, hatte keinerlei Hinweis auf die Identität des Mannes erbracht, für den Claggart-Clay arbeitete. Sie war dem Feind kein bisschen nähergekommen.

Sie sagte: »Ich hoffe, Sie verstehen, dass ich von jemandem, mit dem ich mich verbünde, mehr verlange.«

»Mehr was?«

»Mehr als vage Versprechungen, für ›Turbulenzen‹ zu sorgen.«

Claggart überraschte sie. »Ich muss erst einmal schlafen. Danach kriegen Sie … ›mehr‹.«

»Versprechungen?«

»Erinnern Sie sich an Harry O'Hagans Triple Play?«

»Wer täte das nicht?« Mary nickte ungeduldig. Über

das Wunder, das der erste Baseman vollbracht hatte, stand mehr in der Zeitung als über den Streik der Bergarbeiter.

»Ich liefere Ihnen Resultate«, sagte er. »Ein besseres Triple Play, als O'Hagan es geschafft hat.«

# 41

Sogar nach einer mehrtägigen Sauftour zur Feier des abgeschlossenen Geschäfts konnte Court Held kaum glauben, dass ihm das Glück widerfahren war, die *Vulcan King* doch noch verkaufen zu können. Aus diesem Grund erschien es geradezu unfassbar, als ein zweiter Mann in weißem Anzug, allerdings größer und jünger, sein Büro betrat, um sich zu erkundigen, ob er irgendwelche großen Dampfschiffe im Angebot habe.

»An welche Größe hatten Sie gedacht, Sir?«

»Schwimmende Palastgröße.«

»Ein Exemplar habe ich noch.«

»Mir wurde berichtet, Sie hätten zwei.«

»Hatte ich auch. Eins habe ich aber gerade verkauft.«

»An wen, wenn ich fragen darf?«

»Mir ist nicht gestattet, darüber zu sprechen. Ich bin verpflichtet, dem Wunsch des Käufers, seine Anonymität zu wahren, nachzukommen.«

Zu Helds Überraschung brach der große junge Mann, der etwa in seinem Alter war, in schallendes Gelächter aus.

»Nun, das ist der Beweis.«

»Der Beweis wofür, Sir? Ich glaube, ich kann Ihnen nicht ganz folgen.«

»Ein gewisser gut betuchter Gentleman und ich befinden uns in einer durchaus freundlichen Konkurrenz zueinander. Wir haben zur gleichen Zeit unsere Geschäfte aufgenommen und uns gegenseitig Unternehmen abgejagt – Fabriken, Eisenbahnlinien, Banken –, und nun fechten wir unseren Wettstreit in anderen, angenehmeren Gefilden aus. Wir haben ein Yachtrennen über den Atlantik veranstaltet, das er gewonnen hat. Um Nasenlänge. Wir sind mit der Eisenbahn von San Francisco um die Wette gefahren. Diesmal habe ich gewonnen. Um fünfzig Zuglängen. Jetzt hat er mich zu einem Dampfschiffrennen herausgefordert. Von Pittsburgh nach New Orleans und zurück.«

»Keine schlechte Idee. Das klingt spannend.«

»Ja, nur dass er offenbar vorausgeplant und das einzige verfügbare Schiff gekauft hat. Und jetzt behaupten Sie, Sie besäßen noch eins, das genauso gut ist.«

Court Held zwinkerte verschmitzt. »Ich kann Ihnen verraten, Sir, dass er nicht das schnellste Schiff erworben hat.«

»Tatsächlich?«

»Ja. Obgleich robuster und stärker, ist die *Vulcan King* nicht so schnell wie die *White Lady.*«

»Wie das?«

Court Held senkte die Stimme und sah sich auf dem leeren Werftgelände um, als wollte er sich versichern, dass sie wirklich ganz allein waren. »Sie schleppt eine ganze Menge zusätzliches Gewicht mit sich herum, da die Regierung auf Verstärkungen bestand. Sie hatte mit einer Kanone ausgerüstet werden sollen.«

»Demnach ist die *Vulcan King* viel stärker?«

»Ihre Decks sind es.« Court ließ seine Stimme zu einem Flüstern herabsinken. »Unter uns, jedes Dampfboot ist eher eine Fiktion von einem Schiff als ein solides Schiff. Sie haben nur ein kurzes Leben. Unsere sind die besten, die man kaufen konnte, aber keins hat allzu lange gehalten.«

Bell erinnerte sich an Captain Jenkins' Bemerkung, sie bestünden nur aus Spucke und Sägemehl.

»Ehe ich es kaufe, möchte ich sicher sein können, dass er sein Schiff wirklich erworben hat. Sie müssen verstehen, wir versuchen auch stets, uns gegenseitig zu überlisten. Das habe ich vor Kurzem bei ihm geschafft. Jetzt will er sich revanchieren. Deshalb möchte ich verdammt sicher sein, dass er mich nicht dazu animiert, ein Dampfschiff zu kaufen, das ich am Ende gar nicht brauche.«

»Sie können es doch zum Herumreisen benutzen.«

»Wie lange braucht man, um von hier nach Pittsburgh zu dampfen?«

»Ich sagte schon, Sir, die *White Lady* ist ein schnelles Schiff. Sie schafft die Strecke zwischen Pittsburgh und Cincinnati in zwei Tagen.«

»Mein Zug hat mich in vier Stunden hierhergebracht. Ich habe nicht vor, per Dampfschiff zu reisen, aber ich möchte an dem Rennen teilnehmen, falls es wirklich stattfindet. Ich frage Sie also abermals, wer hat das andere Schiff gekauft?«

»Sein Name lautete Smith.«

»Smith?«

»Smith. Ich weiß. Ich hatte ebenfalls Bedenken.«

»Ich glaube nicht, dass ich von einem Fremden namens Smith einen Scheck annehmen würde.«

»Das würde ich auch nicht, Sir. Von jemandem, der sich mit Smith vorstellt, würde ich nur Bargeld akzeptieren, direkt auf den Tisch des Hauses.«

»Dann müsste der Fremde aber verdammt viel mit sich herumgeschleppt haben.«

»Er hat mit Inhaberobligationen bezahlt.«

»Mit Inhaberobligationen?«, wiederholte der Mann in Weiß. »Das ist ein riskantes Zahlungsmittel. Wie hat er garantieren können, dass die Papiere okay sind?«

»Eine New Yorker Agentur hat sie ausgegeben. Thibodeau & Marzen. Er hat zusammen mit mir die Filiale in der East Seventh Street in Cincinnati aufgesucht, und ich bin mit dem Geld in der Tasche wieder rausmarschiert.«

»Wie sah er aus?«

»Nicht ganz so groß wie Sie. Ein wenig breiter in den Schultern. Dunkles Haar, den Strähnen nach zu urteilen, die unter seinem Hut hervorschauten.«

»Bart?«

»Glatt rasiert.«

Bell schüttelte den Kopf. »Vielleicht hat er sich rasiert… Ich ziehe ihn immer damit auf, dass ihn der Bart verdammt alt aussehen lässt. Sagen Sie, welche Farbe hatten seine Augen?«

»Sie waren irgendwie seltsam. Kupferfarben, wie die Augen einer Schlange. Ich fand sie geradezu abschreckend.«

»Verdammt«, sagte Bell. »Er ist es nicht.«

»Was meinen Sie?«

»Die Augen meines Gegners sind blau.«

Bell erhob sich. »Tut mir leid, Mr. Held. Diese Wanze hat offenbar versucht, mich auszutricksen, damit ich ein Schiff kaufe, für das ich am Ende keine Verwendung habe.«

»Aber vielleicht hat er seins unten in Louisville oder in New Orleans gekauft.«

»Also, falls ich herausfinde, dass er es getan hat, komme ich zurück.«

Bell setzte seinen Hut auf und ging zur Tür des Werftbüros. Dabei regte sich sein schlechtes Gewissen, als er die enttäuschte Miene Court Helds sah. Ihm kam eine verrückte Idee – eine List, die mit ein wenig Glück die Dinge in Pittsburgh auf den Kopf stellen und die Lage entspannen konnte.

»Mr. Held, ich kenne einige Leute, die vielleicht ein Dampfschiff haben möchten.«

»Also gut, schicken Sie sie zu mir, und ich beteilige Sie mit einer Art Finderlohn.«

»Von Freunden nehme ich keine Provision. Aber das Problem ist, dass diese Leute nicht viel Geld haben.«

»Dieses Boot hat mich eine Menge gekostet. Es hat seinen festen Preis.«

»Ich verstehe. Wären Sie denn bereit, es zu vermieten?«

»Möglicherweise.«

»Ich setze mich mit meinen Bekannten in Verbindung. Darüber hinaus bezahle ich dafür, dass Ihr Schiff Kohle bunkert und morgen unter Dampf ist.«

»Morgen schon?«

Ein kaltes Glitzern erschien in Isaac Bells Augen.

»Es dürfte zu schaffen sein, wenn ich so darüber nachdenke«, sagte Held eilig. »Morgen früh ist die *White Lady* bereit zum Ablegen.«

Bell zahlte für die Kohle und die Arbeit und fuhr mit einer Straßenbahn ins Geschäftsviertel zurück. Am Western-Union-Büro stieg er aus und schickte Jim Higgins ein langes Telegramm, in dem er ihn über die *White Lady* informierte und ihm empfahl, ein paar Männer zusammenzutrommeln, die auf Dampfschiffen gearbeitet hatten. Als Nächstes begab er sich in die East Seventh Street und fand die in Cincinnati ansässige Filiale von Thibodeau & Marzen im Parterre eines imposanten Geschäftshauses.

Er blieb vor dem Gebäude stehen und betrachtete die in Blattgold gehaltene Aufschrift auf dem großen Fenster, während er darüber nachdachte, wie Wish Clarke oder Joseph Van Dorn aus prominenten Börsenmaklern, die jeden Grund hatten, sie nicht weiterzugeben, Informationen über »Smith« herauskitzeln würden. Dem Aussehen der Geschäftsräume nach zu urteilen hatte er es mit dem New Yorker Maklerbüro zu tun, das in Cincinnati am bedeutendsten war.

Als Erstes präsentierte er eine Visitenkarte von Dagger, Staples & Hitchcock, einer alteingesessenen Versicherungsfirma in New England. Joseph Van Dorn hatte mit der Firma die Vereinbarung getroffen, dass ausgewählte Agenten sie als Tarnung benutzen durften. Als Gegenleistung führte er diskrete Ermittlungen über potentielle Versicherungskunden und verdächtige Verlustmeldungen durch. Der Filialleiter von Thibodeau & Marzen persönlich wurde von seinem Besuch benachrichtigt. Hinter dem freundlichen Börsenmaklerlächeln erkannte Bell einen ernsthaften, sachlichen Manager, eine harte Nuss, die es zu knacken galt.

»Dagget, Staples & Hitchcock? Freut mich, Sie kennenzulernen, Mr. Bell. Was hat Sie den weiten Weg von Hartford, Connecticut hierher zurücklegen lassen?«

»Meine Vorgesetzten haben mich auf eine Erkundungstour geschickt.«

»Nun, da Börsenmakler und Versicherungsfirmen eher potentielle Partner, aber keine Konkurrenten sind, denke ich, dass Sie mit Ihren Erkundungen an der richtigen

Stelle begonnen haben. Darf ich Ihnen in meinem Büro einen Drink anbieten?«

Bei einem Glas Bourbon Whiskey tasteten sie einander ab, wobei sich der Manager über Bells Status in der angesehenen Hartforder Firma informierte und Bell die Namen von Vätern seiner Schulfreunde und Kommilitonen, die er kannte, sowie von Männern fallen ließ, über die er sich in Grady Forrers Zeitungsarchiv informiert hatte. Nachdem er das freundliche Angebot, sein Glas noch einmal auffüllen zu lassen, dankend abgelehnt hatte, sagte er: »Ich wurde gebeten, nach bestimmten Inhaberobligationen zu suchen, die in Chicago abhandengekommen sind.«

»Verschwundene Inhaberobligationen sind niemals eine angenehme Geschichte, da jeder, der sie vorlegt, dafür Bargeld verlangen kann, und derjenige, der sie verloren hat, es nicht zu verhindern vermag. Was ich einem Versicherungsfachmann natürlich nicht näher erläutern muss.«

»Dagget, Staples & Hitchcock denken nicht im Traum daran, sie wiederzubeschaffen oder den Verlust zu übernehmen, was, wie Sie in aller Kürze ausgeführt haben, auch unmöglich wäre. Wir sind jedoch sehr an demjenigen interessiert, in dessen Hände sie am Ende gelangt sind.«

»Sollten verschwundene Inhaberobligationen des Öfteren in die Hände dieses Mannes gelangt sein, wie Sie andeuten«, sagte der Filialleiter trocken, »dann überrascht mich Ihr Interesse ganz und gar nicht.«

Bislang, dachte Bell, hielt ihn der Filialleiter geschickt im Ungewissen, als wäre er schon lange genug im Geschäft, um zu erraten, was der anscheinend zufällige Besucher als

Nächstes von ihm wollte. Der junge Detektiv sagte: »Ich wäre nicht im Mindesten überrascht, würden Sie jetzt ansatzweise ahnen, welche Frage mir auf der Zunge liegt.«

»Da könnten Sie recht haben«, erwiderte der Manager mit dem Anflug eines Lächelns.

»Die Letzten, die verschwunden sind, waren Eisenbahnpapiere. Im Wert von jeweils fünfundzwanzigtausend Dollar.«

»Darf ich fragen, um welche Eisenbahnlinie es sich handelt?«

»Es könnte eine von mehreren sein. Der Eigentümer – ehemalige Eigentümer, sollten wir, wie ich denke, eher sagen – hatte eine Vorliebe für Eisenbahnpapiere und besaß davon eine breite Palette mit unterschiedlichen Fälligkeitsterminen und Couponzinsen, natürlich.«

»Natürlich.«

»Von denen, die aus seinem Safe gestohlen wurden, interessieren wir uns vorwiegend für drei, die im Laufe dieser Woche in einer Filiale der ausgebenden Agentur eingelöst wurden.«

»In meiner Filiale?«, fragte der Manager.

»Seien Sie versichert, dass wir keinerlei Unregelmäßigkeiten bei Ihnen und ganz gewiss nicht bei Mr. Court Held vermuten.«

»Die hat es auch sicher nicht gegeben.«

»Natürlich nicht in Ihrem Fall. Wir stellen jedoch – zwar selten, aber doch gelegentlich – fest, dass sich Geschäftsleute in Krisen manchmal zu sehr unklugen Dingen hinreißen lassen, daher bin ich ausgesprochen froh, feststellen zu können, dass diese Angelegenheit nichts mit Mr. Held zu tun hat, außer dass der Mann, der ihm die Papiere im Zuge einer absolut legitimen Transaktion aushändigte, der Mann sein könnte – und ich betone *könnte* –, über den wir Ermittlungen anstellen.«

Der Manager enthielt sich jeglichen Kommentars.

Bell sagte: »Sein Name lautet Claggart.«

»Das ist nicht der Mann.«

»Hin und wieder nennt er sich auch Henry Clay.«

»Nicht dieses Mal.«

»Darf ich Ihnen eine Beschreibung geben?«

»Nur zu.«

Isaac beschrieb Henry Clay und endete mit einem Hinweis auf die Augen.

Der Filialleiter von Thibodeau & Marzen sagte: »Er hat sich mit Smith vorgestellt. Die Obligationen, die er vorlegte, waren von der New Haven Railroad, fällig 1908, mit einem Couponzins von fünf Prozent.«

»Danke«, sagte Bell, war aber enttäuscht. Er hatte beinahe gehofft, dass der Manager Claggart schützen werde. Mit Filialen überall im Mittelwesten wären Thibodeau & Marzen eine gute Tarnung für einen Privatdetektiv oder Provokateur, der sich auf der Flucht befand.

»Ich frage mich, ob es noch irgendetwas anderes gibt, das ich über Mr. Smith erfahren und meiner Zentrale berichten könnte. Hat er irgendetwas getan, das uns helfen könnte, ihn zu finden? Ich hoffe, ich habe unmissverständlich deutlich gemacht, dass meine Firma ihn als einen zu allem entschlossenen Dieb betrachtet, der irgendwann wieder zuschlagen wird.«

»Das ist Ihnen durchaus gelungen, junger Mann.«

»Und gibt es irgendetwas? Etwas Ungewöhnliches, Auffälliges?«

Der Manager erhob sich abrupt. »Nein, Sir. Ich kann mich an nichts Derartiges erinnern.«

Bell erhob sich ebenfalls. Er glaubte ihm nicht. Offenbar hatte er einen wunden Punkt getroffen. Und er hatte ihn wahrscheinlich in eine Situation gebracht, die ihm überhaupt nicht behagte. Er sagte: »Jemand, mit dem ich zusammengearbeitet habe und der mich mein Gewerbe gelehrt hat, meinte zu mir, das Schwierigste sei, einen Menschen dazu zu bewegen, das Richtige aus dem falschen Grund zu tun.«

»Was für ein Gewerbe ist das, Mr. Bell?«

»Ich bin eigentlich Privatdetektiv.«

»Ich hoffe, Sie erwarten nicht, dass ich über Ihr Eingeständnis schockiert bin. Bei welcher Detektei?«

»Van Dorn.«

»Ah. Eine angesehene Firma … Nun, Sie waren ehrlich. Ich ergreife die Gelegenheit und will Ihnen gegenüber ebenfalls ehrlich sein. Smith hat mir Unbehagen bereitet. Zum einen, wer um alles in der Welt kauft in diesen Zeiten einen schwimmenden Palast? Zum anderen … na ja, zum anderen wurde mein Misstrauen geweckt. Andererseits gab es keinen rechtlichen Grund, den Nennwert der Papiere nicht in bar auszuzahlen – tatsächlich waren wir sogar dazu verpflichtet –, da unsere Firma die ausgebende Agentur gewesen ist.«

»Aber wenn Rechtmäßigkeit der Obligationen nicht in Frage stand, was war dann seltsam?«

»Während er sich hier in der Filiale aufhielt, erreichte ihn eine Nachricht auf unserer privaten Leitung.«

Isaac Bell durchfuhr es wie ein elektrischer Schlag. Treffer!

# 42

»Haben Sie das Telegramm gesehen?«

Bell bemühte sich, seine Frage beiläufig klingen zu lassen, bezweifelte jedoch, dass er den Manager täuschen konnte.

»Es war chiffriert und bestand nur aus Zahlen.«

»Könnte das darauf hindeuten, dass er für Ihre Firma arbeitet?«

»Nein. Und ich bin mir sicher, dass er nicht bei uns angestellt ist. Würde er für die Firma arbeiten, hätte er es doch gewiss erwähnt, als er hierherkam, oder meinen Sie nicht? Welchen Grund sollte er gehabt haben, es zu verschweigen?«

»Wie konnte er dann Ihre private Telegrafenleitung benutzen?«

»Für gute Kunden hält die Firma besondere Annehmlichkeiten bereit – wie es jede Maklerfirma tut. Gelegentlich vielleicht in größerem Umfang als angemessen und zulässig. Laut Gesetz ist es unternehmensfremden Personen jedenfalls verboten, sogenannte Standleitungen zu benutzen. Aber das tut eigentlich jeder.«

»So wie ich es verstehe«, sagte Bell und hoffte, den Mann damit zu größerer Offenheit zu animieren, »gehört es zu den üblichen Geschäftsgepflogenheiten. Jeder tut das.« Er kannte solche permanenten telegrafischen Verbindungen. Auch die Van Dorn Agency hatte eine solche gemietet. Aber er wollte die von seiner Meinung völlig unbeeinflusste Version des Managers dazu hören. Irgendetwas störte den Mann.

»Ja, es gehört zu den Geschäftsgepflogenheiten. Eine Nachricht über eine vorhandene private Standleitung zu senden ist deutlich billiger als das übliche gebührenpflichtige Telegramm. Die Nachricht wird schneller übermittelt, und außerdem ist es weitaus bequemer.«

»Und verschwiegener«, sagte Bell.

»Ja, die Vorzüge einer privaten Standleitung sind Wirtschaftlichkeit, schnellere Übermittlung und Verschwiegenheit.«

»Hat er eine Antwort gesendet?«

»Sie war kurz. Eine Bestätigung, nehme ich an, aber auch diese ist verschlüsselt gewesen.«

Bell stellte eine andere Frage, deren Antwort er bereits kannte. »Sind chiffrierte Nachrichten etwas Ungewöhnliches?«

»Nicht unter Börsenmaklern. Es ist nur vernünftig, Kauf- und Verkaufsorder zu verschlüsseln für den Fall, dass der Telegrafist das Verschwiegenheitsgebot verletzt.«

»Was halten Sie von der ganzen Angelegenheit?«

»Wie soll ich es ausdrücken – er wird ein Freund der Firma gewesen sein. Ein besonderer Kunde. Der New Yorker Firma, meine ich. Mir ist er zumindest völlig unbekannt. Aber er kennt jemanden in New York, das ist sicher.«

Isaac Bell stand auf und streckte die Hand aus. »Ich danke Ihnen für Ihre Offenheit.« Was hatte der Manager vorhin gesagt: *Für gute Kunden hält die Firma besondere Annehmlichkeiten bereit – wie es jede Maklerfirma tut. Gelegentlich vielleicht in größerem Umfang als angemessen und zulässig.* »Darf ich Ihnen noch eine Frage stellen?«

»Fragen Sie.«
»Ich würde gerne wissen, weshalb.«
»Weshalb was?«
»Weshalb haben Sie sich so freimütig geäußert?«

Der Manager straffte die Schultern. »Mark Twain sagt, dass er die Absicht habe, am Tag des Jüngsten Gerichts nach Cincinnati zurückzukehren, weil wir zwanzig Jahre hinter der Zeit herhinken. Das gefällt mir. Ich bin altmodisch. Ich mag keine Börsenmakler, die sich private Standleitungen leisten können, um gegenüber all denen im Vorteil zu sein, die das öffentliche Telgrafennetz benutzen müssen. Und Thibodeau & Marzen gehörten mal zu den Firmen, die diesen Leuten ebenso kritisch gegenüberstanden.«

Auf seinem Weg zum Queen City Club, wo er mit Kenny Bloom verabredet war, machte Bell einen Abstecher zur Western-Union-Filiale, um ein Telegramm für Grady Forrer aufzugeben. Es lautete:

*GESCHÄFTSLEITUNG*
*THIBODEAU & MARZEN*
*ÜBERPRÜFEN*

Er hatte starke Zweifel, dass Henry Clay für seine Kommunikation Standleitungen benutzte, um sich Vorteile auf dem Wertpapiermarkt zu verschaffen, wie der Filialleiter in Cincinnati annahm. Anstatt betrügerisch erwirtschafteter Profite bot ein Unternehmen mit Filialen, die auf dem gesamten Kontinent verstreut waren, ausgiebig Gelegenheit für den Austausch privater Mitteilungen mit jemandem im New Yorker Büro. Im Falle Smiths, Claggarts und

Henry Clays war Isaac Bell überzeugt, dass es jemanden gab, der dem Provokateur seine Anweisungen gab.

Er traf Court Held an der Bar des Queen City Clubs. Der Werfterbe begrüßte ihn wie einen guten alten Freund und lud ihn und Kenny zum Dinner ein. Kenny, der mittlerweile bei seinem vierten Whiskey angelangt war, sah aus, als hielte er das für eine gute Idee, aber Bell erinnerte den Kohle- und Eisenbahnunternehmer daran, dass er nach der Reise nach Cincinnati, um dort mit seinen in Ohio ansässigen Bankiers zusammenzutreffen, schnellstens nach Hause zurückkehren sollte. Das war der eigentliche Grund gewesen, weshalb er den Privatzug seines Vaters benutzt hatte.

»Wir sollten lieber im Zug dinieren.«

»Bis Pittsburgh eine Stunde«, verkündete der Zugbegleiter des Bloom Special, während sie sich der Grenze von Ohio näherten, um danach den Norther Panhandle von West-Virgina zu durchqueren.

»Weshalb so lange?«, wollte Kenny wissen. Er war auf der Couch im Waggon mit dem Wohn- und Büroraum eingeschlafen und massierte seine Schläfen, während er sich aufrichtete.

»Tut mir leid, Mr. Bloom, aber wir müssen außerhalb von Steubenville anhalten, um Wasser nachzutanken.«

»Warum außerhalb und nicht in der Stadt? Mein Gott, ich habe Kopfschmerzen. Können wir nicht einfach geradeaus und durch den Ort fahren?«

»Wie ich bei der Abfahrt erwähnte, der Fahrdienstleiter musste uns wegen eines Postzugs um Steubenville herum dirigieren. Wir haben durch diese Umleitung jedoch nicht mehr als zehn Minuten verloren.«

»Aber jetzt müssen wir zum Wassertanken anhalten.«

»Wir können auch auf einen Stopp verzichten, aber dann riskieren wir, dass die Lokomotive explodiert«, sagte Bell, und Kenny lachte. »Schon gut, schon gut. Hauptsache, wir kommen irgendwann ans Ziel.«

Der Zug wurde langsamer und hielt schließlich vor einem dunklen Nebengleis, neben dem ein Wasserreservoir aufragte.

Der Zugbegleiter, der auch die Aufgaben eines Bremsers wahrnahm, sprang auf das Gleis hinunter, um die Weiche umzustellen. Sein Name lautete Bill Kux, und er hatte sich eigentlich eine Anstellung auf dem Twentieth Century Special der New York Central gewünscht – oder, noch lieber, draußen im Westen auf dem Overland Limited. Diese Fahrt nach Cincinnati, zusammen mit dem verwöhnten Filius des alten Bloom, hatte ihn bisher in seinem Entschluss bekräftigt. Diese Strecke gefiel ihm ganz und gar nicht.

Kux legte den Hebel um. Der Lokführer rangierte den Zug in Rückwärtsfahrt auf das Nebengleis. Der Heizer kletterte auf die Lok und zog an der Kette, die die Wasserhose über die Lok schwenkte. Der Lokführer stieg vom Führerstand herab, um sich die Beine zu vertreten. Kux sagte zu ihm: »Sie würden uns allen das Leben sehr viel einfacher machen, wenn Sie ein wenig Zeit aufholen könnten.«

Der Lokführer fluchte und meinte, er werde verdammt noch mal sein Möglichstes tun. Der Heizer kletterte von der Lok herab. Kux machte kehrt, rannte zur Weiche zurück und blickte plötzlich in die Zwillingsmündung einer Kaliber-12-Schrotflinte. Ein zweifaches zischendes Einatmen hinter Kux verriet ihm, dass der Lokführer und der

Heizer ebenfalls Gewehrmündungen vor den Nasen hatten.

»Hier entlang, Freunde, hinter den Wasserturm.« Sie waren zu dritt und versteckten ihre Gesichter hinter Halstüchern, die sie sich umgebunden hatten. Aus den Taschen holten sie eiserne Handfesseln, die sie den Angehörigen des Zugpersonals um Hand- und Fußgelenke legten. Der Heizer hatte die grandiose Idee, sich zu wehren, und handelte sich damit einen Schlag mit dem Gewehrkolben ein, der seinen Schädel traf.

Zugbegleiter Kux ärgerte sich nicht allzu sehr, als er sich vorstellte, wie Bloom junior um seine Uhr, Manschettenknöpfe, Krawattennadel und auch die Brieftasche erleichtert wurde. Aber wenn ihn der Eindruck, den er von Blooms Freund, Isaac Bell, gewonnen hatte, nicht täuschte, dann würde dieser Überfall in eine blutige Schießerei münden. Also versuchte er, den Räubern von ihrem Vorhaben abzuraten.

»Falls ihr die Absicht habt, meine Passagiere auszurauben, kann ich euch verraten, dass es nur zwei sind, ihr verdammten Narren. Ihr habt einen Privatzug angehalten!«

»Wir wollen deine Passagiere gar nicht ausrauben. Wir rauben den ganzen Zug.«

»Kenny?«, fragte Isaac Bell, während sich der Zug wieder in Bewegung setzte. »Kennst du Thibodeau & Marzen in New York?«

»Die Börsenmakler?«

»Ja. Was weißt du über sie?«

»Ich glaube, Dad hat ein oder zwei Mal mit ihnen …«

Ein Ruck lief durch den Zug, und er kleckerte Whiskey auf sein Oberhemd. »Verdammter Mist. Ich schmeiße den Lokführer raus.«

»Bis jetzt hat er eine sichere Hand und enormes Geschick bewiesen«, sagte Bell. »Ich möchte wissen, was in ihn gefahren ist.«

Kenny Bloom tupfte seine Hemdbrust mit einer Serviette ab. »Dieser überbezahlte Stümper hat wahrscheinlich getrunken.« Der Zug nahm Tempo auf.

»Was weißt du über Thibodeau & Marzen?«, wiederholte Bell seine Frage.

»Ein altmodischer Laden.«

»Sind sie ehrlich?«

Kenny rieb noch ein wenig an seinem Oberhemd herum, dann schenkte er sich ein frisches Glas ein. Er hob einladend die Flasche. Bell schüttelte den Kopf.

»Sind sie ehrlich?«

»So ehrlich und korrekt, wie der Tag lang ist. Offen gesagt, ich frage mich, wie sie sich in der Wall Street halten können.«

Bell betrachtete sein und Kennys Spiegelbild im nachtschwarzen Glas der Zugfenster. Die Lichter eines Farmhauses huschten vorbei. Alt und ehrlich? Hatten Clay und sein Boss heimlich das interne System von Thibodeau & Marzen angezapft? Oder sich unbemerkt hineingeschmuggelt?

»Endlich kommen wir richtig voran«, sagte Kenny. »Wir fahren schnell und schleichen nicht mehr durch die Kurven. Vielleicht werfe ich ihn doch nicht raus.«

»Was ist? Ach so. Du meinst den Lokführer.«

Der Zug raste durch die Nacht, obgleich sein hohes Tempo nicht offensichtlich war. Ihr Waggon befand sich zwischen dem Salonwagen, der am Tender angekuppelt war, und dem Speisewagen am Ende des Zugs. Derart eingerahmt und vorn und hinten fixiert, schwankte er kaum, während eine dicke isolierende Filzschicht zwischen der Innen- und Außenwand das Pfeifen des Fahrtwinds und das Rattern der Räder auf den Schienen dämpfte. Als sie das Eisenbahndepot einer kleinen Ortschaft passierten, wunderte sich Bell, wie schnell dessen Lichter draußen vorbeiwischten.

Ein plötzlich einsetzendes Klappern durchbrach die Stille.

Kenny stürzte zur Morsetaste. Sie hatten mittels drahtloser Telegrafie eine Nachricht empfangen, wobei das Signal von den Telegrafenleitungen, die neben dem Gleis verliefen, durch ein von Thomas Alva Edison entwickeltes elektrostatisches Induktionsverfahren in den Zug übertragen wurde. Da er seit seiner Kindheit das Morsealphabet beherrschte, spitzte Kenny die Ohren und schrieb mit, dann brachte er mit ernster Miene das Geschriebene zu Bell, der aufmerksam gelauscht hatte. Er wusste weshalb.

»Für dich«, sagte Kenny.

»Ich habe meinen Leuten gesagt, dass sie mich in deinem Zug erreichen.«

Er las den Text und runzelte die Stirn.

»Sieht übel aus«, sagte Kenny.

»Verdammt übel«, sagte Isaac Bell.

*SCHLEPPER CAMILLA LEIDER EXPLODIERT.*
*KAPITÄN TOT.*
*GEWERKSCHAFTSHAUS ABGEBRANNT.*
*LEIBWÄCHTER UMGEKOMMEN.*
*GUTE REISE.*
*TRIPLE PLAY.*

# 43

»Gute Reise?«, fragte Kenny Bloom. »Was zur Hölle soll das heißen?«

»Ein schlechter Witz«, sagte Bell und dachte voller Bedauern an Captain Jennings – ermordet, weil er den Marschierenden geholfen hatte – und an Mike Flannery und Terry Fein, die er selbst im wahrsten Sinne des Wortes ins feindliche Feuer geschickt hatte.

»Und was bedeutet ›Triple Play?‹«

Der Boden erzitterte, und die Fensterscheiben vibrierten klirrend, als der Zug über eine eiserne Bockbrücke donnerte. »Wo ist der Zugbegleiter?«

»Keine Ahnung. Hinten im Speisewagen.«

»Bist du sicher?«

Bell ging mit schnellen Schritten zum hinteren Ende des Wagens und riss die Tür zum Vorraum auf. Die Räder ratterten über das Gleis, während der Wind an den Rippen der ziehharmonikaförmigen Kupplungsverkleidung aus Segeltuch entlangrauschte. Bell öffnete die Tür des Speisewagens und trat über die Schwelle. Der Wagen schwankte heftig.

»Kux! Zugbegleiter Kux! Sind Sie hier?«

Der Koch schob den Kopf durch die Küchentür. »Wir fahren verdammt schnell, Mr. Bell. Wenn ich ehrlich bin, sogar viel schneller, als ich jemals mit diesem Zug unterwegs war.«

»Wo ist Mr. Kux?«

»Ich habe ihn nicht mehr gesehen, seit wir Wasser nachgefasst haben.«

Eilig kam Bell wieder nach vorn. Kenny schenkte sich gerade einen frischen Drink ein. »Wir schwanken hin und her wie ein Segelboot im Sturm. Was zur Hölle hat das zu bedeuten?«

»Das ist das Erste, was ich deinen Lokführer fragen werde.« Bell marschierte zum vorderen Vorraum, um zur Lokomotive zu gelangen. Die Tür des Salonwagens war verriegelt. Es war eine stählerne Tür. Um sie zu öffnen, war mindestens eine Ladung Dynamit nötig.

»Verschlossen«, sagte er zu Kenny.

»Irgendjemand ist offenbar völlig verrückt geworden«, stellte Kenny Bloom fest. »Wir machen mindestens neunzig Sachen.«

Der Zug raste durch eine Kurve. Die Räder kreischten auf den Schienensträngen.

»Triple Play«, sagte Isaac Bell, »heißt, dass wir als Nächstes an der Reihe sind. Er hat unsere Zugbesatzung einkassiert, den Dampfregler geöffnet und in dieser Position fixiert.«

»Ich halte den Zug an!« Kenny streckte sich nach dem roten Griff der Notbremse an der Wand am vorderen Ende des Waggons.

Bell kam ihm zuvor und fing seine Hand ab. »Wenn wir bei diesem Tempo die Druckluftbremsen aktivieren, entgleisen wir ganz sicher.«

»Aber wir müssen den Zug anhalten. Spürst du das? Er beschleunigt noch immer.« Kenny, der sich nicht von seinem Glas getrennt hatte, stellte es nun beiseite. »Isaac, wir nähern uns Pittsburgh mit hundert Meilen in der Stunde.«

»Wie betrunken bist du?«, fragte Bell.

»Ich habe viel zu viel Schiss, um betrunken zu sein.«

»Gut. Dann hilf mir, aus dem Fenster zu klettern.«

»Wo willst du hin?«

»Zur Lokomotive.«

Bell schob das Fenster nach unten. Ein Hundert-Meilen-Fahrtwind pfiff durch die Öffnung und wirbelte alles, das nicht niet- und nagelfest war, in einem Tornado aus Stoff und Papier durch den Eisenbahnwagen. Der Windstoß traf ihn wie die Flutwelle eines Hochwasser führenden reißenden Stroms. Er schlängelte sich hinaus, blieb für einen Moment auf dem Fensterrahmen sitzen und versuchte, sich hinzustellen. Der Wind fegte ihn beinahe vom Zug.

»Ich schirme dich ab«, rief Kenny. Er schob das nächste Fenster nach unten und zwängte seinen massigen Oberkörper und Bauch durch die Öffnung. Bell machte einen zweiten Versuch. Da Kenny den Wind mit seinem Körper von ihm ablenkte, schaffte Isaac es, die Füße auf den Fensterrahmen zu stellen. Als er sich jedoch erhob, musste er seine gesamte Kraft einsetzen, um sich festzuhalten. Wenn er nur eine Hand ausstreckte, um sich aufs Wagendach zu ziehen, würde er weggeweht werden. Kenny Bloom, der sich an den Fensterrahmen klammerte, erkannte Bells missliche Lage und rief: »Warte!« Dann richtete er sich mühsam auf dem Fensterrahmen auf, um für Bells Körper einen Windschatten zu schaffen, damit er sich aufs Dach schwingen konnte.

»Lass das!«, brüllte Bell gegen den Wind. »Du stürzt ab!«

»Ich war als Akrobat genauso gut wie du!«, brüllte Kenny zurück. »Zumindest fast.«

In einem nahezu übermenschlichen Kraftakt, bei dem er die Augen verdrehte, stemmte Bloom seine Leibesfülle in die Höhe. »Los! Geh schon!«

Isaac Bell vergeudete keine Sekunde und zog sich aufs Wagendach. Kenny war im Zirkus sogar ein ziemlich guter Akrobat gewesen, aber das lag weit zurück in ihrer Kindheit, und seitdem hatte er nichts Schwereres mehr gestemmt als Gläser mit diversen Drinks, was nicht unbedingt zur Erhaltung geschweige denn Steigerung seiner Muskelkraft beigetragen hatte. Auf dem Dach war der Wind noch stärker. Auf dem Bauch rutschte Bell zum vorderen Ende des Wagens, schlängelte sich über die Ziehharmonikaverkleidung und auf den Salonwagen. Dann kroch er in einem Sturm aus Rauch, Dampf und Funken, den die Lok fauchend ausspuckte, weiter. Am vorderen Wagenende angelangt, sah er vor sich eine zwei Meter breite Lücke zwischen Wagendach und Tender. Im vorderen Abschnitt des Tenders wölbte sich aufgehäufte Kohle. Der hintere Teil, in dem sich der Wassertank befand, war glatt und eben und lag niedriger als das Dach des Salonwagens.

Der durch das Reisetempo von einhundert Meilen in der Stunde erzeugte Fahrtwind machte es unmöglich, die Distanz zwischen Wagen und Tender mit einem Sprung zu überwinden. Bell legte die Hände gegeneinander und streckte die Arme aus. Er machte seinen Körper so schlank wie möglich, als wollte er von einem Sprungturm in ein Schwimmbecken eintauchen, und ließ sich vornüberkippen. Er gelangte bis auf gleiche Höhe mit dem Tenderheck, und als seine Hände den stählernen Wassertank berührten, versuchte er, sich zu einer kompakten Kugel zusammenzukrümmen. Er rollte vorwärts, rutschte über die glatte Außenwand des Wassertanks und tastete hektisch nach einem Vorsprung, der ihm einen sicheren Halt bot.

Er fand etwas Geeignetes in Form einer Kante, um die er eine Hand legen konnte. Nun zog er sich vollends auf den Tank und rollte weiter auf den Kohlehaufen, turnte über ihn hinweg und blickte in einen unbemannten Lokomotivführerstand, der von den prasselnden Flammen in der Feuerbüchse erhellt wurde, deren Lichtschein durch einen Riss in der Ofenklappe drang. Bell kletterte am vorderen Ende des Tenders eine Leiter hinab und setzte mit einem Sprung in den Führerstand über, ein heißes dunkles Labyrinth aus Hebeln, Ventilen, Anzeigeinstrumenten und Leitungsrohren.

Er kannte sich mit Lokomotiven und den Funktionsweisen ihrer Aggregate recht gut aus, weil er als Kind viel darüber gelesen hatte. Außerdem hatte er als Schüler oft an Besichtigungen von Lokomotiven teilgenommen, die Kennys Vater regelmäßig veranstaltet hatte, und hatte selbst eine mitternächtliche Exkursion des Yale Glee Club mit einer Atlantic 4-4-0 – »ausgeliehen« aus dem Eisenbahndepot der New Haven Railroad in New York – zu Miss Porter's School, der berühmten Privatuniversität für höhere Töchter in Farmington, Connecticut, organisiert und angeführt. Jetzt beließ er den Umkehrhebel in der Mittelstellung und suchte den Hebel der Dampfventilsteuerung.

Der Hebel ließ sich keinen Deut bewegen. Bell untersuchte ihn eingehend und stellte fest, dass die Saboteure ihn in weit offener Stellung mit einer Klammer und einer Schraube fixiert hatten. Bell löste die Schraube, entfernte die Klammer und schob den Hebel behutsam nach vorn, um den Dampfstrom zu den Zylindern zu verringern. Einige zehntausend Pfund Stahl, Eisen, Kohle und Wasser rollten unbeeindruckt weiter. Vorsichtig aktivierte er die automatischen Luftdruckbremsen der Waggons hinter ihm, senkte damit den Gesamtdruck um einige Pfund und betätigte gleichzeitig die Bremsen der Lok. Kreischender Stahl und ein heftiges Rucken sagten ihm, dass die Bremswirkung noch zu groß war, also erhöhte er den Luftdruck, verringerte damit die Reibung zwischen Rädern und Bremsschuhen und sorgte für eine ruhigere Fahrt. Schließlich wurde der rasende Zug spürbar langsamer, bis er mit fünfzig Meilen in der Stunde über das Gleis rollte und Isaac Bell erleichtert feststellte, dass wieder er und nicht die Massenträgheit die Kontrolle innehatte.

Gerade noch rechtzeitig. Er bremste den Zug bis auf Schritttempo herunter, als er vor sich auf dem Bahndamm eine rote Laterne entdeckte. Ein Bremser stand zwischen den Schienensträngen und schwenkte sie warnend. Ein Personenzug wartete auf das Signal eines Fahrdienstleiters zur Weiterfahrt und blockierte die Strecke. »Bin, so schnell ich konnte, zurückgerannt«, rief der Bremser noch immer außer Atem. »Gut, dass Sie mich gesehen haben. Selbst wenn Sie nur mit zehn Meilen in der Stunde auf uns aufgefahren wären, hätte es sicher einige Verletzte gegeben.«

»Ich will's mir gar nicht vorstellen«, sagte Bell.

Während er darauf wartete, dass sich der Personenzug wieder in Bewegung setzte, überprüfte er den Kesseldruck und den Wasserstand, pumpte mehr Wasser in die Feuerbüchse und legte einige Schaufeln Kohle nach. Dann folgte er dem Personenzug nach Pittsburgh, wobei er nur einen geringen Abstand hielt, um sich über die Weichen zu stehlen, ehe sie umgestellt wurden. Als der Privatzug den Allegheny River überquerte, sah er Feuerschein am Point – es waren die immer noch brennenden Überreste des Heckraddampfers *Camilla*. Die Flammen eines noch heftigeren Feuers loderten am Rand des Golden Triangle in den Himmel. Offenbar hatte der Brand im Gewerkschaftshaus auf angrenzende Gebäude übergegriffen.

Wally Kisley und Mack Fulton warteten schon auf dem Bahnsteig des Privatzugs. Ein Blick aufs Bells Miene reichte aus, und Wally sagte: »Ich sehe, dass du schon gehört hast, was geschehen ist.«

»Henry Clay höchstpersönlich hat mir die Neuigkeiten gekabelt. Wieder mal konnte er dem Drang zum Prahlen nicht widerstehen. Und dann habe ich von der Brücke aus das Feuer gesehen. Sind die Männer verbrannt?«

»Feuerwehrleute, mit denen ich gesprochen habe, glauben, dass ihnen vorher die Schädel eingeschlagen wurden.«

»Ich hätte Sie beide hinschicken sollen. Sie hätten mit so was gerechnet und sich entsprechend vorbereitet.«

»Hör auf, dir Vorwürfe zu machen«, sagte Mack. »Terry und Mike waren erwachsene Männer.«

»Nur damit du Bescheid weißt, Isaac, es wurde noch ein weiterer Toter gefunden, offenbar der Mann, der das Feuer gelegt hat. Aus Papieren in seiner Brieftasche geht hervor, dass er zum Streikkomitee gehörte.«

»Und warum ist seine Brieftasche nicht ebenfalls verbrannt?«

»Er ist wohl an einer Rauchvergiftung gestorben«,

sagte Wally. »Jedenfalls haben die Cops etwas Derartiges verlauten lassen.«

Mack Fulton sagte: »Egal, was passiert ist, es wird auf jeden Fall den Streikenden angehängt. Die Zeitungen bringen Extrablätter heraus und wollen Blut sehen.«

»Was ist mit Jennings' Dampfschiff?«

»Die gleiche Geschichte«, sagte Wally Kisley. »Die Männer des Sheriffs haben einen Streikenden in einem Ruderboot erschossen. Es befand sich in nächster Nähe des Schleppers.«

Mack sagte: »Angesichts dieser Ereignisse haben wir Archie in Marsch gesetzt, damit er auf Jim Higgins aufpasst.«

Bell sah seinen alten Kollegen irritiert an. »Aber Jim Higgins wird doch von bewaffneten Streikposten beschützt.«

»Dann können sie Archie ebenfalls im Auge behalten.«

Bell nickte. »Natürlich. Sie haben recht. Danke, dass Sie sich um Archie gekümmert haben.«

»Was jetzt?«, wollte Wally wissen.

»Gibt es was Neues von der Recherche-Abteilung?«

»Fehlanzeige.«

Mack reichte ihm ein Telegramm von Grady Forrer.

*INHABER THIBODEAU & MARZEN*
*UNGENANNT, UNBEKANNT,*
*UNIDENTIFIZIERBAR.*

Bell hatte fest damit gerechnet, dass der Börsenmakler ihn zu Henry Clays Boss führen werde. Er zerknüllte das Telegramm in der Faust und schleuderte es in hohem Bogen von sich. Mack Fulton fischte es aus der Luft, glättete das Papier und reichte es seinem jungen Kollegen. »Steck es ein. Vielleicht kannst du es noch brauchen. Manchmal wird eine kalte Spur wieder heiß.«

»Was nun?«, wiederholte Wally Kisley seine Frage.

»Wo ist dieser schwarze Dampfer?«

»Terry und Mike haben ihn hinter einer Fabrik in McKeesport vertäut gesehen.«

»Wahrscheinlich mussten sie deshalb sterben.«

Eine Glocke ertönte. Und dann zog eine wie poliert glänzende Lokomotive einen New York-Chicago Limited in die Bahnsteighalle. Bell ließ den Blick über die Bahnsteige schweifen, die zu dieser späten Stunde vollkommen verlassen waren. Er überlegte, wo Mary sich in diesem Moment aufhalten mochte. Aber er fragte laut: »Wo ist Jim Higgins?«

»Er hat sich auf dem Gelände des Amalgamated Kohlenterminals verbarrikadiert«, sagte Mack. »Die Eisenbahnstrecke ist blockiert. Das Gleiche gilt für die Straßenbahnschienen und die Straßen selbst. Aber das schwarze Schiff macht sie nervös.«

»Und die Cops können nichts tun und müssen zähneknirschend zusehen«, fügte Wally hinzu.

»Ebenso der Sheriff«, sagte Mack. »Zumindest wenn ich meinen Quellen glauben darf. Am liebsten möchte er die Streikenden mit Gewalt aus ihren Zelten vertreiben.«

»Er würde ein Blutbad riskieren.«

Wally zuckte die Achseln. »Nun, den Unternehmern, den Coal and Iron Cops, den Pinkertons und der Staatspolizei würde ein Blutbad nicht das Mindeste ausmachen.«

»Aber der Bürgermeister und einige Stadtväter von Pittsburgh haben Angst vor einem Massaker«, sagte Mack, »weil es auch Frauen und Kinder treffen würde. Außerdem sitzen ihnen die Kirchenladys und die Progressiven im Nacken. Daher tendieren sie zu Verhandlungen.«

»Aber erst nach dem Ball«, sagte Wally.

»Nach welchem Ball?«

»Dem Ball der feinen Gesellschaft von Pittsburgh. Er ist das alljährliche bedeutendste gesellschaftliche Ereignis. Dann geben sich die Industriellen elegant und gediegen. Hohe Tiere rollen mit ihren Privatzügen an. Der Bürgermeister weiß, dass es für die Zeitungen ein gefundenes Fressen wäre – Wirtschaftsbosse tanzen auf den Gräbern der Arbeiter –, daher hält er die Hitzköpfe vorläufig zurück. Was bedeutet, dass wir zwei Tage Zeit haben, ehe es zum großen Knall kommt.«

Zischend und mächtige Dampfwolken vor sich herschiebend rollte der Expresszug aus New York an einem Bahnsteig entlang, als eine imposante männliche Erscheinung in einem weiten Mantel eine Wagentür aufstieß und auf die Plattform sprang, bevor der Zug zum Stillstand kam.

Wally Kisley sagte: »Pass auf, Isaac! Wenn du bisher geglaubt hast, Probleme zu haben, dann geht es jetzt erst richtig los. Da kommt der Boss.«

Joseph Van Dorn entdeckte Bell, der ihm über die Gleise hinweg zuwinkte, sofort, trat ins Bahnhofsgebäude und erschien kurz danach auf dem Bahnsteig für Privatzüge, auf dem seine Detektive standen und sich beratschlagten. Im Bahnhofsgebäude hatte er bei einem Zeitungsjungen ein Extrablatt gekauft, das er seinen Angestellten unter die Nasen hielt.

»Ich kam nicht umhin zu bemerken, dass die Stadt in Flammen steht. Hier ist zu lesen, wir hätten zwei Männer verloren.«

»Terry Fein und Mike Flannery«, bestätigte Bell. »Und einen Dampfschiffkapitän, der sich für uns aus dem Fenster gelehnt hat.«

»Für uns?«, fragte Van Dorn. »Wer ist ›uns?‹ Detektive oder Streikende?«

»Beides«, sagte Isaac Bell. »Wir stehen auf derselben Seite.«

Anstatt Bell wegen dieser offensichtlichen Parteinahme Vorhaltungen zu machen, fragte Joseph Van Dorn: »Als Verbündete im Kampf gegen Henry Clay?«

»Sprengstoff und Brandstiftung sind Clays bevorzugte Taktik«, erwiderte Bell. »Captain Jennings' Schlepper war ein zuverlässiges Arbeitspferd. Höchst unwahrscheinlich, dass es ohne fremdes Zutun explodiert sein sollte. Und sogar die Polizisten erklären, dass das Feuer im Gewerkschaftshaus gelegt wurde.«

»Sie machen jedoch, weil es so schön passt, einen toten Angehörigen des Streikkomitees dafür verantwortlich«, sagte Wally Kisley.

Joseph Van Dorn sah Bell fragend an. »Was ist Ihr nächster Schritt, Isaac?«

»*Isaacs* nächster Schritt?«, platzte Wally Kisley heraus. »Übernehmen Sie denn nicht die Leitung dieses Einsatzes?«

Joseph Van Dorn fixierte weiterhin Bells Gesicht. Er antwortete in einem Tonfall, der keinen Widerspruch duldete und keine weiteren Fragen zuließ. »Isaac hat diesen Karren in den Dreck gefahren. Ich verlasse mich darauf, dass er ihn auch wieder rauszieht. Was ist Ihre nächste Maßnahme, Detektiv Bell?«

Nun nahm Mack Fulton als ältester Angestellter der Van Dorn Agency für sich das Recht in Anspruch, Protest anzumelden. »Das ist zu viel, um es ihm allein auf die Schultern zu laden, Joe.«

Und Wally schloss sich an: »Was wir jetzt brauchen, ist ein erfahrener Mann mit Überblick.«

Van Dorn wandte sich an Bell. »Was sagen Sie dazu, Isaac?«

Van Dorn, Kisley und Fulton fixierten ihn erwartungsvoll, und falls irgendjemand noch Zweifel an Isaac Bells Übersicht hinsichtlich des Bergarbeiterstreiks gehabt haben sollte, so wurden sie ein für alle Mal weggewischt, als Kenny Bloom schwankend Arm in Arm mit dem Koch aus dem Eisenbahnzug stieg.

Beide Männer hatten Trinkgläser in den Händen. Kenny hob das seine feierlich hoch.

»Auf den Mann der Stunde, Gentlemen, Isaac Bell, den heldenhaften Lokomotivführer, der das Leben eines wertlosen Plutokraten und seines wertvollen Kochs gerettet hat. Egal, was du willst, du kriegst es!«

Bell sagte: »Ich war es nicht allein, ich hatte euch als Helfer, Freunde. Ich wünsche mir Folgendes – Wally, Mack, versuchen Sie, Henry Clay aufzustöbern.«

»*Ich* hänge mich an Clay dran«, knurrte Joseph Van Dorn düster.

»Nein«, widersprach Isaac Bell, »Sie können Besseres tun, als Clay zu suchen und zu verfolgen.«

»Clay geht auf mein Konto. Er ist mein Monster. Ich habe ihn geschaffen. Ich werde ihn töten.«

»Nein. Wenn es Ihnen nicht gelingt – wenn Clay Ihnen auch nur für kurze Zeit entkommt –, dann stehen zehntausend Menschenleben auf dem Spiel. Sie müssen viel mehr tun … Sie waren doch mal beim Präsidenten.«

»Das stimmt. Bei TR persönlich. Was ist mit ihm?«

»Können Sie ihn ein zweites Mal aufsuchen?«

»Das ist nicht so einfach. Dazu muss ich nach Washington reisen. Es könnte eine Woche dauern. Weshalb?«

»Fahren Sie nach Washington. Wir müssen die Streikenden und die Streikbrecher daran hindern, sich gegenseitig abzuschlachten, bis jemand dafür sorgt, dass sich die Gemäßigteren zusammensetzen und verhandeln. Wenn wir Henry Clay nicht aufhalten können, ist der Präsident der Einzige, der es überhaupt versuchen kann.«

»Sie wollen, dass ich einen Notfallplan entwickle?«

»Wenn alles andere scheitert.«

Ehe Van Dorn darauf antwortete, wandte sich Bell an Kenny und seinen Leibkoch.

»Zuerst möchte ich ein Frühstück für zwanzig Männer. Und von dir, Kenny, brauche ich eine frische Lokomotive mitsamt Zugbesatzung.«

»Wofür?«

»Ich bringe deinen Zug schnellstens nach Cincinnati zurück.«

»Weshalb?«

»Wir haben nur zwei Tage Zeit. Wir dürfen keine Sekunde verlieren.«

# 44

Mary Higgins setzte eine Taschenflasche aus vernickeltem Stahl an die Lippen und legte den Kopf in den Nacken. Ihr glänzendes schwarzes Haar schimmerte im matten Sonnenschein, der durch die Dunstglocke drang, die über der Stadt lag.

»Ich wusste gar nicht, dass Sie Alkohol trinken«, sagte Henry Clay.

Sie wunderte sich, dass jemand, der so brutal war, wie sie ihn erlebt hatte, derart tugendhaft reagieren konnte. »Mein Vater hatte einen Saloon. Dort habe ich es schon gelernt, als ich noch sehr jung war.«

»Etwa als Sie noch auf seinem Schoß gesessen haben?« Clay lächelte. Sie sah reizend aus, dachte er, als er sie betrachtete. Sie trug einen langen Mantel, den sie sich von ihrer neuen Zimmerwirtin ausgeliehen hatte, und dazu einen breitkrempigen, mit Federn geschmückten Hut, den er ihr geschenkt hatte, nachdem der größte Teil ihrer Habseligkeiten zusammen mit der Einrichtung des Gewerkschaftshauses verbrannt war. Sie waren mit der Kabelbahn den Mount Washington hinaufgefahren und saßen auf einer Bank in einem kleinen Park mit dunstverschleiertem Blick auf das Golden Triangle und die Flüsse Monongahela, Allegheny und Ohio. Er trug die bei Geschäftsleuten übliche Kleidung: Gehrock, Melone und einen Spazierstock, in dem ein Degen versteckt war.

»Vater meinte immer, ein Mädchen solle lernen, mit Whiskey umzugehen.«

»Haben Sie nicht erzählt, Ihr Vater habe einen Schlepper gehabt?«

»Den Saloon gab es zu einer anderen Zeit in einer anderen Stadt. Er hat ständig die Jobs gewechselt.«

»Dann war er sozusagen ein Universalgenie.«

»Er beherrschte alles, meisterte jede Herausforderung. Nur mit anderen Menschen kam er nicht so gut zurecht. Da hat ihn seine Urteilsfähigkeit zuweilen im Stich gelassen. Wie meinen Bruder Jim. Es brach ihm das Herz, erkennen zu müssen, dass Menschen durch und durch böse sein können.« Sie setzte die Flasche wieder an die Lippen. »Er sagte auch: ›Trink niemals allein.‹ Wollen Sie einen Schluck?«

»Wir haben noch nicht mal Mittag.«

»Man sollte niemals auf später verschieben, was man sofort erledigen kann. Da, trinken Sie.«

Lächelnd reichte sie ihm die Flasche. Henry Clay wog sie prüfend in der Hand. »Geben Sie die Flasche wieder her, wenn Sie nicht trinken wollen«, sagte Mary, ein warmes Lächeln in den Augen, während sie ihn neckte.

Clay hob die Flasche und prostete seiner Begleiterin zu. »Verschiebe nie auf später …« Er trank einen Schluck und gab die Flasche zurück.

Mary sagte: »Wie ich sehe, haben Sie es begriffen.« Und sie trank einen weiteren tiefen Schluck.

Als die Flasche leer war, bot Henry Clay an: »Ich gehe Nachschub holen.«

Mary Higgins presste die Fingerspitzen gegen ihre Schläfen. »Oh, mein armer Kopf. Das war keine gute Idee.«

»Was meinen Sie?«

»Ich brauche Kaffee. Literweise.« Sie sprang auf, geriet ein wenig ins Schwanken und sagte: »Kommen Sie mit. Ich brüh uns eine Kanne voll auf… bei mir.«

Sie fuhren den Berg hinunter, fanden eine Pferdedroschke und überquerten auf dem Weg zu ihrer neuen Bleibe die Smithfield Bridge. Es war eine kleine möblierte Wohnung, teurer als ein Zimmer in einer Pension, aber der höhere Preis verschaffte ihr auch erheblich mehr Privatsphäre. Die Miete hatte ihr Bruder auf ihre Bitte hin aus der Streikkasse spendiert. Sie bereitete in der kleinen Küche eine Kanne starken Kaffee zu und brachte sie zu Clay ins Wohnzimmer. Sie setzte darauf, dass der Whiskey, den zu trinken sie ihn animiert hatte, kombiniert mit dem stark gesüßten Kaffee den Geschmack des Chloralhydrats überdeckte.

Nicht nur bemerkte Clay nichts von den K.-o.-Tropfen, er bat sogar um eine zweite Tasse, die er zur Hälfte auf seiner Hose verschüttete, als er plötzlich mit einem leicht ungläubigen Ausdruck in den Augen nach hinten sank und das Bewusstsein verlor.

Sie durchsuchte seine Brieftasche und seine Kleidung, fand jedoch nicht den geringsten Hinweis auf den Mann, der ihn dafür bezahlte, dass er zu Gewalt anstachelte, damit Unternehmer und Regierung die Gewerkschaften zerschlagen konnten. Enttäuscht und ungläubig wiederholte sie die Suche. Abermals ohne Erfolg. Sie blätterte seine eigenen Visitenkarten durch in der Hoffnung, dass er vielleicht eine fremde Karte, die er irgendwann erhalten hatte, dazwischen geschoben hatte.

Was sie fand, war ein Stück Papier, das mehrmals zusammengefaltet worden war, bis es das gleiche Format hatte wie die Visitenkarten und dazwischen nicht auf Anhieb auffiel. Sie faltete es auseinander. Es war ein privates Telegramm von einem New Yorker Börsenmakler an sein John-Claggart-Alias. Sie warf das Papier auf das Sofa. Jedes Wort war verschlüsselt. Nutzlos.

Sie könnte nach New York fahren und die Maklerfirma aufsuchen. Aber was dann? Sollte sie die Inhaber überreden, den Text für sie zu dechiffrieren? Wenn sie wussten, wer der Absender war, würden sie es gewiss nicht verraten.

Clays Hand legte sich um ihren Stiefelschaft.

Sie blickte nach unten. Er war aufgewacht und musterte sie durch schmale Augenschlitze.

»Was tust du?«, fragte er.

»Ich durchsuche Ihre Taschen«, antwortete sie. Was hätte sie anderes sagen können mit seiner Brieftasche in ihrem Schoß und seinem privaten Telegramm neben ihr auf der Couch?

»Weshalb?«

»Weil Sie mir noch immer nicht verraten wollen, wer alles bezahlt. Hat er Ihnen dieses Telegramm geschickt?«

»Warum interessiert dich das so sehr?«

»Weil er uns vernichten will.«

Clay murmelte: »Oh, Mary, um Gottes willen«, und in diesem Moment begriff sie, dass die K.-o.-Tropfen ihn in einen halb bewusstlosen Rauschzustand versetzt hatten.

Sie setzte sich neben ihn auf den Fußboden und ergriff seine Hand.

»Wie lautet sein Name?«

»Du verstehst das nicht.«

»Ich versuche es.«

Sie blickte ihm in die verschleierten Augen. Das Chloralhydrat hatte sein Innerstes nach außen gekehrt. Der Apotheker hatte sie gewarnt. Die Substanz rief unterschiedliche Reaktionen hervor. Sie konnte jemanden einschlafen lassen. Sie konnte aber auch bewirken, dass er zu fantasieren begann oder sich vor Schmerzen krümmte. Wusste Clay, dass er aufgewacht war? Kannte er seinen eigenen Namen? Wer sie war, wusste er offensichtlich. Er starrte sie an, seine Lippen bewegten sich. »Mary, wenn ich fertig bin, dann können wir beide, du und ich, vielleicht… ich würde progressive Ideen fördern, würde mein Geld sogar dafür spenden…«

»Was meinen Sie?«

»Wichtige Männer, Männer mit Einfluss, reiche Männer tun das für ihre Ehefrauen…« Seine Stimme versiegte.

Mary starrte ihn an. »Was tun sie für ihre Ehefrauen?« Sie musste ihn wach halten, damit er weiterredete.

»Die Ehemänner der Frauen, die für Reformen kämpfen, bezahlen die Rechnungen. Wenn ich alles erledigt habe, werde ich das auch tun.«

»Wenn Sie was erledigt haben?«

»Mary, ich tue etwas sehr Wichtiges.«

»Ja, ja, ich weiß.«

»Ich möchte, dass du das verstehst.«

»Ich versuche es… ich verstehe.«

»Ich werde ein gemachter Mann sein.«

»Natürlich.«

»Ich werde dir so viel bieten können.«

»Das tun Sie bereits«, sagte sie. »Sie sind wirklich sehr bemerkenswert.«

Dieses eine Mal ignorierte er, dass er gelobt wurde, und fuhr fort: »Aber ohne ihn könnte ich das nicht schaffen.«

Blitzartig glaubte sie plötzlich zu erkennen, was in seinem teilweise umnachteten Geist vor sich ging. Sie sagte: »Aber er könnte es nicht ohne Sie tun.«

»Richtig. Das stimmt. So mächtig er ist – er ist der mächtigste Mann im ganzen Land –, ohne mich würde er es trotzdem nicht schaffen.«

»Weiß er das?«, fragte sie.

»Er will es gar nicht wissen«, sagte Clay voller Bitterkeit. »Er glaubt, dass er mich nicht braucht.«

»Aber er braucht Sie!«

»Ja. Sogar er braucht mich. Der wichtigste Mann der Welt. Mary, es ist James Congdon. Der mächtigste Mann an der Wall Street. Er ist der mächtigste Mann im Stahl-, im Steinkohle-, im Eisenbahngeschäft. Aber er braucht mich.«

Mein Gott, dachte sie, Clay ist nach ganz oben gegangen. Oder nach ganz unten. Neben Judge James Congdon sah Frick wie ein Metzger in einem Firmenkaufhaus aus, der überhöhte Preise für Rückenspeck verlangt.

Er sah sie an, wartete. Sie gab sich einen Ruck. »James Congdon kann froh sein, dass er Sie hat.«

»Danke«, flüsterte Clay. »Danke, dass du das gesagt hast.«

Als Henry Clay wieder einschlief, steckte Mary seinen Bisley-Revolver in ihre Handtasche und verließ die Wohnung. Sie zitterte am ganzen Leib.

Er hätte mich töten können, dachte sie. Aber er hat es nicht getan.

Sie ging schnurstracks zur Union Station und kaufte von ihrem letzten Geld die billigste Fahrkarte für einen Bummelzug nach New York. Im Zug schrieb sie einen

Brief an ihren Bruder und einen weiteren an Isaac Bell. Beide gab sie bei der Post auf, als der Zug in einem Bahnhof mitten in Pennsylvania anhielt, um die Lokomotiven für die Fahrt durch die Allegheny Mountains zu wechseln.

Der Zug war überfüllt. Der Sitz war hart. In ihrem Spiegelbild im nachtschwarzen Abteilfenster erkannte sie die Gesichtszüge ihres Vaters. Sein Lieblingsspruch war gewesen: Das Einzige, das man für immer bedauert, ist das, was man nicht getan hat.

# 45

Henry Clay hatte sich für einen schmalen Lastwagen mit kastenförmigem Aufbau sowie zwei großen Hinterrädern und zwei kleineren Vorderrädern entschieden. Der Wagen war viel schwerer, als sein Aussehen vermuten ließ, zumal die Aufschrift *Hazelwood Bakery* auf beiden Seitenflächen und die Brotlaibe, die hinter einer Glasscheibe auf der linken Seite des Kutschbocks aufgestapelt waren, auf eine zwar voluminöse, aber nicht sehr schwere Last hindeuteten. Dabei bedurfte es der vereinten Anstrengungen zweier Maultiere, das Fahrwerk durch die hügelige Landschaft zu ziehen.

Clay ging, die Zügel in der Hand, neben dem Gespann her. Auf dem Kutschbock bei den Brotlaiben saß eine freundlich dreinblickende Frau mittleren Alters, die eine Bibel an die Brust drückte. Ihre runden Wangen waren leicht gerötet, das Haar hatte sie im Nacken zu einem schicklichen Knoten zusammengebunden, und ihren wachen Augen entging so gut wie nichts.

»Achtung, Polizei«, warnte sie.

»Tun Sie, was ich Ihnen gesagt habe, und alles wird gut gehen.« Er machte sich keine Sorgen. Sie war vernünftig und hatte schon einige Streiks im Kohlerevier unbeschadet überstanden.

Die Cops in ihren dunkelblauen Uniformen des Pittsburgh Police Department hielten vor einer Straßensperre aus umgekippten Straßenbahnwagen fröstelnd Wache.

Die Streikenden hatten die Sperre zum Schutz ihrer Zeltstadt eilig errichtet. Sie waren durchnässt und froren von den Regenschauern, die sich in beinahe regelmäßigen Abständen hier draußen am Kohleterminal auf sie ergossen, sie langweilten sich, und sie hatten Hunger. Die grauhaarige Frau mit den rosigen Wangen warf ihnen Brotlaibe zu, die frisch aus dem Backofen kamen und noch warm waren.

Die Polizisten brachen Stücke davon ab und verzehrten sie mit sichtlichem Appetit. »Wir dürfen Sie nicht hineinlassen, Lady.«

»Die Ladung kommt von unserer Kirchengemeinde. In diesem Lager sind Kinder, die Hunger haben.«

»Können Sie keine Ausnahme machen?«, fragte Henry Clay.

»Wir haben unsere Befehle. Keine Waffen, keine Lebensmittel.«

Clay schlang die Zügel um ein Wagenbrett, gab dem Polizisten, der das Kommando innehatte, mit einem Kopfnicken zu verstehen, er möge zu ihm kommen, und steckte ihm eine fast volle Flasche Whiskey zu, die er unauffällig aus einer Tasche seines Mantels zog. Im Flüsterton raunte er: »Hoffentlich kriegt sie das nicht mit, aber ich denke, dass Ihnen und Ihren Kollegen ziemlich kalt ist.«

Der Cop trank einen Schluck.

Clay wurde von dem Geruch beinahe übel. Von dem Chloralhydrat, das Mary ihm verabreicht hatte, waren ein revoltierender Magen, bohrende Kopfschmerzen und seltsame Träume zurückgeblieben. Aber er konnte sich ums Verrecken nicht daran erinnern, was in ihrer Wohnung zwischen ihnen vorgefallen war. Alles, was er mit

Sicherheit wusste, war, dass sie verschwunden war und seinen Colt Bisley gestohlen hatte. Er hatte keine Ahnung, worauf sie es abgesehen hatte. Ging es ihr um Bell? Hatte sie ihn deshalb betäubt? Aber sie hasste doch Bell. Außerdem, wenn sie es für Bell getan hätte, wären die Van Dorns angerückt und hätten ihm Handschellen angelegt, während er weggetreten war. Der Polizist sagte etwas zu ihm.

»Das ist guter Stoff.«

»Behalten Sie die Flasche.«

»Sie müssen die Streikenden geradezu lieben.«

Clay deutete mit einem Kopfnicken auf die Frau auf dem Kutschbock. »Sie ist meine ältere Schwester. Hat sich um mich gekümmert, als ich noch ein Kind war. Was soll ich tun? Sie will ihnen unbedingt etwas zu essen bringen.«

»Okay, okay. Ich möchte auch nicht, dass die Kinder verhungern. Fahren Sie rein. Aber kommen Sie nicht wieder hier heraus. Verlassen Sie das Lager auf der anderen Seite, damit unser Chef Sie nicht sieht, falls er uns einen Besuch abstattet.«

»Danke, mein Freund.«

Die Polizisten entfernten sich. Henry Clay schlug mit der Faust gegen die Barrikade, um sich bemerkbar zu machen. Zwanzig Männer zogen einen Straßenbahnwagen zur Seite, und die Maultiere stemmten sich in ihr Zaumzeug, um ihre schwere Last über eine Bodenwelle und durch die Öffnung zu ziehen. Sobald der Straßenbahnwagen wieder an Ort und Stelle lag, begrüßte Jack Fortis, der Chef des Verteidigungskomitees, Henry Clay als John Claggart und geleitete den Pferdewagen in die Zeltstadt. Die Frau auf dem Kutschbock warf den Leuten, die in ihren Zelten kauerten und eilig herauskamen, Brotlaibe zu. Dann stieg sie wortlos vom Wagen herunter und verschwand im strömenden Regen zwischen den Zelten. Der Wagen setzte die Fahrt fort, rumpelte über die breite Hauptstraße des Lagers und schaukelte eine morastige Anhöhe hinauf bis zur gemauerten Basis des Ladeturms.

»Hier kann der Wagen stehen bleiben«, sagte Fortis.

Henry Clay nickte zustimmend. Die Streikenden hatten den Lagerplatz umsichtig ausgewählt. Von dieser Stelle aus ließ sich die gesamte Flussbiegung überschauen.

Die Maultiere wurden ausgespannt und weggebracht. Zimmerleute und ein Schmied erschienen mit Stemmeisen, Hämmern, Schraubenschlüsseln und Meißeln und zerlegten in Windeseile den Bäckereiwagen. Seitenwände, Dach, Kutschbock, Fußbrett und Kupplung wurden demontiert. Die Vorderräder folgten.

Henry Clay verfolgte, wie die Zimmerleute, der Schmied und vor allem die von Fortis' ausgewählten Angehörigen des Verteidigungskomitees, allesamt Veteranen des Spanischen Kriegs, zufrieden begutachteten, was übrig geblieben war: eine anderthalb Meter lange Kanone, die Sprenggeschosse zwei Meilen weit feuern konnte. Es war eine Hotchkiss Mountain Gun auf eigener Lafette, deren Räder als Hinterräder des Pferdewagens getarnt gewesen waren. Das Geschützrohr und die stählernen Räder sowie die Munition hatten ein Gesamtgewicht von siebenhundert Pfund. Einfach transportierbar und präzise, bewies dieser Waffentyp seit einer Generation seinen Wert. Er hatte Scharen von Wilden während der Indianerkriege, Spanier auf dem San Juan Hill und erst vor Kurzem philippinische Aufständische mit dem Splitterregen seiner Sprenggeschosse überschüttet.

Fortis erhob die Stimme. »Danke, John Claggart. Jetzt ist das Kräfteverhältnis ausgeglichen. Sie sind ein wahrer Freund der Arbeiter.«

Henry Clay erwiderte: »Ich wünschte, ich hätte mehr Munition mitbringen können. Nur dreißig Schuss. Aber sobald die *Vulcan King* in Schussweite ist, sollten Sie ihr zu genug Löchern im Rumpf verhelfen, um sie zu versenken, ehe die sich richtig eingeschossen haben. Noch besser wäre, wenn Sie einen Kessel träfen. Denken Sie dran, die Kessel befinden sich direkt unter dem Ruderhaus. Wenn Sie einen Kessel erwischen, explodiert er und zertrümmert den gesamten vorderen Teil des Schiffes vom Ruderhaus bis zur Wasserlinie und versenkt ihre Kanonen.«

»Und fegt die Miliz hinweg«, sagte Fortis.

»Und die Pinkertons«, sagte Clay. »Und auch die Coal and Iron Police. Viel Glück, Leute. Möge Gott mit euch sein.«

Ein US-Marshal bestieg die Eisenbahnfähre von Jersey City zur Cortlandt Street. In seiner Begleitung befand sich ein Mann in Handschellen und Fußeisen, der Mary Higgins von ihrem Besuch im Gewerkschaftshaus kannte. Er senkte den Blick und ließ sich nichts anmerken, um sie nicht in Schwierigkeiten zu bringen. Sie hatte sich soeben ein Sandwich im Bahnhof gekauft, ging damit hinüber und fragte den Marshal: »Darf ich das Ihrem Gefangenen geben?«

Ein freundliches Lächeln erweichte ihn, es ihr zu gestatten.

Es war nur ein kurzer Fußweg von der Anlegestelle der Fähre bis zur Wall Street. Sie blieb auf dem Friedhof der

Trinity Church stehen und unterbrach ihren Fußmarsch ein zweites Mal, um die hohen Fenster von Thibodeau & Marzen zu betrachten. Von außen erschienen die Geschäftsräume der Firma wie eine Bank.

Nicht weit davon entfernt fand sie das Congdon Building. Es war das höchste Gebäude des Häuserblocks. Der Portier beäugte ihren geliehenen Mantel und den Hut, den Henry Clay ihr gekauft hatte, und erkundigte sich höflich, zu wem sie wolle. Ihre Stimme ließ sie im Stich. Der Mut hatte sie verlassen. Sie stammelte etwas Unverständliches und ergriff die Flucht. Sie fuhr mit der Straßenbahn in die Stadt, ständig den Revolver in ihrer Handtasche umklammernd, ging ein Stück zu Fuß und kam mit der Third Avenue El zurück. Der Portier von vorhin stand nicht mehr auf seinem Platz, wahrscheinlich weil seine Schicht beendet war. Der neue Angestellte war jedoch ebenfalls höflich und von ihrem Mantel und Hut genauso beeindruckt.

»Ich möchte zu Mr. James Congdon.«

»Oberste Etage«, sagte er und deutete auf den Fahrstuhl.

Der Fahrstuhlführer, ein schlaksiger Junge, der in einer besseren Welt noch die Schule besucht hätte, erkundigte sich nach dem Stockwerk und fragte anschließend: »Wie heißen Sie, bitte, Miss? Ich muss Sie in Mr. Congdons Etage anmelden.«

So viel zu ihrem Plan, den großen Mann in seinem Bau zu überraschen. »Mary Higgins.«

Er schaltete die Haussprechanlage ein, nannte ihren Namen und lauschte.

»Er möchte wissen, wer Sie sind.«

»Eine Freundin von Mr. Clay.«

»Er sagt, ich soll Sie nach oben bringen.«

Der Fahrstuhl hielt in einem kleinen Foyer mit einem Empfangspult an. Eine Frau mittleren Alters hinter dem Pult deutete auf eine Reihe von Räumen, die ineinander übergingen. »Dort hinunter. Und bitte, schließen Sie jede Tür hinter sich.«

Mary Higgins ging durch die erste Tür, schloss sie, dann durch eine zweite. In jedem Raum war es stiller als im vorherigen. Im dritten fand sie eine geschlossene Tür vor und klopfte an.

Ein kräftige männliche Stimme rief: »Herein!«

Sie öffnete die Tür, trat über die Schwelle und drückte sie hinter sich ins Schloss. Dann verschlug es ihr den Atem.

»Die Skulptur ist von Auguste Rodin – *Der Kuss*. Gefällt sie Ihnen?«

»Sie ist das Schönste, das ich je gesehen habe.«

Sie riss den Blick von dem weißen Marmor los, um durch den Raum zu Congdon zu blicken, der hinter seinem Schreibtisch stand. Er sah älter aus als von den Zeitungszeichnern dargestellt, jedoch erheblich dynamischer. Er war sehr groß und nahm eine stolze Haltung ein.

»Nur zu. Sie können sie ruhig eingehend betrachten. Berühren Sie sie. Es fühlt sich wunderbar an.«

Sie ging andächtig näher heran. Die selbstsichere Art und Weise, wie der linke Arm der Frau den Geliebten umschlang und festhielt, war die erotischste Geste, die sie je gesehen hatte.

»Was wünschen Sie?«

»Ich wünsche mir eine Welt, in der jedermann diese wunderschöne Statue betrachten kann.«

»Nicht in diesem Leben«, erwiderte Congdon kalt.

Das Büro hatte Doppelfenster. Von der Straße drang kein Laut herein. An den Wänden hingen Gemälde im französischen Akademie-Stil, vorwiegend von sehr sparsam bekleideten nackten Frauen. Auf dem Schreibtisch entdeckte Mary die kleine Bronzeskulptur einer weiteren Frau, ebenfalls unbekleidet.

»Meine Ehefrau«, sagte Congdon und streichelte sie. »Nur zu, fassen Sie sie an, wenn Sie möchten. Ich finde, Marmor hat etwas Verlockendes.«

Mary legte eine Hand auf den Arm der Frau.

»Was wünschen Sie sonst noch?«, fragte Congdon. »Weshalb sind Sie hergekommen?«

»Ich wünsche mir, dass Sie sich zurückhalten und zulassen, dass sich die Bergleute organisieren, und ich wünsche mir, dass Sie ihnen einen angemessenen Lohn zahlen.«

»Higgins? Ja, natürlich. Sie sind Jim Higgins' Schwester, nicht wahr? Er ist der Gewerkschaftler.«

Mary nickte.

Congdon entgegnete: »Selbst wenn ich das wollte – was ich nicht tue – , Sie reden mit dem falschen Mann. Ich besitze keine Steinkohlebergwerke.«

»Sie kontrollieren sie durch die Preise, die Sie für die Kohle bezahlen, die von den Bergleuten aus der Erde geholt wird, und durch die Preise, die Ihre Eisenbahnen für den Weitertransport verlangen. Und, bitte, beleidigen Sie nicht meine Intelligenz. Wenn Sie nicht ›offizieller‹ Besitzer dieser Eisenbahnlinien sind, so üben Sie mittels Ihrer finanziellen Beteiligungen die Kontrolle darüber aus. Wenn es in diesem Land eine Persönlichkeit gibt, die die Gründung einer Gewerkschaft zulassen und den Bergleuten einen fairen Lohn zahlen kann, dann sind Sie das.«

»Nehmen wir nur mal für einen kurzen Moment an, ich könnte es tatsächlich. Was hätte ich davon?«

»Das angenehme Gefühl, das sich einstellt, wenn Gleichheit für mehr Gerechtigkeit zwischen den Menschen sorgt.«

»Gleichheit bringt bestenfalls Mittelmaß hervor, schlimmstenfalls erschafft sie den Mob.«

»Wenn Sie sich weigern, werde ich Ihren Plan publik machen, im Kohlenrevier den Ausbruch von Gewalt zu fördern.«

»Und wie wollen Sie das tun?«

»Ich werde Henry Clay dazu bringen, alles zu gestehen, was Sie beide getan haben, und Ihre weiteren Pläne offenzulegen.«

James Congdon betrachtete sie und lächelte nachdenklich. Schließlich meinte er: »Ich will verdammt sein ... Wissen Sie, ich bezweifle nicht, dass Sie das tatsächlich tun könnten. Ich denke, Sie sind eine ungewöhnliche junge Frau. Es würde mich nicht überraschen, wenn Sie Clay zu gewissen Erkenntnissen verholfen hätten, die Ihnen gestatten, ihn mittels seiner zarten und schwankenden Gefühle zu steuern.«

»Sie und ich, wir sind uns durchaus ähnlich«, stellte Mary Higgins fest.

»In welcher Hinsicht?«

»Wir sind beide scharfsichtig und schnell.«

»Ich nehme das als Kompliment. Aber in wichtigeren Punkten sind wir völlig verschieden. Ich baue auf – Sie reißen nieder. Sie lieben die Menschen – ich kann sie nicht ertragen. Ich bin alt – Sie sind jung. Und sehr, sehr schön.« Er musterte sie eingehend von Kopf bis Fuß. »Habe ich Sie mit dieser Feststellung beleidigt?«

Mary ließ den Blick über seine Gemälde wandern. Er blieb an der kleinen Statue hängen. Congdon streichelte mit dem Daumen ihre Brüste.

»Nun? Habe ich Sie beleidigt?«

Mary legte einen Arm um das Paar aus Marmor. »In Anbetracht Ihrer Vorliebe für Frauen im Allgemeinen wäre ich beleidigt gewesen, wenn Sie es nicht wenigstens bemerkt hätten.«

»Gut! Dann lassen Sie uns gleich zur Sache kommen. Ich mache Ihnen ein Angebot, junge Lady. Ich werde Sie noch nicht einmal bitten, so zu tun, als fänden Sie einen Mann attraktiv, der drei Mal so alt ist wie Sie. Mir ist es gleich, ob Sie oder jemand anders mich ›attraktiv‹ findet. Mir geht es um Besitz. Und ich habe nichts dagegen, für Besitz zu bezahlen. Es ist die konkreteste, greifbarste Belohnung für Erfolg. Im Gegenzug werden Sie, verglichen mit den meisten anderen Frauen, ein luxuriöses Leben führen. Ganz gleich, ob ich entscheide, Sie zu behalten oder nicht. Wenn nicht, erwartet Sie eine großzügige Rente, die sich natürlich danach richtet, wie lange ich Sie behalten habe.«

»Wie groß wird die Rente sein – im Vergleich mit der Rente Ihrer regulären Angestellten?«

»Es gibt keinen Vergleich. Nur wenige empfangen eine Rente. Die wenigen, die sie erhalten, erfreuen sich ganz gewiss nicht eines Wohlstands, den sie nicht verdient haben.«

»Wenn Sie beschließen, mich zu halten, wie viel?«

»Es wird Ihnen an nichts fehlen.«

»Ist ein Automobil dabei?«

»Natürlich.«

»Eine Wohnung in der Fifth Avenue?«

»Solange ich den einzigen Schlüssel dazu habe.«

»Kann ich hierherkommen, um die Skulptur zu betrachten?«

»Jeden Tag.«

»Bekomme ich eine Yacht?«

»Eine Yacht würde besondere Leistungen Ihrerseits voraussetzen.«

»Ich hatte gehofft, dass Sie das sagen würden.«

Ein breites Lächeln lag auf Congdons Gesicht. »Das bedeutet, dass wir einander bestens verstehen. Und gestatten Sie mir, dass ich Sie in einem bestimmten Punkt beruhige. Ich kann Ihnen mit einiger Sicherheit garantieren, dass, wenn Sie sich auf seidener Bettwäsche aalen, ein älterer Mann Sie mehr überraschen kann, als Sie sich das vielleicht vorstellen.«

»Ich wurde in meinem Leben nur einmal überrascht, und das geschah nicht auf seidener Bettwäsche.«

»Und wo geschah es?«

»In einem Güterzug. Fahren Sie zur Hölle, Congdon.«

Congdon, sichtlich verblüfft, tastete fahrig auf seinem Schreibtisch herum und legte wie zufällig eine Hand auf die bronzene Statuette seiner nackten Ehefrau. »Aber Sie meinten doch gerade, Sie hätten gehofft…«

»Ich hatte gehofft, dass Sie etwas sagen, das in mir ausreichend Mut oder Hass erzeugt, um Sie zu erschießen. Und das haben Sie getan, ich danke Ihnen.« Sie zog Henry Clays Revolver aus ihrer Handtasche und stützte den Lauf auf die Marmorskulptur.

Die Adern auf Congdons Handrücken traten hervor, als er die Statuette plötzlich mit größerer Heftigkeit umklammerte. »War es die Yacht?«

Sie versuchte zu antworten, schaffte es aber nicht.

Schließlich flüsterte sie: »Ich denke, wir alle haben unsere Grenzen.«

»Was meinen Sie?«

»Ich kann keinen Menschen töten, nicht einmal den übelsten, schlechtesten auf der ganzen Welt.« Sie ließ den Revolver sinken. »Ich kann es einfach nicht.«

»Ich kann es aber«, sagte er, drückte gegen die Statuette und vollführte einen Sprung rückwärts – nur für den Fall, dass der Abstand von fünf Metern nicht ausreichte – und sah von Weitem zu.

Dampf zischte. Heiße, nadelspitze Strahlen schossen von der Decke herab und vom Fußboden empor und hüllten Mary Higgins in eine kochend heiße weiße Wolke. Sie stieß nur einen einzigen kurzen Schrei aus. Congdon war überrascht. Er hatte erwartet, dass es bei einer kräftigen jungen Frau länger dauerte. Aber sie war blitzartig gestorben. So viel zu den Schmerzen, dachte er. Der Tod hatte sie innerhalb eines einzigen Atemzugs ereilt. Wahrscheinlich hatte sie nicht einmal gewusst, was sie da traf.

Er ging zum Schreibtisch und richtete die kleine Statue langsam wieder auf. Sie fühlte sich kalt an, so konzentriert waren die Dampfstrahlen. Sie versiegten. Die Fenster waren beschlagen, er spürte Feuchtigkeit auf seinen Wangen und entdeckte feinste Tröpfchen auf seiner Schreibtischplatte. Aber die Wolke, die Mary und *Den Kuss* eingehüllt hatte, war verschwunden. Sie hatte sich aufgelöst. Congdon wünschte sich, besser vorausgeplant zu haben. Gewöhnlich tat er das nämlich; in den meisten Fällen konnte er sich auch die Folgen seines Tuns ausmalen. Aber diesmal hatte er es versäumt. Er hatte nicht daran gedacht, ein Laken oder etwas anderes bereitzuhalten – irgendetwas, um den Leichnam zuzudecken.

# 46

Die *White Lady* stürmte in Höhe des Uferzeichens 25 durch eine scharfe Flussbiegung und nahm – mächtige fettig schwarze Rauchsäulen aus ihren Schornsteinen heraushustend und eine breite Heckwelle in Form eines breiten Schaumteppichs hinter sich her ziehend – Kurs auf Pittsburgh.

»Sie wittert den heimischen Stall!«, meldete der Ohio-River-Lotse – er war einer von zweien, die Isaac Bell zusammen mit einem Obermaschinisten angeheuert hatte, der dafür berüchtigt war, auf der Jagd nach persönlichen Geschwindigkeitsrekorden die Maschinen der ihm anvertrauten Schiffe bis an die Grenzen ihrer Leistungsfähigkeit zu strapazieren.

»Schneller«, verlangte Bell, und mittels des Maschinentelegrafen gab der Lotse den Befehl weiter.

Ventilatoren drückten unter lautem Getöse Frischluft in die Feuerung. Jim Higgins' Bergleute schaufelten Kohle. Und der Maschinist trieb mit den Dampfkesseln Schindluder und pumpte Wasser auf die rotglühenden Eisenplatten der Feuerung, um mehr Dampf zu erzeugen und den Druck zu erhöhen.

Bei Uferzeichen 10 konnte Bell bereits beobachten, wie die von Fabrikrauch gesättigte Dunstglocke über Pittsburgh den Horizont verdunkelte. Gewitterwolken türmten sich dahinter auf. Blitze zuckten auf. Regen setzte ein und glättete die Wasseroberfläche des reißenden Stroms.

Nicht lange, und die Hügel Pittsburghs, die sich unter dem düsteren Himmel duckten, kamen in Sicht. Hohe Gebäude ragten aus dem Dunst. Die *White Lady* verließ den Ohio River und dampfte den Monongahela stromaufwärts, vorbei am Point und unter den Brücken des Golden Triangle hindurch. Fünfundfünfzig Minuten nach Passieren des Uferzeichens 10, wie Isaac Bell mit einem Blick auf seine Uhr feststellen konnte, und vierundvierzig Stunden nach Beginn der Fahrt in Cincinnati ließ das riesige Dampfschiff sein Schaufelrad rückwärtsdrehen.

Durch Abzugrohre strömte überschüssiger Dampf mit einem ohrenbetäubenden Zischen aus, welches das Läuten der Signalglocke übertönte. Das Schiff schob sich an eine Anlegestelle am Fuß des Hügels heran, auf dem die Zeltstadt der Bergleute errichtet worden war. Bergleute, die als Deckhelfer eingeteilt worden waren, schwenkten die Gangway auf einen behelfsmäßigen Kai, den die Streikenden geschaffen hatten, indem sie einen der Leichter hoben, den das Verteidigungskomitee hatte versenken lassen, um eine Landung am Flussufer unterhalb der Arbeiterstadt zu erschweren.

Bergarbeiter, ihre Ehefrauen und Kinder, Kirchenladys, Gewerkschaftssympathisanten und Zeitungsreporter, die ihre Notizblöcke hektisch vollkritzelten, verfolgten staunend das Geschehen. Isaac Bell war mindestens ebenso erstaunt. Denn die letzte Person, von der er erwartet hätte, dass sie mit einer Reisetasche in der Hand die Gangway heraufkam, war Aloysius Clarke in Frack und Zylinder.

»Schickes Dampfschiff, Isaac.«

»Wer hat dich denn aus dem Krankenhaus entlassen?«

Wish ließ die Reisetasche mit einem dumpfen Laut aufs

Deck fallen. »Ich wollte den Duquesne Cotillion nicht versäumen.«

»Wegen eines Balls bist du den weiten Weg nach Pittsburgh gekommen?«

»Es war eine Riesenparty. Jeder, der Rang und Namen hat, war dort. Ich habe da sogar Colonel J. Philip Swigert von der Staatspolizei Pennsylvanias getroffen. Ein ziemlich redseliger Bursche, vor allem wenn er ein paar intus hat.«

»Gut gemacht!« Bell streckte die Hand aus, um Wish anerkennend auf die Schulter zu klopfen. Wish hielt ihn mit einer abwehrenden Geste ab. »Lieber nicht. Die Nähte könnten aufreißen.«

Bell wurde schlagartig ernst. »Bist du okay?«

»Tipptopp.«

»Du siehst aber nicht tipptopp aus... Was hat der Colonel gesagt?«

»Du bist genau rechtzeitig eingetroffen«, antwortete Wish mit ernster Stimme. »Die Staatspolizei, die Pinkertons und die Coal and Iron Police haben sich heute Morgen an Bord der *Vulcan King* begeben. Sie kommen stante pede flussabwärts. Sie dürften die Homestead Works in zwei bis drei Stunden passieren, je nachdem, wie schnell sie starten können. Dann schießen ihre Kanonen eine Lücke in diese Frachterbarriere, und die gesamte Bande stürmt an Land.«

Bell meldete sich bei den Bergleuten, die im Maschinenraum das Feuer unter den Dampfkesseln in Gang hielten. »Gebt der Feuerung Zunder und füllt die Kessel. Es geht wieder an die Arbeit.«

Noch unerwarteter war das Erscheinen von Captain Jennings, dem Kapitän des explodierten Schleppers *Camilla*.

Für einen kurzen Moment glaubte Isaac Bell, einen Geist zu sehen. Aber der alte Steuermann war kein Geist, sondern nur ein trauernder Vater. »Wir hatten an diesem Tag die Schiffe getauscht. Sie haben meinen Jungen ermordet.«

»Das tut mir unendlich leid, Captain.«

»Ich werde Ihr Schiff lenken. Ich kenne diesen Abschnitt des Mon besser als Ihre Leute aus Cincinnati.«

»Mein Dampfer ist aber viel größer als die *Camilla.*«

Jennings stieg die Treppe zum Ruderhaus hinauf. »Schiffe sind immer gleich. Flüsse nicht.«

»Für dich ist ein Brief angekommen«, sagte Wish und zog einen Umschlag aus seiner Weste. »Von einer Lady, nach der Schrift zu urteilen.«

Bell riss den Umschlag auf. Der Brief kam von Mary. Aber er war nur vier Zeilen lang.

*Mein liebster Isaac,*
*was ich tun werde, muss ich tun.*
*Ich hoffe von ganzem Herzen, dass wir eines Tages in*
*einer besseren Welt zusammen sein werden.*

Er las die Zeilen immer wieder. Schließlich beugte sich Wish zu ihm und sagte leise: »Für jemanden, der eine Seeschlacht gewinnen will, siehst du ziemlich angeschlagen aus.«

Bell zeigt ihm Marys Brief.

»Antworte ihr.«

»Ich weiß nicht, was ich schreiben soll, und ich habe keine Ahnung, wohin ich den Brief schicken soll.«

»Schreib ihn trotzdem. Wenn du es nicht tust, wirst du dir später vielleicht wünschen, es getan zu haben. Im Augenblick hast du noch Zeit dazu, ehe hier die Hölle losbricht.«

Bell verzog sich an einen ruhigeren Platz, während die Heizer mit Schubkarren Kohlen heranschafften, und versuchte, auf einem Blatt seines Notizbuchs eine Antwort zu formulieren. Ihm wollte nichts einfallen. Er blickte auf das geschäftige Treiben in der Zeltstadt. Die Bergleute hatten sogar auf dem Verladeturm trotzig eine rote Fahne gehisst, doch die Menschen blickten wie gebannt auf den Fluss und wappneten sich für einen Angriff. Im Gewimmel entdeckte er Archie Abbott, der den Abhang herabrannte, heftig mit den Armen ruderte, um Isaac Bell auf sich aufmerksam zu machen, und in diesem Moment wusste er, was er schreiben musste:

*Liebe Mary,*
*wenn du dir wünschst, mit mir in einer besseren Welt zusammen sein zu können, hoffe ich, dass du eine veränderte Welt auf Erden meinst und wir nicht auf den Himmel warten müssen, wie man aus deinen Worten entnehmen könnte. Wo immer diese Welt sein mag, für mich ist es auf jeden Fall eine bessere, wenn du an meiner Seite bist. Falls dir das nicht ausreicht, warum versuchen wir dann nicht hier gemeinsam, diese Welt zu schaffen?*

Er hielt inne, suchte nach einer passenden Formulierung, um eindeutig klarzumachen, was ihm am Herzen lag. Archie hatte die Gangway fast erreicht und rief seinen Namen. Bell schrieb weiter.

*Was ich dir klarzumachen versuche, ist, komm zurück.*
*In Liebe*

»Isaac!« Archie polterte die Gangway herauf. Er war völlig außer Atem. Seine Stimme klang angespannt. »Die Bergarbeiter besitzen eine Kanone.«

*»Wie bitte?«*

»Ich habe gehört, dass jemand – vermutlich unser Freund Mr. Clay – den Streikenden eine Kanone beschafft hat. Man sagte mir, es sei eine 1.65 Hotchkiss Mountain Gun. Sie feuert schnell und präzise. Schau mal dort hinauf, sie steht am Fuß des Ladeturms. Sie haben eben erst die Plane entfernt, unter der sie versteckt war.«

Bell kniff die Augen zusammen und konzentrierte sich auf den fernen Punkt, den Archie ihm genannt hatte. Da stand eine Kanone auf einer zweirädrigen Lafette. Zur Hälfte war sie hinter aufgestapelten Kohlensäcken und dem gemauerten Sockel des Ladeturms verborgen.

Er sagte: »Der erste Schuss, den die Bergarbeiter auf die *Vulcan King* abfeuern, liefert der Miliz die Rechtfertigung, aus allen Rohren schießend an Land zu stürmen – es sei denn, die Bergarbeiter haben das große Glück, das Schiff bereits mit dem ersten Treffer zu versenken, was höchst unwahrscheinlich sein dürfte. Und selbst wenn sie es schaffen sollten, würde es das Unausweichliche nur hinauszögern und alles verschlimmern.«

»Was wirst du tun, Isaac?«

Bell hob die Stimme. »Heh, Wish, hast du eine Zigarre?«

»Natürlich«, antwortete Wish Clarke und zog eine Havanna aus der Brusttasche seines Fracks. »Welcher halbwegs ernst zu nehmende Lebemann geht denn ohne Zigarren auf einen Ball?«

Bell klemmte sich die Zigarre zwischen die Zähne.

»Willst du Feuer?«

»Noch nicht. Hast du in deiner Tasche für Archie eine Schrotflinte mit abgesägtem Lauf?«

Wish winkte Archie zu sich und reichte ihm die Waffe. »Versuch darauf zu achten, dass dir keine Unbeteiligten ins Schussfeld laufen.«

Archie wunderte sich. »Ich dachte, Lehrlinge dürften keine Schusswaffen …«

»Du bist vorübergehend befördert. Versteck sie unter deinem Mantel. Und komm nicht in meine Nähe, es sei denn, ich rufe nach dir.«

Bell ging über die Gangway und eilte über die Landzunge zu dem Sprengstoffschuppen, den die Bergarbeiter so weit wie möglich von den Zelten entfernt erbaut hatten. Darin bewahrten sie das Dynamit auf, das sie im Laufe der Nacht an Land geschmuggelt hatten. Sie behielten es aufmerksam im Auge, wobei sie sich zweifellos an die unglückliche Explosion erinnerten, durch die die *Sadie* und die Hälfte ihres Schubverbands beinahe versenkt worden waren. Das Sprengstoffkomitee erinnerte sich ebenfalls an den jungen blonden Detektiv, der – mit vorgehaltener Pistole – empfohlen hatte, das Dynamit in einem eigenen Frachtkahn zu verstauen, möglichst weit von den Menschen entfernt, und begrüßte ihn mit ausgesuchter Freundlichkeit.

»Sie bringen uns ein wunderschönes Dampfschiff, Mr. Bell. Was können wir für Sie tun?«

»Ich brauche«, erwiderte Bell, »eine Dynamitstange, eine Sprengkapsel und ein kurzes Stück Sicherheitszündschnur.«

»Soll ich alles gleich zusammensetzen?«

»Das fände ich sehr nett.«

Er sah zu, wie der Bergarbeiter mit geschickten Händen die Sprengkapsel an der Dynamitpatrone befestigte.

»Wie kurz soll die Zündschnur sein?«

»Geben Sie mir zehn Sekunden.«

Der Bergmann sah ihn skeptisch an. »Hoffentlich können Sie so schnell rennen.«

»Schnell genug.« Bell steckte die fettige rote Stange in die Manteltasche und wedelte mit der Zigarre. »Haben Sie Feuer?«

»Dann sollten wir zu dem Dynamitschuppen lieber Abstand halten.« Der Bergmann zündete ein Streichholz an und schirmte die Flamme vor dem Wind und dem Regen ab, bis die Zigarre Feuer fing und zu glühen begann.

»Danke.«

»Ich würde Ihnen raten, das rote Ende Ihres Glimmstängels von der Zündschnur fernzuhalten.«

Seine Zigarre paffend und eine würzig duftende Rauchwolke hinter sich herziehend, stieg Isaac Bell den Berghang zum Standort der Kanone hinauf. Die Hotchkiss war sorgfältig eingefettet und befand sich in bestem Zustand. Nicht ein winziger Flecken Rost verunzierte die Räder oder den Geschützlauf, und die Männer, die sie bedienten, sahen aus, als verstünden sie ihr Handwerk. Sie hatten das Anlegemanöver der *White Lady* beobachtet und zeigten sich ebenso dankbar wie die Männer, die das Dynamit bewachten.

Bell drehte sich um, als bewunderte er den Dampfer, der im rauchgeschwängerten Dunst Pittsburghs mit seiner erhabenen Größe so strahlend weiß leuchtete wie ein luxuriöses Strandhotel in einem exklusiven Badeort am Meer. Er zog an seiner Zigarre, bis die Spitze hellrot glühte, holte die Dynamitstange aus der Tasche, berührte mit der Zigarrenglut das Ende der Zündschnur und produzierte einige dichte Rauchwolken, um die Männer abzulenken, während er sich zur Kanone umwandte und die Sprengladung in der Mündung des anderthalb Meter langen Kanonenrohrs verschwinden ließ.

»Was haben Sie …«

Während er mit langen Sprüngen den Berghang hinuntergaloppierte, rief Bell über die Schulter: »Rennt, so schnell ihr könnt! Es ist Dynamit! *Archie!*«

Fünfzig Meter hangabwärts schaute er zurück. Das Dynamit explodierte mit einem dumpfen Knall. Die Kanone vollführte auf ihrer Lafette einen Hüpfer, und der Verschluss platzte auf, als wäre er papierdünn. Die Mannschaft drängte sich um die geborstene Waffe. Wütende Männer rannten hinter Bell her und brüllten:

*»Was haben Sie getan?«*

Bell eilte weiter und gab Archie mit einer Geste zu verstehen, er solle die Schrotflinte erst dann präsentieren, wenn die Männer, die ihn verfolgten, nicht anders zur Räson gebracht werden könnten.

*»Warum?«*

*»Was haben Sie sich dabei gedacht?«*

»Ich hoffe, dass ich euch verdammten Narren damit das Leben gerettet habe«, erwiderte Bell.

*»Wie sollen wir uns jetzt wehren? Wie sollen wir sie besiegen?«*

Die Rufe erstarben auf ihren Lippen. Alle Augen richteten sich auf die Spitze des Ladeturms. Ein Ausguck hatte die Hände vor dem Mund zu einem Trichter zusammengelegt und rief:

»Sie kommen! Das schwarze Schiff ist da!«

# 47

»Ablegen!«, befahl Isaac Bell.

Er und Archie stürmten die Gangway hinauf. An der Treppe zum Ruderhaus traf Bell auf Mack Fulton und Wally Kisley. »Wir müssen sie irgendwie voneinander getrennt halten.«

Das Ruderhaus schwebte fünf Decks hoch über dem Fluss. Von dort aus konnte Isaac Bell den größten Teil der Zeltstadt am Amalgamated Point überblicken. Jenseits der Barrikade aus umgestürzten Straßenbahnwagen wogte eine dunkelblaue Masse: Polizisten aus Pittsburgh, die im strömenden Regen warteten und ungeduldig auf und ab gingen, als müssten sie überschüssige Energie loswerden.

»Sie sind scharf auf ihren Einsatz«, murmelte Mack Fulton. »Und können es kaum erwarten, Schädel einzuschlagen.«

Captain Jennings, das Gesicht grimmig und konzentriert, hatte beide Hände am zwei Meter hohen messingbeschlagenen Ruderrad. Auf Bells Befehl verlangte er per Maschinentelegraf *Rückwärtsfahrt* und veränderte behutsam die Ruderstellung, um das Schiffsheck in den Strom zu drehen. Der einhundert Meter lange Rumpf des Raddampfers löste sich von dem improvisierten Kai.

Ein mit Äxten bewaffnetes Kommando des Verteidigungskomitees kletterte auf den Lastkahn, den sie gehoben hatten, um ihn als Behelfskai zu verwenden, und hackten Löcher in seinen flachen Boden, sodass er die Lücke im Schutzwall der Leichter, die halb im Uferschlick versunken waren, wieder ausfüllte.

Bell sagte: »Manövrieren Sie uns zwischen den Feind und das Flussufer.«

Jennings bugsierte den Dampfer in den Fluss und nahm stromaufwärts Fahrt auf. Ein Hochofen der Homestead Works versperrte die Sicht auf den Flusslauf hinter der nächsten Biegung. Für Momente, die ihnen endlos vorkamen, schien es, als wären sie ganz und gar allein auf dem vom Regen gepeitschten Strom.

»Hast du Mary geschrieben?«, fragte Wish.

»Was ich ihr zu sagen habe, hätte ich ihr schon längst persönlich sagen sollen … Da kommen sie!«

Zuerst schoben sich die hohen Schornsteine der *Vulcan King* ins Blickfeld. Sie glitten majestätisch hinter dem Homestead-Hochofen hervor. Die *King* machte zügige Fahrt, begünstigt durch die Strömung, die ihr zusätzlichen Schwung verlieh, und befand sich auf ihrer Höhe, ehe die *White Lady* zur Hälfte in die Flussmitte gelangt war. Plötzlich, ohne Vorwarnung, feuerte die Kanone am Bug der *Vulcan King*.

Kreischend flog eine Geschützgranate in niedriger Höhe über die Wasseroberfläche und explodierte in einem der Leichter, die das Ufer abschirmten. Holztrümmer wirbelten durch die Luft.

Isaac Bell trat neben Captain Jennings. »Verdammt, unser Gegner hat eine Kanone – und wir nicht. Können Sie ihn irgendwie rammen?«

»Die Mörderbrut unter Wasser drücken? Jederzeit. Bestellen Sie Ihren Jungs, sie sollen die Ventilatoren anschmeißen.«

Bell schickte den Befehl durchs Sprachrohr in den Maschinenraum hinunter.

Ventilator-Schaufeln drückten über ein Röhrensystem von unten Frischluft in die Schornsteine und erhöhten auf diese Weise den Sog in den Feuerungen, wodurch die Glut zusätzlich angefacht wurde und die Temperatur in den Kesseln anstieg.

Die *Vulcan King* feuerte abermals, und der zweite Leichter explodierte. Ein dritter Schuss lag zu hoch. Er pflügte eine Schneise in eine Zeltreihe, und der gesamte Berghang schien zu erzittern, als Hunderte von Menschen schreiend die Flucht ergriffen.

»Wie kann ich helfen?«, wollte Bell von Jennings wissen.

»Verraten Sie mir, ob drüben ein Monongahela- oder ein Cincinnati-Lotse am Ruder steht.«

»Das weiß ich nicht.«

»Wenn er aus Cincinnati stammt und um diese Biegung herumkommt, könnte er sich in eine falsche Position manövrieren, weil er sich hier nicht auskennt. Dort trifft er nämlich auf eine Querströmung, die entsteht, wenn der Fluss so viel Wasser führt wie gerade jetzt. Diese Strömung packt das Heck seines Dampfboots und schiebt es aufs Ufer.«

Die Kanone feuerte. Eine vierte Granate schlug in die Leichter-Barriere ein. Und Isaac Bell dachte: Eigentlich sollte ich einen Krieg verhindern und ihn nicht verlieren.

Henry Clay war außer sich. Warum schossen die Bergarbeiter nicht zurück?

Die Hotchkiss-Kanone, die er ihnen beschafft hatte, müsste doch längst die Decks der *Vulcan King* beharken.

Stattdessen standen Angehörige der Miliz völlig ungedeckt und quittierten jeden Schuss mit lauten Freudenrufen. Und die Cops der Firmenpolizei und die Pinkerton-Agenten klopften sich gegenseitig auf die Schultern, als ob sie einem Baseballmatch beiwohnten und jeden Punkt »ihrer« Mannschaft feierten.

Ein grinsender Coal and Iron Cop legte Clay einen Arm um die Schultern und meinte begeistert: »Der Sieg ist unser!«

Aber Clay verfolgte den Plan, einen Krieg anzufachen – einen Krieg, in dem auf beiden Seiten geschossen wurde. Und er wollte ihn in Gang halten, nicht gewinnen. Er entriss einem Offizier der Miliz den Feldstecher, ignorierte seinen Protest und richtete das Fernglas auf die Hotchkiss-Kanone. Das Geschütz befand sich in seiner vorgesehenen Position am Fuß des Ladeturms, geschützt von einer Brustwehr aus Kohlensäcken, aber von einer Bedienungsmannschaft war nichts zu sehen. Und als er das Fernglas scharf stellte, konnte er erkennen, dass das Kanonenrohr in einem seltsamen Winkel in die Höhe ragte. Irgendetwas musste damit geschehen sein, und der Urheber war höchstwahrscheinlich … Isaac Bell.

»Geben Sie auf der Stelle das Fernglas zurück, oder ich kriege Sie wegen Ungehorsams dran!«, drohte der Offizier. Clay, der die Uniform eines einfachen Milizsoldaten trug, drängte sich durch die Schar der jubelnden Nationalgardisten und schlug den Weg zum Hauptdeck ein, wo sich die Feuerungen befanden, mit denen die Kessel geheizt wurden. Zu seiner Verkleidung gehörte auch ein Tornister aus Segeltuch – der in der US-Army gebräuchliche Merriam Pack mit starrem Außenrahmen, der das Gewicht teilweise auf den Gürtel verlagerte. Darin trug er, was auf den ersten Blick wie eine Ansammlung von Steinkohlebrocken erschien. In Wirklichkeit handelte es sich jedoch um Dynamitstangen mit Zündkapseln und kurzen Zündschnüren, die er in mit Lampenruß geschwärzten Lederlappen eingewickelt hatte.

Die *Vulcan King* verfügte über zehn Dampfkessel, und die Heizer rannten zwischen ihnen hin und her, um Kohlen in die weit geöffneten Feuerkammern zu schaufeln. Jemand erkannte Clays Uniform und rief: »Wie läuft es da oben?«

»Wir gewinnen!«, antwortete Clay und warf, als sich der Heizer abwandte, um die nächste Ladung Kohlen in die Glut zu schaufeln, eine seiner Bomben in die Feuerung und rannte, so schnell er konnte, zum Schiffsheck.

Die Gegenströmung des Monongahela, die Captain Jennings sich erhofft hatte, erwischte den Steuermann, der seit Cincinnati am Ruder der *Vulcan King* stand, völlig unvorbereitet. Hervorgerufen durch die Landzunge des Amalgamated Point, deren ablenkende Wirkung sich vor allem bemerkbar machte, wenn der Fluss – wie in diesem Augenblick – einen extrem hohen Pegelstand aufwies, erfasste das Achterende des Dampfers und erhöhte für einen Moment den Wasserdruck auf den Paddeln des Schaufelrads. Ehe der Steuermann reagieren konnte, durchlief ein Ruck das schwarze Schiff, und sein Bug bohrte sich in den Uferschlick. Gleichzeitig schob sich sein Rumpf quer ins Fahrwasser und damit direkt in den Weg der *White Lady*, die sich auf Isaac Bells Befehl hin mit voller Kraft auf Vorwärtsfahrt befand, um das schwarze Dampfboot zu rammen.

Die Kanone der *Vulcan King* feuerte. Der Explosionsknall rollte wie Gewitterdonner über den Fluss und wurde von den Hügeln an beiden Ufern als Echo zurückgeworfen.

Diesmal klang der Kanonenschuss erheblich lauter, dachte Bell. Verfügte der Gegner etwa über ein zweites Geschütz? Oder war die Gatling zum Einsatz gekommen? Aber noch während die Geschützgranate über die Leichter-Barriere hinwegraste und im Küchenzelt einschlug, erkannte Bell, dass dies der letzte Schuss war, denn das Dampfschiff jemals auf das Lager der Streikenden abfeuern würde.

»Ihr Kessel ist geplatzt!«, rief Captain Jennings.

Die Schornsteine des Raddampfers kippten vorwärts, taumelten schwerfällig über das Sturmdeck und krachten schließlich auf das Vorschiff. Geborstene Holzbalken folgten. Ein Regen aus Glasscherben und Holzsplittern ergoss sich auf die Trümmer. Vom Ruderhaus bis zum Bug des Dampfboots waren sämtliche Aufbauten zerstört.

»Der Kessel des Höllenschiffs ist explodiert!«

»Da hat jemand nachgeholfen«, sagte Isaac Bell, der dieses Schauspiel zweimal in Gleasonburg hatte verfolgen können. »Das war kein Unfall.« Aber warum sollte Henry Clay sein eigenes Schiff in die Luft sprengen?

»Sie haben ihren gerechten Lohn erhalten!«

Captain Jennings forderte per Maschinentelegraf mehr Dampf.

Die Ventilatoren heulten auf.

»Ich gebe diesen Hurensöhnen den Rest!«

Der Explosionsdruck schleuderte die Glut aus den Feuerungen in alle Richtungen. Die vorderen Decks der *Vulcan King*, vom teilweise zertrümmerten Ruderhaus bis hinunter zur Wasserlinie, fingen Feuer. Milizsoldaten in Khakiuniformen flüchteten vor den Flammen. Ein Mann in der dunklen Uniform der Coal and Iron Police hechtete in den Fluss. Streikbrecher ließen ihre Axtstiele fallen und folgten um Hilfe rufend seinem Beispiel.

»Maschine stopp«, befahl Isaac Bell. »Auf Rückwärtsfahrt gehen!«

# 48

»Was hast du vor, Isaac?«, wollte Wish Clarke wissen. Zusammen mit Wally Kisley und Mack Fulton stand er neben ihm.

»Längsseits gehen, um diese Leute herunterzuholen. Schalten Sie die Maschinen auf Rückwärtsfahrt, Captain Jennings. Und reißen Sie das Ruder herum.«

»Nicht bevor die Mörder ihre verdiente Strafe erhalten haben.«

»Maschinen zurück!«

»Sie können unmöglich zulassen, dass sie gewinnen!«

»Henry Clay ist gar nicht daran interessiert zu gewinnen. Er will Chaos stiften. Und das lasse ich nicht zu.«

Mack Fulton spannte seinen Smith & Wesson und richtete ihn auf den Steuermann. »Der Boss sagt, Maschinen auf Rückwärtsfahrt.«

Ein einzelner Hebel im Maschinenraum schaltete gleichzeitig die Laufrichtung beider Maschinen um. Da sie mit der Welle des Schaufelrads fest verbunden waren, hielt auch das Rad an, sobald die Maschinen gestoppt wurden.

Aus den Ablassrohren hinter dem Ruderhaus entwich explosionsartig überschüssiger Dampf.

Tröstend legte Bell einen Arm um die Schultern des trauernden Dampfbootkapitäns. »Im Augenblick sind das nicht mehr als verängstigte Narren. Ebenso wie wir. Legen Sie das Ruder um, Captain. Gehen Sie längsseits. Lassen Sie uns diese Leute in Sicherheit bringen.«

Bell wandte sich zu seiner Truppe um.

»Schießen Sie auf jeden, der eine Waffe mit an Bord nehmen will. Egal ob Gewehr, Pistole, Totschläger oder Schlagring – schießen Sie. Und halten Sie Ausschau nach Clay. Hier wimmelt es von Miliz, darum wird er wohl eine Uniform tragen.«

Er ging voraus hinunter aufs Hauptdeck. Captain Jennings dampfte flussaufwärts und lenkte die *White Lady* in eine Position oberhalb der *Vulcan King*, von wo aus er mit Hilfe des Schaufelrads, der Steuerruder und unter Ausnutzung der starken Strömung des Monongahela sein Schiff neben den brennenden schwarzen Dampfer manövrieren konnte.

Bell dirigierte Wally, Mack und Archie dorthin, wo die beiden Schiffe einander berühren würden. Wish Clarke verteilte Schrotflinten und bestand darauf, an vorderster Front mitzumischen. Seine im Krankenhaus gesetzten Wundnähte würde er mit seiner Schrotflinte wirkungsvoll zu schützen wissen. Bell stieg eine Etage höher zum Kesseldeck, von wo er einen hervorragenden Überblick hatte.

Gespeist von trockenem Holz und frischer Farbe, breitete sich das Feuer rasant aus, wanderte vom Bug der *Vulcan King* nach achtern und trieb die Männer zum Schiffsheck. Wie Bell in der um ihr Leben rennenden Menschenmasse erkennen konnte, trugen die meisten von ihnen Khakiuniformen. Sie bestanden hauptsächlich aus mit vier Knöpfen geschlossenen schlammfarbenen sackähnlichen Mänteln, bei früheren Einsätzen requirierten Mützen aller Schattierungen und Patronentaschen an den Gürteln. Ihre Waffen stellten die typisch bunte Kollektion aus einschüssigen .40-70 Schwarzpulver-Trapdoors aus dem Südamerikanischen Krieg, optimierten Krag-Jørgensen-Magazingewehren und sogar einigen Model 1895 Lee Navys dar – allesamt mit aufgesetztem Bajonett. Die Angehörigen der Coal and Iron Police, leicht erkennbar an den dunklen Uniformen und den glänzenden Rangabzeichen und Knöpfen, hatten Pistolen und Schlagstöcke. Einerseits berüchtigt für ihre Brutalität, erschienen sie in diesem Moment starr vor Angst, und viele der gewöhnlich hart und unbarmherzig auftretenden Pinkerton-Agenten hatten während ihrer panischen Flucht ihre Melonen verloren und wirkten plötzlich gar nicht mehr so einschüchternd.

Die Lücke – aus Wasser – zwischen den beiden Schiffen schloss sich quälend langsam.

Die Exhäftlinge aus den Stadtgefängnissen, die als Streikbrecher eingesetzt worden waren, klammerten sich verzweifelt an die Reling.

Isaac Bell formte mit den Händen einen Schalltrichter vor dem Mund und rief: »Lasst die Waffen fallen!«

Gewehre und Axtstiele polterten auf die Decksplanken.

Wish Clarke zielte mit seiner Schrotflinte in den Himmel und feuerte einen donnernden Schuss ab.

»Fallen lassen!«

Pistolen und Totschläger klapperten aufs Schiffsdeck.

Ein Pinkerton-Agent hob eine Colt Automatic auf und versteckte sie in seinem Mantel. Mack Fulton schoss, ohne zu zögern. Noch während der Ertappte in sich zusammensackte, drehten die anderen Männer schnellstens das Innere ihrer Taschen nach außen, um zu zeigen, dass sie leer waren.

Die Schiffsrümpfe kamen einander näher und näher. Männer hielten sich zum Sprung bereit.

»Greift nach den Wolken!«, riefen die Van-Dorn-Agenten. »Hände hoch!«

Von einer Windböe aufgepeitscht, die auch dem Schiff einen Stoß versetzte, schlugen die Flammen in ihre Richtung.

Die Schiffsrümpfe prallten mit einer Wucht gegeneinander, die Bell beinahe von seinem Aussichtsplatz auf dem Kesseldeck schleuderte. Hunderte Männer wagten den Sprung und brachten sich rücksichtslos um sich schlagend in Sicherheit. Bell schwang sich auf die Reling, um eine bessere Sicht auf das Gedränge zu haben. Die Coal and Iron Cops, die ehemaligen Insassen der Stadtgefängnisse und sogar die Pinkerton-Agenten waren zu einem rasenden Mob verschmolzen, der nur eines im Sinn hatte: schnellstens das brennende Schiff hinter sich zu lassen. Es war beinahe unmöglich, einzelne Männer herauszupicken und eingehender zu betrachten. Nur die ausgebildeten Milizsoldaten reckten nach wie vor die Hände in die Höhe, da sie darauf vertrauten, nicht beschossen zu werden, wenn sie Befehlen gehorchten.

Bell wusste, dass Henry Clay ein Experte war, wenn es darum ging, mit seiner Umgebung zu verschmelzen. Daher war sich Bell absolut sicher, dass Clay sich als Milizsoldat getarnt hatte. Aber auch diese stiegen in einem derartigen Gedränge auf die *White Lady* um, dass jeder Soldat vollkommen gleich aussah. Verzweifelt versuchte Bell, vor allem auf die größer gewachsenen Soldaten zu achten, die Clay figürlich am ähnlichsten waren.

Einer von ihnen meisterte soeben den Sprung, hob die Hände, um zu zeigen, dass sie leer waren, und schwang sich über die Reling der *White Lady*. Dabei verbarg er sein Gesicht, weil er nach unten auf seine Füße blickte, um keinen Fehltritt zu riskieren. Er kam blitzschnell an Bord, drängte sich zwischen die Männer vor ihm und geriet ins Stolpern, als jemand hinter ihm seinen Tornister zur Seite schob.

*Seinen Tornister.* Anstatt eine Munitionskiste zu schleppen, hatte er einen Rucksack aus Segeltuch – mit einem Holzrahmen versehen – auf dem Rücken, der groß genug für eine Bombe war.

»Diesen Mann dort festhalten!«

# 49

Wally Kisley reagierte sofort und warf sich ins Getümmel, um Henry Clay aufzuhalten.

Drei Männer wichen mit verzweifelten Sprüngen den Flammen aus und stießen Wally zu Boden.

Bell sah, wie sein karierter Anzug im Gewimmel verschwand. Also sprang er selbst von der Reling aufs Kesseldeck und weiter aufs Hauptdeck hinunter. Er landete auf gestürzten Männern, kämpfte sich auf die Füße und rannte hinter Clay her, der zum Heck sprintete und dabei jeden, der ihm im Weg war, mit ausgestreckten Armen zur Seite fegte. Dann überquerte er das offene Frachtdeck.

Bell schwenkte nach rechts und folgte ihm.

Ohne aus dem Tritt zu geraten, riss Clay eine Pistole aus dem Gürtelholster und feuerte drei Schüsse ab. Zwei fächelten heiße Luft in Bells Gesicht, der dritte durchbohrte die Krempe seines Hutes und riss ihn von seinem Kopf. Bell blieb stehen, zielte sorgfältig mit seinem Colt Army und drückte im selben Moment ab, als Clay sich umwandte, um abermals zu feuern. Er schrie auf, als die Kugel aus Bells Waffe, die seinem Kopf galt, stattdessen seine Hand streifte, während er seine Pistole hochhob. Die Waffe wirbelte durch die Luft. Aber der Treffer bremste ihn kein bisschen, als er die Treppe zum Kesseldeck hinaufstürmte. Gleichzeitig nahm er den Rucksack von den Schultern und raffte mit einer

Hand die Gurte zusammen, um ihn wie eine Tasche zu tragen.

Bell wusste, dass er zur Feuerungsanlage wollte, um einen der Dampfkessel in die Luft zu sprengen.

Er entdeckte ihn, als er die Treppe erklommen hatte, und visierte abermals sorgfältig.

Der Colt bellte auf. Diesmal brachte der Treffer Clay ins Taumeln. Sein Arm sackte nach unten, und der Tornister rutschte ihm aus der Hand. Aber er rannte weiter, keinen Deut langsamer und offenbar unaufhaltsam. Er klaubte den Tornister mit der anderen Hand vom Deck auf und nahm Kurs auf die Feuerung, die ihm am nächsten war. Wieder brachte Bell seinen Colt in Anschlag. Heizer, von den Schüssen und den Querschlägern in heillose Panik versetzt, versuchten hektisch, in Deckung zu gehen, und blockierten Bells Schussfeld. Henry Clay rannte an der unverschlossenen Öffnung der ersten Feuerkammer vorbei und katapultierte den Tornister zielsicher wie ein Softballwerfer mit einem geschmeidigen Unterhandwurf hinein.

Funken sprühten, als der Tornister auf dem wabernden Bett kirschrot glühender Kohlen landete. Innerhalb der halben Sekunde, die Bell bis zur Feuerkammer brauchte, stand das Segeltuch des Tornisters bereits in hellen Flammen. Er musste ihn schnellstens aus der Glut holen, ehe sich das Feuer durch die Hülle gefressen und die Zündschnur in Brand gesetzt hatte.

Bell ergriff einen breiten Schürhaken mit langem Stiel, stieß ihn in die Feuerung, hakte ihn in einen der Schultergurte und zog. Der Gurt, von dem bereits erste kleine Flammen hochzüngelten, zerriss. Bell versuchte abermals sein Glück mit dem Schürhaken, bekam den Holzrahmen des Tornisters, der ebenfalls lichterloh brannte, zu fassen und angelte ihn heraus. Der Tornister landete qualmend vor seinen Füßen. »Reißen Sie die Zündschnur heraus!«, rief er einem Bergarbeiter zu und setzte die Verfolgung Henry Clays fort, der mittlerweile das Frachtdeck erreicht hatte und in Richtung Schiffsheck rannte.

Clays Möglichkeiten weiter zu fliehen verringerten sich drastisch, als er das Ende des Kesseldecks erreicht hatte, wo er nur noch das riesige Schaufelrad der *White Lady* mit seinem Durchmesser von fast zwanzig Metern vor sich hatte. Bell holte auf. Das Rad wurde von einer Gischtwolke eingehüllt, als Paddel für Paddel aus dem Fluss hinter dem Schiff aufstiegen, eine weite Kreisbahn beschrieben und ins schäumende Wasser eintauchten, um weiter Schub zu erzeugen. Henry Clay wandte sich um, ein Lächeln im Gesicht und einen Derringer in der unversehrten Hand, und feuerte. Diesmal schrammte die Kugel an Bells Handkante entlang. Daumen und Finger verkrampften sich. Die Pistole fiel aufs Deck und rutschte in den schmalen Spalt zwischen Schiffsheck und Schaufelrad.

Clays Augen leuchteten auf, er grinste triumphierend. »Auf diesen Moment habe ich lange gewartet.«

Er drückte ab. Isaac Bell hatte bereits ausgeholt und schlug zu, wobei er hoffte, dass die Zeit, die der auf die andere Seite des Gesetzes übergelaufene Detektiv mit seiner Bemerkung vergeudet hatte, ausreichte, um ihn lange genug aufzuhalten. Ehe die Kugel den kurzen Lauf des Derringers verlassen hatte, krachte Bells Faust gegen Clays Kinn.

Der Schuss verfehlte sein Ziel.

Bell ließ eine Finte mit seiner verletzten rechten Hand folgen und traf Clay mit einer weiteren kraftvollen linken

Geraden. Diese schüttelte Clay durch, dann taumelte er rückwärts gegen die Heckreling des Frachtdecks.

»Geben Sie auf«, sagte Bell. »Es ist vorbei.«

Clay starrte ihn ungläubig an. »Es ist niemals vorbei.«

Er flog auf Bell zu, die linke Hand zu einer mächtigen Faust geballt. Er versuchte, auch die rechte Hand, die Bells Schuss getroffen hatte, in Position zu bringen, aber er bekam sie nicht hoch. Ein zorniges Funkeln erschien in seinen bernsteinfarbenen Augen, und er starrte auf seinen Arm, als sei der ein Verräter.

»Ich nehme Sie fest«, sagte Bell. »Wir setzen uns für eine gnädige Behandlung ein, wenn Sie uns verraten, wer für all das bezahlt hat. Wer ist der Boss?«

»Es ist niemals vorbei«, wiederholte Henry Clay und schlug mit seinem gesunden Arm zu. Bell wich reflexartig zurück und nahm so dem Treffer die Wucht, revanchierte sich jedoch sofort mit einem Konter, der Clay fast aus den Schuhen hob.

»Sie können mit nur einem Arm nicht viel ausrichten. Geben Sie auf.«

»Es ist niemals vorbei«, sagte Clay ein weiteres Mal. Noch während er sprach, wandte er sich ab.

Bell erkannte plötzlich, dass Clay derart entschlossen war, die Flucht zu ergreifen, dass er sogar den sicheren Tod riskieren und versuchen würde, in dem schmalen Streifen Wasser zwischen dem Heck der *White Lady* und ihrem wirbelnden Schaufelrad abzutauchen. Ohne Henry Clay hätte er nichts gegen den Mann in der Hand, der hinter dem Ganzen stand, und keine Möglichkeit, ihn, den wahren Mörder, den eigentlichen Provokateur, zu identifizieren.

Bell stürzte sich auf Clay, und so schnell dieser auch

reagierte, Isaac Bell war schneller. Er packte Clays Milizuniform mit der rechten Hand und begann, ihn von der Reling wegzuzerren. Aber diesmal war der junge Detektiv derjenige, der durch eine Verletzung gehandikapt war. Die Kugel, die ihn entwaffnet hatte, hatte gleichzeitig seine Hand eines großen Teils ihrer Kraft beraubt. Daumen und Finger gaben nach. Clay riss sich los und hechtete in den schäumenden Fluss hinab.

Isaac Bell beobachtete, wie die Paddel des Schaufelrads in rasendem Rhythmus die Fluten des Monongahela aufpeitschten. Er suchte den Fluss ab, so weit sein Auge reichte. Aber nirgendwo in der breiten Heckwelle, die sich hinter dem Dampfschiff wie die Schleppe eines überdimensionalen Brautkleids ausbreitete, war Henry Clays Körper zu sehen.

# 50

»Ich wünschte, ich wäre dabei gewesen und hätte ihn ertrinken sehen«, sagte Joseph Van Dorn düster. »Ich habe dem Mann jeden Trick, den ich kannte, beigebracht. Niemals wäre ich auf die Idee gekommen, dass ich damit ein Monster geschaffen habe. Und als ich es erkannte, war es zu spät.« Er schüttelte den Kopf, massierte seinen roten Backenbart und musterte Isaac Bell prüfend. »Das bringt einen doch zu der Frage, ob man möglicherweise im Begriff ist, ein weiteres Monster zu erschaffen.«

»Ganz ruhig, Joe«, sagte Mack Fulton. »Isaac ist nur ein Detektiv.«

»Und ein sehr guter dazu«, fügte Wally Kisley hinzu, »sobald er die Kunst beherrscht, Kriminelle lebendig dingfest zu machen.«

»Oder wenigstens ihre Leichen.«

Die Van-Dorn-Agenten saßen in einem Saloon in der Nähe der Union Station, wo sie auf einen Zug warteten. Prinz Heinrich von Preußen traf Vorbereitungen, sich einzuschiffen und mit der *Deutschland* die Heimfahrt anzutreten. Der Boss reiste mit ihnen nach New York, wo sie, wie zu befürchten stand, aus diesem Anlass ein mittlerer Volksaufstand erwartete.

»Wie breit war die Lücke zwischen dem Schaufelrad und dem Schiff?«, wollte Archie wissen.

»Einen Meter«, antwortete Bell. »Aber um zu überleben, ohne von mir gesehen zu werden, hätte er unter den Schaufelblättern hindurchtauchen und danach lange unter Wasser bleiben und weit schwimmen müssen, ehe er sich wieder an die Oberfläche gewagt hätte.« Bell hatte Clays tollkühnen Sprung in Gedanken immer wieder durchgespielt und sich der bitteren Erkenntnis stellen müssen, dass er, hätte er ihn lebend geschnappt, der Antwort auf die Frage, wer der wahre Provokateur hinter Henry Clay war, entscheidend näher gekommen wäre.

»Irgendwann werden wir ihn schnappen«, sagte Van Dorn zuversichtlich. »Mord verjährt nicht. Wenigstens ist der Streik beendet. Die Bergarbeiter sind nicht unbedingt glücklich, aber sie kehren an ihre Arbeit zurück, und ihre Familien werden wieder in soliden Häusern wohnen anstatt in Zelten.«

»In Häusern, die ihnen von den Firmen zur Verfügung gestellt werden«, sagte Bell und verbarg seine Genugtuung darüber nicht.

»Ja natürlich. Ist Ihre junge Lady schon aufgetaucht?«

»Noch nicht.« Bell hatte keine Ahnung, wo Mary geblieben war.

Wish Clarke kam mit seiner Reisetasche in der Hand herein.

»Wish sieht aus, als hätte er seinen besten Freund verloren.«

»Oder eine volle Flasche fallen lassen«, sagte Mack.

Wish setzte sich nicht. »Hast du einen Moment Zeit, mein Sohn?«, fragte er und ging zu einem Tisch in einer entfernten Ecke des Raums. Bell folgte ihm.

»Setz dich, Isaac.«

»Was ist los?«

»Als sie ins Innere des Wracks der *Vulcan King* vordrangen, fanden sie …«

»Clays Leiche? Sie trieb sicher …«

»Tut mir leid, Isaac. Sie haben deine Freundin gefunden.«

»Was?«

»Sie hat tödliche Verbrühungen erlitten, als der Kessel explodierte. Es deutet einiges darauf hin, dass sie an dem Sabotageakt beteiligt war.«

»Das kann nicht sein«, widersprach Bell heftig.

»Vielleicht nicht. Aber du hast mir ihren Brief gezeigt. Sie könnte getan haben, was sie tun zu müssen geglaubt hatte.«

»Wo ist … wohin hat man sie gebracht?«

»Behalte Mary am besten so in Erinnerung, wie du sie gekannt hast, Isaac.«

»Ich muss sie sehen.«

»Nein, Isaac. Sie existiert nicht mehr. Jedenfalls nicht die Frau, die du kennst. Und so solltest du sie in Erinnerung behalten.«

Bell wandte sich zur Tür. Wish sprang auf und versperrte ihm den Weg. Bell sagte: »Es ist schon okay. Ich muss es ihrem Bruder berichten.«

»Jim weiß schon Bescheid.«

»Wie hat er es aufgenommen?«

»Er weigert sich, es zu glauben. Er schwört, dass sie ihm geschrieben habe, sie wolle nach New York reisen, um den Mann zur Rede zu stellen, der Henry Clay unterstützt hat.«

*»Wer ist es?«*

»Das hat sie in ihrem Brief nicht erwähnt.«

Bell nickte entschlossen. »Ich werde ihn finden, und wenn die Suche jede Minute meines Lebens in Anspruch nimmt.«

Wish Clarke legte Isaac Bell tröstend eine Hand auf die Schulter. »Eines solltest du aber nicht vergessen, mein Sohn! Wenn du niemals aufgibst, arbeitet die Zeit für dich.«

# EPILOG

Ein verrauchtes Zimmer

1912

Der Fahrstuhlführer des Congdon Buildings streckte die Hand nach der Haussprechanlage aus. »Darf ich Sie nach Ihrem Namen fragen, Sir? Ich muss Sie anmelden.«

»Lassen Sie das«, sagte Chefermittler Isaac Bell. Er schlug den Mantel auf, um dem Hausangestellten sein goldenes Van-Dorn-Agency-Abzeichen und den Griff seiner Browning Automatic zu zeigen. Er schimmerte im Licht der Kabinenbeleuchtung vom häufigen Gebrauch wie auf Hochglanz poliert.

In James Congdons Büro war es heiß, die Luft war rauchgeschwängert. Die Aschenbecher quollen von Zigarrenstummeln über. Im Bewusstsein seines Sieges, die Augen glänzend und die Wangen gerötet, erkannte Congdon Bell auf Anhieb, als dieser, ohne anzuklopfen, über die Schwelle trat. Er begrüßte ihn mit ausgesuchter Freundlichkeit wie einen willkommenen Überraschungsgast.

»Chefinspektor Isaac Bell. Sie habe ich nicht mehr gesehen, seit Sie mich, ich glaube, es war 1907, während einer Pokerrunde im Overland Limited um eine Wagenladung Bargeld erleichtert haben.«

»Wenn ich damals gewusst hätte, was ich heute weiß, hätte ich Ihnen mehr abgenommen als nur Ihr Geld.«

»Soweit ich mich erinnere, war es ein geselliger Abend – wenn auch ein teurer.«

»Sie sind verhaftet, Judge James Congdon, wegen mehrfachen Mordes im Kohlerevier.«

Congdon lachte den Detektiv aus.

»Ich habe keine Zeit, mich verhaften zu lassen. Mein Zug bringt mich in Kürze zum Parteikonvent nach Chicago, wo genug Delegierte zusammenkommen werden, um mich für die Wahl zum Vizepräsidenten der Vereinigten Staaten zu nominieren.«

»Dann bin ich ja noch genau rechtzeitig bei Ihnen erschienen, um Ihrem Mitbewerber das Leben zu retten.«

Congdon lachte abermals spöttisch und schüttelte den Kopf. »Sie geben wohl nie auf, oder? Getreu Ihrem Motto, nicht wahr? Ich weiß, dass Sie seit Jahren hinter mir herschnüffeln, aber Sie werden mich niemals mit den Morden, die während dieses Streiks geschehen sind, in Verbindung bringen. Tatsache ist, dass dank meiner Verhandlungen mit den Bergwerksbesitzern und meines Einwirkens auf Präsident Roosevelt, zwischen beiden Parteien zu vermitteln, der Streik friedlich zu Ende gegangen ist. Jeder erhielt ein wenig von dem, was er sich wünschte – die Bergarbeiter durften sich über eine bescheidene Lohnerhöhung freuen, und die Unternehmer wurden nicht gezwungen, die Gewerkschaften anzuerkennen. Und seitdem hat kein weiterer Streik stattgefunden.«

»Selbst wenn diese Lüge die Wahrheit wäre«, erwiderte Bell ruhig, »selbst wenn Sie mit jedem Mord im Kohlerevier davonkommen sollten, werden Sie für den Mord an Mary Higgins sterben.«

»Mary Higgins ist ums Leben gekommen, als sie ein Dampfschiff der Gesellschaft sabotierte«, sagte Congdon. »Aber ich kann wirklich nicht zulassen, dass derartige Anschuldigungen gutgläubige Wähler verwirren.« Er erhob die Stimme so, dass er durch die geschlossene Tür in einem angrenzenden Büro zu hören war, als er rief: »Mr. Potter, ich brauche Sie!«

Ein Mann mittleren Alters mit kräftiger Statur und einem grau melierten Bart kam hereingehumpelt, in der Hand einen Colt Bisley.

Isaac Bell musterte ihn von Kopf bis Fuß. »›Mr. Potter‹, ich denke, viele, die gehofft haben, dass Henry Clay im Ohio River ertrunken ist, werden nun zutiefst enttäuscht sein.«

Congdon meinte: »Mr. Clay wurde zu Mr. Potter, damit ich ihm zu einem angenehmen Leben ohne Aussicht auf den elektrischen Stuhl verhelfen konnte.«

»Als Gegenleistung dafür«, sagte Bell, »dass er Ihre Feinde und Konkurrenten tötet.«

Congdon ignorierte die Anspielung und bemerkte stattdessen: »Ich bin enttäuscht, dass Sie anscheinend nicht im Mindesten überrascht sind. Ich hatte gehofft, das Kinn werde Ihnen nach unten sacken.«

»Joseph Van Dorn hatte schon vor Jahren den Verdacht geäußert, dass Clay Ihr Auftragsmörder ist. Wer sonst, fragte er sich, könne derart kaltblütig zu Werke gehen? Und Sie hat er absolut richtig eingeschätzt: als jemanden, der klug und habgierig genug ist, Henry Clays besondere Fähigkeiten zu erkennen und sich ihrer skrupellos zu bedienen.«

Clays Miene wurde eisig, als Bell seinen Boss erwähnte. »Diese Beule in Ihrem Mantel, wo Sie früher Ihren Colt Army und später einen Bisley verstaut hatten, stammt laut meinen Informationen von einer Browning No. 2. Legen Sie die Pistole auf Mr. Congdons Schreibtisch.«

Schweren Herzens trennte sich Bell von seiner seit vielen Jahren bevorzugten Waffe, einer belgischen halbautomatischen Pistole, die er hatte entsprechend modifizieren lassen, um sie mit amerikanischen Patronen vom Kaliber .380 laden zu können.

»Ich nehme an, dass Sie die Pistole in Ihrem Jackenärmel, die ich Ihnen in New York abgenommen hatte, inzwischen ersetzt haben. Auch diese legen Sie bitte auf den Tisch.«

Bell schüttelte den Derringer aus dem Ärmel und deponierte ihn neben der Browning.

»Und die Pistole in der Tasche.«

»Sie haben ein gutes Gedächtnis«, sagte Bell.

»Es hat mir des Öfteren das Leben gerettet. Auf den Tisch damit.«

Bell holte den winzigen Einschüsser hervor.

»Und das Messer in Ihrem Stiefel.«

»Soll ich es werfen, so wie damals?«

»Wenn Sie das noch können, dann versuchen Sie, das Brett in der Mitte dieses Bücherregals dort zu treffen.«

Bell führte einen Überhandwurf aus. Das Messer schlug ein wie ein Blitz.

James Congdon gab einen erschreckten Laut von sich. Die Klinge hatte das Porträt seiner derzeitigen Ehefrau durchbohrt, das sie als wohlgeformte Göttin, sparsam verhüllt mit einem Seidenschleier, zeigte. Das Messer steckte zitternd in der Nase der elfenhaften Erscheinung. Bell nutzte den kurzen Moment der Ablenkung, um hinter die glänzende weiße Marmorskulptur Auguste Rodins zu treten.

»Tut mir leid, dass der Wurf danebenging.«

Clay richtete die Pistole auf ihn.

»Was ist, wenn Sie mich verfehlen und stattdessen die Lieblingsplastik Ihres Chefs zertrümmern?«

Clay machte einen Schritt auf ihn zu und erwiderte: »Ich gehe einfach so nahe heran, dass ich gar nicht danebenschießen kann.«

»Seien Sie vorsichtig!«, rief Congdon.

Während Clay sich umwandte, um seinen Chef zu beruhigen, zauberte Bell den zweischüssigen Derringer aus seinem Hut hervor.

»Fallen lassen!«

Henry Clay blieb abrupt stehen. Sein geschockter Gesichtsausdruck glich einem stummen Schrei. *Woher, zum Teufel, kommt dieses Ding?*

Bell sagte: »Man lernt nie aus, wie Sie sehen. Werfen Sie Ihre Pistole dort drüben auf den Teppich.«

Mit dem Anflug eines siegessicheren Lächelns zuckte Clay die Achseln und gehorchte Bells Anweisung. Dann blickte er zu Judge Congdon. Der alte Mann streichelte die zierliche Bronzestatue auf seinem Schreibtisch. »Sie irren sich, Chefinspektor. Die Statue, hinter der Sie sich verstecken, ist nicht mein Lieblingsstück. Meine Lieblingsskulptur ist diese hier.«

»Ich kann nicht glauben, dass Sie dieses winzige Ding dem wunderschönen Marmorkunstwerk vorziehen.

Anstelle einer Antwort legte der Finanzmagnat den Hebel um, der die Dampfleitung öffnete.

Isaac Bell, Henry Clay und James Congdon schauten gleichzeitig zur Decke. Nur Bell lächelte.

Er streckte den Arm aus. Warmes Wasser tropfte auf seine Handfläche.

»Es scheint, als regne es in Ihrem Büro. Und als würde Ihnen gerade die Tour vermasselt werden.«

Congdon legte abermals den Hebel seiner tödlichen Selbstschutzanlage um. Nichts geschah. Hektisch zerrte er an der Bronzestatue, klappte sie um, richtete sie auf, klappte sie wieder um.

Bell sagte: »Ich hielt es für vernünftig, die Dampfzufuhr zu Ihrem Büro zu unterbrechen.«

Congdons lange, schmale Gestalt sackte in sich zusammen, er ließ sich in seinen Sessel sinken.

»Aber woher wussten Sie das?«

Bell nutzte die Gunst der Stunde, machte zwei, drei schnelle Schritte vorwärts und wischte die Schusswaffen von der Tischplatte auf den Fußboden, ehe Congdon oder Clay auf dumme Gedanken kamen. »Judge Congdon, ich verhafte Sie wegen Mordes an Mary Higgins.«

Henry Clays Gesichtsausdruck wechselte von perplex zu irritiert und zutiefst misstrauisch.

»Sie sind vorhin noch nicht in diesem Büro gewesen, Clay. So konnten Sie nicht hören, wie ich Ihren Boss beschuldigte, im Jahr 1902 eine junge Frau getötet zu haben.«

»Sind Sie verrückt, Bell?«

»Ich wünschte, ich wäre es«, erwiderte Isaac Bell traurig. »Ich würde wer weiß was dafür geben zu erfahren, dass ich mich irre. Sie ist hier in diesem Büro gestorben, und zwar einen grässlichen Tod.«

»Mary starb in Pittsburgh.«

»Mary Higgins wurde in Pittsburgh gefunden. Viele kamen daher zu der Überzeugung, dass Mary tödliche Verbrühungen erlitten haben musste, als sie half, das Dampfboot der Miliz in die Luft zu sprengen.«

Clay schüttelte den Kopf. »Mary hat mir nicht geholfen. Ich hatte keine Ahnung, dass sie sich an Bord befand. Sie muss sich als Junge verkleidet haben, wie sie es schon damals in Denver getan hatte.«

»Sie war niemals an Bord der *Vulcan King*. Nicht zu Lebzeiten. Sie starb hier in New York. Marys Bruder schwor hoch und heilig, dass sie gar nicht in Pittsburgh hatte sein können, da sie ihm schrieb, nach New York reisen zu wollen, um den Boss des Saboteurs zur Rede zu stellen – Ihren Boss. Niemand hat Jim Higgins geglaubt. Aber weshalb sollte er so etwas erzählen, es sei denn, er war vor Trauer verwirrt, oder er sagte die Wahrheit? Also habe ich eine Menge Fragen gestellt. Und erfahren, dass ich nicht der Einzige gewesen bin, der von ihr hingerissen war.«

Clay hörte aufmerksam zu.

Bell fuhr fort: »Ich wette, Sie haben vor ihr geprahlt in der Hoffnung, von ihr bewundert zu werden – Sie war eine von den Frauen, bei denen ein Mann fast alles tut, um bei ihnen Eindruck zu schinden. Sie haben geprahlt, nicht wahr? Sich damit gebrüstet, mit dem mächtigsten Mann der Wall Street eine Partnerschaft eingegangen zu sein.«

»Ich habe nicht *geprahlt.*«

»Vielleicht waren Sie gar nicht richtig weggetreten, als sie Ihnen die K.-o.-Tropfen gab, und haben noch geredet.«

»Woher wissen Sie davon?«

»Ich bitte Sie, so etwas in Erfahrung zu bringen ist für Van Dorns eine der leichtesten Übungen. Der Apotheker, bei dem sie seinerzeit das Chloralhydrat kaufte, hat es mir verraten. Sie haben Mary von Congdon erzählt und ihr seinen Namen genannt, nicht wahr?«

»Das muss ich wohl.«

»Damit haben Sie ihr Todesurteil unterschrieben.«

Clay blickte zu Congdon, der zusammengesunken hinter seinem Schreibtisch saß. »Haben Sie ihr etwas… angetan?«

Congdon bäumte sich auf. »Das ist ein Trick, Sie Idiot!«

Clay wandte sich zu Bell um. Dessen Augen hatten sich zu einem stählernen Blau verdunkelt. Der verbrecherische Detektiv konnte sich ihrem durchdringenden Blick nicht entziehen. »Wir geben niemals auf«, sagte Bell leise. »Sie wissen das besser als jeder andere. So lautete Mr. Van Dorns Motto von Anfang an, stimmt's?«

Für einen kurzen Moment hielt Clay dem Blick seines Gegenübers stand, dann ließ er den Kopf sinken und nickte resignierend. »Ja, von Anfang an.«

Isaac Bell sagte: »Ich habe zehn Jahre gebraucht, um Ihre Schritte zu verfolgen, die Sie von Pittsburgh nach New York, in die Wall Street, zu diesem Gebäude und dann in dieses Büro geführt haben. Sie kennen sich in unserem Gewerbe aus, Clay, Sie wissen genau, wie es läuft. Ein Wort hier, ein Hinweis dort, jemand erinnert sich, ein anderer hat irgendetwas gesehen. Es ist einfacher, wenn es um eine schöne Frau geht, die sofort ins Auge fällt. Fahrkartenverkäufer. Eisenbahnschaffner. Pensionswirtinnen. Ein aus dem Gefängnis entlassener Gewerkschaftler. Spuren. Puzzleteile. Winzige Bruchstücke. So gut wie nichts. Plötzlich ein Lichtblick bei einem Angestellten, der als Geldwechsler für die El gearbeitet hat. Gleich um die Ecke. Keine fünfzig Meter von diesem Gebäude entfernt. Dann wieder lange Zeit nichts. Und schließlich ein Glückstreffer.«

Bell wandte sich an Congdon.

»Die Maklerfirma Thibodeau & Marzen hatte während der Panik von 1907 Konkurs angemeldet. Dutzende von Gerichtsverfahren fanden statt. Dabei tauchte Judge James Congdons Name auf. Es stellte sich heraus, dass die

Maklerfirma ihm gehört hatte. Und dank des Ratschlags eines alten erfahrenen Detektivs, der mir einmal erklärte, dass aus einer kalten sehr plötzlich eine ganz heiße Spur werden kann, hatte ich in meinen Akten die Kopie eines privaten Kabels aufbewahrt, gesendet über die Standleitung von Thibodeau & Marzen, an Henry Clay alias John Claggart.«

Bell richtete den Blick wieder auf Henry Clay. »Aber ich konnte darin noch immer keine absolut sichere, beweisbare Verbindung erkennen. Bis mir einige Zeit später das Glück wieder hold war. Ein Fahrstuhlführer, der an diesem Abend als Aushilfe arbeitete und schon am nächsten Tag die Stadt verließ, war zehn Jahre später wieder an seinen alten Arbeitsplatz zurückgekehrt. Sein Onkel war noch immer Hausmeister des Gebäudes. Die Träume und Hoffnungen seines Neffen hatten sich nicht erfüllt. Also verschaffte ihm sein Onkel eine Anstellung.«

Bell schaute einige Sekunden lang zu Congdon, dann konzentrierte er sich wieder auf Henry Clay.

»Der vom Glück begünstigte Detektiv sah mal wieder vorbei – wie er es regelmäßig tat – und traf diesmal den neuen Fahrstuhlführer und erkannte in ihm die Aushilfe, die vor zehn Jahren an diesem Abend Dienst gehabt hatte. ›Klar erinnere ich mich an die Frau. Eine wahre Augenweide. Aber, meine Güte, war die in Rage.‹«

Bells Stimme klang plötzlich belegt. »Ich fragte ihn: ›Wann haben Sie sie wieder nach unten gebracht?‹ ›Habe ich nicht‹, erwiderte er. ›Während meiner Schicht kam sie nicht mehr herunter, und ich hatte fast verdammte zehn Stunden lang Dienst.‹ Und ich habe weiter gefragt: ›In welches Stockwerk haben Sie sie gebracht?‹«

»Ins oberste. In Mr. Congdons private Räume.«

»Sind Sie sicher?«

»Klar bin ich mir sicher. Es gab die Vorschrift, vorher anzurufen, wenn man zu Mr. Congdons Etage hinauffahren wollte. Genau das habe ich getan. Mr. Congdon sagte: ›Bringen Sie sie rauf.‹ Also fuhr ich mit ihr hinauf. Mary Higgins ist demnach hier in diesem Büro gestorben. Direkt neben der Skulptur Ihres Chefs.«

»Es war reine Notwehr!«, rief Congdon.

»Was?«, fragte Clay.

»Sie kam nicht hierher, um mich zur Rede zu stellen. Sie ist hergekommen, um mich zu töten.«

Isaac Bell entgegnete: »Ich habe niemals die geringsten Zweifel gehabt, dass Mary Higgins ein Mensch mit den höchsten moralischen Prinzipien war. Dies haben Sie mir soeben bewiesen – mit Ihrem Geständnis, dass Sie dachten, sie habe die Absicht gehabt, Sie zu töten.«

»Ich habe nichts gestanden.«

»Ich habe es soeben aus Ihrem Mund gehört.«

»Dann steht Ihr Wort gegen meins.«

»Und seins«, sagte Isaac Bell.

Henry Clay, der mit steinerner Miene zugehört hatte, wollte von James Congdon wissen: »Haben Sie Mary getötet?«

Anstelle einer Antwort zog Congdon eine Pistole aus der Schreibtischschublade. Clay starrte sie an, und über sein Gesicht glitt ein Schimmer des Erkennens. »Sie erklärte mir, sie könne niemals einen Menschen töten. Ich habe ihr geglaubt. Und ich tue es noch immer.«

»Sie hatte es sich anders überlegt«, sagte Congdon. »Das ist das Vorrecht einer Frau.«

»Woher haben Sie diese Pistole?«

»Das erkläre ich Ihnen, wenn wir mit Mr. Bell fertig sind.«

»Das ist ein Colt Bisley. Mary hatte meinen eingesteckt und mitgenommen.«

Congdon hörte den drohenden Unterton in Clays Stimme und wirbelte mit der Pistole im Anschlag herum.

Clay hechtete mit verblüffendem Tempo auf den Teppich, klaubte die Pistole auf, die er fallen gelassen hatte, und jagte zwei Schüsse in die Brust des alten Mannes. Congdon taumelte rückwärts und betätigte den Abzug, während er stürzte. Seine Kugel traf *Den Kuss* und zersprengte den weißen Marmor. Sein Blick richtete sich mit einem Ausdruck tiefer Trauer auf den Trümmerhaufen.

Clay trat an den Schreibtisch und beugte sich über den Finanzier. »Wie ist Marys Leichnam auf das Dampfschiff in Pittsburgh gekommen?«

»Sie waren nicht der einzige ehrgeizige Narr, der für mich gearbeitet hat.«

Henry Clays Schultern sackten genauso herab, wie es kurz zuvor Congdons getan hatten – angesichts seiner Niederlage. Er schüttelte in ungläubigem Entsetzen den Kopf. Dann wandte er sich zu Isaac Bell um. »Sie haben niemals aufgegeben, und Sie haben den Mann, der Mary tötete, zur Strecke gebracht.«

»Aber Judge Congdon hat Terry Fein, Mike Flannery, den jungen Captain Jennings, Black Jack Gleason und zahllose andere, die ahnungslos und unfreiwillig in Ihre hinterhältigen Pläne verwickelt waren, nicht getötet. Henry Clay, Sie sind verhaftet.«

Eine solche Niederlage zu erleiden hatte jegliches Feuer in Clays bernsteinfarbenen Augen zum Erlöschen gebracht. Sie waren wie tot, aber seine Pistole zuckte mit übermenschlicher Geschwindigkeit hoch. Isaac Bell schoss sie ihm aus der Hand. Sie fiel auf Congdons Brust. Clay starrte sie für einen Moment wortlos an und umklammerte gleichzeitig seine Finger mit der anderen Hand. Sein leerer Blick wanderte zu Bells Derringer, während ein Funken Leben in seine Augen zurückkehrte.

»Sieht aus wie ein .22er«, stellte er fest. »Und nur noch ein Schuss übrig. Meinen Sie, Henry Clay wäre mit einer einzigen Kugel aufzuhalten?«

Mit einem lauten Knall flog hinter ihm die Tür auf, und eine dröhnende Stimme füllte das Büro. »Isaac *könnte* Sie jederzeit mit einem Schuss zwischen Ihre mörderischen Augen zur Strecke bringen. Aber ich habe ihm das Versprechen abgenommen, dass ich die ersten sieben Schüsse abfeuern darf, wenn Sie uns den geringsten Grund zum Abdrücken liefern.«

Henry Clay blickte über die Schulter und in die Mündung von Van Dorns Colt M1911 Halbautomatik. Er hob die Hände.

»Nehmen Sie das Telefon und rufen Sie Congdons Privatzug an«, befahl Van Dorn.

»Seinen Privatzug?«

Isaac Bell erklärte es ihm. »Sie haben ein Rendezvous mit dem elektrischen Stuhl. Sing-Sing liegt auf dem Weg nach Chicago. Dort liefern wir Sie ab, damit Sie bis zur Gerichtsverhandlung unter sicherem Verschluss gehalten werden.«

Marion Bell wusste aus Erfahrung, dass ihr Mann, wenn er einen Fall abgeschlossen hatte, stets einige Zeit brauchte, ehe er bereit war, ihr zu berichten, was geschehen war. Aber diesmal war nichts so wie sonst. Als er eilig die Wall Street überquerte und wortlos auf den Beifahrersitz glitt, spürte sie, dass er ihr sofort alles erzählen wollte, aber nicht wusste, wie und wo er anfangen sollte und es vielleicht nie wissen würde.

Sie startete den Marmon, manövrierte ihn vom Bordstein in die Fahrbahnmitte der verlassenen Straße, bog um eine Ecke und rollte den Broadway hinauf. Isaac Bell sagte nichts, sondern betrachtete das ausgelassene nächtliche Treiben auf den Straßen der pulsierenden Ostküstenmetropole. Als sie die Forty-second Street erreichten, lenkte Marion den Wagen nach links in Richtung Hudson River.

»Wohin geht die Fahrt?«, fragte Bell. Archies Stadthaus, wo sie regelmäßig wohnten, wenn sie sich in New York aufhielten, stand in den East Sixties.

»Nach Hause.«

Bell ließ sich ihre Antwort einige Blocks weit durch den Kopf gehen. Ihr Zuhause war dreitausend Meilen weit entfernt in San Francisco, wo sie einander sechs Jahre zuvor während des Erdbebens kennengelernt hatten. Mit dem Automobil wäre es eine zwei bis drei Monate lange Reise, je nach Wetterlage und Straßenzustand, und dafür war ein Marmon Speedster nicht gebaut. Marion wusste das natürlich, was bedeutete, dass sie einen Plan hatte. Sie hatten vor zwei Jahren auf der Mauretania geheiratet, und er kannte sie mittlerweile gut genug, um zu wissen, dass sie einen Plan hatte.

»Joe Van Dorn wird so lange nicht auf mich verzichten wollen.«

»Ich wette, wir schaffen es bis zum Mississippi in zehn Tagen.«

»Das kommt auf die Straßen an.«

»Und zehn Nächten.«

»Jenseits des Mississippi sieht es mit Straßen aber sehr schlecht aus.«

»Dann laden wir den Wagen in St. Louis in einen Zug und sind in vier Tagen zu Hause.«

Bell beugte sich vor, um einen Blick auf die Anzeigeinstrumente des Armaturenbretts zu werfen. »Du hast den Wagen vollgetankt.«

»Und ich habe einen Picknickkorb in den Kofferraum gepackt.«

Marion rangierte den Wagen auf die Fähre, sie stiegen aus und gingen zum Aussichtsdeck hinauf, suchten sich einen Platz an der Reling und betrachteten die Lichter von Manhattan. Als sie die Flussmitte erreichten, fragte Marion: »Was hat Congdon gesagt?«

»Er hat gestanden.«

»Und was hast du gesagt?«

»Ich habe mich von meiner alten Freundin Mary Higgins verabschiedet.«

# Ein hochspannender Cocktail aus Abenteuer, Wissenschaft und Action.

576 Seiten. ISBN 978-3-442-37472-4

In einer Höhle in den Rocky Mountains werden mumifizierte Leichen und seltsame goldene Platten entdeckt, die mit unverständlichen Zeichen graviert sind. Bevor die Funde geborgen werden können, erschüttert eine gewaltige Explosion die Grabungsstätte – und eine junge Indianerin verschwindet mit einem wichtigen Beweisstück. Die Söldner der Geheimorganisation Gilde heften sich an ihre Fersen, und es gibt nur einen Menschen, der ihr noch helfen kann: ihr Onkel Painter Crowe, Direktor der SIGMA Force.

Lesen Sie mehr unter: **www.blanvalet.de**

blanvalet
DAS IST MEIN VERLAG

... auch im Internet!

twitter.com/BlanvaletVerlag

facebook.com/blanvalet